玄幻小说系列

大唐忍者秘史

下册 「大忍无术」

索巴 著

人民东方出版传媒
东方出版社

图书在版编目（CIP）数据

大唐忍者秘史. 下册，大忍无术/索巴著. —北京：东方出版社，2016
ISBN 978－7－5060－8935－7

Ⅰ. ①大⋯　Ⅱ. ①索⋯　Ⅲ. ①长篇小说-中国-当代　Ⅳ. ①I247.5

中国版本图书馆 CIP 数据核字（2016）第 026427 号

大唐忍者秘史·下册·大忍无术
（DATANG RENZHE MISHI·XIACE·DAREN WUSHU）
索 巴 著

责任编辑：张　旭　刘小兰
出　　版：东方出版社
发　　行：人民东方出版传媒有限公司
地　　址：北京市东城区东四十条 113 号
邮政编码：100007
印　　刷：三河市金泰源印务有限公司
版　　次：2016 年 7 月第 1 版
印　　次：2016 年 7 月北京第 1 次印刷
开　　本：710 毫米×1000 毫米　1/16
印　　张：23
字　　数：330 千字
书　　号：ISBN 978－7－5060－8935－7
定　　价：48.00 元
发行电话：（010）85924663　85924644　85924641

目 录

下册·大忍无术

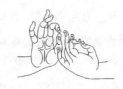

第五十一回

台怀镇灰鹤起舞
洛阳城雪螭飞奔

次日一早，光波翼便受了蓂荬嘱托，再次飞往晋阳，采买了许多粮食、棉被、冬衣等物，送到台怀镇东南数里之外的"义善坊"。此处聚居了数百名从晋阳等地逃来的难民，多为躲避战祸至此。

除了粮食、衣被，光波翼又分给每人二两银子，那些难民惊喜之余不明就里，竟有人私下议论，或许是某个大户人家的主子患了重病，以此来祈福消灾的。

夕阳西下，光波翼方风尘仆仆地回到家中。蓂荬忙为光波翼换下外衣，又亲自为他打了热水洗脸，一面让小萝准备晚饭。南山却一直坐在那里看着光波翼与蓂荬二人发呆。

光波翼一边洗脸，一边低声问蓂荬道："你对她说了？"

蓂荬道："总不能瞒她一辈子。反正家里已有了一位忍者，也不在乎再多一位。"说罢扑哧一笑。

光波翼接过蓂荬递来的布帕，拭干脸上的水，对南山微笑道："南山，你怎么了？为何这般面孔？"

南山噘嘴道："我在生气。"

光波翼问道："为何生气？"

南山说道："原来姐姐一直都瞒着我。"

光波翼道："这又何必？我还不是同你一样，也是刚刚才知晓。"

南山道："姐姐不过瞒了哥哥一二年，却瞒了我这么多年！若不是哥哥先坦白了，说不定姐姐会瞒我一辈子。"

光波翼道："怎么会呢，姐姐不过是等待合适的时机再告诉你罢了。"

南山撇嘴道："哥哥当然要帮着姐姐说话，合着伙来瞒骗我。"

光波翼苦笑道："我们不是都已向你坦白了吗，如何还说是瞒骗你？"

南山从椅子上跳起来道："我不管，反正你和姐姐都要将功补过才行。"

光波翼问道："如何将功补过？"

南山道："哥哥要教会我忍术，我也要做忍者。"

冀荚插道："傻丫头，忍者岂是人人都做得的？"

南山反问道："为何你们都可以做得，我却偏偏做不得？"

冀荚道："寻常忍者都要自小苦练而成，尚有终身也练不成器的，那辛苦如何是你能够吃得的？"

南山道："我小时候姐姐又没教过我，如何知道我吃不得苦，又如何知道我便练不成器？你们上次欠我的账还没讨还呢，如今又不让我做忍者，我如何忍得下这口气？"

光波翼笑道："原来如此。你倒说说看，你为何要做忍者？想练成个什么来？"

南山见似乎有商量余地，忙收了一张板脸儿，跑到光波翼身前道："我要学哥哥的变身术。"

光波翼问道："为何要学这个？"

南山稍稍沉吟道："这个最好玩，想变成谁的模样都行。"

光波翼道："忍术岂是拿来淘气的？以你这般心思，凭谁也不会教你。"

南山忙说道："其实我只想学会变成哥哥的模样！"

"哦？那却为何？"光波翼问道。

南山忽然红了脸，低头搓弄起手指来。

光波翼与冀荚一时都想到光波翼变身成冀荚之事，大家便都无话了。

半晌，光波翼说道："南山，变身术乃是最难修炼的忍术之一，若非根器上佳之人苦练十余载，绝无可能修成。纵然你天资聪颖，又肯吃苦，待学会变身术时，也已是几十岁的人了，那又有什么好玩的？"

南山苦着脸道："照哥哥的说法，我便没有希望了？将来你和姐姐两个……"话说到一半，忽然眼圈一红，便住了口。

冀荚走到南山身边，抚着她肩头柔声说道："好妹妹，姐姐不会离开你的。"

南山叫了声"姐姐"，一头扑进蓂荚怀中哭了起来。

待南山稍稍平复，光波翼在旁说道："不过，我倒是想传授给南山一门忍术，日后也常常会用得上。"

南山忙放开蓂荚问道："是什么忍术？"

光波翼回道："御鹤术。"

"真的？"南山闻言立时来了精神。

光波翼又道："这御鹤术倒不甚难练，上根者一二年，下根者八九年，总能驾鹤飞起来。前日我探过你的脉气，以你的资质，应该不用太久便可修成。"

南山大喜，叫道："太好了！我就学这御鹤术，日后便可游遍天下了。"

蓂荚笑道："你还是这个淘气的想法。"

光波翼正色道："不过有一样，学习忍术，你可千万不许在人前炫耀。"

南山连声应道："知道了，知道了。哥哥，那你从明日开始便传授我御鹤术吧。"

光波翼笑道："急什么，我先传你一句咒语，你须每日持诵，至少诵满十万遍之后我才能正式传授你忍术。"

南山问道："是什么咒语？为何要先念这个咒语才能学忍术？"

光波翼道："所有忍者入道均须先诵此咒，此咒可谓一切忍法之根本咒语，只有先持此咒，才能成就各类忍术。"

蓂荚插道："是啊，十万遍也只是最低要求，当年父亲让我诵满一千万遍方才传授我忍术。"

"啊？一千万遍？究竟是什么咒？"南山急道。

光波翼道："此咒即是释迦牟尼佛的心咒，释迦如来成就之一切功德尽在此咒中，故而诵此咒之功德极大。"

"哦？那是如何念法？"南山追问道。

光波翼道："明日我自会正式传授你，不过先念给你听倒也无妨，你听好了。"随即诵道："嗡，牟尼牟尼，玛哈牟尼耶，梭哈。"

南山拍手道："原来是这个，也不算很长，我只需两日便可诵满十万遍。"

光波翼笑道："好，你若能一向这般精进修持，必会很快修成御鹤术。"说罢看了看蓂荚，蓂荚与他目光相触，渐渐止了笑容，对南山道："南山，你去看看晚饭准备得如何了，归凤哥一定饿坏了。"

南山答应一声，高高兴兴地跑出门去。

莫莱轻声说道："归凤哥，我知你心中想什么，我也正想问你，光波伯伯过世之前，可曾为你传授过凤舞术的灌顶？"

光波翼眉头微蹙，摇了摇头道："我很小便随着母亲离开父亲身边，到幽兰谷生活，四岁那年父亲便遇害去世了。我并未记得父亲为我传授过灌顶，也从未听母亲和义父说起过。怎么……"

莫莱道："原来如此，归凤哥，你可知道这凤舞术的修炼之法吗？"

光波翼又摇了摇头。

莫莱接道："凤舞术乃归凤哥的家传秘术，欲修炼此术须满足两者。其一，必须有光波族血统，且须是男子；其二，必须得到已修成凤舞术之人的灌顶方可修炼。此两者，任缺一种便无法修炼凤舞术。"

光波翼蹙眉问道："你是说，我今生根本无法修炼凤舞术了？"

莫莱低声道："凤舞术法本中便是这般说法。"

光波翼叹口气，怅然说道："凤舞术在我光波家历代单传，当年父亲凭借此术冠称天下，没想到，如今竟一断永断了。"

莫莱从身后抱住光波翼，柔声说道："归凤哥，其实有件事，我担心了好几日，自从我知道归凤哥的身世之后，便开始思前想后，不知该如何对你说起。"

光波翼问道："什么事？"

莫莱道："你可知道这凤舞术固然厉害，却有一样极不好的。"

"嗯？"光波翼疑问一声。

莫莱续道："归凤哥可否知道，光波家历代先祖中，修成凤舞术之人都活了多大年纪吗？"

见光波翼默不作声，莫莱自己答道："都在四五十岁吧。"

光波翼拉开莫莱抱住自己的手臂，转过身面对莫莱，扶住她肩头，叫了声："莫莱。"

莫莱又道："因这凤舞术耗费脉气太过，故而修炼之人大抵不过四五十岁的寿数。"

光波翼道："你是担心我一旦修成了凤舞术，便也同先辈们一样，命不久矣吗？"

莫莱道："我知道光波伯伯为恶人所害，归凤哥必定要学成凤舞术，为父报仇。我亦知道无法劝你不学此术，却也不愿你学成此术，所以我甚至不想向归凤哥承认，自己便是百典族传人，可我又无法瞒你。"说到这里，蓂荬眼泪簌簌而下。

光波翼苦笑一声，将蓂荬揽在怀中，柔声说道："难怪你犹豫再三，迟迟不愿表明身份。"光波翼此时心中百味杂陈，好容易寻回蓂荬，又得知她是百典族传人，欣喜之余，却发现自己竟然无法继承家传秘术，空自欢喜一场。然而听蓂荬如此一说，亦不知是好是歹。若当真修成凤舞术，自己只能活到四五十岁便抛下蓂荬而去，如何忍心？如何甘心！如今既学不成凤舞术，一旦证实目焱便是自己的杀父仇人，以他的忍术修为，自己如何得报大仇！

只听蓂荬又道："归凤哥，我知你心中难过。其实，也未必一定要学成凤舞术才能报仇。任凭哪一种忍术，修炼到极致，威力皆不可思议。以归凤哥的天资和忍术修为，假以时日，必能与四大国忍不相上下。到那时，又何愁报不了父仇？"

光波翼知道蓂荬只是在安慰自己罢了。固然自己刻苦修炼，忍术日进，对手又岂是平庸之辈？忍术修为又岂能停滞不前？待自己修炼到与他不相上下时，也不知几十岁了。当下无话，又苦笑一声，将蓂荬抱得更紧了些。

南山果然日夜精进诵咒，不足两日便诵满了十万遍释迦牟尼佛心咒。自此，光波翼便每日教授南山御鹤术，兼与姐妹二人诗酒游乐，又常常四处救济穷困，当真过起了与世无争的逍遥日子。蓂荬却能察觉得到，光波翼常常将一丝忧闷埋藏在歌笑之下。

南山终于招来了第一只灰鹤，兴奋地为那鹤儿取了名字，又将其养在园中，拉着蓂荬一同为那鹤儿梳洗羽毛，小萝与纪祥也都围住那鹤儿观看，只道是无意中自己飞来的。那鹤儿倒也乖巧，竟时不时张翅起舞，惹得大家欢笑不已。

这一日，光波翼独自一人在书房中，取出孙遇临摹的父亲遗作——阆苑十二楼图，对着那图画发呆。不久蓂荬走进门来，为光波翼端来一壶热茶。

蓂荬从未见过那画，便上前细看。

光波翼道："此画乃父亲临终前所作，其中或有奥妙，我却始终未能看出。"

蓂荬问道："归凤哥上次离开杭州，前往阆州，便是为此画而去吗？"

光波翼道："我是想查明父亲遇害真相，当今北道长老目焱的嫌疑最大，我却一直无法查到确切证据。上次去阆州反而中了邪道幽狐的诡计，惹出许多无谓的风波来。"

蓂荚道："或许有一个人能够帮助归凤哥查明真相。"

"谁？"光波翼扭头问道。

蓂荚却摇摇头道："我也不知此人名姓，却知道有这样的人，至少有一位。"

光波翼不解地看着蓂荚。

蓂荚微笑问道："归凤哥可知我百典家的本事吗？"

光波翼道："我自幼便听义父说过，百典族忍者有两样本领，一是独步天下的遁术，二是通晓全部忍术传承，对于各族忍者的忍术皆了如指掌。只是百典族忍者自己却不许修炼任何其他忍术。"

蓂荚点点头道："归凤哥所言不差，只是我百典族如何能够对其他各族忍者的忍术都了如指掌呢？"

光波翼道："自然是因为通晓了全部忍术的修法。"

蓂荚道："所谓的了如指掌，不但要知道这忍术的修法如何，还要知道这忍术是否有人在修，是否有人修成，其修为究竟如何。"

光波翼讶道："这便如何能够知晓？"

蓂荚道："其实我百典族还有一种本领——寂感术。"

"寂感术？我却从未听说过。"光波翼道。

蓂荚又道："非但归凤哥没有听过，只怕连各道长老也未曾听过。这寂感术乃极秘之术，我祖上遵从非空大师之教，连此术的名字也不令外人知晓。"

光波翼道："那你今日将这名字说出，岂不坏了祖上规矩？"

蓂荚忽然红了脸，小声道："除非是夫妻之间……"

光波翼心中一甜，轻轻拉起蓂荚的手道："那你可千万莫要坏了规矩。"

蓂荚想要将手抽回，却被光波翼握住不放，更羞得低了头，娇嗔道："你还要不要听人家把话说完？"

光波翼这才放开蓂荚，只听她继续说道："施展此术时，便能感知到是否有修炼某种忍术之人，亦能大致知晓他的方位所在。从前，我曾感知过这世上仍有人会通心术，至少两年前尚在。"

"通心术！"光波翼大为惊讶，又道，"难道通心术尚未失传？为何你说至少两年前尚在？如今却怎样了？"

莫荚回道："我最后一次施展寂感术是在两年前，那时尚未与归凤哥相识。施展寂感术，须内外俱寂，故而对施术环境要求颇高。从前家父在世时，我每月至少都会施术一次，父亲过世后，此术便施用得少了。结识归凤哥不久，接连发生了许多变故，之后一直四处奔波，每日也常与南山厮守一处，更加无法施术。否则，我早已看穿了归凤哥的忍者之身，也不会让归凤哥瞒了我这么久。"

光波翼点点头道："原来如此。只是那通心术如何能助我查明真相？莫非要请那精通此术之人当面与目焱对质不成？"

莫荚道："看来归凤哥对通心术并不知晓，这也难怪，传言通心术绝传已有数十载，如今了解它的人已寥寥无几了。我想，或许识族忍者也同我们百典族一般，不想再纠缠于世上的争斗，便改了姓氏，混迹于市井罢了。"

光波翼道："原来百典前辈是有意躲避各道忍者，故而才隐姓埋名。"

莫荚笑了笑，又道："通心术并非如那邪道幽狐的读心术一般，只能看看人的心思而已。通心术之所以被视为珍贵秘术，乃是因为施展此术，可直视他人的阿赖耶识，令那人曾经过的每一念、说过的每一言、做过的每一行，都无法隐瞒，可谓一览无余。"

〔按：阿赖耶识，佛教术语，又名藏识，因其记录、含藏了每个人的一切善、恶，心念、言行，而且永远不会失去，故名藏识。佛教认为众生轮回生死者即是此识，故俗称神识。

丁福保编《佛学大辞典》云：A^laya，又作阿剌耶，心识名，八识中之第八。旧称阿梨耶，译曰无没，有情根本之心识，执持其人可受用之一切事物而不没失之义。新称阿赖耶，译曰藏，含藏一切事物种子之义。又曰室，谓此识是一身之巢宅也。盖此识中所含藏之种子为外缘所打而现起，以组织其人之依（外界）、正（身体）二报。"三界唯一心"之义即由此识而立。〕

"如此便可洞悉目焱内心的真相了。"光波翼接口说道。

莫荚点了点头。

"看来这识族忍者如今多半也不会姓识了，我们却要去哪里寻他？"光波翼问道。

莫荚微微笑道："如今有归凤哥在身边，也不必再背着南山，我便可大胆施术了。今晚我便施展寂感术，看看他现今身在何处。"

次日清早，晨曦透出天地交际，蓂荚推开房门，看见光波翼已在门外守护了整整一夜，忙将他拉进房内，让他坐下。

光波翼尚未坐到椅子上，便开口问道："结果如何？"

蓂荚含笑道："放心吧，归凤哥，已经找到他了，此人应该在南方千里之外。两年前我观察时，看到有两位修成通心术的识族忍者，如今却只寻到一位。"

光波翼道："或许也是父子二人，如今过世了一位。"话才出口，光波翼忽觉不妥，尤其他说"也是父子二人"，只怕会勾起蓂荚一些伤心往事来。

蓂荚却只淡淡一笑，道："如此也未可知。"随即又道："归凤哥打算何时启程去寻他？"

光波翼道："愈快愈好，免得夜长梦多。"

蓂荚点点头道："也好，我这便去准备，明日一早咱们便启程。"说罢便要起身。

光波翼忙拉住蓂荚道："不忙，昨夜你辛苦一宿，歇息两日再走不迟。"

蓂荚道："我不妨事，倒是归凤哥在外面坐了一夜。"

光波翼道："这算什么，只如闲坐歇息一般。那便这样定了，两日之后咱们再启程。"

蓂荚道："我听归凤哥的。归凤哥……"

光波翼凝视着蓂荚，知她还有话说。蓂荚犹豫片刻，又道："昨夜，我还看到西北方向，有人在修炼目离术。"

光波翼嘴角翘了翘，应道："我知道，一定是目焱。"

蓂荚又道："他的修持好像有了很大进展，照昨夜情形来看，应当再过三五年，他便会修成了。这目离术除了最初的目族忍者之外，还从未有第二人修成过。"

光波翼微微点了点头。

晚饭时，大家有说有笑，光波翼借机说道："南山，过两日我和你姐姐要外出办一件事，你乖乖在家练功，好生养你的鹤儿。"

南山问道："你们要去哪里？办什么事？"

光波翼道："我们去洛阳一带寻找一个人。"

"洛阳？我也要随你们一同去，正好去散散心、解解闷儿。"南山说道。

光波翼为南山夹了一口菜，又道："我们又不是去游玩，你最好还是留在家中，最近府中又收留了几个新人，你留下也好帮忙照看照看。"

南山忙回道："不是有小萝和纪祥吗，平日也是他们管着这些，哪里用得上我？我不要留下，不许你们撇下我。"

光波翼道："我们这次是去寻找一位忍者，尚不知有无危险，况且用不了多久我们便会回来了，你还是留在家中练功的好。"

南山噘嘴道："我就知道，你们早晚会嫌弃我碍手碍脚，早晚都有抛下我的这一天，没想到这么快就来了。"说罢竟然眼泪汪汪。

莫茉忙安慰她道："你这小东西，总拿这些话来激人，谁嫌弃过你了？再难的时候姐姐也不曾丢下你，你又何必做出这般可怜模样来？也罢，你若真想去，便带你一同去好了。"

南山闻言仍嘟着嘴道："姐姐虽这样说，哥哥却未必答应呢。"

光波翼笑道："看你这副模样谁敢不答应呢？若不然又会拿出欠账讨债的话来噎人了。"

南山哼一声道："既然哥哥这样说，我便非要拿出这话来，你们以后再也不许说出留下我一个人的话，不管你们去哪里，都要带着我一起去。"

莫茉笑道："好好好，依你便是。"

南山又道："还有，这次可否带着我的鹤儿一块儿去？"

光波翼摇头道："恐怕不行。"

"为何不行？"南山问道。

光波翼道："我们要乘丹顶仙鹤去，每个时辰可飞一千六百里，你那灰鹤却只能飞一千里，我们到洛阳时，只怕它还在半路上呢。"

南山无奈，只得叹口气，支着下巴发呆。

莫茉看她呆呆的样子不禁扑哧一笑。

南山瞥了一眼莫茉道："有什么好笑的？总有一日，我也要招一只丹顶仙鹤来养。"

莫茉抿嘴道："那你可要多多刻苦用功了。"

两日后，三人趁着天色未明便乘鹤起飞，天亮时已飞出数百里之遥。刚入辰时，三人便已进了洛阳城。

五月下旬，洛阳天气已颇为炎热，不比清凉山中。

三人先寻了家静僻客栈落脚，吃过早点，莫茉便上座修法观察，不大工夫便收了忍术，让光波翼进到屋中，高兴地说道："此人就在这洛阳城中！"

光波翼忙问道："能确定吗？"

蓂莱点头道："距离愈近，我便看得愈真切，也愈容易察知其确切方位。以适才定中情形来看，此人就在东北六七里外，咱们到那再施术一回便可确知了。"

光波翼道："你连续施术未免太过辛苦。"

蓂莱微笑道："不妨，只要施术时不被打扰便好，有归凤哥在身边，我心里踏实得很。"

光波翼闻言将蓂莱紧紧拥在怀中，半晌，蓂莱轻声说道："归凤哥，咱们还是赶快去吧，免得那人一走动，便无法追踪到他了。"

光波翼这才放开蓂莱，到隔壁叫上南山出发。南山正独自在房中闷得无聊，见来唤她，忙高高兴兴地跑出门来。

洛阳乃多朝古都，自夏帝太康最初建都于此名"斟鄩"之后，后朝便多于此建都。唐虽都于长安，亦以此为东都。睿宗时更名为"神都"，武则天建大周后便定都于此。故而洛阳一向为昌盛之地、繁华之都，为丝绸之路的最东端，加之又为水陆枢纽，胡商多经广州、扬州而抵洛阳，再由此去长安。文人集市、商旅接踵，古城盛况可想而知。可惜安史之乱，洛阳遭受浩劫，其后繁荣之貌大不如前。饶是如此，终不失为中原一流裕地。

走到街上，南山雀跃而行，左右那寻人之事与她无干，倒落得个轻松自在的心情。

三人从修文坊出发，向北过了天津桥，沿洛水东行。只见沿岸桃李茂盛，杨柳成荫，水上长桥横流，清风逗波，自然令人神怡气爽。

南山叹道："这洛水果然别有一番气韵，怪不得曹子建渡洛水而作《洛神赋》。'远而望之，皎若太阳升朝霞。迫而察之，灼若芙蕖出渌波。'这话倒像是说姐姐的，不知那宓妃与姐姐相比，谁更美些？"

蓂莱道："你又胡说，我这丑八怪怎么敢与宓妃相提并论？"

南山道："姐姐自己说的可不作数，须听哥哥说来。"

光波翼笑道："依我看，你姐姐比宓妃还要美。"

南山拍手叫道："你看，我说的没错吧。若将这'翩若惊鸿，婉若游龙'改作'翩若惊凤，婉若游龙'便更加贴切了。"

光波翼闻言哈哈大笑，蓂莱故作生气道："好啊，你们两个合起伙儿来挪揄我，这回我再不能饶你。"说罢伸手去搔南山腋下，吓得南山赶忙逃开，躲到光波翼身旁，蒉莱随后便追，二人一前一后，绕着光波翼转来转去。

笑闹一阵，南山告饶，又道："传说宓妃乃伏羲小女，因溺于洛水，故而做了洛水之神。那娥皇、女英也是因为投了湘水，故而才做了湘水之神。为何这水神都是女子做的？而且又都是美丽女子？"

光波翼道："大概女子若水吧。"

南山又道："不过娥皇、女英总好过宓妃，毕竟姐妹二人日夜厮守，生时同嫁一夫，死后同游一水，也不至于孤独寂寞。"

（按：《史记·五帝本纪》及《列女传·有虞二妃》载，尧帝将两个女儿，长曰娥皇、次曰女英，嫁给舜做妻子，姐妹二人共同侍奉丈夫，甚有妇道。三年后尧将王位传与舜，而二女也成为母仪天下的典范。传说舜南巡时死于苍梧，藏于九嶷山，二女扶竹向九嶷山方向泣望，泪痕染竹成斑。后姐妹二人投湘水而亡，成为湘水之神。晋张华《博物志·史补》云："舜崩，二妃啼，以涕挥竹，竹尽斑。"今江南有斑竹，亦称"湘妃竹"，盖出于此也。屈原的《九歌·湘君》《九歌·湘夫人》即为歌颂二女所作。）

光波翼与蒉莱皆听出南山话中有话，便都缄了口，不再搭话。

南山又自顾说道："'沅有芷兮醴有兰，思公子兮未敢言。'我倒觉得这《湘夫人》作得比《洛神赋》更美，更有回味的余地。"

光波翼道："南山，咱们还有正经事要办，须走得快些，免得误了时光。待了了这桩事，咱们再到水畔吃酒吟诗吧。"

走过六七坊之地，到了临水的"铜驼""上林"二坊之间，蒉莱道："左右便距此不远了，咱们便在岸边稍坐，待我再看一看。"

正说话间，忽闻马蹄乱响，只见北面由东向西奔过五匹飞马，打首那马儿浑身雪白，阳光映射之下竟熠熠刺眼，加之体型高大健硕，四蹄撒开，白尾飘飘，颇有些化龙欲飞之势。马上那人，虽看不清面貌，却见衣着甚为光鲜，身后跟着四人，清一色锦衣乌马，虽不可与为首那人同语，人马英姿也远胜长安显贵之家。

"好俊！"南山不禁脱口赞道。

"你又不曾看得真切，如何知道人家俊不俊？"蒉莱笑道。

"我是说那白马好俊，谁又理会那骑马的人？我还从未见过这样雪白的马儿，竟好似披了层白缣一般。"南山忙回道。

光波翼也笑道："不错，这白马世所罕见，必是一匹宝马。"

南山又道："不知那几人是什么来历，想必是这洛阳城中的极贵之人。"

光波翼"嗯"了一声，又道："我看这水边也未必安静，咱们还是再寻一家客栈吧。"

蓂莱也点头同意，三人便绕着上林坊转了一周，却见那上林坊竟有大半个街坊都被一所大宅院占了去，那宅院朱门山牟，院墙高垒，院内林立的阁楼顶子碧瓦生辉，好不阔气。

终于绕到上林坊东侧的"温雒坊"，方寻了家"雒上客栈"。要了上房，蓂莱忙到房内施展寂感术。

不多时，蓂莱收了忍术，说道："可惜，咱们晚了一步，那人已离开这里，如今已到了西方十余里之外。"

光波翼道："这么快便离去如许远，想必便是适才咱们见过的那几个骑马的人。"

蓂莱点点头道："适才咱们见的那宅院那样子阔气，或许那人便是宅院的主人也未可知，咱们不妨去打探打探再说。"

光波翼便去寻了客栈的伙计，先赏了钱，再询问那宅院情形。伙计得了钱，高兴回道："公子必是初来洛阳，竟不知道'洛阳南石'。"

"洛阳南石?"光波翼反问道。

伙计续道："这家主人姓石，乃洛阳城首富。咱洛阳城有南北两个集市，南市少说也有北市两个大。有句俗语说：一百二十行，三千六百肆，一百零八国，尽在洛南市。可知这南市有多繁华。这南市既是这样繁华，却有大半生意都是石家的，你道这石家可有多富！故而大家都叫这石家作洛阳南石。"

"原来如此。"光波翼又问道，"那石家主人是何样人物?"

伙计道："从前石老爷很少露面，咱们从没见过。前两年那石老爷过世，他的独生儿子唤作琅玕的接掌了家业。这位公子爷倒不似他老子作风，只一味地到处贪玩，又喜铺张，出手极为阔绰，常常一掷千金，加上他天生一副俊俏模样，为人又颇有些才情，惹得这洛阳城里的姑娘做梦都想嫁给他。只是他至今仍未婚配，或许还没有瞧上眼的。"

光波翼道："如此说来，他竟是个败坏家业的了。"

伙计道："公子这话却说错了。那石公子为人虽然顽皮，经营生意却比他老子还要厉害，自打那石老爷死后，石家的生意愈发做得大了，饶是他如此大手脚地花钱，家业倒比从前翻了个筋斗。"

光波翼又问道："适才我见有一人骑着匹雪白大马向西去了，后面追着几个骑黑马的随从，不知可便是那位石公子？"

伙计道："正是他。听说他那匹白马唤作'雪螭马'，是从一位胡商手中花了十万两银子买下的。"

光波翼心道："果然阔绰。"当下谢过伙计，回到楼上将情形说与姐妹二人。

大家聊了会儿洛阳南石的闲话，南山道："既然那姓石的骑马走了，咱们还到哪里去寻他？"

蓂荚道："他家既然在这里，总是要回来，咱们守在这里便是。"

三人又闲坐了一个多时辰，南山无聊，起身说道："哥哥说这洛阳南市繁华，咱们去瞧瞧如何？"

蓂荚道："偏你坐不住，这才多大工夫你又想出去闲逛了。等归凤哥见了那位石公子咱们再去玩不好吗？"

南山只得嘟了嘴，又一屁股坐回椅子上。

光波翼见状笑说道："也难为她这好动的人了。既然她嫌这里憋闷，你们去南市逛逛也好，凡事小心些，若有不妥的，便赶紧回来，我只在这里等着那石公子回来，不在客栈便在石府中。"

南山闻言大喜，连声叫好。

光波翼又笑对蓂荚说道："如今你却不必令人担心了，只是看好这个淘气的，若真有事，切不可与人争执，立即回来寻我便是。"

蓂荚笑了笑，说道："也罢，留她在这里也是吵闹人，咱们回来仍在这客栈碰面。"说罢径领着南山往南市去了。

光波翼关好门窗，坐到榻上施展起天目术来，既作修习，又可看着那石琅玕回家。

这一座法直修到午后，方见那一白四黑五骑人马远远地沿着河岸自西而来。光波翼忙收了忍术，赶去石府门前等候。

待那雪螭马跑近，光波翼上前抱拳道："石公子，有礼了。"

石琅玕将马勒住，也抱拳回礼，一面上下打量光波翼。

光波翼此时方看清，这石琅玕有二十七八岁年纪，相貌却是七八分的俊朗带着十二分的洒脱，嘴角似翘非翘，眉头似蹙非蹙，秋月般清澈的眼中若冷若笑，成熟中又透出一股子玩世不恭的态度。那一身装束极为华贵，金丝牡丹花纹的翠绿底儿缺胯袍，颈间露出雪白的细氈内衫小领，腰扎包金边的嵌十二月令白玉牌的牛皮带，墨绿的麂皮长勒靴，浅碧色幞头用一条镶翠的丝带扎绑，连胯下那匹雪螭马也是翠绿的软垫配着金闪闪的辔鞍，真真一个金雕玉琢的倜傥贵公子。

石琅玕道："在下似乎与阁下不相识吧？不知有何见教？"

光波翼道："不敢，在下想借一步同石公子说几句话。"

石琅玕笑了笑，说道："好，那便请到书房一坐。"说罢一拱手，双腿一夹，竟骑着马径自从西角门奔进府中去了，三名随从也策马跟了进去，只有一人下了马，向光波翼恭敬施了一礼，引着他进府。

光波翼心道："好个无理的家伙。"只得跟着那随从进门。

到了书房就座，早有女婢送了上好的香茶、果品进来，却迟迟不见石琅玕到来。光波翼环视那书房，见屋内陈设极为奢华，多宝格上的金玉摆件皆极精美考究。墙上挂着刘希夷的真迹："天津桥下阳春水，天津桥上繁华子。马声回合青云外，人影动摇绿波中。"又挂着一幅李太白的诗句："黄金白璧买歌笑，一醉累月轻王侯。"却是琅玕自己所书，字迹飘洒俊逸，倒与那诗句极般匹的。

看了半晌，传来一阵脚步声，光波翼一闻便知为一男二女，那男子脚步极轻稳，必是极有修炼的忍者无疑。

甫一进门，石琅玕拱手笑道："失礼，失礼，让公子久等了。"已然换了一身懒散的紫红色薄丝燕服，手中拿着一柄沉香木折扇，远远便可嗅到阵阵幽香。

光波翼笑回了一礼，各自就座。随石琅玕进来的两名美婢为二人斟了新茶，换上新果子，方施礼出去，将门带好。

光波翼说道："石公子这隐居的日子过得倒真是逍遥快活。"

石琅玕闻言微微一怔，随即甩开折扇，轻轻摇着扇子笑道："在下不过守着点祖业过活，何谈隐居？"

光波翼微微笑道："见了真人不说假话，识族忍者隐居数十载，不想却成了洛阳首富。"

石琅玕眯起双眼道："在下愈发不明白阁下所言了。"

光波翼亦稍稍沉默片刻，又笑道："阁下脉气已入心、顶二轮，想必已施展了通心术，那便请阁下仔细看看，在下可有恶意?"

　　石琅玕闻言又是一惊，"唰"的一声收起折扇，伸手示意光波翼止语，低声道："此处不宜说话，请阁下到内书房一叙。"便起身引着光波翼径往内院走去。

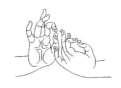

第五十二回

琼瑶圃琅玕点花
牡丹台贵妃醉酒

光波翼见院中亭台花木错落别致，虽不及纪园施设精巧，其宏伟大气却更有过之。

光波翼随着石琅玕进了内书房，见这里果然幽静隐秘。

石琅玕伸手示意，请光波翼坐下，自己也坐到一张靠榻上，问道："可否请教阁下尊名？"

光波翼回道："在下光波翼，字归凤。"

石琅玕拱手道："原来是归凤兄，失敬。"

光波翼也拱手道："石兄不必客气。"

石琅玕道："在下本名璞，字琅玕，你只管叫我琅玕便是。请恕我冒昧，据我所知，光波族以追光术名满天下，不想归凤兄竟然还学会了别家的忍术。"

光波翼道："小弟此来，也正与此有关，请琅玕兄施展通心术一看便知。"

石琅玕又打开折扇，笑道："常人都不愿被人瞧穿心事，归凤兄何以这般急着让我施展通心术？"

光波翼道："在下既然来了，自然便要以诚相待。再说，在下自问从未做过不敢示人的亏心之事，也不怕被琅玕兄窥见。"

石琅玕一摆手道："鄙祖上自从退隐以来，便不再过问忍者之事，在下更非多管闲事之人。今日归凤兄既找到我，咱们权且做了朋友，你若想在洛阳城玩乐，或者需要银钱，都尽管开口，只不必再提忍者之事。"

光波翼道："若是其他的事，在下也不敢贸然打扰琅玕兄，只是此事关乎小弟父母大仇，不得不请琅玕兄出手相助。"

石琅玕闻言不语，停了手中轻摇的折扇，又微微眯起双眼，半晌睁眼说道："归凤兄，请恕我直言，你要我去找的这人乃当今天下最难招惹之人，我若帮了你，只怕将来死无葬身之地。"

光波翼知他已用通心术观察了自己，便说道："小弟只想请琅玕兄暗自观察真相便可，必不会稍稍向外人透漏琅玕兄的身份以及援手之事。"

石琅玕道："归凤兄，想必你也知道，这通心术须在十步之内方能与对方的神识相通，我若去到那目焱十步之内，以他的天目术，怎会视我不见？请恕在下不能去蹚这浑水。"

光波翼道："琅玕兄既已知晓了我内心之事，又不肯帮助在下，难道便不怕我会对琅玕兄不利吗？"

石琅玕笑道："归凤兄天性良善，无论我帮不帮你，你都不会为难于我。"

光波翼道："琅玕兄既已知晓我的为人，便应相信，你若因助我而惹祸上身，我光波翼必当拼死护你。"

石琅玕挑了挑眉毛，靠倒在榻上，又摇着扇子微笑道："归凤兄，依我看，你也未必非要查明那真相不可。归凤兄原本便是一个重情义、轻仇恨的人，如今身边又有了一位才貌无双的蓂荚姑娘，那蓂荚姑娘在你心中的分量，只怕早已胜过寻仇之事了吧？"

光波翼道："琅玕兄何出此言？大丈夫自当爱恨分明，情仇岂能混为一谈？个人恩怨倒也罢了，父母大仇却如何轻得？"

石琅玕笑道："爱—恨—分—明，呵呵。世人都以为自己爱恨分明，殊不知这爱恨从来便是交织一处、纠缠不清的。有的人心中明明是爱，表面上却恨得咬牙切齿。有的人心中虽然恨之入骨，却又觉得难舍难分。世上有几个人真正是爱恨分明的呢？更何况这爱恨又都不是一成不变的，爱极的一个人，只因一言不合，便可反目成仇。久恨之人，也可因一时之欢心、一事之利害而言归于好。所以说人心最难捉摸，你若看得多了，便也不足为怪了。"

光波翼道："琅玕兄恐怕将话扯远了，小弟既已寻到了你，便不会轻易罢休，还望琅玕兄成全。"

石琅玕道："这样吧，请容我思量思量。归凤兄难得到东都一游，请允许在下略尽地主之谊，让人陪归凤兄到处玩玩看看可好？"

光波翼道："那倒不必了，只希望琅玕兄能够尽快些。不知琅玕兄需要思量多久？"

石琅玕伸出手指回道："最多三日。"

光波翼点头道："好，我便等候三日，三日后我再来府上叨扰。"

石琅玕道："既然如此，归凤兄何不暂到寒舍小住几日，总强过住那客栈。"

光波翼正要推辞，石琅玕又道："这里虽不敢说舒适，倒还算清静，不至于被那些杂七杂八的人打扰到。"

光波翼这才明白，原来石琅玕是担心自己的行踪被其他忍者窥见，因此暴露了他的身份。当下笑道："也好，那就恭敬不如从命了。"

石琅玕也笑道："好，在下今晚便在家中设宴，为几位接风。"

光波翼走出石府，石琅玕亲自送出门来，忽见南山迎面跑上前来，叫道："哥哥！"

光波翼忙问道："你怎么来了？出什么事了吗？"

南山道："没什么，只是见哥哥迟迟不归，等得人心急，便过来瞧瞧。"

石琅玕在旁插话道："这位便是南山姑娘吧？"

南山这才将目光转到石琅玕身上，问道："你怎会知道我的名字？"

石琅玕笑道："你这位哥哥可是大大夸赞你呢。"

南山闻言喜道："真的吗？"扭头看向光波翼，光波翼脸上微热，说道："这位便是石公子。"

南山正要向石琅玕问礼，却见石琅玕正上上下下地仔细打量自己，不觉有些反感，问道："你看什么？"

石琅玕回道："当然是看姑娘你了。"依然凝视着南山。

南山气道："你这人怎的这般无礼！我又不认识你，你干吗这样看人家？"

石琅玕摇起手中扇子道："姑娘这话未免奇怪，正因为我们初次见面，所以我才要将你看得仔细些，这怎算是无礼？难道彼此熟识之人，见面却要看个没完吗？"

南山瞪了他一眼道："满口歪理，懒得睬你。"

光波翼道："南山一向顽皮，琅玕兄不必介意。"

石琅玕笑道："正因心地单纯，才能如此心直口快，比起那些面和心狠的女子不知要强过多少。归凤兄的这位小妹妹倒真是难得一见的人品。"

南山道："谁要你拍马屁？哥哥，咱们走吧。"

光波翼向石琅玕告了辞，便与南山回到客栈，将情形同萁莱讲了，此时亦不再回避南山。南山此时方知那石琅玕原来是有本事帮助光波翼查明父仇真相之人，不禁叫道：“早知如此，我便不会骂他无礼了。他该不会因此便赌气不帮哥哥了吧？”

光波翼笑道：“此人行迹的确放浪不羁，倒不至于如此心胸狭隘。纵然他不肯帮我，也不会是因你骂他无礼之故。我倒觉得也该有人骂他一骂才好。”

南山这才喜道：“哥哥这样说，我便放心了。只是这人如此讨厌，咱们何必住到他家中去？”

光波翼道：“此人虽然外表洒脱不羁，心思却甚为细密，他是担心咱们住在这客栈中，万一被其他忍者看见，由此发现了他的忍者身份。想来这识族忍者的确是不想重出江湖了。”

南山笑道：“这倒好，我们却将这把柄抓住，不怕他不肯帮忙。”

蓂荚道：“求人帮忙自然要以礼相待，哪有这样要挟人家的？”

南山撇了撇嘴，不以为然，又问道：“既然那石琅玕会通心术，那他岂不是会看透我心中所想？”

光波翼道：“他也并非随时都能知道别人心中所想，也须调息诵咒施术才行，你见他眯起双眼时，便知是准备施展通心术了。另外，他这通心术只能在十步之内方才有效，超出十步之外，他便无法施术了。”

南山又道：“那晚上咱们要同桌吃饭，他岂不便可以施术了？”

蓂荚笑问道：“你有什么见不得天日的心思，怕被他窥见？”

南山哼一声道：“姐姐自己才怕被他窥见吧，还敢来取笑我。”

蓂荚道：“他又见不到我的，我怕什么？”

光波翼道：“你姐姐心中装着全部忍法传承，若轻易便被人窥了去，岂不天下大乱？故而百典族忍术中，自有破解之法，令那识族忍者的通心术失灵。”

南山叫道：“好啊，原来姐姐自己心中有了底儿，才这样饱汉笑话饿汉，真是太可恶了！”

光波翼笑道：“你急什么，我还不是同你一般，也照样被那石琅玕窥见了去。”

南山听光波翼这样一说，忽然想到石琅玕一见自己便说光波翼大大夸赞了自己，如今看来却是他窥见了光波翼的内心，如此说明，哥哥心中当真认为自己很好，不禁又喜又羞，脸上泛起阵阵红霞，欲言又止，有些扭怩起来。

光波翼与蓂荚都看着南山奇怪，虽不知她心中想些什么，却也猜到必与光波翼有关，连他二人也跟着有些脸红了。

三人正说了这些话，忽听门外有人敲门，开门来看，却是石琅玕遣了两个小厮来请三人到府里去，顺便取走三人的行李。

石琅玕此番亲自到府门来迎，南山也将他打量了个上下，见他举手投足之间，纵然施礼恭敬之时，也藏不住骨子里散发出的洒脱与放浪，虽不及光波翼的俊美与英雄气度，却也称得上相貌堂堂，尤其那似乎可以看淡一切的眼神，更显得深熟许多。

石琅玕见南山看他，便笑道："若不是姑娘浪费了上次打量我的机会，这回也不必费力再看一遍了。"

南山被他说得脸红，"哼"一声道："我只让你这一回，不与你计较，你可别得寸进尺。"

石琅玕躬身施礼道："多谢姑娘相让。"说罢请众人进府。

宴席设在石府后花园——"琼瑶圃"中的牡丹台上，三人惊讶地发现，园中各色牡丹盛开，青白赤黄粉绿紫，一团团，一簇簇，煞是美艳。三人早知洛阳牡丹驰名天下，可惜此番到洛阳城，却错过了花季，无缘欣赏这国色天香，不知为何石府中的牡丹花却开得这般繁盛。

石琅玕知大家心疑，释道："鄙府中有位顶尖的侍花高手，能令这园中牡丹历春、夏、秋、冬四季而次第盛开，一年中仅有一两个月是不开花的。"

南山喜道："这园中的牡丹真美！不知都叫作什么名字。"

石琅玕边用折扇指指点点，边介绍道："这绿色的唤作'春水绿波'，这几株黄色的唤作'玉玺'，这个墨紫色的唤作'墨楼'，那个叫'葛巾紫'，那边蓝色的唤作'蓝芙蓉'，那几株大红的唤作'珊瑚台'，那两丛白色的，左边的叫'玉板白'，右边的叫'白鹤羽'，还有那边红粉双色的唤作'二乔'，三色的唤作'三彩'。总之这园中有近百种牡丹，很多都是别处罕见的。"

南山讶道："原来牡丹花竟有这么多品种。"

石琅玕道："那里还有两株更奇的，你们可想瞧瞧?"

南山忙点了点头。

石琅玕便引着众人绕到一处，见有两株碧绿的牡丹用汉白玉的栏楯围护着，那花朵直径有半尺多长，花瓣重重叠叠，似有千百层。南山便问这花唤作什么。

石琅玕道："此花唤作琅玕。"

"琅玕?"南山怪道，"与你同名吗?"

石琅玕点点头。

南山笑道："原来你取了个花名。"

石琅玕却道："是这花用了我的名字。"

"这却为何？"南山问道。

石琅玕指着那花说道："你仔细瞧瞧便知。"

三人凑近花朵，一见大为惊讶，原来那花每一片花瓣上都有黄豆大的"琅玕"二字。

南山叫道："这花上怎么会有字？是你让人写上去的吗？"

石琅玕笑道："亏你想得出，这字自然是它自己生出来的，如何能写得上去？"

南山问道："花瓣上如何会生出字来？又偏偏是这两个字？"

石琅玕微微点头道："你若说它是写上去的，也无不可。只是那字是写在花根上的，并非写到花瓣上的。"

"这话如何说？"南山又问。

石琅玕道："我那花匠有个秘术，能在花根上写字，等花开时，字便会出现在花瓣上。传说当年八仙之一的韩湘子便会此术，他曾在花上写了'云横秦岭家何在，雪拥蓝关马不前'两句，后来果然应在他叔父韩昌黎身上。"

南山道："那也只是传说而已，不想竟真有人能在花上写字的。"

石琅玕笑道："你若喜欢，我可以让人也写上你的名字，来年这园中便多了一品'南山'牡丹了。"

南山哼道："谁稀罕！就像这两株绿牡丹一样，原是这样美的，却写上了那两个丑字，真是糟蹋了这好花儿。"

石琅玕闻言哈哈大笑。

四人登上牡丹台就座，桌上早摆好了各样美肴佳馔，餐具亦极尽精致考究，若金若银若瓷若木，无一件不是极品的。

南山却好奇那桌子中间有一个尺余高的银摆件，乃是四个背靠背跪坐的婢女，每人均恭敬地捧着两手在胸前，四人头上则共顶着一个兽头盖儿的圆壶，壶身下部向四方各伸出一个张口的龙头来。

南山问道："这摆件儿倒做得有趣，不知是做什么用的？"

石琅玕便从桌上拿起一只酒杯，放到其中一个婢女手中，只见那婢女头上的龙嘴里吐出一股酒来，将将盛满酒杯，酒便停止不再流出，那婢女却将两手捧着酒杯伸了出来，好像在向人敬酒一般。

南山高兴地叫道："太有趣了！什么人做出这样好玩的东西来？"

石琅玕道："这样好玩的东西我这里还有很多，你若喜欢，等吃过饭我带你去一件一件地看，一件一件地玩。"

南山拍手道："好啊。"也拿起一只酒杯放到面前婢女手中去倒酒。

石琅玕先向光波翼等人敬了两杯酒，又单独向南山敬酒，南山问道："你为何敬我？"

石琅玕道："我这人不拘小节，一向都是促狭别人惯了，没想到今日遇到南山姑娘这样的好对手，不免有些英雄相惜，故而愿敬姑娘一杯。"

南山嗤笑一声道："亏你还敢自称英雄，你也只会将自己的名字胡乱写在花上，欺负欺负那几株牡丹罢了。如今天下正乱，你若真是英雄，便该抢枪上阵，帮朝廷剿灭贼寇去。"

石琅玕笑道："南山姑娘教训得极是，石某原本便是个胸无大志之人，甘愿过这市井偷闲的日子。"

南山"哼"了一声，自顾拿起酒杯吃了口酒。

石琅玕微微一笑道："我只当姑娘接受了在下敬酒。"说罢将酒一饮而尽。

大家一边赏花一边吃酒，琅玕尽讲些洛阳城的风土人情、佳话逸事，竟是极会说笑的，逗得大家笑声不断。

酒过三巡，石琅玕微微眯起眼睛，南山看见便说道："果然你又耐不住要来偷窥人了，左右哥哥已被你看过了，姐姐的你又看不见，也只剩下我一个了，要看便看，我又不是什么大富大贵的南石北石，也不曾坑过人家钱财，也不曾霸过人家儿女，还怕被你看出什么亏心事来不成。"

茣莱轻轻叫了声："南山，不得无礼。"

南山又道："这有什么，左右他要偷窥人家心思，我便不说出来，也是被他看了去，倒不如自己说出来的痛快。"

石琅玕哈哈笑道："佩服，佩服！在下还从未见过似姑娘这般直心直肺的人儿。依我看，也不必施展什么通心术，任谁都能轻易看透姑娘的心了，若有那看不透的，也早被姑娘自己说透了。在下再敬姑娘一杯。"说罢也不理会南山受不受他这一敬，自顾将杯中酒饮干了。饮罢又道："不过在下却要向姑娘喊一句冤，我也从未坑过人家钱财，也从未霸过人家儿女，这家中的一砖一瓦，可都是正正当当得来的。"

南山撇嘴道："要喊冤等日后向阎王老子喊去，我又不会通心术，谁知道你说的真话假话。"

石琅玕又摇头大笑道："好好好，在下实在是服了姑娘，悔不该当初自不量力，竟敢同姑娘斗嘴，只怕这日后的余报无穷无尽了。"

众人闻言也都大笑。

大家又吃了一阵子酒，说了些闲话，光波翼问道："我见琅玕兄也是个文武全才，为何要隐于市井，不出来报效朝廷呢？"

石琅玕闻言笑了笑，又打开折扇轻摇道："所谓忠孝难以两全，当年自先祖退隐以来，石家便立志不再参与朝政之事，后人亦不许为官。在下虽不肖，也只好谨遵祖训，一心经商而已。归凤兄不是也有了退隐之意吗？"

光波翼道："我何时有过此意？"

石琅玕又微笑道："或许我比归凤兄自己更清楚你心中所想。这也没什么，即便没有祖训，我也是这般想法，对于此事你我二人并无不同。"

未及光波翼答话，南山抢道："你少臭美了，哥哥怎会与你相同？你只会说些不相干的闲话，总没见一句正经的。我们都来了这大半日了，你倒说说，何时帮着哥哥去查明真相？"

石琅玕道："没想到南山姑娘还是个急性子。归凤兄已经与我订了三日之约，何必这般急着要我的话？你既说到正经的，我还真想到个正经的话要问问归凤兄与两位姑娘。"

南山问道："什么话？"

石琅玕道："两位姑娘自幼便生长在人物繁华之地，家中也是一二等的富贵，如今却漂泊了这许多时日，那山庄别业毕竟不是长久居住之地。归凤兄与蓂荚姑娘既然如此情投意合，可愿考虑在这洛阳城中安了家业？这里虽不同于江南，自古却是昌荣风流之都，且不说商富农丰，又有数不尽的文人雅客，又没那些个争权夺势的聒噪，比之长安城又不知强过多少，最是适合几位落脚，若几位真有此心，在下愿鼎力相助。"

南山道："哥哥、姐姐是否情投意合与你何干？在哪里安家也不用你来操这个闲心。我们若是相中了哪里，自己不会安家置业吗？我们又不是没银子没钱的，谁要你相助。"

石琅玕忙说道："在下并非此意，我知道归凤兄手中的银子比我还要多上十倍，不过毕竟在下在这洛阳城待久了，人物熟悉，大事小情都容易相与。我也是一番好意，请姑娘不要误会。"他虽这般解释，心中却明知必是那"光波翼与蓂荚二人情投意合"的话惹恼了她，故而才寻他的把柄。

南山又道："我就说你没正经的。你这又算作什么？想卖个好让我们领你的情，过后纵然你不答应帮哥哥的忙，让我们也不好意思怪你不是？石琅玕，我知道你胆小怕事，一味地缩头缩脸，唯恐我们牵累了你，让你做不成这隐居市井的风流公子哥。我却告诉你，你若答应帮我们便也罢了，你若不答应，我便让天下人都知道洛阳城的石公子，是识族忍者，通心术的传人，看你日后还如何隐居？"

石琅玕苦笑道："在下原是一番好意，姑娘却何苦这样逼我。你明明也不是那狠心的人，又何必尽说这些狠话来威吓人？"

蓂荚道："南山，既然归凤哥与石公子约好了期限，你也不必逼人太甚，容他考虑几日又何妨。"

石琅玕忙向蓂荚拱手道："多谢姑娘！姑娘真是女菩萨，专在危难时救苦的。"

蓂荚笑道："你也不必谢我，只怕过两日我们倒要多谢石公子才是。"

石琅玕轻笑一声，又将手中扇子摇起，说道："适才在下的话确是出自真心，蓂荚姑娘与归凤兄可愿考虑考虑？"

蓂荚道："如今南方正乱，谁知道哪一天贼寇大军便会打到北边来，若果真来了，这洛阳城则是必争之地，我倒劝石公子也及早做些准备，为自己留条退路。"

石琅玕道："多谢姑娘提醒，在下从不独竿钓鱼，抱死孤树，石家在南北多地均有产业，倒不至于挨了饿。不过在下新得的消息，此前数月南方频传捷报，朝廷派去共同剿匪的诸道兵马，近日都被诸道行营兵马都统高骈遣退了回来，据说贼寇不日当平，看来黄巢多半是到不了这洛阳城了。"

光波翼闻言蹙眉道："那黄巢军中多有高人相助，如今胜负未分，高骈便遣散了各道兵马，多半是尝到些甜头便怕被人争了功去，如此只怕凶多吉少。"

石琅玕道："那高骈善战是出了名的，这点利害不会不知。他既如此，想必是心中有数，归凤兄未免多虑了。"

光波翼微微一笑道："琅玕兄只怕是隐居得太久了。"

石琅玕不以为然地摇了摇扇子，又道："看来归凤兄对洛阳城是没什么兴趣喽，那也不必勉强。"

此时天色渐暗，大家也都吃喝饱足，住了筷子。

石琅玕掀开桌上一个倒扣的小铜盅，桌面上露出一个圆环来，琅玕伸手拉了那圆环两次。

南山瞧着奇怪，不知这又是个什么新鲜玩意儿。光波翼却道："这铃铛倒设得精巧，竟能传开这么远去。"

石琅玕瞟了一眼光波翼，不禁道了句："佩服。"

原来那铃铛乃是由一根铜丝连到数十丈以外的一间房中，召唤仆婢所用，光波翼竟能听见那铃铛响声，令琅玕大为叹服。

不多时，果然进来两个小厮，琅玕招呼一人近前，对他耳语了两句，那两个小厮便转身出去了。

南山问道："你又要弄什么花样出来？"

石琅玕微笑道："姑娘稍后便知。"随即又拉了那圆环三次。

不大工夫，又进来几名婢女，将桌上酒菜撤去，换了果品、香茗上来，又在园中四周挂起灯笼，方才退去。

南山自言自语道："原来拉动两次是唤小厮们进来，拉动三次是唤丫头们来。"

石琅玕笑道："姑娘真是冰雪聪明。"

说话间，又进来四名小厮，拉着一辆小车，车上有一木箱。小厮们七手八脚地将木箱打开，从里面抬出一个少女来，粉面云鬓，纱衣罗裙，站在地上一动不动，细细一看，才看出原来是个偶人。

一名小厮又在那偶人身后捣鼓了一阵，随即与另外几人拉着车退去。

石琅玕对南山说道："烦请南山姑娘去向她敬杯酒，可好？"

南山斜睨琅玕道："你还敢来取笑我，偶人如何能够吃酒？"

石琅玕笑道："在下怎敢取笑姑娘，你去喂她吃下这杯酒便知。"说罢递与南山一杯酒。

南山将信将疑，接过酒杯，起身走到那偶人面前，见那偶人呆呆地站着，哪里像是会吃酒的样子，不禁又回头看了看琅玕。

石琅玕道："你且拍拍她肩头。"

南山依言而行，见那偶人居然张开了嘴，不禁又惊又喜，忙将那杯酒向偶人口中灌了下去。一杯酒下肚，那女偶腹内忽然叮咚作响，竟然奏出音乐来。随即女偶的身体也随着乐曲舞动起来。听那音乐、看那舞姿竟是霓裳羽衣舞。

动作虽不及真人柔美，却也中拍中节，像模像样。

大家都甚为好奇，从未见过这样新奇的东西。南山尤其兴奋，围前围后地看那偶人跳舞。

一曲终了，偶人也刚好舞罢，如真人般作了一礼，便又呆立不动了。

南山忙跑上前，将那偶人摸来瞧去，见竟是用铜、木做成的，便问道："这偶人当真做得绝妙，竟然会吃酒跳舞，可有什么名头？"

石琅玕道："她便唤作'贵妃醉酒'，这可的确是个稀罕玩意儿，天下也只有这一件儿。"

南山道："果然好玩，我还想看她再跳一遍。"

石琅玕道："只要姑娘高兴，你想看她跳多久都行。你若真心喜欢，将她送与姑娘也无不可。"

南山道："你倒会假装大方，明知我不会要，却假意要送我。"

石琅玕苦笑道："我原是真心相送，怎么又说我假意大方？"

南山道："你若真大方，我看你的白马不错，你可舍得送了给我？"

石琅玕摇摇头道："那雪螭马是我的最爱，若是换作别人，我是万万舍不得的，如今姑娘想要，我自然舍得，你骑走便是。"

南山问道："此话当真？"

石琅玕点头道："半点不假，如今那雪螭马已是姑娘的了。"

南山嗤鼻道："我不过考校考校你罢了，谁稀罕你的马。"

石琅玕却道："不可，姑娘一定要收下这匹马，否则如何能知我究竟是真大方还是假大方？一匹马不值什么，倒是我的名声要紧。"

南山"嚯"一声道："你也会在意自己的名声？"

石琅玕笑道："原是不在意的，不过在姑娘面前却在意得很。"

南山哼笑道："说来说去还是个油嘴滑舌的无赖，我既不是你师父，又不是你爹娘，你怎会在意我？"

石琅玕只看着她笑而已。转而又对蓂荚说道："看到这贵妃醉酒，在下倒想起一桩公案要请教蓂荚姑娘。"

蓂荚问道："什么公案？"

石琅玕道："在下自幼便听说，当年贵妃杨玉环或许并未被缢死，却秘密出海到东边去了，不知到底是怎样一回事？"

蓂荚问道："你这话是听谁说的？"

石琅玕道："这还是先高曾祖无意中听来的话，却是个没头没尾不知详情的悬案。"

冀荚微笑道："这公案如今当闲话说说倒也无妨了，当年毕竟隔着玄宗朝未久，故而不许提起这故事，免得惹出事端来。"

南山在那边听到二人说这些话，也顿时来了兴致，忙跑回来坐到冀荚身边听这则公案。

只听冀荚说道："当年安禄山起兵反叛，玄宗皇帝携杨玉环姊妹等人逃至马嵬驿，龙武大将军陈玄礼率禁军杀了杨国忠等人，又逼迫玄宗帝杀掉贵妃娘娘，玄宗与贵妃情深爱重，自然是万万不肯。后来不知何故，竟忽然答应处死杨贵妃，命高力士将贵妃带到佛堂中缢死，又将尸首置于驿庭，召陈玄礼等人验看。陈玄礼看罢才免胄释甲，顿首请罪。你道玄宗皇帝为何又忽然舍得处死杨贵妃了？"

南山接口道："自然是众怒难犯，玄宗怕禁军造反，故而才舍了杨贵妃出去。"

冀荚道："若实在无法，或许玄宗也只好如此。只是这其中另有个不为人知的关节。"

"什么关节？"南山追问道。

冀荚续道："玄宗皇帝被陈玄礼等人逼迫之后，独自回房犯愁，恰在此时，有一个人秘密觐见了玄宗皇帝，之后玄宗皇帝便坦然答应处死贵妃。而贵妃死后，玄宗皇帝亦并未太过伤心，反而出面告谕安慰众人。"

"这是为何？"南山又问道。

冀荚微笑道："因为被高力士缢死那人并非杨贵妃，而是玄宗皇帝的盘龙手杖。"

石琅玕恍然说道："原来如此！想必秘密觐见玄宗皇帝那人便是贤尊者吧。"

冀荚点头微笑。

南山不明就里，急道："什么原来如此？贤尊者又是谁？"

冀荚道："你莫急，听我慢慢说与你听。那贤尊者应当算作大唐第一位忍者。昔年非空大师曾率弟子赴天竺国和狮子国寻求密藏梵本，于天宝五年回到长安，当时玄宗皇帝身边一位王姓翰林素有慧根，便弃官追随非空大师求学。大师赐其法名宝贤，他虽是白衣之身，却常侍大师左右，尽得非空大师真传。

后非空大师应节度使哥舒翰所请，至武威弘法，于天宝十五年回京，恰逢安史之乱，非空大师知皇帝有难，便遣贤尊者赶到马嵬驿。贤尊者以替身术将玄宗的盘龙手杖化作杨贵妃模样，假装缢死贵妃以示众人，随后又驾鹤载了贵妃及男女二仆飞到倭奴国去避难，后来贵妃便老死于彼。"

〔按：倭奴国即日本之古称。《后汉书·东夷列传》载：建武中元二年（57年）倭奴国奉贡朝贺，使人自称大夫，光武赐以印绶。1784年，在日本北九州地区博多湾志贺岛，出土一枚刻有"汉倭奴国王"五个字的金印，即为光武帝所赐之印。此金印为纯金铸成，印体方形，长、宽各2.3厘米，高2厘米，蛇纽，阴刻篆体字，现存于日本福冈市。

《新唐书·日本传》中记载：咸亨元年（670年），倭国遣使入唐，此时倭国已"稍习夏言，恶倭名，更号日本。使者自言，因近日出，以为名"。此后倭奴国更名为"日本"。不过唐人仍有习惯旧称者，故而二名并存。〕

南山讶道："原来杨贵妃竟然未死！这故事可是真的?"

莫萁微微笑道："我只听父亲这样传给我的，我又不曾活在那时，见过那事，谁知是真是假。"

南山又问道："那贤尊者后来怎样?"

莫萁道："最初的百位忍者，其忍术虽皆师承非空大师，实则多从贤尊者处得到传授。故而贤尊者名义上虽为众位忍者之师兄，众人却视之如师。及至非空大师圆寂之后，贤尊者便不知所终了。有人说他去了天竺，有人说他隐居于清凉山中，也有人说看见尊者飞空而去，竟不知其真实行踪。"

南山听罢啧啧称奇，又道："原来我学的这御鹤术，竟是最先有用的呢。"

几人说了半晌故事，南山又去玩弄了那偶人两三番，夜色既深，众人便散去，各自回房歇息。

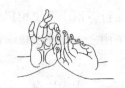

第五十三回

试白马忽惊官驾
品红花酣战香茗

第二日艳阳高挂，南山方惺忪醒来，一来昨夜着实玩得乏了，二来这石琅玕的确是位极会享乐之人，将家中房间布置得极尽温软舒适，尤其那床榻卧具，令人难免贪床恋梦。

南山跑到蓂荚房中，光波翼与蓂荚二人早在等她。三人吃罢早点，有一婢女来禀道："我家主人因有事外出，恕不能奉陪三位客人，三位可随意在府中逛逛、看看，若想去城中游玩，也已经备好了车马候着。主人午后回来，请三位务必回府用晚饭。"

南山道："府里有什么好逛、好看的？我们自然要出去玩玩。"

婢女回道："既是如此，姑娘是想坐车还是骑马？"

南山道："我们还想去水边玩玩，自然是骑马方便些。"

婢女答应一声，便转身出去，不多时又进来引着三人出门。出了垂花门，院中已有小厮备好了五匹骏马等候，其中便有那匹纯白无瑕的雪螭马。

光波翼笑对南山说道："石公子果然将雪螭马留给了你，不知他对别人是否也能如此守信。"

南山撇嘴道："谁稀罕他的雪螭马，哪里及得上哥哥的仙鹤好？"

光波翼道："人家既然舍得将这宝马赠你，好歹也该谢谢人家才对。"

南山道："除非他答应帮哥哥的忙，否则我恨他还来不及呢。"说罢走近那雪螭马，两个小厮忙一个牵马，一个扶着上马凳，伺候南山上马。

蓂荚与光波翼也分别上了马，另有两名小厮欲跟随在三人身边服侍，被光波翼打发留下，不愿他们碍着手眼。

从西角门出了石府西行，南山双腿稍稍用力一夹，那雪螭马敏领其意，四足发力，如飞矢一般冲了出去，虽速度极快，骑坐在背上却极是平稳，难怪琅玕肯花费天价购得此马。

南山尝到雪螭马的好处，大为快意，索性任那马儿狂奔一气儿，只听见光波翼在身后喊了她两声，便将二人甩得没了踪影。

疾奔了一阵儿，南山担心与光波翼、蓂荚走散，回首望向身后，左望右望不见二人赶上来，忽听马前有人大喊"当心"。回过头来看时，迎面一辆驾着两匹马的马车正疾驰而来，眼看就要与雪螭马相撞，那车夫口中一面大喊，一面已拉紧了缰绳，想将马车停下。

南山不及多想，下意识将缰绳向左后急拉，雪螭马刹那间便向左前方蹿了一跳，随即前蹄微扬，停了下来。

对面驾车那两匹马却没有这般敏捷，被雪螭马迎头这一唬，又被车夫拉紧了缰绳，立时"咴"的一声长鸣，前蹄高扬，落地时两马又相互碰到一处，险些将一马撞倒。车身也被带得先是向后倾倒，随即又被拉向一旁，险些侧翻。车夫立时被甩离车身，重重摔到地上。车内也传来一声惨叫。

马车后面原本跟着两骑随从，此时赶上前来，一人骑马挡在南山面前，想是怕她跑了，另一人急忙下了马，去车中探看。

南山自知闯了祸，呆愣在马上观望。听那车厢中有人叫骂道："作死的兔崽子，怎么驾的车？"

那车夫强忍着痛从地上爬起来，手、脸都抢破了皮，一瘸一拐地爬上车去，只听他对着车厢中叽叽咕咕说了通什么话，那车门帘子便从里面掀了开来。

南山已下了马，上前施礼说道："真是对不住，是我只顾了回头，不小心惊了尊驾，还望多多原谅。"抬头却见车内坐着一位身材微胖的中年男子。

那男子问道："石琅玕是你什么人？"

南山一怔，回道："我刚刚认识他，什么人也不是。"

那男子冷笑一声道："刚刚认识？小姑娘，你倒真会说谎，洛阳城中谁不知道这雪螭马是石琅玕的心肝儿宝贝。如今你既然骑了他的马，若非是石琅玕的至亲之人，便是你偷了他的马。你若不肯实说，我便只好送你去衙门里盘问盘问了。"

南山忙说道："谁偷马了？雪螭马是他送给我的。"

那男子又是嘿嘿一笑道："非亲非故，他能将雪螭马送你？快老实说来，他究竟是你什么人？"

南山气道："我都说了刚刚认识他，你不信我也没法。惊了你的马，我向你赔罪就是了，何必那么多废话。"

那男子"哟呵"叫了一声，说道："闯了祸你还有理了，赔罪？你怎生赔罪？"

南山反问道："你待怎样？"

那男子道："你不好意思说，我也知道，你若非石琅玕未过门的小媳妇儿，也必是他的宠姬爱妾。今天我便将你带回府去，让石琅玕拿南市的昌临号来换你，算作向我赔罪。"

南山怒道："呸！你这厮，怎敢这般无礼！撞坏你的马、你的人，我赔你银子便罢了，凭什么抓我？"

那男子哼了一声，一挥手，示意手下将南山抓走。忽听有人叫道："谁要抓我妹妹？"

南山心头一喜，回头果然见光波翼与蒉荬已骑马赶到。

光波翼跳下马来，近前说道："出了什么大不了的事？"

南山忙扑上前道："哥哥，我不小心惊了他的车驾，向他赔罪，谁知他不依不饶，满口混话，还要捉我回去。"

光波翼略施一礼道："舍妹年幼，骑术不精，无心惊了尊驾，在下代为赔罪了。"

那男子打量了一番光波翼，问道："你是何人？"

光波翼回道："在下兄妹不过是路过此地而已。"

"路过……"那男子又道，"令妹为何骑着石琅玕的雪螭马？"

光波翼道："在下与石公子有点小交情，这雪螭马是他暂借与舍妹的。"

"哈哈哈。"那男子笑道，"你们兄妹二人，一个说是送的，一个说是借的，看来只有带你们回去细细查问查问了。"

"哈哈哈！"光波翼也笑道，"自古道，杀人偿命，欠债还钱，舍妹冲撞了尊驾，大不了赔偿些银子也便罢了，有何罪名要抓我们啊？"

那男子冷笑道："好，你二人口口声声要赔银子给我，那我就答应你们，拿二十万两白银来，此事方可了结。"

此时四周早已围聚了一群路人，有人私下窃道："这也太欺负人了吧，光天化日的，这不讹人吗？"

另一人也低声道："你没见那是南石家的白马吗？这可真是撞死当官的、坑死有钱的，谁也不冤枉。"

南山却闻言大怒，正要同那男子理论，被光波翼伸手止住。光波翼微微笑道："看来阁下运气不济，在下原本身上刚好带着二十万两银子，可巧昨日刚撞到一位脚夫，便将银子都赔给他了，如今却没有这些银子给阁下了。"

"哼，满口胡言！"那男子骂道，"一个脚夫，便是撞死了也不过赔个一二十两银子，怎会赔他二十万？"

光波翼问道："既然撞死个脚夫要赔二十两，为何撞了阁下便要赔二十万两？"

那男子道："一个脚夫怎能与本官……呃……本人相提并论？"

光波翼笑道："不错，舍妹骑的这畜生尚且价值十万两银子，阁下少说也顶得上两个畜生。这二十万银子要得理所应当。"

此言一出，围观人群登时一阵哄笑，那男子恼羞成怒，喝骂道："混账！还不来人给我拿下。"

手下那两名侍从立时蹿出，伸手便向光波翼与南山抓来。光波翼上前一步，挡在南山面前，抬手便将那两名侍从的手腕拿住，轻笑道："阁下何必动怒，待在下上车来细说与你听。"边说边走，那两人被光波翼抓得龇牙咧嘴，倒退着几乎叫不出声来。

光波翼放开二人，纵身跃上马车，那男子正自惊慌欲逃，被光波翼按住肩头，登时"哎哟"一声，一屁股坐回车内。

光波翼在他耳畔轻声说道："前年长安城中一位姓李的公子送了我一块金牌，说什么有了这牌子，即便杀了人也不必偿命，我还道这玩意儿是个没用的累赘，不过今日见了阁下，我还真有心想要试试，看这牌子管用不管用。"说罢从怀中取出僖宗御赐的金书铁券，敲了敲那男子脑门，便停在他眼前让他细看。

那男子见光波翼手中果然有这宝物，不觉心中更慌，惊问道："阁下究竟是什么人？咱们有话好说，有话好说。"

光波翼哼笑一声道："你先回去，容我两日考虑考虑，看看要不要试试这金牌。"说罢收起金书铁券，下了马车，对南山道："没事了，咱们走吧。"

南山又看了一眼车内惊魂未定的男子，如堆烂泥般瘫坐在那里，不禁欣然一笑，转身上了马，与光波翼、蓂荚一同分开人群往西去了。

人群中又有人窃道："哟，这几人什么来头？那车里头的可是位官老爷呀，他们就这样大摇大摆地走了？"

另有人道："估计这是当小官的撞上有大钱的了，活该认倒霉吧。"

又有人道："你们没见那三个骑马的都长得跟天仙似的吗？依我看，没准是微服出游的公主、王子之类的。要不然，再有钱的人他也不敢同官斗啊。"

"有理，有理。"立时有人应和道。

"那可未必，公主、王子便都是长得美的吗？没准还是个丑八怪呢。他们几个既长得这样标致，倒像是哪个达官贵人的姬妾、面首还差不多。"有人反驳道。

"不错，不错。""此言差矣……"大家犹七嘴八舌地议论个不休。

离开人群渐远，蓂荚方开口说道："我看那人必是洛阳城中的官贵，平日想是威风惯了。今日幸亏有归凤哥在，换作旁人，不知要怎生被他欺负。"

南山气道："这个恶人！哥哥未免太轻饶了他。"

蓂荚道："日后淘气也当有个深浅，你若当真撞坏了人，那岂是好玩的？"

光波翼道："咱们也莫怪南山了。只是有一样，南山，皇上赐我的金匕首不是送与你了吗？日后你便常常带在身上，若再遇到这般仗势欺人的刁蛮之徒，你便拿出来吓吓他，便说这是可以先斩后奏的御赐金剑。但凡这些不怕天理之人，总还惧怕比自己更大的权势。"

南山道，"若是那些既不怕天理王法，又不怕权势之人便该如何？就像那些贼寇。"

光波翼道："一个人，若是这世上已没有他惧怕之事，若非成了圣人，恐怕便是不久于世的将死之徒了。"

蓂荚笑道："归凤哥这话说得不错。"

三人边说着话，边在城中闲逛。不久又逛到南市中，见这南市果然繁华，店肆鳞次，货贿山积，南山见了大为高兴，乐颠颠地四处淘东买西，全然忘了适才撞马的不快。

南市西北角有家最大的店面，竟有寻常店面七八倍之大，店门匾额上书三个大字，正是"昌临号"。店内衣帽鞋袜、绫罗绸缎、古玩字画、金银首饰、杯盘茶皿、南北奇货，无所不有、无所不卖，且都是名家手艺、精细上品。

三人甫一进店，掌柜的便亲自迎了上来，招呼绍介，极尽热情。

南山愈发开心，将昌临号左右逛了个遍，挑选了一大堆东西。采购完毕，准备付账，那掌柜的却道："我家公子已着人吩咐过，姑娘到此，尽管拣喜欢的拿便是，一概不必给钱。"

南山闻言一怔，这掌柜的如何认识我？随即心中明了，那掌柜的必是见了自己所骑的雪螭马，这白马今日已给自己惹了两回麻烦。遂问道："石琅玕怎么知道我会来？"

掌柜的回道："我家公子也没说姑娘一定会来，只不过姑娘若到了南市，不会不来鄙号。不到昌临号，便等于没到过南市。"

南山自言自语道："难怪那家伙想要这昌临号。"

"姑娘说什么？"掌柜的问道。

"没什么。"南山道，"你若不收我们银子，我便不要这些东西了。"

"使不得，使不得！"掌柜的连声说道，"姑娘既然来了鄙号，若是给了钱，或是少拿了一件半件喜欢的东西，小人必定会被我家公子责骂。请姑娘慈悲慈悲小人，不要为难小人了！"

"这像什么话？我偏不要。石琅玕若敢为难你，你来告诉我。"南山气道。

"姑娘息怒，姑娘息怒，小人岂敢啊！我家公子若知道小人言语得罪了姑娘，小人可承担不起呀！"

光波翼在旁说道："既是如此，南山，你也不必让掌柜的为难了，稍后咱们再同石公子交涉便是。"

掌柜的闻言连声称谢，又道："小人这便让人将东西装好，给姑娘送到府上去。"

南山无奈，只得依他。

出了昌临号，日已过午，三人也都饿了，便欲寻家酒楼吃饭，光波翼道："这南市多半都是石家的势力，咱们若在这里吃饭，只怕又让人免了银钱，倒不自在。不如咱们买些菜肴果酒，到洛水畔去，边吃酒边赏风景可好？"

南山与蓂荚皆点头称好，三人于是依了这话，买了酒果，来到洛水南岸，寻了处安静幽雅之地，刚将酒菜摆开在地上，忽见一骑奔来，一名男子近前下马施礼道："三位贵客有礼，小人奉我家公子之命，早已备好了游船酒宴，等候三位大驾光临。请三位贵客随小人去船上就座吧。"说罢用手一指，只见远处岸边果然泊着一艘大船。

光波翼摇头对蓂荚与南山笑道："看来咱们还是低估了这位石公子。"又对那来人说道："多谢贵主人美意，不过在下等只想在这里清静清静，不必去船上叨扰了。"

那人又恭敬施一礼道："如此悉听贵客尊便。"便转身上马去了。

葲荬微笑道："好在这人没有纠缠咱们。"

南山道："这个石琅玕，热情得令人有些吃不消。"

光波翼笑道："难为他如此细心，只怕咱们却是沾了南山妹妹的光。"

南山闻言立时噘嘴道："哥哥怎么也说这样的混话来欺负我?"说罢将头扭到一旁。

光波翼连忙走到南山面前，深深一礼道："是我不好，请南山妹子恕罪。"见南山仍不睬他，又倒了一杯酒，双手递到南山面前道："这杯酒向妹妹赔罪了。"

南山又赌气了一会儿，见光波翼仍笑吟吟地举着酒杯，方将那杯酒接过来，说道："看在姐姐的分上，我便原谅你一回。"

光波翼忙躬身称谢。

葲荬笑道："南山是看在我的分上才原谅你，归凤哥不也该谢谢我吗?"

光波翼忙向葲荬也施礼道："多谢葲荬妹妹。"

南山道："这个姓石的，尽给我惹麻烦，他若答应帮助哥哥便罢，若不答应，我便截了他的头去。"

葲荬微笑道："人家送你宝马、礼物均是好意，怎么反倒怪罪起他来?"

南山哼道："管他好意歹意，反正我就是讨厌他。"

正说着话，只见一辆马车奔驰而来，到得近前，又是先前那人过来施礼说道："既然三位贵客不愿上船去，小人便将酒席移了过来。"说罢指挥手下几人从车上抬了桌椅下来，摆了满满一桌上好酒席，又施礼道："请三位贵客慢用。"随即带人驾车离去。

三人面面相觑，均不禁莞尔，遂不再理会其他，只管坐下吃喝说笑起来。

天色向晚，三人回到石府，石琅玕早备好了酒席等候，三人推说不饿，经不住石琅玕好说歹说，劝三人多少略吃喝一些，稍后再陪三人做些乐子。

南山贪玩，忙问有什么乐子好玩。

石琅玕道："咱们到花园中赏花茗战如何?"

（按：茗战亦即斗茶，最早兴于唐代，而盛于宋代。唐时多称茗战，宋以后多称斗茶，也叫斗茗。为一种包括斗茶品、行茶令、茶百戏等内容的文雅游戏。）

南山拍手叫道:"好啊!"随又说道:"只是如今新茶时令早过,茶叶未免稍陈了些。"

石琅玕道:"不妨,咱们以应令、得趣为上,茶品尚在其次。"

南山闻言喜道:"如此最好,更有乐趣些。咱们快开始吧。"

石琅玕笑道:"急什么?还是先吃了晚饭才好品茶。"说罢展开折扇摇了摇。

大家于是入席,三人都不饿,不过草草动动碗筷,意思一下而已。琅玕知南山急着玩乐,也只简单吃了两口,大家酒也未饮,便来到花园中。早有两名婢女候在那里,备齐了炉火茶具、各色茶叶香料等物。

南山问道:"今日这茗战,咱们怎样斗法?"

石琅玕摇着折扇道:"咱们便先行个偕首名字令,茶水调好之后,须做一动作,然后说一'三三七言',首句说茶,次句说茶具,末后一句则说动静举止。而这首句与次句的首字,又须合成末句首词,且须为座中某位之名字。例如座中有人名叫'黑白',调茶之人便使一白盏,调一盏黑茶,然后将茶盏盖住,颠倒一回道:'黑水暗,白日明,黑白颠倒忧忡忡。'若能于句中暗含自己名字则更妙。例如上面说的调黑白茶之人,若他的名字唤作'担心',则最妙。"

南山笑道:"你倒会胡说,哪有人名字叫作担心的?"

石琅玕也笑道:"我只打个比方,不过如今我倒想改名叫'担心',你改名叫'黑白',我便不愁有个现成的令了。"

南山嗤鼻道:"你敢!我兼做监茶御史,谁若作弊,我便罚他连吃五十盏茶。"

石琅玕故作惊恐道:"那还不吃成个水缸!看来我还是不必'担心'为妙。"

南山又笑问道:"那胜者奖什么?败者罚什么?"

石琅玕一招手,一名婢女端上一个锦盒,放到桌上,打开锦盒,见盛着一只黄色半透明的小碟子。

石琅玕道:"此乃暖玉碟,原是一对,今日在下拿出其中一只当作茗战彩头。"

"何为暖玉碟?"南山问道。

石琅玕回道:"暖玉碟,顾名思义,乃以稀罕暖玉制成,寒冬之时,将茶盏置于这暖玉碟上,可保茶水半日不凉。"

南山讶道："那倒真是个宝贝了，咱们斗茶不过无事取乐罢了，何必拿这样珍贵宝贝当彩头？我看还是算了吧。"

光波翼也道："正是，今日我们到琅玕兄宝号采买东西，还未付账呢，如何再敢赢取这件宝贝。依我看，今日若是南山获胜，我们便只付给琅玕兄一半银子，若是琅玕兄赢了，我们便付你两倍银子，如何？"

南山忙应和叫好。石琅玕却道："归凤兄说这话未免太见外了，我当各位是好朋友，区区一个碟子值什么？那几件东西更不值什么。只要咱们大伙开心便好。各位不必多言，咱们还是快快开始吧。"说罢"唰"的一声收了折扇。

南山道："好，那便依你。你且说输了又罚什么？"

石琅玕道："输家当作诗一首赠与赢家。"

南山道声"好"，大家遂各自挑选茶具、茶叶，准备调茶。

待各人准备得差不多齐全，南山问道："谁先行令？"

石琅玕道："自然是佳客先行，在下断后。"

南山道："别人用过的便不许再用，后行的自然吃亏，如此你可莫说我们欺负你。"

石琅玕笑着点点头。

南山道："那我先来。"只见她选的是一个明黄色茶盏，因茶中加了红花，调出的茶汤呈亮红色。

原本斗茶之时，多要比拼茶品茶艺，茶叶务求气清味鲜，茶色纯白者为上佳。茶质好且技艺佳者，所冲茶汤中汤花色白而持久，汤花与盏壁间的水痕迟迟不现者为佳。然而如今既已说明以应茶令、得意趣为要，茶品便不在南山所虑之列了。

南山端起茶盏，又拈了一小撮金银花，撒在汤面上，说道："南海赤，山顶黄，南山手中双花香。"说罢又依样冲了三盏，将茶分与众人。

石琅玕道："好，茶汤赤红，茶盏明黄，双花又暗含蓂荚姑娘之名，南山姑娘这茶令行得不错。"

蓂荚啜了一口，微微皱眉道："令行得不错，只是这茶中加了红花、双花，未免太苦了些。"

南山自己也尝了尝，不禁一吐舌头。

石琅玕却道："我尝着倒还可口。"

南山轻睨他一眼，道："轮到姐姐了。"

大家见蓂荚取了凤纹茶盏，心中便都猜到她要说的人是谁了，却见她那盏中只冲了半盏茶汤，汤面上又再放了些茶叶漂浮着。

蓂荚提起水壶，微笑道："请各位看仔细了。"说罢冲水入盏，原本浮于汤面的茶叶经水一冲，立时沉入水中，旋又浮了起来，蓂荚左手端起茶盏，右手轻弹盏壁一声道："归去来，凤翱翔，归凤鸣于瑞草上。"

寻常点茶时，皆要先将茶叶碾碎成末，而今蓂荚先以茶末冲了半盏茶汤，再用茶叶冲另一半茶汤，目的便为了应这"归去来"兮，却又不会因全用茶叶而损失茶味，可谓思之周妙。而末后一句瑞草，既指香茗，又正好喻作尧帝庭前之瑞草——蓂荚。

"妙！"石琅玕率先抚掌道，"好一个归去来，好一个凤鸣瑞草。蓂荚姑娘这茶，非但全合了茶令，更兼说了两位的故事在里面，实在是个妙令！"一番话说得蓂荚脸色浮红。

待大家尝罢蓂荚的茶，光波翼笑道："我也来调一盏。"说罢取了小兰花纹的青蓝色茶盏，点了四盏碧绿的碧螺春茶。

光波翼端起一盏茶自己先啜饮一口，随后挥动双臂道："蓂草碧，荚叶青，蓂荚入口双羽轻。"双羽也正喻自己之名——翼字。

"哈哈哈！"琅玕高声笑道，"好你个归凤兄，真是羡煞鸳鸯羡煞仙啊！"

光波翼也哈哈大笑，蓂荚却羞得转过身去。

南山走到石琅玕面前喝道："有什么好笑的！哥哥同姐姐原本便是天生一对。现在轮到你了。"

石琅玕忙止住笑声道："别急，咱们还没品尝归凤兄的茶呢。"说罢先端起茶盏尝了尝，说道："嗯！还是归凤兄这茶味道最好，丝毫未失了本来气味。若只论茶品，只怕要评作今日的上上品了。"

光波翼笑道："琅玕兄谬赞了。"

石琅玕道："好，总算轮到我了。"说罢也选了明黄色茶盏，也在茶中加了红花，大家正各自疑惑，只见石琅玕将调好的茶盏举过头顶，在众人面前徘徊了一回道："南水赤，山岭黄，南山脚下石彷徨。"前两句与南山的令极似，末后一句的石字既比喻自己，美石——琅玕，又与"实"字谐音。

南山叫道："喂，你这摆明是抄袭，不能作数！"

石琅玕道："在下才尽于此，也是无法了。"

南山道："石琅玕，你这算什么？你若想送礼便正大光明地送礼，嘴上说要同我们斗茶，却又故意输给我们，未免太看不起人了！今日你吩咐商号的掌柜，不许收我们银子，又安排人到水边给我们送酒送菜，我都还没同你算账，谁知你又来这套！"

石琅玕忙道："在下明明都是好意、诚意相待，姑娘怎说我是看不起人？在下确实觉得姑娘的茶令行得好，在下又没什么更好的，不得已只好模仿了姑娘的，还望姑娘见谅，宽宥宽宥。"

光波翼微微笑道："琅玕兄不过是同咱们开个玩笑，何必介意？"

石琅玕忙笑道："是啊，是啊，南山姑娘原本是个爱说笑的，今日怎么认真起来了？"

南山气呼呼道："谁爱同你说笑？斗茶便斗茶，若是这般不认真的，又有何趣？"

石琅玕躬身作揖道："是是是，姑娘教训得极是，在下知错了。只是既然错了，也只好将错就错，这首轮茗战，在下推选南山姑娘为头名。"

南山闻言更加气道："石琅玕，你明明知道哥哥、姐姐行的茶令都远胜过我的，又偏偏要推我作头名，你是不是专门寻我开心？是不是成心拿我取笑？"

石琅玕忙道："姑娘又冤枉在下了。不错，莫莱姑娘与归凤兄的茶令行得确实好，不过，在我心中，姑娘却当真是头名，谁都无法胜过。姑娘便是倒碗凉水来，在我眼中也是最好的。"

南山闻言大窘，道了一个"你"字便再说不出话来，一跺脚，转身便跑，莫莱忙追她而去。

光波翼看了看琅玕，欲言又止，石琅玕却竖起手掌，苦笑一声道："我知道归凤兄想说什么，在下或许太莽撞了些，不过我对南山姑娘却是一片诚心。"稍后又道："归凤兄可愿再听我说几句闲话？"

光波翼微微点点头，石琅玕伸手请光波翼坐下，自己也落了座，将刚刚调好的那盏红花茶一饮而尽，说道："不瞒归凤兄，在下今年已二十七岁，见过的各色女子数不胜数，可谓阅人无数了，之所以至今尚未娶妻，想必归凤兄也能体解个中缘由。"

光波翼道："既然琅玕兄阅人无数，投缘的或许尚未见到，其中总不乏德貌齐全者吧。"

石琅玕嗤笑一声道："什么德貌齐全，那些个所谓贤淑女子，不是机心重重的猫面母老虎，便是不通人情事理的呆子，哪里有什么可敬可爱之处？更不必说那些连贤淑两字的边都沾不上的女人了。"

光波翼微笑道："在下没有通心术的本事，也见不到那些女子内心，不过既生为人，便难免有七情六欲、三缺五短，天下之人，无论男女，谁又能十全十美呢？或许是琅玕兄见得深入了，便未免过于苛刻。"

石琅玕轻轻摇头道："或许吧。古语云：相由心生。这话半点不假。我见那些女子，即便是世人认为貌美如仙的，也难免透出一些内心的俗恶气来。我也自忖，或许世人便皆如此，不过是因为我独独能见到，故而心生反感，而其他人见不到，却反倒能坦然接受了。只是我不甘心，便一直未娶。本以为有朝一日，或者我屈了心意，勉强娶一个姑娘，为石家传宗接代。"边说边以折扇轻轻敲打自己的左手掌心，又道："抑或便这样孤老一生。"

光波翼凝视琅玕问道："你当真如此看重南山吗？"

石琅玕道："没想到世上竟有这样的女子，如此聪慧、美貌、纯真、无邪。"

光波翼道："有时候，喜欢上一个人便只会见到她的好处，却不见她的短处。"

石琅玕却摇头说道："恐怕没有人比我更了解她。她率性却并不任性，更不刁蛮，心中十分明白轻重。聪明却没有机心，虽然顽皮，却总是顾及他人感受。归凤兄不妨回想回想，她那些作为，哪一般、哪一件不是顾了她姐姐，不是顾了你？若说短处，恐怕只有一个，那便是归凤兄你。"

石琅玕说罢用折扇指了指光波翼，又道："其实她明知我一番好意，却处处与我为难作对，全是因为她一心一意只喜欢归凤兄你一人。她不想被任何人从你身边带走，她害怕失去你，甚至不愿与你分离一日半日。可惜，她不知道，你口口声声喊她作妹妹，心中竟当真只当她作妹妹。这实在对她不公平。"

光波翼道："琅玕兄，你认识南山不过两日而已。"

石琅玕道："对我而言，认识一个人两日与二十年，并无多大差别。"

光波翼又道："对南山而言，她却只认识你两日而已。"

石琅玕点点头，说道："所以我想请归凤兄帮个忙。"

光波翼看着琅玕，等他下文。石琅玕续道："我想请归凤兄为我做媒，劝说南山姑娘嫁给我。此事换作旁人断做不成，纵使霙荬姑娘出面，她也必不肯听，只有归凤兄的话，她多半会听。"

光波翼皱眉说道："请恕在下无法答应琅玕兄。"

石琅玕又道："南山姑娘在归凤兄心中，只是妹妹而已，虽然你也喜欢她，但却并非男女之情，归凤兄何不将她许给我？我发誓会疼她、爱她一辈子。"

光波翼道："这种事还是琅玕兄自己努力为好，若南山喜欢你，我自然欢喜送她出嫁；若她不喜欢你，谁也不能强求她。琅玕兄，天色不早，请恕小弟告辞了。"

石琅玕微微一笑，说道："好，明晚便是我答复归凤兄请求之时，这一日一夜，也请归凤兄好好考虑在下的请求。"说罢一拱手，目送光波翼离去。

第五十四回

听半言南山投水
陷贼手莺莺失节

次日向晚，夐莱同南山整理完行李，便回房去收拾自己的随身包裹，南山独自坐在榻上纳闷，忽闻两响敲门声，见石琅玕径自走了进来。

南山起身正色道："你来做什么？"

石琅玕拱手施礼道："在下昨日鲁莽，唐突了姑娘，特来向姑娘赔罪。"

南山扭头说道："不必了，左右过了今晚，咱们便两不相识，再见无期。"

石琅玕叹口气道："看来姑娘还在生我的气，在下给姑娘叩头认罪了。"

"你……"南山刚要制止他，却见石琅玕旁开一步，身后现出一个一尺多高的偶人来，对着南山不住地叩拜。石琅玕却笑吟吟地摇着他的折扇。

南山见他又来逗弄自己，气道："整日见你拿着柄破扇子，天热也扇，天凉也扇，好似离了这扇子便活不成了。我看你不过是拿它故作姿态罢了。"

石琅玕回道："姑娘此言差矣，这扇子天热时扇可令人凉爽，天凉时扇可令人清醒，总之是有好处，并非故作姿态。在下对姑娘可谓有一说一、有二说二，何曾故作了姿态？昨日在下虽然出言唐突，却正是言发肺腑，真心流露，若是故作姿态之人，反倒藏着不说了。"

南山哼道："天下竟有你这般不知廉耻之人。"

石琅玕却笑道："说得好！所谓廉耻，是知亏心而不为，若无亏心，则无所谓廉耻。在下对姑娘真情真意，故而出言坦率，并非心口不一。璞自问无愧于心，自然不知与廉耻何干。"

南山红了脸，大声说道："好你个石璞，石琅玕，那我便明白告诉你，我不喜欢你，也不想再见你。我也是言发肺腑，真心流露，出言坦率，无愧于心。现在你可以走了！"

石琅玕道："姑娘何必如此绝情，在下一心取悦姑娘，不过是出于对姑娘的爱慕之情，所谓窈窕淑女，君子好逑，这又有何错？你看这偶人的头发，乃是昨夜刚从那人的头上剃下来的。"

"嗯？你说什么？"南山不解地看看跪在地上的偶人，又看了看琅玕。

石琅玕解释道："昨日惹你生气的那个狗官，我让人剃光了他的头发，为你出气。"

南山忍不住"扑哧"一笑，随又板起脸说道："石琅玕，不用你讨好我。昨日哥哥已经为我出过气了。"

石琅玕道："我知你心中只有归凤兄一人，不过你当真看不出，他心里却只有蒌荑姑娘吗？你在归凤兄心里，只是一个小妹妹而已。或许你现在不喜欢我，但我希望你能明白，全天下只有我石璞最爱你，最了解你，最珍惜你，我才是你的知己！"

南山气道："我认识你不过两日而已，哪里谈得上知己知彼的！"

石琅玕道："我的通心术可直视人的神识，从你出生以来，我便认识你了，我比你自己更了解。你不是一直都想知道自己的身世吗？你不是一直都不知道自己的爹娘是谁吗？我可以告诉你，我能见到。"

南山怒道："那又怎样？你会通心术便了不起吗？你能看透天下人的心，你是天下人的知己，天下那么多姑娘，任你去喜欢，任你去娶她吧，何必来纠缠我！你给我出去！"

石琅玕微微点头道："好，我会让你明白我的心意，也会让你明白光波翼的心意，或许今晚，他就会来劝你，劝你嫁给我。"

南山大怒，骂道："你给我滚！"

石琅玕却微微一笑，道："人是会变的，总有一日，你会喜欢我。"说罢躬身一礼，退出门去。

用罢晚饭，石琅玕主动来到光波翼房中，笑问道："归凤兄，在下所托之事考虑得如何？"

光波翼笑道："怎么？琅玕兄是以此要挟小弟吗？"

石琅玕摇摇头道："既然到了这个时候，在下不敢隐瞒，归凤兄请看。"说罢展开手中折扇，递与光波翼。

光波翼接过扇子细看，见扇面上是一副淡雅山水，远处林间隐隐露出数间房角，画面倒也无甚奇特，看那落款处书道："与世无争，老秋嘱儿切切，乙未残秋。"

石琅玕道："在下之所以时时拿着这扇子，便是不敢暂忘先父遗训。"

光波翼这才明白，老秋必是石琅玕父亲的别号，他特意在折扇上作了此画，嘱咐琅玕"与世无争"，不许他参与忍者之事。

光波翼将折扇还给琅玕道："这便是琅玕兄给我的答复吗？"

石琅玕右手拇指摩挲着扇柄道："原本，我是万万不会答应归凤兄所托之事，违背父训。不过自从见了南山姑娘，在下便认定要娶她为妻，若能达成此愿，在下甘愿破例一次。所以我的答复如何，要看归凤兄的答复如何了。"

"原来如此。"光波翼道，"只怕在下要令琅玕兄失望了。"

石琅玕道："归凤兄不必如此急着回绝。"说罢起身走到光波翼身前，光波翼扭头向门外看了一眼，只听石琅玕又道："归凤兄若帮了在下，在下为报恩故，也愿意为归凤兄出手，不遗余力。这岂不是两全其美的好事？"

光波翼又向门外看了一眼，说道："琅玕兄既然精通通心术，理当已了解光波翼为人，在下既非受人要挟之人，更非为一己私利出卖亲友之人，我是不会答应的。"

石琅玕道："归凤兄此言差矣，在下怎敢要挟归凤兄？更不敢要归凤兄出卖亲友。在下之意，原本不愿抛头露面，参与纷争，如今只诚心恳请归凤兄成全在下与南山姑娘的姻缘。归凤兄答应为在下做大媒，从此咱们便是连襟兄弟了，我帮助归凤兄便是帮助自己的兄弟，这也不算违背祖训。此为君子之谊，并非小人之约。"

光波翼冷笑道："琅玕兄虽然巧言善辩，在下终不敢与足下定这君子之谊。"

石琅玕又道："都怪我嘴笨，让归凤兄误会了我的本意。这样吧，请几位再多留几日，容在下思量个更好的办法。"

光波翼也起身道："不必了，不敢再叨扰足下清隐生活，更不敢再奢求足下破例出山，这便别过，我们即刻启程。"说罢走到门前，拉开门左右张望一番，又回头看了看石琅玕。

石琅玕不明所以，忽然跑来一名婢女，边跑边叫道："公子，不好了！"

石琅玕忙奔出门来，那婢女慌忙禀道："南山姑娘刚刚哭着骑了雪螭马冲出府门去了，奴婢们怕出事，只好来禀告公子，请公子恕罪。"

石琅玕拔腿便向外奔，一边说道："快备马！她向何处去的?"

婢女紧跑着跟在琅玕身后道："向西去了。"

光波翼早一个箭步冲到石琅玕身前道："请留步吧，你府中还有哪匹马能追得上雪螭的?"话声甫落，人已没了踪影。

原来适才二人在屋内谈话时，光波翼便闻听门外传来脚步声，他本以为是府中婢女送茶来的，并未在意。后来却听那人在门外稍停，便急急地去了，故而便想开门来看看情形，只是碍于石琅玕走到自己面前说话，不便打断他。又想或许仍是石琅玕府中之人走动而已。如今方明白过来，那人必是南山，到门外偷听了几句二人的谈话，却不知她为何要哭着离去。当下不及多想，施展起奔腾术疾追出去。

且说南山一路策马狂奔，眨眼间已奔出两个街坊，便折而向南，直奔洛水而去。眼看前面不远处便是中桥，南山策马径直向桥上奔去。

此时夜深人静，只听见洛水哗哗流动之声与雪螭马嘚嘚的马蹄声交织一处，水畔渐进，水声愈响，南山只觉得那响声似乎要震碎了自己，却丝毫没有停下之意，又用力一夹腿。雪螭马愈加奋力向前，面对漆黑的暗夜，毫无惧意。

待雪螭马将奔到桥中间，南山侧拉缰绳，雪螭马立时顺着南山之意，向桥栏冲去。南山再双手一提缰绳，雪螭马腾空跃起，跨过桥栏，直向水面飞去，竟无半点迟疑。

南山合上双眼，泪水簌簌而下，仿佛已汇入奔流无尽的洛水之中，又仿佛那汤汤洛水就是自己的眼泪。这一瞬，忽然变得静悄悄的，整个世界再无半点声息。

蓦地一声嘶鸣，雪螭马好似被一股极大力量所推，陡然间便从半空中横飞了回来，落到桥上，翻了个滚子，又撞到对面桥栏上，方才停住。

南山被这突变惊醒之时，身体已被甩向半空，便好似被人抛出的口袋一般，迎着水面凉凉的夜风，径向洛水中坠去。

忽觉身子一暖，光波翼不知如何出现在空中，已稳稳接住了南山，抱着她飘飘然向桥上飞去。

降落到中桥之上，光波翼轻轻将南山放下，南山却伏在他怀中呜呜地哭了起来。

过了半晌，光波翼轻轻抚着南山肩头问道："南山，发生什么事了？你为何如此伤心？"

南山忽然推开光波翼道："既然你已经不要我了，何必又假惺惺地来救我？我明白了……你是怕我死了，那石琅玕便不肯帮你了是不是？"

光波翼忽然哈哈大笑起来，随即说道："傻丫头，你必是偷听了我们谈话。可惜你没头没尾的，只听了中间那最不该听到的两句，却又不分青红皂白地跑出来寻死。"

南山见光波翼说得奇怪，止住哭泣道："什么叫最不该听的两句？难道你们两个想合伙哄骗我不成？"

光波翼道："你只在门外停了一下而已，只听到石琅玕说'归凤兄答应为在下做大媒，从此咱们便是连襟兄弟了，我自然也会不遗余力帮助归凤兄'，是也不是？"

南山怒道："正是，你还要怎生狡辩？"

光波翼笑道："那你可知道他为何说这话？这话后面又有何话？"

南山道："再有何话又何妨？总之是哥哥黑了心肠！将我许了别人！"

光波翼道："傻丫头，你难道不知听话要听前言后语的吗？"说罢便将自己与石琅玕的对话原原本本向她复述了一番。

南山听罢，转怒为喜，却仍故意问道："哥哥没有骗我吗？"

光波翼道："我何曾骗过你？你这话从前已问过我了。我再告诉你，咱们即刻便要启程，回清凉斋去。我决定不再求那石琅玕帮忙了。"

"真的？"南山终于露出笑容，随即又忧心忡忡道，"那谁帮哥哥查明真相呢？"

"我自己查。"光波翼回道，"回去咱们先休整几日，再从长计议。"

"嗯！"南山紧紧抱住光波翼的胳膊。

"咱们回去吧，免得你姐姐着急。"光波翼轻声道。

南山点了点头，光波翼拉过雪螭马看了看，见那马儿并未受伤，便欲扶南山上马，南山却道："我才不要骑这丧气马，每次骑它都没好事发生。"

光波翼笑道："这倒也是，不过这却不关它的事，它不过是个听话的畜生罢了，你要骑着它投水自尽，它也没有抱怨你一声，反倒被你抱怨了一气儿。看来，马善非但被人骑，还要被人欺啊。"

一席话逗得南山也笑起来，便拉着光波翼一同上了白马，边走边问道：

"哥哥，你还记得你初到纪园时作的那首诗吗？"

光波翼"嗯"了一声。

南山又问："哥哥这诗，是发自内心而作，还是为应付我而作？"

光波翼道："自然是发自内心而作。"

南山恬然一笑道："哥哥当真觉得我美吗？"

光波翼愣了愣，说道："我光波翼的妹妹自然是才貌无双。"

南山撇嘴道："这话分明是在哄我，姐姐才是才貌无双呢。"心中却大为得意，靠在光波翼胸前，高声吟道："桥畔月来清见底，柳边风紧绿生波。"乃是罗邺所作《洛水》中的诗句。又道："可惜今夜无月，见不到这洛水月色了。"

光波翼道："这洛水险些要了你的命，如今你好了，又想观水赏月了。你这哭哭笑笑的性子，倒比洛水月色更有看头。"

南山笑嘻嘻道："你喜欢看最好，只怕你不爱看呢。"

光波翼道："我可不想再看见你寻死觅活的，好端端的，如何竟为了一言半语来此投水？莫说是你误会了，便是我当真为石琅玕做媒，也是看你自己愿意不愿意，又没人会将你当这白马一样送人了，何苦便想不开了？这可不像你往常的性子。"

南山忽然沉默起来，过了半晌方开口说道："当时我真以为自己要死了，心里便有些怕了。"

随又说道："我倒没想着怕死，只是怕我死了之后，哥哥并不为我难过。……哥哥，我若当真死了，会不会也化作洛水女神？你会不会也作一篇《洛神南山赋》来祭奠我？"

光波翼道："你原本是个再机灵不过的姑娘，如今怎么竟说这些傻话？"

将近石府，见府门前数名小厮正挑灯守候张望，看见二人骑着雪蟭马回来，早有人进去禀告。石琅玕得了消息忙抢出门来，见南山好端端地与光波翼一同骑在马背上，不禁怔怔无语，南山却扬扬得意道："有什么好看的？我不过是跟哥哥一同出去散散步，说说话，赏赏夜色。"说罢同光波翼双双下马，南山轻拍了雪蟭马一巴掌，又道："我们这便启程了，这马你还是自己留着骑吧。"便拉着光波翼走进府去。

不久后，五只仙鹤载着人、货从石府后花园飞起，很快便消失在北空夜色之中。只剩下石琅玕一人，独自伫立在牡丹丛中，黯然凝望着夜空。

殊不知，这洛阳城中，此时此刻，也有一人正对夜呆想，却远比那石琅玗更加落寞百倍。此人正是镇海节度使周宝麾下中军兵马使，明威将军墨省墨承恩，黑绳三是也。此番乃奉诏回京，途宿洛阳城。

原来黑绳三去岁冬月，受封骑都尉，奔赴周宝帐下，做了都虞侯。起初周宝并不看重黑绳三，碍于上命，不得不让他挂了都虞侯之衔。谁知几次协同高骈对阵黄巢大军，黑绳三均主动请战，并屡立奇功，尤其澧州一战，非但令周宝对他刮目相看，连高骈也有意与他交好，甚至有心拉他到自己麾下，希望他将来也能同张璘一般，做自己的左膀右臂。

那是今年二月间，黄巢大军刚刚攻下饶州，高骈与周宝的军队分驻江州、宣州，形成掎角之势，防止黄巢北上。忽然澧州告急，报说被五千寇军围城。江、宣二州军队皆不敢往救，只怕中了黄巢调虎离山之计。

澧州位于洞庭湖西北，距饶州千里之遥，黄巢忽然派出一支奇兵攻打澧州，的确可疑。此时若轻易调动大军前去解围，黄巢则极有可能趁机渡过长江，挥师北上。只是这其中有个内情，澧州刺史李询报急之时并未说明，此事也确实无法明说，你道何事？原来那澧州近一二年间忽然声名大噪于荆、湖之地，不为别事，只为这澧州出了一位绝色美人，而这位美人又并非寻常百姓，乃是澧州刺史李询新娶的夫人——柳莺莺。

说来也巧，这柳莺莺正是当年被目焱手下河洛邑邑长范巨阳利用她来惩戒了人面兽心的花花公子秦仲翰的那位长安城名妓。事后柳莺莺被范巨阳送到南方，无意中结识了李询，李询对她一见倾心，便娶作了妻室。

因那柳莺莺确实美艳绝伦，加之做了刺史夫人，故而其美艳之名迅速传遍澧州，继而广传于两湖之地。

此番黄巢的弟弟黄思厚率领五千人马围困澧州，竟点名要李询交出柳莺莺，说只要交人出来，便立即撤兵，好似专程便为抢人而来。李询自然不肯，一来他与柳莺莺恩爱正浓，彼此赌咒发誓要生死相守。二来谁又能相信那黄思厚只为抢夺柳莺莺而来，若是交人之后他仍不撤兵，那岂不当真是赔了夫人又折兵？故而李询一面死守澧州，一面向镇海、淮南两军告急，却并未吐露半点有关夫人柳莺莺之事。

黑绳三因见两军皆不肯出兵营救，便主动请缨，要去解澧州之围。主将薛威原本再三不许，直至黑绳三立下军令状，方许他只率百骑前往。众人心中皆道："即便是他不立这军令状，也万难再活着回来了。"众人却哪里料到，黑绳三是何等样人物？居然当真便生擒了黄思厚及其手下五员裨将，逼退贼寇，顺利解了澧州之围。喜得澧州刺史李询大摆庆功宴，又将黑绳三延入内室，别设家宴礼谢，并让爱妻柳莺莺亲自为黑绳三献舞。

黑绳三一战成名，旋被加爵升职，同高骈手下大将张璘配合，屡破黄巢大军。

不久，宰相卢携奏以高骈为诸道行营兵马都统。高骈乃传檄广募天下之兵，得土客兵七万，威望大振，深得朝廷倚重。

四月间，高骈欲令张璘渡江，击破王重霸布在长江南岸的防线，一时却苦无良策。黑绳三每日在江畔巡视、思量，终于想到一条妙计，便秘密请来一位帮手，正是西道七手族的老二工倪。

从前，黑绳三曾见工倪造过一种小舟，名为"竹鱼儿"，只有一人多长，驾舟者俯卧舟中，手握转向舵杆，脚踏连杆机关，使船尾两侧轮状船桨飞转，可令小舟迅速前行。小舟有棚，微微隆起高于船舷，前后贯通于首尾，前半截棚顶可滑动，方便人进出船舱。舟棚锁定后，仅头部留有一尺长空隙，人藏于船舱中隐蔽非常，整只小舟便有如一条大鱼一般，故名"竹鱼儿"。

黑绳三请工倪赶工督造了五百只竹鱼儿，亲率五百精壮敢死之士，趁夜渡江，突袭驻守江岸的王重霸大军。一面于敌营中纵火，一面砍杀敌兵，一时间敌营大乱。张璘趁机率大军乘船渡江，一举击破王重霸大军，迫使王重霸率军投降。

失去王重霸呼应，黄巢劣势立现，随即退保饶州。张璘与黑绳三等又率众追击，不久便纳降了黄巢的别将常宏及其手下数万之众。很快又攻下饶州，将黄巢逼至信州。

谁知祸不单行，黄巢屯兵信州，又逢疾疫大作，兵士病死者众多，张璘不失良机，急攻信州。黄巢力难支撑，正在愁眉不展之际，忽然收到目焱密信，嘱其依信中所言行事，必可无虞。黄巢遂立即派人携重金贿赂张璘，请其稍缓攻势，一面致书高骈，求其保奏自己归降朝廷。高骈欣然许之，又向朝廷奏言，贼寇不日当平，请遣归诸道兵马。

大捷连报，朝廷畅怀，一时皆以为太平将至，便将集聚于淮南的昭义、感化、义武等军悉皆遣归。只有宰相郑畋极力反对，为此与宰相卢携争执不下，最后竟因争吵失态，二人俱被罢免为太子宾客。

眼见剿贼大功即成，各路人马撤走，黑绳三自然也被僖宗召回京城。

回京后，僖宗又加封黑绳三为正四品下的壮武将军，命他随孙遇出访东忍者道胜神岛，只待归来后便与仁寿公主完婚。

却说那高骈兵势正盛，眼看便可大获全胜，为何轻易便答应了黄巢请降？并且奏请朝廷遣退了诸道兵马？

当年高骈执掌西川节钺之时，曾因无故剥夺蜀中突将职名、衣粮，致使数百名突将愤怨作乱，冲入府庭，高骈躲入茅厕方侥幸躲过。事平两月后，高骈竟派人于一夜之间，将城中突将全家老幼，无论男女病孕，悉数杀害，婴儿皆被摔死于台阶或柱上，城中流血成渠，号哭震天，死者有数千之众，尸体连夜被投入江中。

有一妇人，死前大骂高骈："高骈！你无故剥夺有功将士职名、衣粮，激成众怒，幸而得免，不自反省己过，却使奸计杀害无辜近万人，天地鬼神，岂容你如此！我必向天帝告状，令你他日举家屠灭如我今日，冤抑污辱如我今日，惊忧惴恐如我今日！"言毕拜天，怫然就戮。

由此可知，高骈为人一向狠辣，做事一向做绝，为何今日竟想放黄巢一马。目焱给黄巢的信中所言又为何事？

原来，那高骈素好神仙、法术，故喜结交术士道人。从前在西川与南诏作战时，每次发兵前，皆于夜晚张旗立队，对将士面前焚化纸画人马，抛撒小豆，并说："蜀兵怯懦，今遣玄女神兵前行。"军中壮士皆以此为耻，只是碍于高骈淫威，不敢言说罢了。

当初术士吕用之投靠高骈，虽为高骈所接纳，却也并不十分受重视。后来吕用之结交了一位奇人，既蒙那人授意点拨，又得那人以异术相助，时而在高骈面前显示些奇异之事，故而逐渐取得高骈信任，得以在高骈军中任职。后来吕用之每每与高骈谈论时局利弊等事，皆能切中要害，令高骈对他更加刮目相看，愈发重用了他，竟逐渐委以军政大权，以为自己的心腹，殊不知吕用之所言亦皆那位奇人所授。

你道那位奇人是谁？不是别人，正是当初假冒百典湖，欺骗了光波翼，险些害了光波翼与花粉二人的妖道——幽狐。

幽狐当然并非无意中与吕用之结识，更非出于友情帮助吕用之得到高骈重用，这一切都是奉了北忍者道长老目焱之命行事。

当时朝廷上下，若论善战者，无有出于高骈之右者。故而目焱早早便在高骈身边布下了吕用之这枚棋子，用心不可不谓之良苦。

自从上次光波翼识破幽狐的身份之后，幽狐便被"赶"出了罗刹谷，却是去了哪里？乃是再次奉了目焱之命，秘密游走于吕用之身边，帮助吕用之继续蛊惑、控制高骈。于是乎，幽狐听命于目焱，吕用之得意于幽狐，而高骈却对吕用之言听计从，正可谓螳螂捕蝉，黄雀在后。那高骈实不知，自己已辗转做了目焱的木偶。

此后，吕用之不断专权，慢慢离间了高骈所有旧将、亲信，并与朋党张守一、诸葛殷等人一道，将高骈架空，肆意妄为，无恶不作，并最终断送了高骈全家老小的性命，倒也应了被高骈所杀那妇人的诅咒。这些皆是后话，不赘。

而此番目焱见黄巢危难，便命幽狐授意吕用之劝说高骈：一面假意答应黄巢请降，以图诱而杀之；一面遣散诸道兵马，以免与高骈争功。高骈果然听信吕用之所言，松开了已经咬到黄巢喉咙上的利牙。高骈未曾料到，他的这次失误，竟给唐王廷留下了致命的祸根。

待诸道兵马北渡淮河而去，黄巢便遵目焱所嘱，立时告绝于高骈，整军宣战。高骈勃然大怒，命张璘即刻出击。不想黄巢此时早得了目焱妙计，布下陷阱，又得北道忍者暗中相助，大败唐军，并将张璘斩杀，一时声势大振。六月间，黄巢便攻克宣州，七月自采石渡过长江，不战而取和、滁二州，进而围攻天长、六合。

（按：宣州即今安徽宣城，采石即今安徽马鞍山市东，和州即今安徽和县，滁州即今安徽滁县，天长即今安徽天长，六合即今江苏六合。）

此时高骈失了大将张璘，正自心慌，加之幽狐再次授意吕用之，力劝高骈免战，故而高骈坚守不战，上表朝廷告急，致使朝中人情大骇。僖宗怒而下诏责备高骈，高骈便索性称病不出。朝廷只好诏河南诸道发兵抗敌。

九月间，黄巢号众十五万，对阵天平节度使兼东面副都统曹全晸六千人马，曹全晸力战，一时竟将黄巢大军拖住，然终究寡不敌众，只得引兵退居泗上，一面死战，一面等候援军。高骈此番又为吕用之劝阻，竟终于按兵不救，致使曹全晸彻败。黄巢随即渡淮北上，自称"率土大将军"，兵锋直指东都洛阳。

幽狐不辱使命，之后便辞别吕用之，又奉目焱之命来到黄巢军中助阵，劝说黄巢自此整顿军纪，博取民心，所过之地，不剽财货，唯取丁壮为兵，以图建国大计。

十月，黄巢攻破申州，又分兵入颖州、宋州、徐州、兖州诸境，所至之处，唐廷官吏皆望风而逃。

说也奇怪，此时黄巢大军已打到河南、山东一带，却又有一支人马杀回江南，围攻一个已无足轻重的澧州。此时澧州再无人救，很快城破，刺史李询被杀，柳莺莺却被送到申州黄巢大帐之中。刺史李询至死方知，原来那黄巢竟果真是为了他的爱妻柳莺莺而来。

李询门下有一位判官名皇甫镇，尝举进士不第，蒙李询赏识并一手提拔为官，故与李询最为交好。城破之时皇甫镇本已逃走，后来听说李询被贼寇捉住，便道："吾受知若此，去将何之！"竟毅然回到刺史府中，陪李询一同就戮。可谓"士为知己者死"之楷模也。

那柳莺莺虽然出身北里，却非忘恩负义之人，她与李询恩爱深厚，前番贼寇围城时，两人便已盟誓要生同衾、死同穴，如今见丈夫因自己而罹难，她岂有苟活于世上、侍奉杀夫仇人之理？心下早已打定了主意，待见了黄巢之后，定然伺机为丈夫报仇，然后再追随丈夫而去。

（按：唐长安城"平康坊"丹凤街，为青楼聚集之地，因近北门，故又称"北里"。时人即以北里代指青楼。）

话说黄巢见自己思慕已久的柳莺莺终于到手，大为高兴，当下设了喜宴，邀众位弟兄同欢。

酒过三巡，黄巢早已按捺不住兴奋之情，便向众人告辞，欲回房与新人圆聚，大家难免调笑一阵，便撺掇着他快快回房。

黄巢喜滋滋地出了厅堂，正往后面卧室而去，却听身后有人叫道："黄王请留步。"回头看时，原来是幽狐追了出来。

黄巢问道："先生有事吗？"

幽狐道："黄王暂且不可接近那女子，恐怕那女子欲对黄王不利。"

黄巢问道："先生如何得知？"

幽狐道："在下虽未见过那女子，却能感到从她房中透出来的杀气。"

黄巢悻悻说道："既然如此，我小心些便是，如若她当真不识抬举，我明日便将她赏给众兵士，让她生不如死！"随即哼了一声道："只可惜了。"

幽狐却道："那倒不必，在下自有办法令她回心转意，专心侍奉黄王。"

黄巢闻言大喜，忙问："先生有何良策？"

幽狐道："在下可施法令她忘记从前之事，自然也便不会再与黄王为敌。只是从此她便连自己的身世姓名也都记不得了，不知黄王是否介意？"

黄巢忙道："那有什么打紧，请先生尽管施法便是。"

原来幽狐当年从他师父石穴老人处主要便得了三心术与游魂术两种妖术的传授，其他诸如狐毒媚术一类的小把戏自然也学了一些。三心术由浅及深分为读心术、写心术与控心术三种，读心术只能窥探他人心中所想，写心术可将自己的心思传递给他人知晓，而控心术则能左右他人心意。自从离开罗刹谷之后不久，幽狐便修成了三心术中的第二种——写心术，及至数月之前，又修成了控心术，恰好便用于吕用之身上，彻底瓦解了高骈的抵抗。如今，他也正欲以控心术令柳莺莺"回心转意"。

黄巢引着幽狐进了柳莺莺房中，那柳莺莺早被人梳洗打扮得如同新娘一般，正坐在榻上等候，见二人进门来，并不起身，只静静地打量着二人。

幽狐一见那柳莺莺却是一怔，竟呆呆地望着她，半晌无语。

黄巢侧目看了看幽狐，开口问道："先生，你看她是不是有倾国之貌啊？值不值得我为她两次发兵？"

幽狐回过神来，忙道："黄王乃当世英雄，正当有此美人相配。"

黄巢微微一笑，说道："那就请先生开始吧。"

幽狐答应一声，见柳莺莺虽然面无表情，眼中却隐隐透出一股怨怒之气，当下不及多想，上前两步，盯住柳莺莺双眼，施展起控心术来。

数日之后，黄巢私下召幽狐说道："先生的仙术果然厉害，莺莺竟已全然不记得从前旧事了。只是我听说她从前乃长安城名妓，按说这床榻上的功夫自然了得，谁想她连这些个也忘了，横在榻上如个木头一般，岂不白白糟蹋了这个美人坯子？我想请问先生，可否再施法术，令她稍稍记起些来，不至于失了她的看家本事。"说罢嘿嘿一笑。

幽狐也同他淫笑了一阵，当下答应一试。谁知这次施法的分寸竟拿捏得极为精准，从此后，那柳莺莺与黄巢百般缠绵，深得黄巢欢心，竟成了他身边第一宠妾。只是柳莺莺心中常常溢出一丝幽怨来，她自己也理不清、弄不明，不知自己究竟为何有此哀绪。又常常生出"我究竟是谁"的疑惑来，只不敢表露出来，唯有一个人独处时对镜发呆而已。

第五十五回

析文字乾坤顿开
辨琴音玄机终现

话说光波翼带着蓂荚与南山回到清凉斋，住了月余时间，思量着从何入手查访父亲遇害真相。思前想后，仍觉还是须从阆州查起，毕竟光波勇是在阆州遇害。三人于是打点好行装，御鹤飞往阆州而来。

三人在阆州城中逡巡了几日，并无所获，便常常来到南楼上，从北窗观望阆苑。只是南楼人多，南来北往的各色人等常常挤在顶楼上观赏城中风景，至夜方散。

这一夜，阆州降雨，一夜未停，天亮后反而更大了些。三人左右无事，不愿闷在客栈之中，索性便冒雨又登上南楼。借这大雨之力，总算得了清静，南楼上竟无一人。

南山将随身带来的酒果摆开在桌上，光波翼与蓂荚站在北窗前眺望阆苑。

蓂荚忽然说道："归凤哥，我见今日这景色倒与光波伯伯所画极为相似。"

光波翼道："我也正如此想。"说罢将孙遇临摹的那幅阆苑景图从怀中取出，展开来看。却见画中有几处薄雾隐隐，远处水面朦胧，原来那画中所写正是雨时景貌。

光波翼道："这便是了，先前那个罗有家骗我说父亲于夜间遇害，后来我得知他说谎后，便一直怀疑，父亲作画到半途而遇变故，想来应当是在白日里，否则如何能够看清窗外景物？只是这南楼平日来往人员颇多，嘈杂混乱，似乎不宜在此作画，今日看来，当年父亲便是在雨中作画无疑，亦如今日这般天气，故而南楼无人。"

蓂荚点头赞同，又看了那画一会儿，忽然又走到窗前远望，继而回头对光波翼道："归凤哥，你来看。"

光波翼闻言忙走到窗前，南山也凑过来观看。蓂荚指着东北方一座楼阁道："归凤哥，你看那楼可即是凤凰楼？"

光波翼答应一声。蓂荚又道："你可能看见那凤凰楼上的匾额？"

光波翼道："自然见不到。"

蓂荚又问："若是将凤凰楼前的树木都砍去，可能看清那匾额上的字？"

光波翼道："凤凰楼距此有三四里之遥，眼下又下着雨，除非我施展天目术，否则无论如何也无法见到那匾额，更不必说看清上面的字了。"

蓂荚又道："光波伯伯恐怕不会天目术吧？"

光波翼此时也早已意识到，忙说："正是，当年父亲必是到了那凤凰楼之后才看见的匾额，才知晓凤凰楼的名字！"随即对蓂荚与南山说道："你们在此稍后，我去去就来。"言毕人已从窗口飞出，只听见南山在身后喊了声"哥哥"。

光波翼心道："我怎的如此愚蠢，从前竟未想到要去凤凰楼中察看察看。"

南山与蓂荚守在南楼之上，左等右等不见光波翼归来，南山走来走去，似乎有些不安，蓂荚便说道："归凤哥必是要将凤凰楼细细察看一番，你不必心急，且坐下吃点果子吧。"

南山却道："一向都是我陪着姐姐等哥哥，早已习惯了，也不着急了。只怕有一天，咱们不必再等哥哥了，姐姐也再不用我陪着了。"

蓂荚微笑道："你这傻丫头，怎么近来总说些没头脑的傻话。姐姐倒希望你能一辈子陪在我身边，只怕有一天你张开翅膀要飞了，姐姐也留不住你。"

南山道："我能往哪儿飞？要飞也带着姐姐一起飞。"

蓂荚笑道："哪天你若有了如意郎君，自然要与他双宿双飞，带着我又像什么样子？"

南山忙说道："我才不要什么如意郎君，我只要永远留在姐姐身边！"

蓂荚将南山拉过来坐在自己身边，说道："南山，姐姐一直将你当亲妹妹一样，真心真意地爱你。姐姐希望将来能给你找到一位真心爱你、疼你、宠你的好丈夫，把你当成掌上明珠一般呵护你，让你做他唯一的心上人，而不希望你成为任何人的附属和陪衬。你能明白姐姐的心意吗？"

南山看着蓂荚，泪汪汪地说道："姐姐，我不想做什么掌上明珠，也不想成为谁的唯一，我只想与姐姐在一起，一辈子不分开。"说罢搂住蓂莱脖子哭了起来。

蓂莱正安慰南山，忽见光波翼现在面前，神色黯然凝重。

姐妹二人忙站起身，围住光波翼，询问他有何发现。

光波翼伸开右手掌，掌中现出一面三寸长、两寸宽的赤红色玉牌。南山忙拿过来细看，见玉牌上镌有一"光"字，翻过来再看，背面有一行书"忍"字，忍字外围刻有一圆圈。

南山问道："这是什么？"

蓂莱道："这是北道忍者令牌，应当是光波伯伯的遗物。"又问道："归凤哥，这令牌是在哪里发现的？还发现其他的线索了吗？"

光波翼又展开左手，手里是一块青白色布片，说道："父亲临终前，用它裹着玉牌，封藏在凤凰楼顶的大梁里。我用天目术仔细察遍凤凰楼上下，方才发现的。"

南山问道："光波伯伯是如何将它封在梁中的？"

光波翼道："父亲将那大梁上面挖出一块，将东西放进空洞中，再将挖出的木头去掉一些，重新盖在空洞上面，仍好似完整的梁木一般。"

蓂莱此时已取过布块细看，见那布块好像是从衣摆上撕下来的，上面写满了字，正为光波勇所书，大意是说：

咸通四年七月初三，天降大雨，光波勇与目焱、淳海三人在阆州南楼上饮酒、作画，目焱借口外出添买酒菜，拉着淳海一同离开，不久光波勇便身中剧毒，气脉逆乱。光波勇自知将死，便将此事录于衣袂，连同北道令牌藏于凤凰楼顶大梁之中，以报后人知晓。并于未完成的半幅图画中留下线索，投至中天楼中。最后两句写道："报国志未酬，尸魂寄江归。"想必是不愿死后尸骨无寄，索性投江去了。

蓂莱正看那布片，忽听南山哭道："哥哥，你大声哭一哭吧，免得憋坏了！"抬头却见光波翼目光呆滞，牙关紧咬，泪水在眼眶中盈盈欲下。

次日天晴，三人乘船顺江而下，一路祭奠光波勇，不知他的尸身早已漂去了哪里。

光波翼心中一直想着父亲被害的经过，又想到风子婴说过，淳海曾想与风子婴会面，却于见面之前遇害。如今看来，那淳海或许是与目焱合谋害了父亲，之后又良心发现，欲向风子婴坦白。又或许他并未参与其中，只想向风子婴说明当日情形。然而不管怎样，未及他说出真相便被目焱灭了口。只是目焱既然杀害了父亲，为何又假意对自己百般亲近，竟然还主动传授自己天目术？若非如此，自己也不能顺利发现父亲藏在梁中的遗书与玉牌。而且，目焱极力帮助黄巢造反，又说是为了将来让自己做皇帝，他为何要这般欺骗自己呢？难道还有什么不为人知的秘密？

想到这里，光波翼又取出父亲当年写的那首反诗来，反复看了几遍。蓂荚也凑过来同看，光波翼早将这一切都告诉了蓂荚，并不对她隐讳。

蓂荚接过诗来看到："春日南城万户空，云山深处有人踪。疑为桃源多雅趣，谁知世外少闲情。纵无蛮骑掳儿妇，也怕节度饿姑翁。何当挥旌安天下，一效岐山恤苍生。"

蓂荚看罢说道："这倒有些奇怪，光波伯伯临终前还写下了'报国志未酬'一句，似乎与这诗中意志大相径庭。"

光波翼道："我也正如此想。只是这诗确为父亲笔迹。"

蓂荚道"归凤哥，可否让我暂时替你保管这诗稿？我想再仔细多看一看。"

光波翼知蓂荚聪慧更在自己之上，也愿意她帮助自己早日解开心中疑惑，当即答应。

光波翼离开幽兰谷将近两年，如今既然终于查明了父亲死因，又已经向姐姐俪坤学成了师行术，并且也已得知蓂荚便是百典族的真正传人，遂决定带着姐妹二人返回幽兰谷去，向义父坚地复命。

蓂荚见光波翼心情不佳，便提议大家一路游逛着回去，南山自然愿意见识一路的风景人情，更愿意三人一处厮守游玩，当下极力赞成。光波翼便顺二人之意，大家继续乘舟南下。

行至果州南充城，光波翼买了酒菜回到船上，蓂荚迎上前喜道："归凤哥，我有个好消息告诉你。"

光波翼忙问："有何好消息？"

蓂荚道："你来看。"说罢拉着光波翼走进船舱，却见南山正伏在小桌上仔细瞧着光波勇那张诗稿，见二人进来，说道："这字我是看不懂，不过纸上的纹理确如姐姐所说，若非极仔细地看，当真看不出来。"

光波翼越发不解，忙坐到桌前去看那诗稿。

莫荬道："这诗确为光波伯伯所写不假，只是被人动了手脚，改了其中几个字。"说罢指着诗稿又道："归凤哥，你看，这诗中最后两句中的'挥旌'与'岐山'四字，字体虽与诗中其他诸字极为相似，只是笔法却不相同，若非明眼人，根本无法看出其中差别。"

光波翼依言细看了看那几个字，又看看其他字，实在看不出有何不同，便扭头看着莫荬，只待她进一步说明。

莫荬又道："光波伯伯运笔，可谓深得笔法之精义，笔笔皆合古法，入笔始于艮位而收笔终于乾位。而唯独这四个字，却是起笔于巽位，收笔于坤位。"

光波翼并不深谙书道，一时看不出莫荬所言之差别，只听莫荬又道："此其一。再者，光波伯伯想必是精于大篆，篆法造诣颇深。"

光波翼道："家中所藏父亲生前手书，确以篆书居多。你如何得知？"

莫荬道："篆家下笔，皆使笔毫平铺纸上，墨随锋布，乃四面圆足。如今虽用之于行书，仍可循见篆法痕迹。再看这四字，运笔时笔尖直下，以墨裹锋，并不假力于副毫，而是藏锋内转，故而笔形略显薄怯。"

光波翼道："依妹妹所言，再看这四字，似乎果然有些许不同。"

莫荬又道："归凤哥再看那四字下面的纸张纹理，虽与其他地方大抵相同，然而细看之下，其纹理与前后字的纸张之间尚有微小断错。"

光波翼又拿起诗稿细看一番，点头道："这个倒是看得清楚，看来这诗稿果然是被人动了手脚。没想到妹妹竟然如此精通书法之道！"

莫荬微笑道："我也不过是粗通皮毛而已。不过说来也巧，我这点皮毛本事还是学自于离此不远的一位长者。"

"是谁？"光波翼忙问道。

莫荬道："便是西充的圆明主人，白真一白老先生。白家乃书香门第，白老先生的父、祖皆精通书画金石，以及宫室园林建造之术，长安城的大明宫即是由白家祖上设计建造的。白老先生本人更是于此造诣极深。当年家父与白老先生相交甚欢，纪园便由老先生亲手设计而成。"

光波翼道："如此说来，我也当好生感谢这位白老先生才是。"

南山在旁插话道："那哥哥也在老先生家中埋下十几箱金银财宝岂不是好？"

莫荬笑道："老先生一生最爱嘉园美林，日后归凤哥若能觅个清静安稳之地，建个雅致园囿，请老先生住进去养老，那才是好。"

光波翼道："好，我便依两位妹妹之言，建个好园子请老先生来住，再在园子里埋上许多财宝，岂不两全其美？"说得人家一齐笑起来。

南山又道："姐姐虽然看出这诗稿的破绽，却不知那四个字是如何被偷换上去的，也不知原来又是哪几个字。"

蒉荚道："换字倒不甚难，只需将原来的字挖去，再以相同纸张写好新字后，裁成与原处相同形状、大小的纸片，以同样纸张打成纸浆，和以米胶，将纸片四周的缝隙粘住即可。这方法也是修补字画时常用的。若将这诗稿浸入水中，便可将那四个字浸下来了。"

南山道："我倒想看看如何将那四个字浸下来。只是如此一来，这诗稿岂不是也被浸坏了？"

蒉荚道："倒也不必将诗稿全部浸入水中，我自有办法，或可一试，归凤哥，你可愿意？"

光波翼点头道："我也很想一看究竟。"

蒉荚道一声"好"，又对南山说道："南山，你取一支新笔出来。"

南山依言取来一支新笔交与蒉荚，蒉荚已倒了一盏清水置于桌上，接过新笔在水中浸透，然后轻轻以湿笔尖涂抹"挥旌"与"岐山"两处字迹的四周，随即又将诗稿翻转过来，再以湿笔反复涂抹那两处字迹的背后，稍待片刻，再次反复涂抹，大约一炷香工夫，蒉荚微微一笑，以小指指甲轻轻抠挑两处字迹的边缘，竟果真将两个小小纸片挑了起来，诗稿上现出两个小方洞来。

光波翼与南山皆不禁点了点头，南山叫道："姐姐真厉害，竟然还有这般手艺。"

蒉荚道："至于这诗中原来的那四个字，想来必是与如今这诗意截然相反的，否则目焱也不必煞费苦心地改了来欺骗归凤哥了。因这诗的前六句只是铺陈而已，关键在于后两句点题，我想光波伯伯的原诗多半是一首壮志报国的诗。"

南山忙接口道："正是！或许这原诗的后两句便是：何当救国安天下，一效忠臣恤苍生。"

蒉荚掩口笑道："意思应当不错。"

光波翼也被南山逗得忍不住一笑，说道："我倒宁愿这诗句被改成南山吟诵这两句。"随即又叹一口气道："如今这诗稿愈发证明，目焱必是早已蓄谋造反，便毒害了父亲，又篡夺了北道长老之位。无论如何，我一定要为父亲报仇！"

回到幽兰谷，正值中秋前两日，坚地见光波翼归来极为高兴，虽然得知光波翼因未曾受过灌顶而无法修习凤舞术，不免遗憾，然而见到百典蔓荚如此聪慧美丽、娴雅大方，竟成了义子的未婚妻，心中喜悦之情早已胜过那一分遗憾。

幽兰谷中过了一个热闹的中秋节，此后南山每日都拉着光波翼，让他带自己和姐姐去看他自小生活游戏和修炼过的每一个地方。偶尔也有人登门向蔓荚求教一些失佚的忍术。

转眼入冬，南山与蔓荚二人早已住熟了光波翼的宅子，三人常常一起饮酒作诗、吃茶赏画。南山虽然顽皮，却始终修炼御鹤术不辍，因她心地单纯，又得光波翼传授了大雄坐法，故而每次上座修炼杂念甚少，以至于进步极快，这一日竟驾着一只灰鹤飞了起来。蔓荚与光波翼也均为之高兴，当晚便摆酒为她庆贺。

又过得十余日，南山御鹤飞行已颇为熟练，每日必定要驾鹤翱翔一番。

这日，南山御鹤归来，见蔓荚与光波翼二人正在书房中，看着墙上那幅光波翼母亲的画像说着话，忙跑上前问道："你们在聊什么？"

光波翼道："你姐姐说，画中先母手中所持之物必定是件要紧的东西，又不愿被外人见到，故而只画了条链子露在外面。我告诉她，当年孙先生到我家中见到此画，也是这般说法。他说：令堂手中所持之物似为一件首饰，不佩于身而以手握之，或是受赠于人的，或是欲以之馈人的。藏于手中而不显，则不为心爱珍重之物，便是不欲人知。今露一端细链在外，似乎又欲留下端倪。不知令尊作此画时究是何意。"

南山道："那哥哥的母亲到底有没有留下一件首饰给哥哥？比如金锁、玉佩之类的？"

光波翼道："适才我们也是这样想。自我记事时起，颈上便带着一只玉坠子，却不知是否为画中先母手中之物。"

南山又问道："那玉坠子在哪儿？"

光波翼道："去年四月，我进秦山时被那位花粉姑娘调了包，将我的玉坠子换成了一只翡翠蝴蝶。"

南山哼道："那翡翠蝴蝶必定是她的贴身之物，她这分明是想同哥哥交换情物，真是无耻！哥哥为何不去向她讨回来？难道哥哥自己也心甘情愿不成？"

莫莱说道："你又胡说，归凤哥一直无暇再入秦山，哪有机会去向她讨要？不过这玉坠子或许当真对归凤哥极为重要，日后还是拿回来的好。"

光波翼道："这个自然，原本我是要将它送给一个人的。"说罢脉脉地看着莫莱，莫莱忙低下头红了脸。

南山又努嘴道："下次我同哥哥一起去向那女子讨要，看她敢不还回来！"

光波翼笑了笑，说道："如今你已学会调用脉气，从明日起，我便教你飞镖之术，日后也好有个防身的本事。"

南山拍手叫道："好啊，好啊！日后哥哥不在我们身边时，我就能保护姐姐了。"

莫莱笑道："你能学会保护自己我便谢天谢地了，哪还敢指望让你保护。"

南山"哼"了一声说道："姐姐可别小觑人，总有一天，我也会用飞镖百步穿杨。"

光波翼道："你姐姐虽然不习其他忍术，但她逃跑的本事可是天下无双，她若想逃走，眨眼便不见踪影，凭谁也休想捉住她。"

南山拉住莫莱胳膊问道："姐姐的遁术当真如此厉害？"见莫莱笑而不答，又道："那姐姐何不将这遁术教给我？"

莫莱微笑道："如今你已做了归凤哥的徒弟，无法再学百典族的忍术了。"

南山叫道："这是什么道理？根本说不通。"

光波翼道："百典族的忍术乃是血统传承，不是百典族的血脉，根本无法修成百典族的忍术。"

南山扭头看了看莫莱，莫莱微笑着点了点头。

南山放开莫莱道："这样说的话，有一个人既可以学哥哥的忍术，又能学姐姐的忍术。"

"谁？"光波翼问道。

南山嘿嘿一笑，蹀步到门口，说道："就是将来哥哥与姐姐生的小娃娃呗。"说罢咯咯笑着跑出门去，只留下屋中两个大红脸相觑无语。

腊月将近，有消息传来，黄巢大军已于十一月十七日攻克东都洛阳，唐军退守潼关。坚地整日忧心忡忡，常将光波翼唤去与谷中其他几位重要忍者一同商议大事。

这日南山御鹤归来，又见蓂荚独自一人在看书，便为蓂荚倒了茶来，说道："没想到洛阳城这么快便被贼寇占了，不知道那个石琅玕如今怎样。"

蓂荚放下手中的书册道："原来你还惦记着他。"

南山忙叫道："谁惦记他？我不过是随口说说罢了。他是死是活与我何干？"

蓂荚微笑道："他倒没死，至少昨天夜里还活着。昨晚我施展寂感术时还能感知到他。"

南山道："这个坏蛋居然不肯帮助哥哥，没死倒便宜他了！"

蓂荚道："帮不帮忙全凭人家自愿，咱们也不能强求，再说归凤哥不用他帮忙不是也查明真相了吗？不过那个石琅玕似乎倒是真心喜欢你。"

南山忙叫道："不许姐姐胡说！等我练会了飞镖，再见到他，非要打他几镖不可。"

蓂荚笑道："人家喜欢你又没什么错，哪里就犯了死罪。石琅玕虽说不上好，可也谈不上有多坏。他不过是有些放浪不羁罢了。"

南山嚷道："好了好了，咱们不说那个讨厌鬼了。"说罢端起茶杯吃了口茶。

蓂荚笑了笑，又低头看书。南山问道："姐姐在看什么？这样认真。"

蓂荚道："我在看归凤哥的这本《千字文》。"

南山道："《千字文》有什么好看？姐姐自幼便能倒背如流。"

蓂荚道："这本《千字文》不同，后面多出了两百四十字，颇有些蹊跷。"

南山"哦"一声，问道："多了些什么字？有何蹊跷？"

蓂荚将《千字文》递与南山，答道："多出这两百多字，词句多半并无意义，虽也押韵上口，应该只图好记罢了。若参看前面的千字，后增这些字倒像是为了补全一些常用的文字而设，比如千字中缺失的天干、地支、颜色、数字、身体脏腑等文字。"

南山一边翻看那本《千字文》一边说道："或许是谁编出来教小孩子认字用的。哎？不会是哥哥自己写的吧？准备将来教姐姐和哥哥的孩子的。"说罢咯咯大笑起来。

蓂荚羞道："你再浑说……"起身便来搔南山的痒，吓得南山边逃边告饶。

二人打闹一阵，蓂荚道："这《千字文》是一位陆姑娘的，她曾经来过幽兰谷，如今住在宫里。归凤哥也是觉得这《千字文》有些古怪，才拿给我看的。"

南山问道："住在宫里？她是皇妃还是宫女？当初又为何到过这里？"

蓂荚道："归凤哥说，这位陆姑娘当年被西道一位叫黑绳三的忍者所救，后来随他与皇帝的两位钦差一同来到这里。"

南山又问："那两位钦差便是哥哥说过的大画家孙遇和李将军吗？"

蓂荚点头道："正是他二人。陆姑娘后来跟随李将军的夫人入宫陪伴长公主，因她琴弹得好，便被留在了宫中。"

南山道："原来是位女琴师，她要这《千字文》做什么？这又不是琴谱。"

"琴谱……"蓂荚忙又拿过《千字文》翻看起来。

南山怪道："怎么了，姐姐？"

蓂荚轻轻摇头道："没什么。"

南山正自纳闷，忽见光波翼从外面回来，姐妹二人忙起身相迎。

蓂荚见光波翼微有喜色，便问道："归凤哥可有什么开心事吗？"

光波翼道："孙先生与黑绳兄要来，明后日便到。"

南山忙问："是那位画家孙遇先生与黑绳三吗？"

光波翼点头应了一声。

南山道："真巧，我和姐姐刚刚还说起他们，怎么就来了？"

光波翼道："孙先生是奉命巡视东、南二忍者道，黑绳兄一路随行卫护，如今他们是从东道胜神岛而来。"

南山又问道："孙先生不是来过了吗？怎么又来巡视？"

光波翼道："上次因急着赶回京城去，故而孙先生他们在此逗留时日甚短，此番想必要长住一段日子了。"

蓂荚道："皇上为何要派孙先生做钦差巡视各道？未免有些奇怪。"

光波翼看了看蓂荚，欲言又止，只是微微点了点头。

第三日一早，孙遇与黑绳三果然乘船到了幽兰谷，坚地率众迎接款待一整日。当晚，光波翼在家中宴请两位旧友，又将蓂荚姐妹绍见给二人。

孙遇见蓂荚谈吐大方得体，年纪轻轻却学识渊博，见闻又广，不禁大为赞赏。南山虽然顽皮，却是天真聪颖，诙谐可爱。加之姐妹二人都美若天仙，孙遇心中着实喜欢。

光波翼见黑绳三两鬓银缕如霜，说话应笑间也掩不住一丝深深的落寞之情，大能体会他心底中的苦楚，又不知如何开口安慰他，只好轻描淡写般问问旅途中的情形而已。

不料黑绳三却道："此番从胜神岛过来，我们特意去了一趟钦州。"

"去钦州做什么？"光波翼问道。

黑绳三不禁苦笑一声，说道："贤弟是否记得，前年我们来幽兰谷时，途中曾到钦州寻找陆燕儿的舅父？"

光波翼点点头道："我记得你们说过，陆姑娘舅父一家不幸遇害，故而你们才将陆姑娘带来幽兰谷。"

黑绳三道："不错。当初我们见她孤苦可怜，便将她带在身边，如今看来，或许我们都被她骗了。"

光波翼忙问其中缘故。

黑绳三道："我在镇海军中结识了一名小吏，名唤薛寿，此人乃钦州人士，他父亲便是薛百田，也即是陆燕儿的舅父。只是据薛寿所说，他家祖上世居钦州，薛百田根本不是从陇州逃难过来的马泰。薛家也并未有陇州的亲戚，更不认识姓陆的人家。薛寿也确实有一个弟弟名叫薛富，与父母在家一同经营一家酒肆。只是那薛寿从军三年，尚不知家人遇害之事。我当时便觉此事蹊跷，此番正好与异之兄一同往钦州查探了一番，结果上次自称是薛百田生前好友的潘掌柜早已不知去向。我们向左右邻居打听，方知那潘掌柜根本不是本地人，只在我们到达钦州前一个月左右光景，才在那里买下一间小店，后来经营不到两三个月便离开了。"

光波翼道："如此说来，这位陆姑娘确有可疑之处。当年咱们同行前往长安的路上，我便发觉了一些异样，只因未有确证，也不敢胡乱猜疑。"

孙遇忙问道："贤弟发现了什么？"

光波翼道："当日陆姑娘病得蹊跷，我听店中伙计说，陆姑娘生病前一夜汗透衣衫，竟向那伙计要来冷水沐浴，似乎有意想要大病一场。"

南山在旁插嘴问道："她为何要大病一场？这对她自己又有何好处？"

光波翼看了看黑绳三道："或许她不想黑绳兄赴京参加马球大会。"

孙遇道："看来她倒是真心喜欢黑绳贤弟。"

南山又问道："为什么她喜欢黑绳大哥便不想他参加马球大会？"

冀荚道："南山，你不要插嘴。"

光波翼又道："今年年初，我在大明宫中还见到一名北道忍者，似乎也与陆姑娘有关。"

孙遇忙问详情，光波翼便将自己见到青衣人吹奏怪箫，随后追踪他出城，出手后青衣人自爆身亡，发现其身上有《千字文》，后又在陆燕儿房内发现《千字文》等事一一说了，却未敢说出见到陆燕儿陪侍僖宗一事。

黑绳三听罢皱眉道："说起那怪异箫声，我倒想起当日咱们夜宿安康城那夜，也即是陆燕儿生病前一夜，我听到她在房内弹奏极为怪异的曲调，后来她解释说那是她父亲留下的奇怪琴谱，我也并未太在意，如今看来或许有些不同寻常了。"

莫荚忽然问道："黑绳大哥可还记得那曲调吗？"

黑绳三道："当时我确实用心记了记曲谱，或许还能大致记得。"

莫荚又道："可否请黑绳大哥再演奏一遍？"

黑绳三道："我可以试一试。"说罢取出长箫来，略加思索，便吹奏起来。

莫荚取过纸笔，在旁将曲调记下，随即取来那本《千字文》翻看。众人皆目不转睛地看着莫荚，不明其意。

只见莫荚时而点点头，时而又摇摇头，半晌方抬头问道："黑绳大哥，这曲中可有一些变化是您适才未曾吹奏出来的？"

黑绳三道："当日陆姑娘用了许多吟猱之音，我并未吹奏出来。"

光波翼闻言也道："当日我听那青衣人吹箫，中间也杂有些颤音。"

"这便是了。"莫荚笑道，"原来《千字文》果然是本琴谱。"

众人忙追问缘由。

莫荚道："南山，你去将琴取来。"

南山依言忙去取了琴来，莫荚抚琴一番，曲调极为怪异，弹罢黑绳三讶道："当日陆姑娘所奏正是这曲子，连吟猱之音也尽相同。"

众人愈加惊奇地望着莫荚，待她说明。

莫荚道："你们看这曲谱。"说罢将那曲谱置于案上，大家围过来观看，见那曲谱乃是：四，六五，一四一四，凡五，一四上，合上四一，尺一四，五凡工乙凡，合上合，合四四，上六工，合工凡，一六合合，五凡。

（按：古时乐谱称为"工尺"，以合至乙等十字表示十个音阶，详见本书第十二回中按语。）

莫茱又道："虽然这谱子看似错落凌乱，实则每三个音为一字，与《千字文》中的文字相对应。音阶长短错落乃是为了掩人耳目。"随即又展开那本《千字文》道："这《千字文》每十字一行，每页十行，正为了方便查询对应文字。"

南山听得糊涂，急道："什么三个音对应一字？如何对应？姐姐究竟是什么意思？"

莫茱道："你别急，这《千字文》中的每一个字，均以三个音阶表示，合、四、一、上、尺、工、凡、六、五、乙十个音阶分别表示一到十，第一个音阶表示为第几页，第二个音阶表示该页中第几行，第三个音阶表示该行中第几个字。如此这曲子便表示成这几个字。"说罢在纸上写到：彼形知端阳事，可用调昃离果之衣。

南山说道："这成什么话？姐姐该不会弄错了吧？"

莫茱又道："若没有后面增补那两百四十字，便只能这样。所以这本《千字文》才变成了一千两百四十字，若是后面那些增补的字，便以吟猱音表示，如此，这曲谱所表示的字便成了……"边说边又写到：彼已知端阳事，可用调虎离山之计。

南山在旁随着莫茱一边书写，一边念出声来，光波翼与孙遇、黑绳三皆不禁点头道："原来如此！"

原来其中"已、虎、山、计"四字乃用吟猱音表示。

孙遇叹道："莫茱姑娘真乃天人之慧，竟能窥破这曲中奥妙！"

南山也问道："姐姐是如何想到的？"

莫茱道："前日我听你无意中说到'这《千字文》又不是琴谱'的话，便发现它的确可与工尺对应上。今日听到黑绳大哥将那曲子重新吹奏出来，正好便验证了我这猜测。"

南山叫道："姐姐真厉害！"

黑绳三却忽然起身步出门外。

第五十六回

赴骆谷箫声引燕
探京城市集塞尸

大家沉默半晌，孙遇开口说道："没想到陆姑娘竟是北道忍者。不过我见她知书达理，天资也不错，应是个可造之材，或许只是身在其中，不由自主。"

光波翼微微点头道："只是苦了黑绳兄，难为他对陆姑娘一往情深。"

孙遇又道："我见陆姑娘对黑绳贤弟也并非是虚情假意，她虽然欺骗咱们，也是奉目焱之命行事而已。只可惜造物弄人，这一对天配的人儿终究成了冤家。"

南山在旁骂道："那目焱究竟是个什么东西，坏事都让他做绝了！"

次日一早，光波翼被坚地唤到长老舍，不多时孙遇与黑绳三也一同到来。

坚地面色极为凝重，缓缓说道："刚刚收到消息，腊月初三，潼关失守，昨夜贼寇大军已进占长安。"

众人皆大吃一惊，孙遇忙问道："皇上呢？如今在哪里？"

坚地道："圣上昨日一早已率五百神策军西巡去了。"

（按：西巡乃是皇帝向西逃走的隐讳说法。）

孙遇道："潼关天险，怎么如此轻易便被贼寇攻破了？"

坚地道："来报说，贼寇进入关左禁坑之中，与关外贼军夹攻潼关，是以很快便破了关。"

孙遇又道："禁坑难道无人把守吗？贼寇如何得入？"

坚地道："我也奇怪。那禁坑之上只要有数百人把守，便可阻挡数万大军，不知贼寇为何能够如此轻易进入其中。"

光波翼插口说道："或许是皇上身边之人。"

坚地问道："此话怎讲？"

孙遇道："长老还不知，如今住在宫中的陆燕儿乃是北道忍者。"

"她是目焱的手下？"坚地讶道。

孙遇点头道："我们也是昨夜方才确知。"于是便将详情向坚地陈述一番。

言罢，坚地问道："翼儿为何说她是圣上身边之人？"

光波翼看了看黑绳三，又看了看孙遇，正不知该如何开口，黑绳三接口道："贤弟不必再避讳，陆燕儿入宫后伺机迷惑皇上，博取皇上欢心，只怕皇上早对她言听计从了。我原想今早便向长老辞行，立刻赶回京城去为皇上锄奸，没想到，贼寇竟然已经攻进了长安。"

坚地蹙眉道："既然如此，就更要火速赶去救驾。如今圣上身边无人，陆燕儿既是北道忍者，万一她要对圣上不利，我大唐危矣！"

光波翼道："义父放心，孩儿可驾飞鹤与黑绳兄同去。"

坚地点头道："我也正有此意，你二人同往，我最是放心。"

孙遇讶道："贤弟何时又学会了驾鹤的本领？"黑绳三也颇感惊讶。

光波翼微笑道："此事说来话长，容小弟日后再慢慢说与两位兄长听。"

坚地又对光波翼道："另外还有一件极要紧的事，也要交付给你。"

光波翼道："请义父吩咐。"

坚地道："如今长安城破，圣上被迫西巡，咱们不得不出手帮助朝廷收复京师。只是咱们与目焱有约，又有人质在秦山之中，无法公然出手。我想让你再进秦山一趟，看看能否设法将几位老邑长救出来，或是与北道换回人质。"

黑绳三插口道："待救驾之后，我与光波贤弟一同北上秦山。"

坚地摆手道："不可。秦山终究是北道忍者聚集之地，高手众多，你二人忍术虽强，也敌不过那些人。"又转向光波翼道："如今目焱并不知晓你已查明他就是你的杀父仇人。听你所言，上次进山目焱有意对你示好，你便仍装作与他交好，见机行事，或许还可成功。切记，万万不可与之正面交锋，否则凶多吉少。若有缓急，你便全身而退，不可以身犯险，到时咱们再另想办法。"

光波翼道："孩儿记下了。"

孙遇也向坚地抱拳说道："看来在下也不得不向长老辞行了。"

坚地道："先生为何要走？不是说至少要住上一二月的吗？先生是担心长安城中的家眷吗？"

孙遇道："家人自然令人牵挂，只是在下岂敢为了他们不顾圣命在身。所谓君在臣在，如今圣上吉凶未卜，我留在这里又有何意义？既然圣上西巡，我自当追随圣上而去，待见到圣上平安、局势稳定之后，我再来也不迟。"

坚地微微点头道："如此也好，只是此番圣上西巡，不知会去凤翔还是去兴元（即汉中），我便再派两人护送先生先到兴元，待探明圣上行踪后再说。"

光波翼道："不如我带着孙先生一同走，将先生送到兴元等候消息，若皇上去了凤翔，待我与黑绳兄办完事，再接先生去凤翔与皇上会合。"

黑绳三也点了点头，坚地"嗯"了一声，道："也好，你二人务必保护好先生。"又对孙遇道："我这便命人传话给长安的信子，去探探先生家中情形，让他尽力保护先生家人安全。"

孙遇谢过坚地，便与黑绳三回馆收拾行装，准备上路。

二人走后，光波翼又向坚地说道："义父，孩儿以为皇上此番必定不会去凤翔。"

坚地问道："你如何知晓？"

光波翼道："请恕孩儿直言，当今皇上与昔日肃宗皇帝不同，当年肃宗皇帝避难凤翔，乃为重整旗鼓，励图平叛。何况当初安禄山虽反，大唐民心未失，是以非空大师才传授百忍以助国主。可是如今……"

坚地叹口气道："如今朝政确有许多不尽如人意之处，圣上年幼，难免有些贪玩任性，考虑欠周之事也是有的。百姓有所怨言，乃是因为朝中佞臣弄权，蒙蔽圣聪，败坏纲纪，殃祸百姓。不过越是如此，我们做臣子的便越要鞠躬尽瘁，辅佐圣上安邦定国。相信日后圣上自会慢慢明白，亲贤臣而远小人，励精图治，肃清纲政，重现我大唐盛世。"又拍拍光波翼肩头道："你天资颖悟，文武全才，日后必成大器，为我大唐建立丰功。义父会为你骄傲的。"

光波翼叫了声"义父"，欲言又止，坚地又道："孩子，你和夐荚姑娘的年纪都已不小了，我原本打算过了年便着手筹备你们的婚事，没想到如今又出了这样大事。等咱们帮助朝廷收复了京师，义父便为你二人完婚。"

光波翼淡然一笑，合十道："义父，孩儿这便告辞了。"

坚地点点头，嘱道："多加小心。"

光波翼赶回家中，匆匆向夐荚姐妹二人道了别，便驾起三只仙鹤，载着黑绳三与孙遇，一同向北飞去。日映，三人已飞到兴元。

光波翼在城外降下仙鹤，对孙遇说道："异之兄，你我兄弟交心，有句话我也不避讳兄长，想必兄长也已心中有数。皇上此番西巡，必定会往兴元来，恐怕还不止于此，我想皇上多半会去成都。"

孙遇道："我也同贤弟一般想法。田令孜让他胞兄陈敬瑄做了西川节度使，早为自己留好了退路，此番必定劝圣上去成都避难。"

光波翼道："如此便请兄长在这里稍候两日，皇上必经此地。若万一有甚变故，我再来接兄长走。"

孙遇点头道："你们去寻陆燕儿，切不可令圣上知晓此事，更不可泄露陆燕儿的忍者身份，以免连累了义南兄，毕竟圣上从来只道她是义南兄的表妹。"

光波翼应道："兄长请放心，我也早已想到此节。还望兄长自己多多保重。"

光波翼与黑绳三各向孙遇道了珍重，二人重新飞起，黑绳三道："依贤弟与异之兄适才所言，咱们可不必先去凤翔了。"

光波翼道："正是。皇上初五一早出行，于今不足两日，应当已过了骆谷关，尚未到华阳，咱们便去骆谷中寻他吧。"

二人径向东北而飞，经婿水（即城固），过兴道，不久又过了华阳，飞入骆谷。

光波翼道："咱们不能飞得太高，免得谷中隐蔽，与皇上错过了。又不能让人看见咱们，须得仔细些了。"

二人在谷中飞行无法太快，飞了好一阵儿，光波翼望见远处隐隐有扬尘泛起，忙御着两鹤高高飞起，待飞过扬尘，又折返回来，悄悄追近细看，果然是一队人马在疾驰，数百人马皆衣甲鲜明，想是僖宗一行不错。

二人降下飞鹤，光波翼道："请兄长稍候，待我先去看看情形再说。"

光波翼便施展起坤行术，于地中飞奔，赶到马队之前，纵出地面，以伪装术化作路边一块大石，待马队奔近，果然看清僖宗、田令孜、李义南与陆燕儿等人均在队伍当中。

光波翼寻到黑绳三，说道："如今皇上无恙，我看咱们不必急着动手。他们在天黑前出不了骆谷了，咱们便尾随其后，天黑后再动手如何？"

黑绳三点头同意，眼中倏然流出一丝伤感，又颇夹着几分无奈，虽只一闪而过，却已被光波翼察到。

天色黑透既久，马队终于停下，众人迫不及待地跳下马来，倒地而卧。

田令孜命人生起篝火，又在火边铺好毯子，请僖宗歇息。

僖宗躺下来问道："阿父，今天是什么日子了？"

田令孜边为僖宗盖好毯子边回道："皇上，今儿个是初六。"

僖宗讶道："初六？这么说，咱们是昨日早上离京的？"

田令孜道："是啊，皇上。"

僖宗又道："我觉得咱们好像已经跑了好几日了。"

田令孜也躺倒在一旁的毯子上说道："皇上是太累了，等过了婿水就好了，咱们便不必如此急着赶路了。皇上快合上眼歇会儿吧，咱们只能停一个时辰。"

僖宗还想再说什么，又觉得眼皮沉重，很快便昏昏睡去。

陆燕儿刚刚裹着毯子坐下，忽然听到林间传来一阵箫声，那箫声忽高忽低，曲调怪异，陆燕儿一怔，随即起身，身边的月儿也随之站了起来。二人正向林边走去，一名负责巡防的军吏骑马赶上，喝道："田大人有令，任何人不得擅自走动！快回去！"

月儿也喝道："你是什么东西，竟敢这般无礼！"

那军吏冷笑一声道："你以为这是什么地方？什么时候？别说是你们，寿王抗命，不是照样挨打。"说罢将鞭子向月儿一指。

寿王李杰乃僖宗同母胞弟，昨日因不堪持续奔波，想要停下歇息，竟被田令孜鞭打。

月儿正欲再与他理论，陆燕儿说道："月儿，你在这里为我把风便是。"

月儿会意，对那军吏说道："你还不快将头转过去，不许偷看！"

那军吏这才明白原来陆燕儿是要出恭，也不好再干预，只得哼一声，叫道："快着点。"便拨马离去。月儿四下看了看，将头上的风帽拉得更低些，又将斗篷紧紧裹住自己领口，将脸遮住大半。

陆燕儿步入林中，顺着箫声传来方向疾奔，奔出两百步开外，见一青衣人站在林间。

陆燕儿近前细看，颇为惊讶，问道："你还活着？"

青衣人并不搭话，陆燕儿又问道："你约我出来有何要紧事？"

青衣人紧盯陆燕儿双眼，仍旧无语。

陆燕儿被他看得老大不自在，将目光避开，说道："我尚未寻到下手机会，再容我几日。他们盯得很紧，以后不要再约我出来了。"转身便要离去，忽听身后那人说道："陆姑娘，何必急着走？"

陆燕儿转回身一看，大吃一惊，叫道："光波……大哥？！"

光波翼笑道："你让我容你几日做什么？"

陆燕儿定了定神，说道："我房里的《千字文》原来是被光波大哥偷去了。"

光波翼又笑道："否则我如何能与燕儿姑娘如此坦诚交谈呢？"

陆燕儿轻笑一声道："没想到，光波大哥如此聪明绝顶，竟能破解这《千字文》。却不知光波大哥是何时盯上我的？"

光波翼道："你还未回答我的问题，你要寻机下什么手？"

陆燕儿冷笑一声道："你们还愣着干什么？快将他拿下！"说罢一扬手，两枚星镖直射光波翼。

光波翼自然料到陆燕儿不过虚张声势，趁机便欲施展遁术逃脱，当下哈哈一笑，伸手便将两枚星镖接下。再看陆燕儿，刹那间已被数条黑绳缚住了手脚，"扑通"跪倒在地上，黑绳三这才现出身来。

陆燕儿一见黑绳三，登时脸色大变，轻声叫道："黑绳哥……是你！"声音微微有些颤抖。

黑绳三漠然说道："不敢当。在下黑绳三可否请教姑娘大名？"

陆燕儿望着黑绳三，微微摇摇头，眼中几乎涌出泪水，忙低下头，半晌方道："罢了，事已至此，我便实话说了吧。我乃北道琴族忍者，奉目长老之命来此卧底。这两年多来，你们一直都被我骗了，眼看我就要大功告成了，你们若是再晚来一步，恐怕李儇和他几个兄弟便都成为刀下之鬼了。"

光波翼问道："潼关失守，是你从中动的手脚吧？"

陆燕儿点头道："不错。是我令他们放弃防守禁坑，才轻易被破了关。"

光波翼又问道："你是目焱的义女目思琴？"

陆燕儿闻言一怔，讶道："你如何知晓？"

光波翼并不答她，又道："潼关一破，你们也便不必再留着皇上他们几位的性命了。你为何迟迟不肯动手？恐怕并非是寻不到下手机会吧？"

陆燕儿抬头望了一眼黑绳三，见黑绳三仍旧面色冷峻，便好似在渝州江面上初见他时一般，当下惨然一笑，说道："如今我既已落在你们手中，夫复何言！你们是想亲自动手，还是让我自行了断？"

光波翼又问道：“你还有个同伙叫月儿吧?”

陆燕儿眉头轻蹙，略微沉默，说道：“自然瞒不过你。不过她只是个跑腿儿的小丫头，无足轻重，请你们放过她吧。”

黑绳三冷笑一声道：“如今你恶贯满盈，自身难保，哪有资格替别人求情?”

“黑绳三，你竟然如此诽谤燕儿姐姐，难为她对你一片痴情!”树后忽然蹿出一人叫道。

光波翼微笑道：“躲了这么久，总算愿意出来见人了?”

原来那人正是月儿，一路追随陆燕儿而来。

陆燕儿急道：“傻丫头，你来做什么?”

月儿气呼呼道：“那些事都是我做的，要算账尽管来找我，跟燕儿姐姐无关。”

光波翼问道：“你何不说得清楚些，什么事情是你做的?”

陆燕儿忙道：“小丫头，你又胡说些什么?”又对光波翼道：“这孩子是想救我性命，故而才替我担罪，你们别听她乱说，所有事情都是我一人所为。”

月儿走到黑绳三面前，将风帽摘掉说道：“我是曼陀族忍者，田令孜被我施了幻术，以为自己已经派兵防守潼关关左的禁坑，并且告知了潼关守将张承范，等他们发现禁坑无人时已经晚了。还有，燕儿姐姐正是因为心慈手软，才迟迟不肯加害那小皇帝和他几个兄弟，否则，几日前他们就该见阎王去了!”

黑绳三又冷冷说道：“没想到，目姑娘居然还是个有情有义的人。”

“黑绳三，你给我住口!”月儿怒道，“我知你心中在想什么，你明明喜欢燕儿姐姐，所以才心生妒恨，怪她陪侍那个小皇帝。我告诉你，燕儿姐姐让我进宫，原本就是为了避开小皇帝的纠缠，是我每日施展幻术，让小皇帝自己梦淫而已。燕儿姐姐一向冰清玉洁，不许你诬蔑她!”

黑绳三半晌无语，心中有如百味杂陈，良久方道：“好个冰清玉洁，你们帮助贼寇入关，逼走皇上，害死了多少大唐将士、百姓，难道还成了英雄义士不成?”

月儿冷笑两声道：“那个狗皇帝，自己昏庸无能，重用奸宦，挥霍无度，搜刮民膏，压榨百姓，又害得多少人妻离子散，家破人亡? 推翻这个腐败透顶、臭气熏天的朝廷又有哪点不对?”

黑绳三喝道：“住口!”

月儿也大声喝道："你住口！黑绳三，燕儿姐姐对你情深义重，她虽不说，我也看得出来。住在宫里那些日子，她没有一天过得开心。她曾说过，她宁愿自己就是陆燕儿，而不是目思琴。只可惜你这个榆木脑袋，一味愚忠，为了那个亡国的小皇帝，你当真要加害燕儿姐姐不成？"

黑绳三哼道："她愿意做谁与我何干？你以为如此说，我便会放过你们吗？"

月儿回道："谁向你求饶了？咱们各为其主罢了。今日既然栽到你手中，要杀要剐，悉听尊便。"

黑绳三忽然看了看光波翼道："有人来了。"

光波翼耳音更胜黑绳三，早已听到远处脚步声，说道："不妨，是义南兄。左右早晚也要让他知晓此事。"原来他已暗施天目术看见了李义南。

黑绳三略为沉默，又看了看光波翼，倏然收了绑缚在目思琴身上的黑绳，说道："你们走吧。"

月儿盯着黑绳三问道："你不杀我们了？"

黑绳三道："我不想脏了自己的手。"

月儿哼了一声，不屑道："明明心中还念着旧情，却不肯承认。"说罢跑到目思琴面前，将她扶了起来。

目思琴此前一直低着头，此时方抬眼看着黑绳三，原来脸上早留下两道泪痕。目思琴缓缓说道："月儿，你快走吧。"

月儿怪道："燕儿姐姐，你不走吗？"

光波翼道："你应该叫她琴儿姐姐吧。"

月儿瞪了一眼光波翼道："姐姐乳名原本便唤作燕儿。"

光波翼微微笑道："看来燕儿姑娘也并未完全欺骗我们。"

月儿拉着目思琴的手道："姐姐，咱们走吧。"

目思琴反拿起月儿的手道："月儿，听姐姐的话，快走。我还有些事情要料理。"

月儿感到目思琴冰冷的手在微微颤抖，摇头道："不，姐姐，我知道，你不想活了，是不是？我不许你这样！黑绳三这个傻小子一时糊涂，或许他日后会明白的。反正仁寿公主肯定已经不在人世了，他也做不成驸马了，你何必要自绝活路？"月儿与目思琴相处既久，加之二人情意相投，早已深知她的心思。

光波翼心中一酸，说道："燕儿姑娘，我知你真心喜欢黑绳兄，黑绳兄也是钟情不二之人，不过正如月儿姑娘所说，你二人既各为其主，难免有今日之对峙，且不论谁是谁非，如今都暂且不必理会，你先去吧，大家后会自有期，何必争死争活在一时？"

黑绳三低声吼道："你还不快走！"

目思琴凝视着黑绳三，眼泪又止不住簌簌而下，脚下却并未移动半步。

忽然一条人影倏然飞蹿到众人面前，那人讶道："原来是二位贤弟！燕儿姑娘？"正是一路贴身护送僖宗西逃的左神武大将军李义南。

原来李义南一向守在僖宗左右，随僖宗出逃的几位王爷及妃嫔女眷皆离僖宗不远，是以目思琴与月儿二人起身到树林边，以及与巡逻军吏争吵，他都看在眼里。及至后来见目思琴与月儿双双走入树林，许久不归，不免担心起疑，便也追踪而来。

黑绳三与光波翼皆向李义南抱拳，叫了声"义南兄"。

李义南正欲询问众人为何聚集此处，转眼看见月儿，不免大吃一惊，叫道："是你！你是曼陀乐？"

曼陀乐笑道："李将军，久违了。"原来月儿正是李义南身中幻术之时，在梦幻中与他同床共眠多日的乐儿——曼陀乐，月儿自然是她的化名。

曼陀乐在宫中时无人认得她也便罢了，自从随僖宗逃出宫来，一路生怕被李义南认出，故而一直以斗篷风帽遮挡了大半张脸，加之路上疾驰不停，李义南果真未能认出她来。

李义南一见曼陀乐，登时想起那几日幻中风流，不禁脸红，结舌问道："你……你怎么在这里？"

曼陀乐见李义南窘态毕露，忍不住咯咯笑道："昔日将军是我的阶下囚，如今世道变了。"转而对目思琴道："姐姐，看来咱们都走不成了。"

李义南不明所以，扭头看了看光波翼与黑绳三。

光波翼见李义南居然认识曼陀乐，心说不妙。原本以为纵然让他知晓真相，只要自己陈明利害，出言劝说放过目思琴，黑绳三必不置可否，李义南自然也就答应了。可如此一来，纵然他愿意放过目思琴，也必不肯放过曾囚禁过他的曼陀族忍者。光波翼却并不知晓李义南曾答应过曼陀乐的祖母曼陀臻，将来要保全曼陀乐之事。更不知晓李义南心中对曼陀乐的微妙情感，那几日虽在幻术之中，然而与曼陀乐的缠绵感受却是如此真切，李义南早已蚀骨难忘了。

光波翼走到李义南面前说道："义南兄，此事说来话长，燕儿姑娘，她是北道忍者，奉命来刺杀皇上，只是她终究不忍心下手，如今已被我们察觉。这位曼陀乐姑娘是她的帮手。"

光波翼故意隐瞒了目思琴的姓名不说，怕李义南因为她姓目而心生恶感，又不提曼陀乐以幻术迷惑僖宗以及帮助黄巢攻破潼关之事，却只强调目思琴不忍杀害僖宗，以此博取李义南的好感，再轻描淡写地提一句曼陀乐不过是个帮手而已，希望李义南能够放过她二人。

李义南闻言大为惊讶，看了看目思琴，又看了看曼陀乐，心想应当不错，听曼陀乐适才所言，陆燕儿必是与她同伙，只是自己万万没有想到，如此温婉可人的陆燕儿竟然是北道忍者，而且还是一名卧底的奸细！李义南略微沉吟，问光波翼道："贤弟打算如何发落她二人？"

光波翼说道："燕儿姑娘是以兄长表妹的身份入宫，若让人知晓她是北道忍者，恐怕对兄长不利，对诸道忍者也都不利。不如由我将她二人偷偷带走，兄长以为如何？"

光波翼是想行个缓兵之计，先对李义南有个交代，然后偷偷放走二人，日后再慢慢向李义南解释不迟。

李义南不明光波翼所说的"偷偷带走"是何意，是要偷偷除掉二人，还是将二人押解到幽兰谷或是其他地方去。当下说道："既然她们并未刺杀皇上，我想……可否放了她们？"

此言一出，众人均大感意外。曼陀乐虽然知道李义南对自己颇有些好感，但那些"好感"毕竟都发生在李义南的幻觉之中，而且曼陀乐并不知晓曼陀臻拜托李义南之事，故而闻听李义南此言也是颇为惊讶。

光波翼虽一时无法问明就里，心中却喜，忙说道："兄长此言，亦合我意。"回头见目思琴仍只呆呆地望着黑绳三，众人说了这许多话，她仿佛半句都没听见，便对曼陀乐说道："看来你这小姑娘人缘倒好，连李将军也愿意放你们一马，你还不快带你姐姐离开？"

曼陀乐向李义南说道："李将军，后会有期。"说罢拉起目思琴的手，走出两步，又回头对黑绳三喊道："黑绳三，你若是个真情真意的汉子，就到秦山来找姐姐。"这才半拖半带地拉着目思琴飞奔而去，留下黑绳三怔怔无语。

望着二人远去，李义南忙问事由始末究竟，光波翼道："义南兄莫急，黑绳兄会与你一同护送皇上西去，路上他自会慢慢说与兄长知晓。请兄长先说说长安城内情形如何，适才我并未在军中见到义南兄与异之兄的家人，两位嫂夫人可都曾逃出来了？"

李义南大叹一口气道："我对不住异之啊！我昨日一早刚刚入宫，便被田令孜拉住，让我火速护送皇上西巡，我根本来不及告知家人，何况接他们同走。当时我们只带了五百神策军秘密从金光门而出，随皇上同行的也只有福、穆、泽、寿四王及皇上的数位妃嫔而已，百官皆莫知晓。太后因病重，也只得留在宫中，仁寿公主不忍抛下母亲，故而也未能同来。如今不知他们生死如何。"说罢又叹了口气。

"原来如此。"光波翼眉头微蹙，又道，"看来我须回长安城一趟，看看两位兄长的家人是否平安无恙。"

李义南道："如今长安城内满是贼寇，贤弟此行未免太过冒险。"

光波翼道："无妨，兄长不必担心小弟。事关生死，小弟这便与两位兄长告辞了，异之兄如今正在兴元等候御驾，过几日义南兄便能见到他了。"

李义南也知光波翼本事，倒也不甚担心，当下双手握住光波翼肩头道："贤弟，多加留神！"

向黑绳三与李义南道别之后，光波翼追着曼陀乐与目思琴而去，他见目思琴神情恍惚，知她二人行不多快，疾奔一阵，果然便望见二人身影。

飞身赶上二人，光波翼叫道："两位请留步！"

曼陀乐一见光波翼，忙拉着目思琴闪过一旁，警觉问道："你想怎样？后悔放我们走了吗？"

光波翼微微笑道："乐儿姑娘莫怕，大丈夫怎可出尔反尔？我见燕儿姑娘似乎体力不佳，特来相送一程。"

曼陀乐道："你一未骑马，二未驾车，要如何送我们？莫非你想背着姐姐走不成？"

光波翼道："想必两位要回罗刹谷复命，咱们正好同路。"正说话间，三只灰鹤降落在几人面前。

光波翼笑道："咱们骑着它们走如何？"

曼陀乐问道："你会御鹤？你如何会御鹤族的忍术？"

光波翼道："自然是有人愿意教我。两位请吧。"

曼陀乐疑惑地盯着光波翼，又道："我早听说光波翼诡计多端，你不会又想要什么花招吧？"

光波翼笑道："我只当这是姑娘在夸奖在下了。怎么，你不敢骑吗？"

目思琴道："咱们的命都是光波大哥给的，他想要便随他要，有何好怕的？"说罢径自骑上一只灰鹤。

曼陀乐见目思琴上了鹤背，也说道："这样最好，省了我们许多辛苦。"跟着骑上另一只灰鹤。

三鹤并翼飞起，曼陀乐问道："光波翼，你去罗刹谷做什么？"

光波翼道："我与目长老有点交情，去探望探望他老人家。"

曼陀乐嗤鼻道："鬼话连篇！不想说算了。"

光波翼笑道："说了你又不肯信，我也无法。"又道："你燕儿姐姐的妹妹也是我的妹妹，所以无论看在谁的面上，我总要送她这一程。"

曼陀乐呸了一声道："你休要占人家便宜，谁是你妹妹来？"

光波翼哈哈笑道："你误会了，我说的可不是你，是同燕儿姑娘自幼一起长大，与她情同亲姊妹的那位妹妹。"

目思琴惊诧地看了看光波翼，她远离北道日久，并不知晓花粉与光波翼的故事，怪问道："怎么，光波大哥认识花粉？你喜欢上她了？"

光波翼一怔，想说明明是花粉喜欢自己，而并非自己喜欢她，却又无法说出口，只怪自己不该将花粉扯进来，只好讪讪道："不是你想的那般。"

曼陀乐在旁咯咯笑道："早知如此，长老便该派花粉姑娘来，说不定光波翼会亲自去将小皇帝的头取来送给花粉姑娘。"

光波翼轻笑一声，不再同她斗嘴，不到半个时辰，光波翼降低飞鹤，下面已是长安城。

曼陀乐问道："这不到了京城了吗？光波翼，你不是说要送我们去秦山吗？为何要到长安来？"

光波翼道："你不是口口声声都要杀小皇帝吗？我先带你们来看看，跟你们一同嚷嚷要杀皇帝的那些人都干了些什么好事。"

曼陀乐"哼"了一声，说道："好啊，就让你好好看看，'黄王起兵，本为百姓'，长安城的百姓再也不用被狗皇帝欺负了！""黄王起兵，本为百姓"正是当时黄巢四处宣扬之言。

光波翼冷笑道："你到过被贼寇攻掠之地吗？你见过黄王是如何对待百姓的吗？"

曼陀乐道："所谓得民心者得天下，如今义军已攻占了大唐的京城，难道不是得了百姓的拥戴吗？"

光波翼黯然说道："不错，黄巢军中的确不乏众多生计无着的百姓，不过你可曾听过，'兴，百姓苦；亡，百姓苦'，哪个得天下之人又不是踏着堆积如山的百姓尸体登上皇位的？长安城未破之时，杀民者，官也；如今城破，杀民者，暴民也。孰害为大，恐尚难料。"

曼陀乐撇嘴道："我说不过你，待会儿咱们眼见为实。"

三人降落在大明宫中，此时黄巢尚未入宫，只有前锋将军柴存率兵来过，宫中尸首随处可见，更有一些宫女衣衫不整，或死于侧室，或死于宫隅，宫内精小摆设早被洗劫一空。

光波翼扭头看了看曼陀乐，曼陀乐皱着眉说道："他们仇恨狗皇帝，杀掉宫中之人也不足为奇。"

曼陀乐见一宫女死得着实可怜，心中不忍，便为她盖好衣衫，忍不住低声骂道："这些畜生，也未免太过分了！"

三人来到徐太后寝宫，却见徐太后与仁寿公主果然死在一处，公主身上刀痕纵横，手中犹握着一柄宝剑。

目思琴见了，也不免难过，心中不住诵念六道金刚神咒。

离了宫城，三人绕开巡逻兵士，穿过东市，但见市集之内惨不忍睹，尸横绊足，血流赤地，所有商行铺肆一概空空如也。

光波翼指着遍地尸体道："他们难道便不是百姓吗？"

曼陀乐见此情景，不禁傻眼，喃喃自语道："他们怎么可以这样滥杀无辜？"

到了宣阳坊李义南府前，三人潜入府中，见一厢房内犹有灯光，房内不时传出几名男子的笑骂声和女子的哭叫声。

光波翼忙震断门闩，冲进房去，见五名赤裸下体的汉子正围着床榻说说笑笑，榻上一名少女一丝不挂，正被一个大汉压在身下，有气无力地哭叫着。

那几个人见光波翼忽然闯进门来，正吃惊发愣，光波翼早已抢到近前，眨眼间便将地上那几人打倒。榻上大汉未及反应过来，已被光波翼扣住肩井，向外一拉，壮硕的身体立时飞起，"咚"的一声摔到地上，那大汉未发一声便昏死过去。

此时目思琴与曼陀乐也早跟了进来，见此情景，忙上前为那少女穿好衣衫。

那少女正是李义南府中的丫鬟，被那几个大汉折磨了大半宿，早已精疲力竭，若非被光波翼及时救下，只怕是命不久矣。

待那丫鬟稍稍缓过些神来，光波翼询问她李夫人下落，方知贼寇一早闯进府来，便将李夫人杀害了，如今尸首被抛在马厩之中，李府中只有两个丫头仍活着。

留下曼陀乐照顾那少女，目思琴随光波翼来到马厩，见马厩中果然堆放了七具尸体，李夫人自然也在其中。

目思琴与李夫人相处日久，李夫人待她又好，如今见李夫人横死，她怎能不难过？当下抱住李夫人的尸首泪如雨下。

此时光波翼心中更加担心孙遇夫人的安危，便嘱咐目思琴在此等候，自己赶去孙遇府中探看。

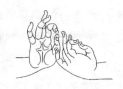

第五十七回

听咽曲魂归幽府
看冬花频留唇香

　　来去不足半个时辰，光波翼从孙遇府中赶回来，听得李府中琴声悲切鸣咽，乃是一曲专为凭吊亡人而奏的《魂归去》，琴声颇小，然而一闻便觉气血翻涌，似乎全身脉气皆欲逆流喷薄。光波翼忙凝神调息，稳住脉气，心知必是目思琴施展了琴族的忍术，这还是自己第一次见识琴族忍术，莫非是目思琴与曼陀乐遇到了麻烦？

　　光波翼飞身奔进院中，琴声刚好戛然而止。目思琴见光波翼听着琴声进来，却能若无其事，知他忍术远远高过自己，故而并不甚惊讶，忙放下怀中古琴，站起身问道："孙先生的家人怎样了？"

　　光波翼见目思琴只身在院中，李夫人及另外几位下人的尸首整齐地停放在地上，叹口气说道："孙夫人吉人天相。"

　　原来孙夫人有一习惯，每年腊月初八都要选择一家寺院，供养僧众斋饭，并在寺中受持一日八关斋戒。长安城中稍具规模的寺院孙夫人大都已去过，适逢今年孙夫人早早便打算去城南的兴教寺供斋、受戒，该寺乃是玄奘大师灵骨舍利的供奉之处，历来香火鼎盛，逢年过节来寺朝拜进香、做法事者更是络绎不绝。孙遇夫妇与兴教寺方丈素有交往，亦是兴教寺惯常施主，孙夫人早已递了帖子给方丈，预订腊八供斋及于玄奘大师舍利塔前受戒事宜。不想一个月前，孙夫人收到兴教寺方丈来信，告知她因担心有朝一日黄巢攻掠长安，舍利遭劫，故而已秘密将舍利迁往终南山紫阁寺中。两年前黄巢部将王重隐路过金山万寿寺时，便因嫌寺院缴纳的钱财太少而焚毁寺院，后来直至五代时，吴越王钱镠方予以修葺。

紫阁寺位于长安西南百里之外的户县境内，在终南山紫阁峪中，因路途颇远，况山路难行，孙夫人遂于腊月初五一早便带着家中一婢一童出发前往紫阁寺去了。

（按：紫阁寺为唐代名寺，宋代毁于兵火。1942年冬，侵华日军在南京中华门外挖掘土地，准备修建神社，在地下3.5米处挖出一个石函，从石函两侧文字得知，这里面保存的是北宋时从户县紫阁寺移到南京的玄奘法师顶骨舍利。根据石函文字及相关史籍记载，唐代末期，由于黄巢之乱，兴教寺僧为保护玄奘法师的舍利，将舍利秘密从兴教寺移到了紫阁寺。根据《大藏经》记载，紫阁寺曾经多次在法难时充当佛教的避难所，被认为是"净地"。）

孙遇家中人丁原本便不多，如今只剩下一名老管家与一仆在家留守，贼寇入城，虽也占了孙遇的府宅，却饶过了这二人的性命。

光波翼从老管家口中得了确切消息，这才放心回到李府来。

目思琴听了光波翼所说，也便放下心来。

光波翼道："我听燕儿姑娘的琴声，应当不至于要了府中这些贼寇的性命，不过他们多半也都成了废人，这是姑娘对他们施以惩戒吗？抑或是为李夫人报仇？"

曼陀乐此时从旁边屋子里走出来道："没想到你这么厉害，连燕儿姐姐这琴声里拿捏的分寸都能听得出来。"

目思琴凄然道："无论怎样也都无法救活夫人了，这全是我的错……"

曼陀乐道："这如何能怪姐姐？但愿李夫人听了姐姐这首曲子，能够安心归去。"

光波翼看了看地上的七具尸体道："咱们还是尽快将李夫人安葬了吧。"

曼陀乐问道："葬在哪里？"

光波翼并不答她，而是问道："那两个丫头还好吧？"

曼陀乐用手一指自己适才出来的那间厢房道："都在房里呢。你打算如何安置她二人？"

光波翼道："咱们去看看孙夫人，顺便将这两个丫头托付给她。"说罢请二人稍候，自己到各个房中搜罗一番，包了一大包银钱、首饰出来，并让曼陀乐对那两个丫头施展幻术，随即召来一群黑鹤，驮着众人及那七具尸体，径向西南山中飞去。

目思琴与曼陀乐皆大为惊讶，未曾料到光波翼竟能驾御一群鹤儿载人飞行。那两个丫头却身处幻术之中，只当是坐在马车中飞驰。

寻到紫阁寺中，已是寅末卯初，寺中僧人已结束了早课，大家尚不知京城失守之事。

孙夫人听说李夫人遇害，大为伤心，更不知陆燕儿实为北道忍者目思琴，以为她是被光波翼从长安城中救出来的，忙搂住目思琴安慰她，一面忍不住流泪。目思琴一时百感交集，竟也随她一起哭了起来。孙夫人愈加觉得目思琴可怜，便也哭得更甚，好一阵子二人方止住啼哭。

光波翼告诉孙夫人，孙遇如今正在兴元，只怕不久便会随皇上西行入川，请孙夫人暂且避难于此，并嘱咐孙夫人请寺中僧人超荐安葬李夫人等，又将那两个丫头托付给她，并将那一大包银钱留给她花用。

安排妥当，光波翼便与目思琴向孙夫人告辞。

孙夫人本以为"陆燕儿"也要留下同自己暂住一起，今见光波翼要带她一起走，忙问二人要去哪里。

目思琴见孙夫人满脸关切之情，不禁为之所动，说道："独孤大哥要去北方，正好路过月儿妹妹的家，我也随月儿一同回她家中去住。"

孙夫人拉着目思琴的手道："如此也好，北方毕竟比这里安稳些。只是你们这一路上可要多加小心！"

三人告辞出寺，孙夫人坚持送出寺门，光波翼向曼陀乐使了个眼色，曼陀乐倒也机灵，悄悄施展幻术，令孙夫人眼见三人骑马飞奔而去。

离寺既远，三人重又驾鹤飞到天上，目思琴忽觉从今往后自己便恢复了本来面目，不再是陆燕儿了，竟有些失落感伤。想想自从假装落难少女被黑绳三所救，一路上与大家朝夕相处，深受呵护，不知不觉与黑绳三生出情愫，及至后来入宫，到僖宗身边卧底，如今终于完成义父目焱所托之事，帮助黄巢成功取下长安，却又见到一直关照自己的李夫人横死，更有无数无辜百姓惨死于刀下，自己当真做对了吗？义父当真说对了吗？又念及自己与黑绳三从此两立，各为其主，只怕再无言好之日了，目思琴更觉心如刀绞，恨不得一头从天上栽下去。

自目思琴闻说黑绳三黯然离京那时起，黑绳三鬓上那两缕白发便一直飘拂在她眼前，好似两条白绫，又像两道青烟，更是她心中的两抹白色阴影，时时折磨着她，她甚至常常有股冲动，想要缢死在那两条白绫上，消失在那两道青烟中。

光波翼回头见目思琴眉头紧蹙，神色黯然，知她正心绪翻涌，便不扰她说话，御着鹤儿疾速飞翔。

飞进秦山，光波翼径直寻到罗刹谷，在目思琴房前降下飞鹤，问目思琴道："你们是要先回房换换衣裳，还是直接去见目长老？"

目思琴讶道："没想到光波大哥如此熟悉路径，看来你当真来过这里。你究竟……？"

光波翼打断她道："你们换换衣裳也好，我先去庄中问候一声目长老，咱们稍后再见。"说罢微微一笑，转身踱步而去。

目思琴也不愿穿着宫里的衣服去见目焱，便拉着曼陀乐进屋去了。

光波翼独自穿过海棠林，刚刚步出林子，忽见迎面奔来一人，一边疾奔一边叫道："哥哥！哥哥！"正是花粉。

叫声甫落，花粉已奔到光波翼面前，一头扑进光波翼怀中，紧紧抱住他又哭又笑道："哥哥，你总算回来了！你总算回来了！你怎么去了这么久？"

光波翼颇觉手足无措，想要推开花粉，却被她死死抱住，又不好强行脱开，只得扶住花粉两肩道："花粉，你还好吗？"

花粉将头埋在光波翼胸口，摇头道："不好，我一点都不好，哥哥离开我已经整整六百一十日了，我都快要死了，哥哥也不来看我，你是不是已经将我忘了？"

光波翼心中一凛，没想到花粉竟然一天天地数着与自己分别的日子，当下说道："我只是一直在奔波，再说，我来这里也不甚方便。怎么，你生病了吗？"

花粉道："当然了，都快病死了。"

光波翼问道："得了什么病？怎会这样严重？"

花粉柔声道："这是只有哥哥才能医得好的病，可是哥哥偏偏就不来，差点便害死我了。"

光波翼这才明白花粉是害了相思病，不觉大窘。

花粉又轻轻问道："那哥哥有没有想念我？"

光波翼硬着头皮道："我……我也很挂念你。"

光波翼怕花粉继续纠缠，忙又问道："花粉，目长老近来好吗？"

花粉道："师父很好，不过眼下他老人家正在闭关。"

光波翼正欲再问，忽听林间传来脚步声，忙说道："花粉，有人来了。"

花粉只是轻轻"嗯"了一声，却并不放开光波翼，仍旧将脸庞紧紧贴在光波翼胸口上，继续沉浸在那温暖的幸福之中。

光波翼急道："花粉，多半是你姐姐来了。"

花粉讶道："姐姐回来了？"这才离开光波翼胸口，抬头看见目思琴与曼陀乐已站在不远处望着自己与光波翼。

花粉忙冲上去兴奋地叫道："姐姐！"

目思琴也跑过来叫道："花粉！"姐妹二人紧紧抱在一处。

目思琴拉住花粉的手，从头至脚看了又看，说道："花粉，你长大了，已经出落得这样美丽了。"

花粉笑道："姐姐才更美了呢。姐姐，这几年你都去了哪里？怎么才回来？"

原来目思琴奉命乔装卧底，只有目焱的一名亲信手下，通过琴箫与之单线联络，其他所有人均不知晓目思琴的行踪，花粉也只知道目思琴是奉了目焱之命离开秦山而已。适才花粉接报，发现光波翼出现在海棠林中，是以跑出来迎接，却并不知晓目思琴也已回到了罗刹谷。

姐妹二人诉说了半晌久别重逢的亲近话儿，抱了又抱，花粉又问道："姐姐怎么会认识哥哥？"

目思琴微微笑道："妹妹何时认他做了哥哥？"

花粉脸色绯红，将目思琴拉到一旁悄悄耳语道："哥哥是师父的义子，不过姐姐千万不可当着哥哥的面提起此事，我怕他会不高兴。"

"你说什么？"目思琴大为不解，低声问道，"他当真是……义父何时认识他的？他又为何会不高兴？莫非他不情愿吗？"

花粉又悄声回道："我听师父说的，也不大清楚，咱们回头再慢慢说吧。姐姐又是如何认识哥哥的？你们是一起回来的吗？"

目思琴道："回头我再告诉你。"说罢拉着花粉走到光波翼身边。

目思琴微笑道："我还以为光波大哥已经去见义父了，不想却还在这里同花粉妹妹说话。"

光波翼脸上微红，回道："花粉说目长老正在闭关中，故而暂时不得相见了。"

目思琴眉头微蹙道："义父在闭关？"又转向花粉问道："他老人家何时

出关？"

花粉道："师父说腊月十六出关。"

光波翼心道："如今时局正紧，目焱却闭关修行，想必是其忍术修炼到了紧要关头。"

目思琴又问道："最近谷中可都太平吗？"

花粉道："还好。"说罢看了眼光波翼，扑哧一笑。

目思琴诘道："你笑什么？"

花粉道："没什么。姐姐，兰姨若见你回来，不知该有多高兴呢！她可是常常念叨你呢。如今师父闭关未出，咱们正好可以欢聚几日。走，咱们进去吧。"说罢拉起目思琴的手便走，目思琴却回头向曼陀乐招手道："乐儿，快过来。"

曼陀乐这才跑到近前。

"她是谁？"花粉并不认识曼陀乐。

目思琴道："她叫曼陀乐，一直陪我在宫里，可是帮了我大忙。"

曼陀乐忙施礼道："属下见过花姑娘。"

花粉笑道："我又不姓花，干吗叫我花姑娘？"

曼陀乐一时窘道："对不起，我还以为姑娘……我……"

花粉又笑眯眯说道："没关系啦，我原本便没有姓，你叫我花粉就好了。"

曼陀乐应了一声。

花粉又问道："适才你和我姐姐从林子里出来可曾看见什么了？"

曼陀乐知道花粉是担心她与光波翼亲昵的景象被自己看到，忙摇了摇头。

花粉似笑非笑道："我不管你看见什么，日后你若敢胡说，我便要你好看。"

目思琴在旁笑道："我们什么都没看见。"又道："你放心吧妹妹，乐儿是我的贴心好友，我打算请求义父将她留在谷中陪我呢。"

花粉点了点头，又问道："曼陀乐，曼陀音可是你姐姐？"

曼陀乐点头道："音姐姐是我大伯的女儿，是我的大堂姐。"

光波翼忽然插口问道："花粉，你如何认识曼陀音？"

花粉回道："她与另一个叫曼陀美的姑娘来觐见过师父，所以我见过她。"

光波翼又问："可是前年夏天来的？"

花粉奇道："哥哥如何晓得？"

光波翼又问曼陀乐道："前年夏天，曼陀音与曼陀美，还有另外几人是否去过绵州？路上还遇到一伙强盗？"

曼陀乐惊讶地看着光波翼，半晌才点了点头。

光波翼又道："后来她们又去了阆州是不是？"

曼陀乐吞吞吐吐道："我……我不清楚。"

花粉听光波翼问起阆州，忽然想起光波翼曾怀疑自己杀害罗有家一事，为此二人还特意去阆州见那罗老头儿的女儿。如今光波翼此问，莫非怀疑此事乃曼陀族忍者所为？却不知他为何有此怀疑，遂问道："哥哥是怀疑……"

光波翼并不理会花粉，仍盯着曼陀乐问道："你不必瞒我，当日你也在她们当中是不是？"

花粉听光波翼如此说，不禁更觉奇怪，也说道："曼陀乐，既然哥哥问你，你便实话实说，不得隐瞒。"

曼陀乐小声说道："音姐姐说过，有关此事，长老不许我们透露半点口风出去。"

光波翼微微一笑道："好，那我来说，你只点头摇头便可，也不算你透露了口风。"

曼陀乐扭头看了看目思琴，目思琴不知他们所言何事，不过此番亲眼见到花粉与光波翼如此亲昵，又听说光波翼是目焱的义子，加之光波翼有意在林中放过自己与曼陀乐，并送二人回到秦山，一时也不知光波翼究竟是何身份、来头，当下不由自主地轻轻点了点头。

曼陀乐见状，便也微微点点头。

光波翼遂道："你们姐妹几人先去绵州寻了一位姓罗的老汉，并将他父女二人带到了阆州城东二十里外的林中。"

曼陀乐点了点头，又摇摇头。

光波翼又道："你们在林中守了一个月左右，让那罗老汉与绵州那几名强盗合演了一出戏。"

曼陀乐点点头，又摇摇头。

花粉问道："你这是什么意思？"

光波翼继续问道："事后，你们又去了通州，杀了罗老汉，并以幻术迷惑了他女儿。"

曼陀乐摇了摇头。

花粉这才明白光波翼的意思，忙说道："曼陀乐，你还敢抵赖，你可知道，陷害师父陷害我，都是死罪！"

"我没有！"曼陀乐连忙否认。

目思琴闻言一惊，不知究竟发生了何事，花粉竟说得如此严重，忙插口道："乐儿，你快直说了吧，这究竟是怎么回事？"

曼陀乐扑通跪在目思琴面前道："好姐姐，我真不知道后面的事，音姐姐当日再三警告我们，我怕说出来，便活不成了。"

花粉道："你只要老老实实说出来，我们三人都会为你保密，再不会有第四个人知道你说过这些话。"

目思琴也道："乐儿，你放心吧，花粉妹妹自幼与我一起长大，我知她最是善良，不会害你的，你只管说吧。"

曼陀乐又看了看光波翼，光波翼道："此事我已知大半，你若不说，反而黑白莫辨。我保证不会出卖你便是。"

目思琴拉起曼陀乐，对她微微点点头，曼陀乐这才说道："前年夏天，大姐曼陀音、三妹曼陀美、四妹曼陀妙，还有我和瞿云，我们五人一起去了绵州。不过我当真不知道此行目的，都是听音姐姐吩咐行事。刚到绵州我们便遇上了强盗，音姐姐用幻术套出了这伙儿强盗的底细，便说正好可以用得上他们。我们在绵州逗留了几日，音姐姐每日都带着小美与瞿云出去，我与小妙留下看守那几名强盗。后来我们便带着那几名强盗去了雅州，音姐姐与小美押着强盗去了他们的老窝，我们在城外接应。不久音姐姐与小美又押着那几名强盗出城来，我们便去了阆州东面的树林里。我才知道林中原来有一个姓罗的老汉与他女儿也是从绵州赶来的，不过那罗老汉似乎并不知晓我们也在林中。我同小妙仍只负责看管那几名强盗，直到过了个把月，音姐姐与瞿云带着那几名强盗出去，却只有她们两人回来，回来后音姐姐就让我们赶回曼陀谷去，她自己则带着小美要进秦山觐见长老，并一再叮嘱我们，日后不许透露此次出行之事。至于光波公子说她们去了通州，又杀了人，我当真一概不知。"

光波翼问道："你们同曼陀音与曼陀美分于是在什么时候？"

曼陀乐回道："应该是七月初。"

花粉也问道："你说的可都是真话吗？"

曼陀乐道："不敢有半句假话。"

光波翼点头道："我相信你。"

曼陀乐又道："音姐姐她们也一定不会陷害长老与花粉姑娘的！她们只是奉命行事。"

光波翼微笑道："你倒是个单纯的姑娘，不过你如何知道她们做了些什么。"

"她们究竟做了什么？"曼陀乐与目思琴异口同声问道。

花粉抢道："她们让罗老汉骗哥哥，说当年是师父害了哥哥的父亲，然后又用幻术假冒我杀了罗老汉。"

"怎么可能？"目思琴大为不信，说道，"她们怎会有如此胆子陷害义父与妹妹？莫非她们被三道收买了不成？"说罢看看光波翼，忽觉出言唐突，毕竟还不知光波翼到底是怎样一种身份，遂问道："光波大哥，请恕我冒昧，你究竟是罗刹谷的人，还是幽兰谷的人？"

光波翼微微一笑道："有何不同？当年先父在时，罗刹谷与幽兰谷不过是一南一北两个家而已。"

"可如今……"目思琴眉头微蹙。

光波翼笑道："放心吧，曼陀族并未背叛目长老，此事日后再慢慢告诉你们。咱们先进去吧，我肚子早就饿得咕咕叫了。"

花粉道："那快走吧，兰姨应该将早饭准备妥了，正等着咱们呢。"

曼陀乐叫了声"公子"，光波翼回头微笑道："你放心吧。"

进了海棠山庄，琴馨兰看见目思琴又惊又喜，与光波翼见礼之后便一直拉着目思琴的手问长问短，直到大家开饭，犹尚拉着目思琴的双手不放。花粉在旁笑道："兰姨，你这样拉住姐姐，只怕要将她饿死了。等吃过饭，你再好好看她吧。"

琴馨兰这才笑着放开目思琴，又亲自夹了满满一碗菜给她。

花粉故意努嘴道："姐姐自幼便被兰姨当亲生女儿一般宠爱，真是让人嫉妒。"

目思琴夹了一口菜放到花粉碗里笑道："你说这话也不害臊，兰姨何尝不宠爱你了？我不过是离开日子久了，兰姨才多看我两眼，你就吃起兀峰醋来了。"

光波翼问道："何谓兀峰醋？我还头次听到。"

花粉道："上次我带哥哥去的试情崖，对面那座山峰便唤作兀兀峰，小时候我跟姐姐跑出去玩，望着那兀兀峰甚觉好奇，但从来也不敢过去，因那山峰望着颇近，实则甚远，我们怕赶不回来被师父责骂。后来我们姐儿俩便将不着边际之事戏称为兀兀峰，吃兀峰醋也即是没来由地吃醋之意。"

"原来如此。"光波翼微笑点头。

目思琴却笑道："原来妹妹带光波大哥去过试情崖，你们去那里做什么？总不会也是偷偷跑出去玩吧？"

花粉蓦地脸色绯红，回道："就是跑去玩，又怎样？我带哥哥去那里讲姐姐的故事。"

目思琴反问道："我有什么故事？"

花粉笑嘻嘻道："小时候姐姐曾对我说，将来若有人喜欢姐姐，姐姐便带他去试情崖，试试他是否真心。难道姐姐都忘了？"

目思琴也脸红道："你尽胡说。"

花粉回嘴道："我才没有，分明是姐姐抵赖。"

光波翼道："其实别人喜不喜欢自己，自己心里都清清楚楚的，只是很多时候我们故意让自己糊涂罢了。"

听了这话，大家都沉默起来，琴馨兰忽然起身道："你们慢慢吃，我再去弄个小菜来。"说罢匆匆出了门。

花粉低声道："兰姨怎么了？她好像哭了。"

目思琴道："快吃饭吧。"说罢为曼陀乐夹了一口菜。

吃过饭，目思琴提醒花粉先为光波翼安排住所，花粉道："兰姨早安排好了，还让哥哥住在西院。"

目思琴闻言讶问道："你说住在哪里？"她一向知道目焱从不许外人踏足西院，自己同花粉也很少进去，平日只有兰姨进出照顾目焱起居，是以听到花粉说琴馨兰安排光波翼住在西院，还以为是自己听错了。

花粉笑道："姐姐没听错，上次哥哥来这里便是同师父一起住在西院，师父吩咐过，日后西院的西厢房便只留给哥哥住。"

目思琴心道："看来光波翼同义父的关系的确非同一般，只是从前并未听义父说起过，况且光波翼既为坚地长老的义子，为南道中极重要人物，又为僖宗皇帝所倚重，怎会同义父如此亲密？难道当真是因为花粉的关系？又似乎不大可能。不过今日在林中见他二人倒的确甚为亲昵，稍后详细问问花粉便知了。"

目思琴见花粉的目光始终不离光波翼，深能理会她对光波翼的相思之情，自己对黑绳三又何尝不是如此，只可惜自己没有花粉这般幸福，能与心爱之人重聚依偎。当下便要带着曼陀乐回自己住处去，以便让花粉与光波翼独处。

花粉自然求之不得，却又不想冷落了将近三年未见的姐姐，目思琴见状微笑道："你不必急着来寻我，咱们姐妹说话的时候还多着呢，这几日你先好好陪着光波大哥吧。"

花粉这才高兴地答应，待目思琴刚刚走出房门，忽又追出来叫道："姐姐，我还有件事想求你。"

目思琴停住脚步，回身问道："什么事？"

花粉道："明日漆族的漆无亮迎娶御鹤族的鹤彩云，他们一个月前便已递来帖子，师父闭关前吩咐让我去吃他们一杯喜酒，也算给他们两家个面子。如今既然姐姐回来了，我想请姐姐代我去。"

目思琴心知花粉是想趁目焱未出关前多与光波翼相处些时光，遂点点头道："好吧，我答应你便是。"

送走目思琴与曼陀乐，花粉便要拉着光波翼四处去游逛，也好避开人踪，得便与他说说心里话。光波翼也正想察看察看三道来做人质的族长被禁在何处，他在海棠山庄中已暗自施展天目术，却并未发现方圆五里之内有何踪迹，如今有花粉陪同自己四处去察看，正好可免去许多麻烦，当下便随花粉出了海棠山庄。

二人走在山中，花粉不住询问光波翼这两年来都去了哪里，做了什么，可曾想念自己等等。光波翼有一句没一句地应付她，不断想岔开话题，遂说道："没想到漆无亮终究要迎娶鹤彩云为妻，难道鹤家兄妹不记恨漆北斗害死了鹤祥云吗？"

花粉道："或许他们并不确知此事。御鹤与漆族两家原本是极要好的，御鹤族是因为漆族的引荐才加入北道的，这个想必哥哥也知道。而且御鹤族在帮助黄王攻打杭州、建州时，漆族兄妹为了帮御鹤族建功，能让鹤家在北道立稳脚跟，还主动请求师父允许他们前去助阵呢。"

光波翼道："难怪当年黄巢夜袭杭、建二州时，如此迅速破城，原来不止是御鹤族一族之功。"心中却道，前年自己被鹤彩云毒针所伤后曾明白告诉过她，鹤祥云乃是死于漆北斗之手，那鹤彩云也是一个有仇必报之人，不知为何还要嫁到仇家去？

来到一处山坡，花粉说道："哥哥，我学会了一样新忍术，你一定喜欢。"

光波翼问道："什么忍术？"

花粉笑道："你看着。"说罢双手结印，然后从腰间小袋子中抓出一小把黄色的花粉，撒向四周，一边默诵咒语。不多时，只见她周围的枯草竟倏然变绿，其间还开出了两小丛紫色的野花，在干冷的冬日中迎风摇曳，显得格外扎眼。

光波翼诧道："你这是光阴自在术？"

花粉点头微笑道："这正是六尘光阴术中的香光术，借由香气转换光阴。"

光波翼道："我听说六尘光阴自在术可分别借由色、声、香、味、触、法六尘转换时光，而且可令时光停止，乃是极高明之忍术，没想到你竟然能练成此术！"

花粉又笑道："我还差得远呢！我不过是刚刚能用花粉的香气变化些小把戏而已，若想练到真正转换时光，乃至停止时光，还不知要多少年后呢，说不定这辈子也练不成。"

光波翼道："如今你已能令冬日开花，只要坚持修炼，应当不难练成这香光术。"

花粉道："哥哥有所不知，凭借芳香浓郁的花粉施术，只能用于此术的初步，也只能达到变变花草的水平。若要转换时光，停止光阴，便不能借助外在这些香料，而只能……"说到这里，花粉忽然脸上一红。

"如何？"光波翼颇觉奇怪。

花粉害羞低声说道："只能借由身体散发的体香。"

光波翼道："每个人都有体香，那又有何难？"

花粉闻言咯咯笑道："那怎能一样？很多人身上的味道恐怕只能叫体臭，一点都不香。施展香光术，须身体散发出一种特殊香气，有点像檀香与花香混合的味道，是要经过艰苦修炼才能发出的。据我所知，我的师父也仅仅能发出一点香气而已，尚不能自如，故而也并未修成这香光术呢。"

光波翼道："我知道，目长老只是传授你寻常的忍术，却不知传授你这些木族忍术的尊师是哪一位？"

花粉道："她老人家名叫绿蕊，可是她不让我叫她作师父，她也不认我作徒弟，据说她一辈子也没正式收过弟子。平时她都是隐居不出，我最后一次见她，还是在我十二岁那年。后来我听师父说，她老人家曾说过，只要她的师父在世，她便不收弟子。"

光波翼怪道："她老人家多大年纪了？她的师父又是哪位？"

花粉道："我也不知道她老人家多大年纪，看上去似乎只有二十几岁，不过至少应该比我师父年纪要大许多。她的师父据说就是木凝水。"

"木凝水？"光波翼讶道，"她可是非空大师的弟子，莫非她至今仍在人世吗？"

花粉点点头道："而且我还听说她因练成了香光术，容颜仍好似少女一般。"

光波翼问道："难道练成了光阴自在术便永远不老不死了吗？"

花粉道："小时候我听绿蕊师父说过，人没有不死的，纵然练成了此术，也只能驻颜长寿而已，终有一日还是要死。人若想不死，只有一个办法，那就是往生到极乐世界去。"说罢咯咯大笑。

光波翼又问道："自古练成光阴自在术者，莫非只有木老前辈一人吗？"

花粉道："当然不是，木老前辈只练成了香光术，还有另外一位老前辈，却是练成了六尘光阴自在术。"

光波翼"哦"了一声道："我怎么把他老人家给忘了，阿尊者自然是通达了所有忍术。"

花粉笑道："不错，正是阿尊者。可是哥哥是否知晓，阿尊者与木老前辈之间还有一段轰轰烈烈的故事呢。"

光波翼道："这我却不知，是怎样的故事？"

花粉痴痴笑道："哥哥，你过来我说给你听。"说罢拉着光波翼坐在一块白石上。

花粉坐在光波翼身边，说道："听说他们两个原本是一对恋人，安史之乱结束后，木老前辈一心修炼香光术，希望能够永远不老，因此便常常躲避阿尊者不见，因为欲练就此术，首先要做到忘情，或者说绝情才可以。阿尊者因为一再遭拒，以为木老前辈已变心不再爱自己了，故而改名作木讷，以此铭记伤心之事，从此更是少言寡语，世人便多以为他是因为不善言辞才名木讷的。谁知木老前辈并未因不见阿尊者而忘情，反而不曾有一刹那能够忘记阿尊者，数年过去，忍术修为竟毫无进展。阿尊者却因心灰意冷，一次无意中悟道，竟通达了许多忍术，后来于佛法中悟境大进，忍术也不断跟进，最终成为通达百部忍法的大师。之后阿尊者又去点拨木老前辈，终于令木老前辈也修成了香光术。"

花粉忽然抱住光波翼的胳膊，将头轻轻靠在光波翼肩头，又说道："其实，我倒觉得木老前辈真的很傻，能够永远不老又如何呢？哪里比得上同心爱之人一起携手老去更幸福？换作是我，宁愿不练这光阴自在术也罢。"说罢抬头望着光波翼，深情款款地说道："哥哥，我这辈子是练不成香光术的。"

光波翼窘得脸上发烧，心想还是尽快向她表明心意为妙，否则只怕这小姑娘越陷越深，情根难断。可是上次试情崖花粉那一跳又令自己心有余悸，万一处置不当，又怕惹怒花粉，令她再次做出过激之举，害了她的性命。当真两难！

光波翼伸手入怀，摸到花粉那只翡翠蝴蝶，正自犹豫，忽觉脸上一热，原来花粉竟趁自己不备，留下一吻，随即便远远跑开去了，唯有脸颊上的唇痕余香隐隐。

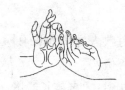

第五十八回

乘白鹤女儿有意
闹喜宴洞房无光

次日早饭后，花粉将光波翼拉出海棠山庄，边走边说道："原来哥哥早就与姐姐相识了，你觉得姐姐怎么样？"

光波翼心知花粉必是昨夜与目思琴交谈过，遂回道："你姐姐是个很好的姑娘。"

花粉扭头问道："那我呢？我与姐姐哪个更好些？"

光波翼道："你们两个都很好。"

花粉又问道："姐姐不但人长得美，又能歌善舞，又温婉贤淑，哥哥是不是觉得姐姐很惹人爱？"

光波翼反问道："你姐姐没跟你提起过他吗？"

"他？哪个他？"花粉问道。

光波翼道："你姐姐心中只有他，他心中也只有你姐姐，只可惜因为你姐姐的身份，惹得两个人都伤心欲绝。"

花粉若有所思道："哦，原来姐姐已经有了心上人，是不是那个黑绳三？昨晚姐姐说到他时总有些怪怪的。"

光波翼微微一笑，不置可否。

花粉又追问道："姐姐和他究竟发生过什么故事？"

光波翼道："日后你再慢慢问你姐姐吧。"

二人安静地走出一段路，花粉忽然拉住光波翼问道："哥哥，你何时学会的御鹤术？"

光波翼停下脚步说道："我救了御鹤族的老族长，因此得蒙他老人家传授了御鹤术。"

花粉道："你去翠海救人之事我也有所耳闻，那老族长将御鹤术传给哥哥，是否想让哥哥帮他报仇？"

光波翼轻轻摇了摇头道："老族长心胸豁达，并未记恨御鹤族那些不肖子弟，他只是眼看小辈族人误入歧途，颇有些寒心。"

花粉道："哥哥的资质自然强过所有御鹤族的人，那老族长将御鹤术传给哥哥，或可将此术发扬光大，老族长倒也明智得紧。"

光波翼道："我不过是个无用的庸人，连自家的忍术尚未学会，何谈发扬别人家的忍术？"

花粉拉起光波翼的手道："哥哥，我有一件事问你，你可不许瞒我。"

光波翼问道："何事？"

花粉道："去年在试情崖，有一只灰鹤救了咱二人的性命，那灰鹤是不是哥哥以御鹤术召来的？"

光波翼点头道："正是。"

花粉又道："如此说来，哥哥早在去年进山之前便已学成了御鹤术？"

光波翼又点点头说道："花粉，试情崖只是个传说罢了，如果不是我事先学成了御鹤术，无论你是真情还是假意，也早已葬身崖底了。其实昨日我便想对你说……"

光波翼话未说完，花粉忙打断他道："哥哥说错了！正是因为我与哥哥彼此真心相爱，老天才安排你早早学会了御鹤术，才让你能够召来灰鹤救了咱们。传说只要真心相爱之人跳崖便不会死，又没说是如何不死，反正只要咱们没死就对了！"

光波翼眉头一皱，说道："花粉，有些事你恐怕有些误会，你是个有情有义的好姑娘，我只怕……"

花粉又抢道："怕什么？哥哥难道怕我不是真心？那好，咱们这就上试情崖去，我再跳一次，哥哥不必召唤什么灰鹤白鹤，你只看看我究竟会不会摔死。"

光波翼忙道："不不，我绝无此意。我只是……"

花粉眼圈泛红，嘟着嘴道："那你又是何意？只要我活着一日，便会爱哥哥一日，纵然我死了，魂魄也要守着哥哥，除非我魂飞魄散了……那也要化成风，随着哥哥游荡！"说罢呜呜大哭起来。

光波翼见她果然又痴病发作，甚是无奈，怕她当真再去做傻事，只好暂时安慰她道："好好地说着话，你又何必如此？我不过是……不过是……"语塞再三也不知该说什么好。

花粉忽然说道："哥哥不过是试试我的心思，逗我、哄我是不是？我就知道。"说罢破涕为笑，扑进光波翼怀中，紧紧环腰搂住他，眼泪却仍簌簌不止。

半晌，花粉方放开光波翼，用拳头捶了光波翼胸口一拳道："哥哥真坏！你明明会御鹤术，还要与那鹤彩云共乘一鹤。"

光波翼无可奈何道："你又非不知，这都是你师父的主意，不过为了掩人耳目罢了。"

花粉娇嗔道："你少拿师父来作借口，哥哥就是坏蛋！"

光波翼见她正在使性儿，只得摇头作罢。花粉却笑道："今日正好鹤彩云出嫁，我要哥哥驾鹤带着我，去看看热闹。"

光波翼道："昨日是你自己不愿去，才让你姐姐代你出席，今日你何必又去凑热闹？"

花粉道："昨日当然不同于今日，总之我就是要去，哥哥非带我去不可！"

光波翼拗不过她，只得答应。

花粉又道："我要乘白鹤。"随即笑道："哥哥的御鹤术果然比那些御鹤族的人还厉害。"

光波翼心知目思琴已告诉花粉，自己是御着白鹤送目思琴与曼陀乐进山的，便即召来两只白鹤，花粉却道："我想与哥哥共乘一只鹤儿。"

光波翼道："这鹤背狭小，二人同坐未免过于局促，何况被外人看见你我共乘一鹤，亦觉不妥。花粉，不可太任性了。"

花粉嘟着嘴道："那个鹤彩云对哥哥百般招摇挑逗，哥哥却要与她共乘一鹤，如今反倒嫌弃我。"

光波翼知她在激自己，也不与她斗嘴，只淡淡笑看着她，摆出一副无所谓的样子。

花粉又软磨硬泡，坚持再三，光波翼却执意不从，花粉无奈，最后只好独自跨上一鹤。

二人飞到漆族所居山谷上空，却见谷中一团漆黑。

光波翼怪道："漆族人为何如此怪异，婚礼上也要让人摸黑不成？"

花粉却道："不对！哥哥，我看其中必有蹊跷。姐姐正在谷中，该不会有什么麻烦吧？"

光波翼将鹤儿降落在能望见山谷的一处小山上，说道："你在此稍候，我去看看。"

花粉忙叫道："哥哥，谷中漆黑一片，你切不可去冒险！"

光波翼微微笑道："你放心吧，我自有分寸。"说罢已驾鹤再次飞起，冲向谷中去了。

花粉只得从鹤背上下来，焦急地望着光波翼的背影远去，却不知他已施展起天目术，周围五里之内无需任何光亮便可视物了了，而那漆天术不过罩住方圆百步范围而已。

未及降落，光波翼已看清黑幕笼罩下的几个院落之中一片混乱景象，远远便传出大呼小叫之声。

光波翼降在黑幕边缘，只见有几人已从最外围一座院子的院门摸出，只差十步远便可走出黑幕，却不知该向哪里去。光波翼认得其中一人是御鹤族忍者鹤明，便大喊一声道："鹤明，向这边来！"

鹤明听见光波翼叫声，一时虽不辨何人，却也顾不得许多，忙循声蹚了过来，另外还有两人跟了过来。

光波翼迎上去问道："里面发生了何事？"

鹤明道："我也不知道，天突然就黑了，估计是北面院子里发生了什么事。"话音甫落，鹤明刚好踏出黑幕，光波翼却早已冲进北面院中去了，鹤明此时方回过味来，适才黑暗中同自己说话之人如何能够看见自己？莫非他也是漆族忍者？

漆无亮的婚礼上来宾不少，南面数第二座院子正是主持大婚之所，重要宾客亦皆会聚于此。院子共有两进，光波翼甫入前院，便见一人正立于院中大叫："诸位兄弟，大家冷静，切不可轻易出手，以免误伤彼此。"

光波翼因施展了天目术，屋内屋外洞见无碍，只见各个房中人数皆不少，各族忍者人人自危，有人倚在屋角，有人靠住墙壁，有人手拈暗器，也有人已结成手印，均已做好临敌之备。

再看堂屋正厅之中，已乱作一团，还有人施展了防御术，调用了木、石等物在屋内。

光波翼正待近前看个究竟，忽听一声巨响，正厅中竟然爆炸开来，随即传来一阵惨叫声，更有人叫骂道："奶奶的，别让御鹤族那帮小猴崽子跑了，老子要将他们通通杀光，将他们大卸八块！"

光波翼心中一惊，不知究竟发生了何事。

原来今日一早，鹤彩云刚被迎进门不久，漆北斗与鹤灵芝留在喜房中陪伴鹤彩云。

鹤彩云见其余人等都已走远，便揭下盖头对漆北斗说道："二姐，你可知道我为何要你留下来陪我？"从前鹤彩云唤漆北斗作"三嫂"，如今三哥鹤祥云既死，自己又将要嫁给漆无亮，便随漆无亮改口唤漆北斗作"二姐"。

漆北斗见鹤彩云自己揭了盖头，原本正要阻止，听鹤彩云如此一问更不免奇怪。

鹤彩云又道："二姐认得这丫头吧？"边说边指了指鹤灵芝。

漆北斗怪道："你们族人哪一个我不认得？不过是不大熟络罢了。"漆北斗相貌丑陋，性情又乖张蛮横，御鹤族人中除了鹤彩云兄妹四人之外倒的确无人与她相熟。

鹤彩云又道："我三哥失踪了这么久，我一直在追查此事。"

漆北斗闻言一惊，不知鹤彩云是否已经知晓自己将鹤祥云推落山崖之事。只听鹤彩云续道："后来我才查明，原来这丫头从前一直与我三哥暗中相好。"

漆北斗心头又是一震，莫非面前这个鹤灵芝就是勾引自己丈夫，而最终害得自己出手弑夫之人吗？忙向鹤灵芝瞪眼看去。

鹤灵芝闻言大惊，忙向后退了两步，道："不，彩云姐，你误会了，我没有。"

鹤彩云"哼"了一声又道："我还听说她曾不止一次要挟我三哥，让我三哥娶她，可是我三哥坚决不从。"

漆北斗听到这里脸色已变得铁青，逼上前两步，死死盯住鹤灵芝，吓得鹤灵芝不住后退，一直退到墙根。

鹤彩云也一直跟在漆北斗身后续道："因此，我怀疑是这丫头恼羞成怒，害死了我三哥。"

鹤灵芝被眼前这张丑脸盯得发毛，声音颤抖说道："真的不是我，我给你看一样东西，你便知道了。"说罢从怀中取出一个信封，畏畏缩缩地递给漆北斗。

漆北斗一把抢过信封，从里面取出折好的一张纸，谁知刚将那纸展开，竟呼的一下蹿出一团蓝绿色火苗来，漆北斗只觉眼中一阵刺痛，忙纵身向后跃出，不想此时鹤彩云已挥起空无常向她后心刺来，被她向后这一跃，却刚好将空无常撞开，并未刺伤她身体。

漆北斗双目剧痛，无法睁眼，又惊又怒，喝骂道："你们两个贱人，竟敢暗算我！"

原来两年前鹤彩云送走光波翼之后，便独自偷偷飞到试情崖底去搜寻鹤祥云的尸体，然后又秘密将其埋葬。为了给三哥鹤祥云复仇，鹤彩云心中谋划已久，因漆氏兄妹忍术均强过御鹤族忍者，加之御鹤族初来秦山未久，势单力薄，只怕万一有所疏漏，非但报不了仇，族人反会为其所害。漆无亮爱慕自己，鹤彩云早已心知肚明，只是她对漆无亮毫无兴趣，可自从知道三哥遇害真相之后，鹤彩云便有意与漆无亮交往，最终接受了漆无亮求婚，并选定婚礼之日完成复仇大计。

昨晚鹤彩云已对鹤灵芝讲明鹤祥云死因，并说那漆北斗早晚查知鹤灵芝与鹤祥云私好之事，到时必不会放过她，倒不如抢先下手将其除掉，以绝后患，同时也为鹤祥云报仇。鹤灵芝原本便听命于鹤彩云，此时更不敢不从，因此便答应与鹤彩云合演一出戏，先用毒火熏伤漆北斗双眼，再由鹤彩云从身后偷袭，将涂抹了剧毒的空无常插入漆北斗后心。饶是演戏，鹤灵芝却也着实被漆北斗吓得不轻，眼见漆北斗将信封打开，她正暗自庆幸大功终于要告成，哪里想到竟被漆北斗侥幸躲过了致命那一剑。

漆北斗性虽暴躁，临敌反应却快，口中一面大骂，自知双目被毒火熏坏，忙施展起漆天术来，霎时间一片漆黑，令对手也看不见自己。

鹤彩云见一击不中，心中亦大骇，生怕若被漆北斗逃脱，漆氏兄弟联手起来，御鹤族全族危矣！遂向着漆北斗落脚方向疾射霹雳针，同时招呼鹤灵芝用暗器封住门口方向。

为刺杀漆北斗，二人暗器上都已浸了剧毒，漆北斗若被伤到必定死多活少。

再说前厅中漆无亮与大哥漆无明正在招呼众宾客，鹤青云与鹤紫云却是忐忑不安。

鹤彩云深知两位兄长为人，知他二人若早早得悉鹤祥云死因，多半会忍气吞声而放弃为三弟复仇，一来他们不敢与漆族忍者为敌，二来更惧怕会遭到目焱惩处。所以直至今早迎亲的花轿到了门口，鹤彩云才将整件事以及自己的复仇计划向两位哥哥和盘托出，此时他们若再想阻止也来不及了。

鹤紫云心中想着鹤彩云上花轿之前将浸好毒液的空无常及鹤顶针等物交给自己与鹤青云，冷冷说道："无论我能否杀了漆北斗，此事早晚都瞒不住，咱们只有一不做二不休，索性将漆氏兄弟一并除去，以绝后患！"

鹤青云心中却在盘算着稍后下手的时机。鹤彩云交代他二人，等她除掉漆北斗，会让鹤灵芝去前厅，先将漆无明诓骗到后面，鹤青云跟随同往，与鹤彩云合力暗中下手杀之。鹤紫云则留在厅中看住漆无亮，最后再骗杀他。若是鹤彩云亲自现身正厅之中，或是漆北斗跑到厅中，则表明行刺失败，鹤紫云与鹤青云则须赶在漆氏兄弟弄清真相之前动手杀之。

兄弟二人一边想着心事，却都假装若无其事地分别靠近漆氏兄弟身旁，以便随时动手。

漆北斗在喜房中施展忍术，正厅中也蓦然天黑似漆，众宾客皆吃惊之际，鹤青云反应却快，心知必是漆北斗未死，因而施展起漆天术，看来事情已经败露。此时他正站在漆无明身后，而鹤紫云正站在漆无亮身后，鹤青云当机立断，迅速拔出涂毒的空无常，向漆无明便刺，同时叫道："大哥，动手！"

漆无明猝不及防，正被刺中后心，漆无亮却因鹤青云这一叫而警觉，加之黑暗之中鹤紫云无法见物，而漆无亮却在天黑的刹那，本能施展起忍术，可以睹物如常，故而鹤紫云拔剑刺他时，竟被他堪堪躲过。

鹤紫云一击失手，心下骇然，忙循着漆无亮遁去的方向散射出十数枚霹雳针。

漆无亮此时心中蓦然明白过来，御鹤族忍者是蓄谋刺杀自己兄弟二人，而二姐漆北斗在后面忽然施展起漆天术，说不定也是由于遭到了攻击。

心念只一闪而过，漆无亮躲开鹤紫云一击之时，已看清鹤青云刺杀了大哥，他再次躲开鹤紫云的霹雳针，正好蹿到鹤青云身侧。

鹤青云刺中漆无明之后也怕漆无明不能立时毙命，反身过来对自己不利，便向后疾退两步，然其毕竟无法看见四周，所以退后两步之后便暂时停住，侧耳听辨周围动静。

漆无亮蹿到鹤青云身侧，顺手抄起一把椅子，劈头向鹤青云砸去。

与此同时，鹤紫云射出的霹雳针纷纷射到墙上，还有两名宾客身上，"嘭、嘭、嘭"地炸了开来，那两名宾客登时大叫着滚倒在地。

鹤青云听见椅子袭来的风声，忙躲向一旁，却不知漆无亮的空无常已刺到自己面前。原来漆无亮只是用椅子来迷惑鹤青云，在他躲开的刹那，也随之上前刺出了一剑。此时鹤青云再无法躲开，只觉得喉间一阵冰凉，随着霹雳针爆炸声的瞬间消逝，鹤青云也已被割破了喉咙，倒在地上。

漆天术施展之时，一切光亮皆无法显现，是以霹雳针爆炸也不见火光闪出。鹤紫云在霹雳针爆炸的刹那，也听见漆无亮挥砸椅子的声音，忙叫了声"二弟"，却不闻鹤青云回音，心知鹤青云必然已被漆无亮所杀，心中愈加惧怕漆无亮身手了得，此时更顾不得伤及无辜，忙不迭地连续掷出数十枚霹雳针，封住漆无亮可能的进攻道路，一面向门口方向逃遁。

此时大家均已纷纷施展起各自本领，有施展遁术逃到厅外的，有施展各种防御术护住自己的，也有向门口方向逃窜的，一时间厅内大乱，混乱中又有两人中了霹雳针大叫。

未及鹤紫云逃到门口，忽觉右手腕一痛，原来漆无亮也回敬了两枚星镖，他却是看得清，打得准，一击即中。

星镖深深插入腕中，鹤紫云右手立废，心叫"不好"，竟忽然停住脚步，叫道："漆无亮，我也不走了，你要杀我便过来杀吧，只是有句话须向你问个明白！"说罢将左手的空无常铿然丢在地上。

漆无亮见鹤紫云停下脚步，丢了兵器，便也叫道："有什么话？"话音落时，却已蹿开了去，生怕鹤紫云循声以暗器偷袭。

鹤紫云却丝毫未动，说道："你们为何要杀我三弟？"

漆无亮叫道："哪有此事？"说罢又换了位置，却是离鹤紫云更近了些。

鹤紫云嘴角微翘，又说道："事到如今，你又何必抵赖？我三弟死得好惨。"

这一回漆无亮却没有回话。鹤紫云心知他必是离自己近了，怕出声被自己听出方位来，当即哈哈大笑不绝。猛然间，漆无亮的空无常已插入鹤紫云的心口。

漆无亮未及将空无常拔出，暗叫一声"不好"，忙纵身跃开，刚刚跃开不足三尺远，鹤紫云的身体已轰然炸开，漆无亮逃避不及，双腿竟被炸掉半截，登时昏死过去。

原来鹤紫云自知逃生无望，索性便引诱漆无亮靠近自己，以期与之同归于尽。

屋中另外还有几人也被炸伤，一时惨叫声不断，更有人叫骂道："奶奶的，别让御鹤族那帮小猴崽子跑了，老子要将他们通通杀光，将他们大卸八块！"

光波翼此时刚好奔到庭前，闻言一惊，连忙抢进厅中，看见屋内的尸首和打斗痕迹，心中立时猜明了几分，看来御鹤族这回是惹了大祸上身了。心念甫动，忙奔出院门，又寻到鹤明。却见此时又有两名御鹤族忍者也与鹤明站在一处，正喊着话为黑幕中的人引路。

光波翼一把将鹤明拉到一旁远离众人处，低声问道："你们族人都在哪里？"

鹤明听出是适才给自己指路的声音，便反问道："这位尊兄是何人？咱们好像不认识。"

光波翼道："事态紧急，快说你们族人都在哪里？"

鹤明茫然道："大都在最南面的院中，大哥、二哥还有彩云姐和灵芝他们几个人在北面那院子里。当然还有几个人在家里没来。"

光波翼道："如今你们御鹤族惹祸上身，你赶快通知所有族人，尽快离开秦山，飞回翠海去。"

鹤明一时怔住，问道："你说什么？"

光波翼道："鹤紫云兄弟俩与漆族兄弟在院中争斗，各族忍者中死伤了好几人，恐怕过不多时，你们御鹤族便要被全北道的忍者追杀了。"

鹤明道："兄台，你不会是在说笑吧？今日可是鹤彩云嫁给漆无亮的大婚之日，他们几位怎会争斗？"

光波翼道："我没空与你说笑，我是受你们老族长之托，故而才来相告，你不是发誓要追随你们老族长吗？现在立即照我说的做，再晚些，你们御鹤族便要亡族了！"

鹤明闻言一惊，因为他与鹤欢被老族长救出天牢并发誓效忠老族长之事并无旁人知晓，鹤欢也绝不可能将此事透露出去，若非老族长亲自告诉此人，他如何得知？看来此人并非是在耍笑，当下说道："可是大哥他们还在北院，我们总不能丢下他们不管。"

光波翼道："你倒是讲义气，不过你们若去北院也只能送死，你通知大家先走，我去院中看看能否帮得上忙，他们几位若能活着出来自然也会去翠海与你们会合。"说罢转身而去，眨眼间便消失在黑幕之中。

光波翼径直奔进后院，到了喜房门口，观见鹤彩云正蹲躲在东屋的东北墙脚，一张圆几被她掀翻在地，挡在面前。鹤灵芝则蜷缩在东南角梳妆台后面。而漆北斗则蹲伏在西屋东北角的床榻与柱子之间。双方皆静默无声，中间的堂屋便成了双方对峙的前沿，谁也不敢轻易踏出一步。

光波翼侧立于门外，将身体藏在门柱后，伸手将堂屋大门推开，只听"嗖嗖、当当"几声响，从东西两侧各射来几枚星镖与鹤顶针，或打在门上，或射到柱子上。

漆北斗听见对方也射出暗器，方知并非是鹤彩云她们摸出了门，而是有人要从外面进来，当下问道："大哥，三弟，是你们吗？"她心中只道门外之人既然能在漆黑之中寻到这里，必然是漆族忍者。

鹤彩云与鹤灵芝却心中大骇，暗叫："我命休矣！"

光波翼心中也纳闷，鹤彩云与鹤灵芝二人于黑暗中不能视物，躲在墙角自卫乃是自然之理，那漆北斗却为何也要躲起来？莫非是她受伤了，身体无法移动？当下以天目术细细观察，发现漆北斗双目紧闭，眉头紧锁，这才明白她是因为眼睛受了伤。

光波翼在门外叫道："彩云姑娘，我来救你们出去。"

鹤彩云听出是光波翼声音，讶道："光波公子！"

漆北斗也叫道："光波翼？！"

光波翼随即施展化石术，在堂屋门内西侧化出一块大石，挡住漆北斗暗器攻击的路线，随即奔进屋内，径直来到鹤彩云身前，说道："彩云姑娘，快跟我走。"边说边拉起鹤彩云的手，又过来拉起鹤灵芝，让鹤彩云拉着鹤灵芝的手，领着她二人快步出门，此时听到堂屋那块大石背后一阵叮当乱响，自然是漆北斗循声将手中星镖一股脑儿都射了出来。随即听到漆北斗恶狠狠大叫道："光波翼，我一定要杀了你！"

出了门，光波翼拉着二人疾行，不过碍于二人看不见道路，也不能走得太快。鹤彩云问道："你当真是光波公子吗？你如何能够看见？"

光波翼只应了句："是我。"

鹤彩云又问道："公子要带我们去哪里？我大哥他们怎样了？"

光波翼道："他们好像与漆家兄弟同归于尽了。"

鹤彩云闻言心头一震，忙问道："公子此话当真？"

光波翼道："你们想为鹤祥云复仇是不是？"

鹤彩云并不回答，又追问道："我大哥、二哥当真已经死了吗？"

光波翼答道："依我适才所见，多半是如此。"

鹤彩云用力向后拉着光波翼道："公子，求你带我去大哥他们那里，我不能丢下他们不管。"

光波翼道："你大哥他们好像还误伤了许多人，如今大家都嚷着要将你御鹤一族赶尽杀绝呢，你去了岂不是白白送死？"

鹤彩云忙问："那其他御鹤族的弟兄呢？他们现在如何？"

光波翼道："注意脚下，现在上三级台阶……现在过门槛……下三级台阶。我已经让鹤明传话给他们，让他们速速飞去翠海。不过那里也不能久留，你们到翠海聚合后，再立刻寻一处隐蔽所在。这一回你们可是闯了大祸，北道忍者绝不会放过你们。"

鹤彩云道："若是我大哥他们也不在了，我还何必逃走？我要回去与那漆北斗拼了！"

"嘘……不要出声。"经过前院，能清楚听到正厅里的人正在叫嚷，光波翼始终拉住鹤彩云，不让她停下脚步，出了院门方开口说道："你怎么还不明白？你为了给你三哥一人报仇，如今又搭上了两位哥哥的性命。何况漆家兄妹三人也已经或死或伤。事到如今，只有你能够带领族人，你自当以保全族人性命为重，否则你如何对得起御鹤族先祖？"

鹤灵芝忽然开口道："彩云姐，光波公子说得有理，咱们还是快些逃走吧。"

鹤彩云斥道："你住口！若不是你与我三哥私通，漆北斗也不会害死他。如今我三位兄长罹难，都是因你而起！"

鹤灵芝吓得忙住了嘴，不敢再出声，只觉得拉着鹤彩云的那只手被攥得生疼。

光波翼道："彩云姑娘，你这话倒像是出自漆北斗之口。那漆北斗正是因为生性嫉妒，又喜迁怒于人，故而才害了你三哥性命。你心里最当清楚你三哥为人，灵芝姑娘纵有不是之处，恐怕也不能怪她。如今你们两家冤冤相报，彼此已各有损伤，你又何必再纠缠下去？更不要再迁怒旁人了。你们老族长被你几位哥哥害得那么惨，也并未仇恨你们，更未曾想要报复你们。"

鹤彩云闻言沉默下来，只觉得光波翼加快了脚步，开始奔跑。不久，忽然听到很多人在说话，声音越来越近，稍后光波翼便松开了她的手，随即眼前一亮，原来他们已经奔出黑幕。

黑幕之外正聚集着一群人，都是从最南面的院子里摸出来的，大家正七嘴八舌地议论着。

光波翼连续施展了大半晌天目术，亦颇辛苦，此时收起忍术，顿感轻松，低头快步穿过人群，多数人并未太注意，以为又是一位摸黑出来的宾客而已。待鹤彩云奔出来，大家见她穿着大红新娘装，一眼便认出是新娘子，忙纷纷说道："这不是新娘子吗？""新娘子出来了！""里面出什么事了？"

鹤彩云也不理睬，一路低头疾奔而过。

待他们转过两道山背，离开众人已远，也已看不见谷中黑幕，光波翼方停住脚步，转身对鹤彩云说道："看来鹤明他们已经走了，你们俩也快走吧。请姑娘听我一劝，不要再想着报仇了。我知道有一处所在，可供你们藏身。从翠海向西飞六十余里，有座马蹄形山谷，山崖东北壁有座山洞，叫作沉思洞。那是你们老族长当年藏身之所。那山洞不大，只能容下两三人。不过我在那山中还见过另外几处山洞，有大有小，你们族人不多，应该够你们藏身了。"

鹤彩云脉脉看着光波翼问道："公子为何要救我？为何要帮我们？"

光波翼道："我与你们老族长一样，不希望看到御鹤族遭到灭族之祸。"

鹤彩云又叫了声"公子"，还想再说什么，光波翼却抢道："有话以后再说吧，再不走便来不及了。"

鹤灵芝插口道："我们的鹤儿还没飞来呢。"

话音未落，一只白鹤已飞到三人面前，光波翼道："你们俩先乘着它出山，边飞边召唤你们的鹤儿吧。"

鹤彩云疑惑地看着光波翼，不明白为何他能召来鹤儿，而且是一只白鹤。

光波翼追道："快上去吧，保你们没事。"

鹤灵芝将信将疑地跨上白鹤，坐稳后才叫道："彩云姐，快来，这鹤儿没问题。"

鹤彩云随即也跨上白鹤，说道："公子，你会来看我们吗？"

光波翼并不回答，道一声"走吧"，那白鹤腾空飞起。

鹤彩云大声叫道："公子，我等你来！"话音落处，白鹤已远。

送走鹤彩云与鹤灵芝，光波翼忽然想起，适才在北面院中并未见到目思琴的身影，不知她现在哪里，是否安然无恙。当下忙回头向谷中黑幕奔去。

待回到院旁，却见黑幕已然消失，人群也都已散去，想必是拥向北院中去看个究竟了。

光波翼奔进北院中，果然见院中聚集了大群忍者，嘈杂声不绝于耳。

光波翼分开人群，未及走到前院正厅前，便听厅内有人正大声说道："御鹤族这帮猴崽子，竟敢公然在秦山行凶，这个仇咱们一定要报！"

另一人叫道："老子的胳膊也被炸伤了，我就先还上一刀。"随即便听到一声惨叫。

光波翼忙挤进正厅，只见鹤翱正匍匐在地上呻吟，右臂已被人齐齐地斩断下来，一人正手持短刀站在一旁，那人的右肩头以腰带缠裹着，殷殷地渗着血。

原来鹤翱原本便在这前院的东厢房内，除了鹤彩云兄妹三人及鹤灵芝外，也只有他一人在北院。适才正厅内霹雳声不断，他已心知不妙，本想要伺机溜走，屋内却有人叫道："咱们房里也有个御鹤族的人，别让他跑了！"因此他便不敢妄动，生怕一动即被人发现他便是那个御鹤族人了，更不敢与人触着、碰着，只能悄悄地、一点一点地慢慢向门口方向移动，若遇到前面有人有桌椅，又只好再绕开，是以直至漆北斗收起漆天术，他也未能跑出大门。

此时，另外一人也站出来叫道："老子的屁股也挨了一针，我也先还他一剑。"说罢挥起手中的空无常便要刺下去。光波翼忙大声喝道："住手！"

众人闻声皆转过头来看向光波翼，持剑那人问道："你是何人？"

有人认得光波翼，说道："他是南道的光波翼！"

"光波翼？"持剑那人又道，"听说前年你大闹秦山，最后三道中来了许多高手将你救出去了。上次算你走运，没想到今天你又自己送上门来了。怎么，你跟这小子认识？"说罢用空无常指了指地上的鹤翱。

光波翼道："适才伤了足下的并非是他，此番鹤紫云兄弟滋事也与他无关，诸位何必错杀无辜。"

忽然人群中有人叫道："适才带走鹤彩云的就是这小子！"

"对，我也看见了，就是光波翼！"另外一人也叫道。

"原来你和御鹤族是同伙！"持剑那人恶狠狠说道。

正当这时，忽听门外有人叫道："大哥、三弟，你们在哪里？你们快出来！鹤彩云那个贱人弄瞎了我的双眼，你们快抓住她给我报仇！"正是漆北斗一路摸了过来。

第五十九回

南山万里寻归凤
花粉一念绝玉髓

众人纷纷让开路，只见漆北斗双目已能微微睁开，眼中却是血红一片，眼角处仍在流血，令人感到既可怜又恐怖。

有人开口说道："你大哥被鹤紫云兄弟害死了，你三弟的双腿被炸没了，正晕死在这里，还不知能不能活过来。"

"你说什么?!"漆北斗突然睁大眼睛，面目狰狞，刹那间宛如一个红眼的罗刹一般，吓得身旁之人不由得退后一步。

先前那人又道："御鹤族那两个混蛋还用毒针射杀了咱们好几位弟兄，炸伤了很多人。"

漆北斗厉声问道："御鹤族那两个畜生，现在何处?"

那人答道："鹤青云被你三弟杀了，鹤紫云自己炸成了碎片。"

"哼！他们死有余辜！"漆北斗心中稍慰。

"我们刚刚捉住了一个御鹤族的人，可如今有人想要救他走。"那人又道。

"谁要救他?"漆北斗森然问道。

"此人正站在你面前，他就是南道忍者光波翼。"那人回道。

"光波翼！原来你还在这里！"漆北斗咬牙切齿道，"你害死了我丈夫，又串通鹤彩云那个贱人来害我！诸位北道的兄弟，御鹤族这些败类，根本就是混进咱们北道的奸细，今日之事便是明证。大家一定别放过这小子，杀了他给死伤的弟兄们报仇！让他知道，这秦山之中不是他这个南道的毛头小子可以肆意胡为的地方！"

光波翼心中哭笑不得，明明是漆北斗自己害死了鹤祥云，如今却推到自己头上，又煽动众人将自己当作北道的公敌。

"对，杀了这两个奸细！给死去的弟兄报仇！"人群中立时有人应和。

眼见人人目露凶光，开始蠢蠢欲动。光波翼大声说道："诸位少安毋躁，请听在下一言，漆北斗的丈夫鹤祥云不正是御鹤族的人吗？在下若串通御鹤族，又如何会杀了鹤祥云？御鹤族兄妹几人今日与漆族争斗，其实是为了给鹤祥云报仇。漆北斗生性嫉妒，因怀疑丈夫与人私通，便杀了鹤祥云，因此才种下祸根。至于北道中有几位弟兄死伤，实乃因为漆北斗施展了漆天术，鹤家兄弟摸黑与漆家兄弟争斗，难免失手误伤而已。在下今日不过碰巧路过此地，无意冒犯诸位，更非与御鹤族串通。在下并非漆族人，如何能够摸黑带走鹤彩云？这都是漆北斗诬蔑在下而已，请诸位明鉴。"

"这个南道小子的话不能信！我明明看见他与鹤彩云一前一后从黑圈中跑出来的。"

"对，不能信他！他是南道的奸细，杀了他！"

听着人群中不断传出的叫嚷声，漆北斗嘴角微搐，忽然四周逐渐安静下来，大家一句话都不再说。漆北斗心中纳闷，叫道："你们怎么了？为何不说话？光波翼在哪里？"

忽听有人说道："漆北斗，明明是你自己杀了你丈夫，还来诬陷别人。如今还敢在这里煽动大家闹事。"

漆北斗一惊，她听出是花粉的声音。

原来花粉一直站在山坡上瞭望，远远看见黑幕外渐渐聚集了许多人，后来又有很多人陆续乘鹤飞走，心下愈发奇怪，不知道里面究竟发生了何事，便等不及光波翼回来，独自奔下山坡，跑到谷中来了，待进了院门，碰巧见到适才这一幕。

有人向花粉施礼问道："请问姑娘如何知晓是漆北斗害了她丈夫？"

花粉冷冷回道："是我亲眼所见。"下面顿时一片哗然，随即又恢复了安静。

花粉又道："漆、鹤两家彼此寻仇杀斗，坏了秦山的规矩，又殃及了许多弟兄，我一定会严查。而这一切都是因漆北斗弑夫而起。今日念在漆家兄弟死伤的分上，我先不抓你，待我禀过长老之后再作定夺。至于这位光波公子，他是长老请来的客人，大家可能有些误会。"

"误会？"漆北斗冷冷说道，"他从我手里救走了鹤彩云与鹤灵芝，这又如何解释?"

"是啊,姑娘,我们也亲眼看见这小……看见光波翼带着鹤彩云走出黑圈。"有人应和道。

"回去后我自会查明此事,给大家一个交代。"花粉看了一眼光波翼道:"请光波公子随我回去吧。"

光波翼向花粉施礼道:"在下请姑娘也将这个御鹤族人一并带回查问。"说罢看了一眼躺在地上奄奄一息的鹤翱。

未及花粉开口,先前应和漆北斗那人说道:"漆、鹤两家争斗,是御鹤族先动的手,这是我们大家共见。依照咱们秦山的规矩,道内兄弟之间,谁先动手挑起争斗便是死罪。若是族长带头,则一族人都是死罪。如今御鹤族族长鹤紫云已死,其他御鹤族人也都应伏法。姑娘不会偏袒御鹤族吧?"

花粉道:"既然御鹤族人都逃走了,此人是寻到御鹤族的关键,暂且不可杀了他。"

那人又道:"那就请姑娘将他交给我们,我们一定逼他供出御鹤族的藏身之所。"

花粉环视一周,见众人杀气腾腾,都在等她开口,便略微点了点头道:"好吧。"又对光波翼道:"光波公子,咱们走吧。"说罢转身向外走去。

光波翼此时也无法再出头救那鹤翱,只得随花粉出门。

二人出了院门,不便驾鹤,一路步行出谷。刚刚走到谷口,只见目思琴正带着曼陀乐迎面走来,曼陀乐手中提着一个锦盒。

花粉忙迎上前问道:"姐姐,你怎么才来?"

目思琴见到花粉与光波翼也颇诧异,说道:"我既然代表义父来参加人家婚礼,总不能空手而来,所以去准备了点礼物。你不是说不想来吗,怎么却反倒早早就到了?现在为何又要走?"

花粉说道:"姐姐没早来倒好,本来我与哥哥还在担心姐姐,进到漆府去并未见到姐姐身影,才略微放心些。"

目思琴听出其中蹊跷,忙问:"此话怎讲?你们为何担心我?"

花粉便拉着目思琴转身向谷外走,边走边将适才发生之事说与目思琴听。

听花粉讲完,目思琴说道:"看来光波大哥果然是个有情有义之人。"

花粉问道:"怎么,莫非姐姐也相信那个鹤彩云是被哥哥救走的?"

目思琴见花粉一脸紧张样子,不禁莞尔一笑,说道:"自然是光波大哥所为。"说罢扭头看了一眼光波翼，光波翼不置可否。

目思琴又道："不过妹妹放心，我相信光波大哥并非是为救一个鹤彩云，他是为了保全御鹤一族才去救人的。毕竟光波大哥向御鹤族的老族长学习了御鹤术，所以才要保全他的族人。"

花粉道："可是御鹤族老族长正是被那些族人所害，纵然他不想报仇，可也不必让哥哥保全这些忘恩负义的小人吧？"

目思琴道："那老族长一定是位不计前嫌的真君子。是不是，光波大哥？"

光波翼轻轻点点头道："御鹤族人误入歧途，罪魁祸首是鹤紫云与鹤青云兄弟二人，如今他二人已死，也只有鹤彩云能够率领御鹤族了。"

花粉道："不管怎样，哥哥救了鹤彩云之事一定不能让外人知晓，否则哥哥便成了北道的敌人了。"说罢回头向曼陀乐说道："曼陀乐，你听到了吗？"

曼陀乐点头道："花粉姐姐放心，我只当什么都没听到。"

花粉笑道："还不知咱俩谁大谁小呢，你怎么唤我姐姐？"

目思琴也微笑着对曼陀乐说道："花粉属羊，今年十八岁，你属马，比她大一岁，应该叫她妹妹才对。"

曼陀乐道："属下不敢。"

花粉道："既然你和姐姐是好朋友，我自然也不当你是外人，以后不必这么拘束，咱们互相称呼名字罢了。"

曼陀乐这才点了点头。

话说花粉与目思琴姐妹虽然有心帮助光波翼，并不急于派人追杀御鹤族忍者，然而北道中许多忍者一心欲寻御鹤族报仇，早已偷偷出动，奔赴御鹤族老巢翠海。好在御鹤族飞鹤迅速，从秦山回到翠海当日，鹤彩云便率领众人寻到光波翼指示的山谷，将族人隐蔽在谷内各个山洞之中，躲过了北道忍者的追杀。

秦山中，鹤翱被折磨欲死，众人实在无法从其口中探出御鹤族有甚其他藏身之所，便纷纷请求花粉将鹤翱处死，花粉无奈，也只得应允。

转眼到了腊月十六，目焱出关，见到光波翼与目思琴同时归来，甚为高兴。听说目思琴行刺僖宗皇帝失手，目焱倒也不甚在意，只微笑道了句："燕儿，你还是跟从前一样心慈手软。"

此时，花粉又送上前两日刚刚收到的两份快报，一份来自北道的探子，另一份则是黄巢派人送来的书信，那黄巢已于腊月十三日在含元殿称帝。

原来腊月初五午后，黄巢前锋将军柴存先入长安，随后留于长安城中的唐廷金吾大将军张直方帅大唐文武官吏数十人迎接黄巢于霸上。只见那黄巢乘坐镶金大轿，其手下徒众皆以红色缯带束发，锦衣绣服，手执兵仗，甲骑如流，车马队伍络绎不绝。百姓纷纷夹道围观。

尚让命人沿途宣告说："黄王起兵，本为百姓，非如大唐皇帝李氏一般不爱汝等，汝等但当安居乐业，无须恐慌。"

进城之后，黄巢暂住于田令孜府第，其手下为盗日久，已成巨富，见极为贫苦之人，往往亦能施与财物。然而数日之中，其徒众纷纷到城中大肆抢掠，焚烧市集店铺，杀人满街，尤其是大唐官吏，但凡被搜出捉到者皆被残杀，无一幸免。满城之中，人人皆惶惶不可终日，无有一人能如谕令中所说，可以安居乐业！

至腊月十一日，留在长安城中的皇亲贵族已被黄巢捕杀无余。想来那徐太后还算走运，本已病重，听说黄巢军队入城，竟急吓身亡，却也免遭屠戮之苦。

直至腊月十二日，黄巢方进入皇宫，十三日即皇帝位。因时间紧迫，来不及赶制皇袍，便命人于黑绸衣上作画代绣。寻不到乐师，便擂击数百面战鼓以代金石之乐。黄巢又登上丹凤楼，下诏书大赦天下。建国号为"大齐"，改元为"金统"。

为表明自己乃是顺应天命而生的真龙天子，黄巢宣称：广明之号，乃是去掉唐字下半边，而以我黄家日月代替之，这正是上天所垂示的祥瑞之象。

（按：广的繁体字为廣，正是唐字头，加上黄巢的黄字而成。日月为明，故而黄巢说廣明即以"黄家日月"代替唐王朝。）

黄巢即位后宣布，原大唐三品以上官员全部停任，四品以下官员官位如故。封其妻曹氏为皇后。以尚让、赵璋、崔璆、杨希古共为宰相（同平章事），以尚让为太尉兼中书令，赵璋兼侍中，孟楷、盖洪为左右仆射兼军容使、知左右军事，费传古为枢密使。郑汉璋为御史中丞，李俦、黄谔、尚儒为尚书，方特为谏议大夫。以太常博士皮日休、沈云翔、裴渥为翰林学士。王璠为京兆尹，许建、朱实、刘塘为军库使，朱温、张言、彭攒、季逸等人为诸卫大将军、四面游奕使。张直方则被封作检校左仆射。崔璆，正是当时杭州城破时逃走的原浙东观察使，此时被罢免官职留居京城，竟被黄巢任命为宰相。

其后，黄巢下令，原唐廷百官皆须到赵璋处投名报到，乃可官复旧职。

宰相豆卢瑑、崔沆及左仆射于琮、右仆射刘邺、太子少师裴谂、御史中丞赵濛、刑部侍郎李溥、京兆尹李汤等高官因来不及追随僖宗逃走，遂藏匿于民间，后被黄巢手下搜获，悉遭屠戮。

广德公主乃于琮之妻，见丈夫即将被害，便抓住砍向丈夫的钢刀不放，厉声喝道："我乃唐室之女，誓与于仆射俱死！"遂与丈夫共同就戮。

僖宗出逃当日一早，田令孜因怕僖宗责备自己失职，将黄巢入关完全归咎于宰相卢携，遂将其贬为太子宾客。僖宗走后当晚，卢携便服毒自尽。因其当年竭力反对授予黄巢节度使之职，黄巢恨之入骨，便将卢携尸体挖出，于集市上斩首示众。

将作监郑綦、库部郎中郑系二人则坚决不向黄巢称臣，均阖家自尽。

左金吾大将军张直方虽假意向黄巢称臣，却暗中收留逃亡大臣，将大唐公卿藏匿于家中墙壁夹层之中，后被发现，亦惨遭黄巢杀戮。

且说黄巢除了给目焱送来这封喜报之外，并送来封赏目焱的圣旨。因目焱不愿抛头露面，黄巢便尊重其意，秘密赐封其为襄胜侯、平西大将军，并赏赐稀世珍宝数件。

花粉说道："这个黄巢好没义气，师父帮了他这么大忙，他却只封了个侯爵给您。"

花粉这话确实不错，目焱非但帮助黄巢攻下许多城池，派人贴身保护他的安全，一面在朝廷内部瓦解了许多打击黄巢的攻势，还在许多关键时刻为其出谋划策。自从黄巢渡淮北上，攻下汝州之后，目焱便建议黄巢改称"补天大将军"，并约束手下军队，不再大肆抢掠百姓，以此收买人心，为登基做好准备。

目焱笑道："侯爵也好，公爵也好，有什么干系？"说罢看了看光波翼道："翼儿你看，咱们离成功又近了一步。"

光波翼眼看着杀父仇人就在面前，却强作平静道："晚辈不似前辈这般志向远大，只甘于平庸度日罢了。"

目焱呵呵一笑，道："时隔两年，你怎么还如此孩子气？你难道忘了我对你说过的那些话了吗？"

想到目焱曾口口声声表白他自己与父亲之死毫无瓜葛，又语重心长地对自己大谈什么要继承父亲遗志，想要辅佐自己做未来明君云云，又念及父亲留在凤凰楼上的遗书，光波翼只觉得眼前此人当真是天下第一号虚伪无耻之徒！遂轻轻哂笑道："晚辈生来便不是一个有雄心壮志的人。何况依晚辈看来，黄巢如今已登基为帝，将来纵然大唐兵势尽灭，黄巢的羽翼自然也便丰满了，前辈如何实现远大抱负？"

目焱微微笑道："黄巢竖子，何以成大业？若非我暗中相助，他早已受了朝廷招安，去做一个没出息的节度使罢了。只不过眼下大唐余势尚存，黄巢——这位大齐皇帝陛下还有些利用价值。"

光波翼忙问道："我听说朝廷不许黄巢求为安南都护，以及天平、广州等地节度使，故而黄巢愤然拒绝接受招安。我还听说此事主要由于左仆射于琮力阻，莫非于仆射也是前辈收买之人？"

目焱笑道："于琮倒是个忠臣，不会被我收买。不过忠臣却并非不能被利用。朝中自然有我的人，虽不见得身居高位，却可以用他们去影响那些大人物。这些人便好像是我用来钓鱼的鱼竿一般，关键是要会用巧劲，还要用对鱼饵，便不愁那些大鱼不上钩。"

光波翼又问道："鱼饵？什么鱼饵？"

目焱道："要知道，人皆有好恶，所谓鱼饵，不过便是投其所好。你若好财，我便送你金银；你若好名，我便奉承美名；你若好忠，我便在这忠字上做足文章，让你亲手害死皇帝老子还以为自己是尽了忠。"

光波翼点点头道："原来如此。"

目焱又道："这些还只是正用，须知这鱼饵还有反用。正用，用人之所好；反用，用人之所恶。或帮你除之，或为你添之，或令你喜，或令你忧，总之是要你不得不吞下这鱼饵。"

光波翼道："晚辈当真是大开眼界。"

目焱看着光波翼，语重心长地说道："翼儿，有些事你的确还要多学学，日后方可成就大事。"

听着二人这般说话，目思琴心中颇为惊讶，没想到义父与光波翼如此亲昵，而且似乎极为器重他，将来要与他共成大事一般，不知他与义父究竟有何关系？

花粉也未曾当面听过目焱说什么要光波翼成就大事之类的话，此时却是又惊又喜，原来师父如此看重光波翼，从前又说过只舍得将自己许配给光波翼的话，看来自己与哥哥的这段良缘美姻是迟早之事了。

姐妹二人正各自想着心事，忽听目焱问道："翼儿，此番你到我这里来，是奉了坚地之命吧？他让你来做说客吗？"

二人闻言皆看向光波翼，只见光波翼微微笑道："前辈智谋过人，什么事都瞒不过前辈的眼睛。坚地长老是想同前辈商量一件事。"

目焱道："让我猜猜看，他是不是想念剑无学、瓶一默那几个老家伙了？"

光波翼道："前辈果然厉害。"

目焱又道："坚地长老还真是对大唐忠心耿耿啊，黄巢刚进长安，他就坐不住了，想要出手帮那个小皇帝把京城抢回来，又舍不得丢了那几个族长的性命，还真是有忠有义啊。"

光波翼见目焱将坚地的心思揣测得如此精准，不禁暗自叹服，却又更加担心此事难成了，看来自己只有另想他法，看能否将几位族长营救出去了。

只听目焱又道："如此也好，正好我也很想念雷老四他们几个，咱们不妨再定个日子，将这几人换回来便是。"

此言一出，非但光波翼大感意外，那姐妹二人也极为诧异。既然目焱已将对方交换人质的心理分析得如此透彻，那他为何还要同意？这不摆明了是纵容三道忍者公然帮助朝廷对抗黄巢吗？而且也不必再有任何后顾之忧了。

光波翼略为沉默，说道："看来晚辈此来正中前辈下怀，前辈也很器重阵老先生他们几位啊。"

适才目焱说他自己也很想念雷老四他们，而光波翼却强调目焱是器重阵老先生他们几位，二人所指虽然同是雷洪威、阵牍与赤炎翎三人，却以不同人物为代表。光波翼言外之意乃是指明目焱故意掩饰自己的意图，他眼下其实是想重用精通兵法与阵法的阵牍。

目焱笑道："当日我既然同意交换人质，便不怕失去他们几位。不过他们若能回来自然有回来的好处。翼儿，你记住，这世上没有绝对的好事与坏事，就看你能否抓住其中的契机。"随即看了看目思琴又道："一个好的统帅不但要善于布局，还要善于接受每一种可能的结果，因为无论你这局布得如何精巧，总有你想不到的事情会发生。所以对于任何一种结果，你都要留有后手。"

光波翼反问道："莫非前辈早已料到燕儿姑娘刺杀不成大唐皇帝吗？"

目焱道："燕儿自幼便心软，不过她一个姑娘家，这也不算是坏事。翼儿，你便不同，大丈夫将来若想成就大业，必须能够当机立断、善于取舍，千万不可心存妇人之仁。"稍停，又道："其实我还不想小皇帝这么早死，留着这个鱼饵尚有用处。"

目思琴心中愈加纳闷，义父为何要对光波翼如此坦白？又对他谆谆教导，真好似对待自己的义子一般。既然光波翼是奉了瞻部道坚地长老之命来此，说明他仍是南道的人。如今三道与北道势不两立，这光波翼却两面皆能讨好，莫非是个双面间谍不成？

只听光波翼说道："看来这黄巢不但是前辈的一枚棋子，也是前辈的一个鱼饵。"

目焱笑道："翼儿果然可教！这样吧，你先出山去向坚地传信，正月初八，在老地方交换人质。你也不必回去，让信子传话即可。我想让你留在山庄，陪我一起过年。我还有很多话要对你说。"

光波翼正想交换人质之后能留在秦山，寻找报仇的机会，自然满口答应下来。花粉却是心中笑开了花。

光波翼将消息传给坚地，随即返回秦山。每日里，目焱常与光波翼讲说谋略之道，治人治国、权谋用兵，无所不谈。又考校其天目术之修为进境，得知光波翼进步神速，目焱大喜，又将天目术中一些极深诀窍悉数传授与他，俨然做了光波翼的授业恩师一般。

光波翼不得不叹服目焱学识精广，才智过人，亦更加发现其忍术深不可测，只是苦于一时寻不到下手良机，且无取胜把握。同时目焱善待自己之谜也与日俱深，始终不明白他为何要对自己表现得如此亲密友善，真好似父师一般。

转眼过年，海棠山庄已许久不曾这般热闹。花粉每日都巴巴地盼着与光波翼见面独处，可光波翼不是听目焱讲学，便是刻意推托，极力躲避花粉纠缠。目思琴在旁渐渐看出些端倪，又不好说破，怕伤了花粉的心。

除夕一过，眨眼便到了十五。这一日，目焱同光波翼讲说了半日，正要与琴馨兰及目思琴、花粉等人吃午饭，忽然来报，说有一名御鹤族女忍者偷偷飞回秦山。

目焱便让花粉与目思琴前去看看，光波翼心中不安，便请求同去，目焱亦即应允。

三人边走边问来报那人，进山的是哪一位御鹤族忍者？却报说似乎不识得此人，因她在天上，一时也看不清楚。

三人随着报信那人来到一处山坡，只见一名少女正被四名北道忍者围住，那少女却在呜呜哭泣。目思琴与花粉正在奇怪，光波翼却早已飞奔上前。

那少女见了光波翼大喜，忙扑进光波翼怀中嗔叫道："哥哥，你怎么才来？他们欺负我！他们打伤了我的鹤儿，我差点就摔死了。"

光波翼问道："南山，你怎么来了？"

南山擦了擦眼泪，抬起头说道："哥哥走了这么久都没消息，我和姐姐在家里都很想念你。以为哥哥能回来与我们一同过年，结果你也没回来。昨日我和姐姐做上元节的小灯笼时，我看姐姐常常走神，知道她是在想你，因此我就决定跑来找你，把哥哥带回去过节，也给姐姐一个惊喜。"

光波翼道："你真是胡闹，你这样偷偷跑出来，你姐姐一定急坏了。"

此时花粉早在一旁询问那几个围住南山的忍者，才知道南山骑鹤在秦山上空盘旋，被北道忍者发现后一直暗中尾随，最后在南山御鹤低飞时，他们伺机用星镖打伤了灰鹤。没想到南山摔下来后竟然呜呜哭起来，弄得他们也莫名其妙。

花粉见南山扑在光波翼怀中撒娇，又听她哥哥长哥哥短地称呼光波翼，心中极为不快，却见她不大像是忍者，而且光波翼似乎与她相当熟络，女人的直觉告诉自己，这个叫南山的少女应该不是御鹤族的忍者，而是光波翼的……而且听她这话，她家中还有一个姐姐也与光波翼关系非同一般，莫非光波翼几次有意疏远自己，都是由于这姐妹二人？哼！竟然有人敢抢自己的光波哥哥，这还得了！花粉当下示意那几个忍者退去，随即上前问道："哥哥，这姑娘究竟是谁？"

南山听见花粉也称光波翼作哥哥，不觉一怔，未及光波翼回答，便抢先说道："你又是谁？你为何叫他哥哥？你同我哥哥很熟吗？"

花粉故意将头微微抬高，轻笑道："也不算很熟，只不过哥哥救过我几次，又教过我忍术，又陪我一起跳过试情崖。我们还每天都在一张桌子上吃饭，没事一起散散步，看看风景，说说悄悄话，仅此而已。"

南山早听光波翼说过花粉之事，此时听花粉如此一说，便已猜到她的身份，只是想到姐姐当年便因花粉而误会过光波翼，以至于姐妹二人与光波翼分离了那么久不能相见，如今这个花粉竟然仍是这般烂缠着光波翼不放，还敢在自己面前卖弄她与哥哥亲昵，不觉心头火起，当下说道："哦，我知道了，你一定是那个花粉姑娘吧。哥哥此番到秦山，正是为你而来。"

花粉闻言一喜，莫非自己错怪光波翼了？

只听南山又道："哥哥有个玉坠子，是准备送给我姐姐的定情信物，不想被你偷去了。虽然不是什么太贵重的东西，可总是哥哥对我姐姐的一片真心，所以哥哥才不远万里进山来向你讨回那个玉坠子。那个玉坠子，你到底还给哥哥没有？"

花粉越听越气，叫道："你胡说！那玉坠儿是哥哥的母亲留给他的遗物，怎么会是……你姐姐究竟是谁？她现在哪里？"

南山笑道："哟，你还真是孤陋寡闻，但凡认识哥哥的人，谁不知道我姐姐是天下第一美人，而且才貌双绝，她跟哥哥两个可是天生的神仙美眷。"

花粉怒视南山，气得说不出话来，随即看着光波翼道："哥哥，她说的可是真的？"

光波翼轻声对南山道："南山，莫再胡闹，你赶快回家去吧，不要让你姐姐担心。"

南山却道："我哪里胡闹了？哥哥，我说的哪一句不是实话？"眼睛也始终盯着花粉，毫不示弱。

只苦了光波翼，夹在这两个斗气的少女之间，劝也不是，躲也不是，着实难受。

花粉却忽然冷笑一声道："你这些鬼话，骗得了哥哥却骗不了我。一定是哥哥从来不睬你，你心生嫉妒，便想偷偷跑到秦山来骗走玉坠子，好拿回去向你姐姐炫耀，借此赶走你姐姐，你好取代她，继续向哥哥献媚。我没说错吧？"

原来花粉看出南山对光波翼绝不仅仅是心存"兄妹"之情而已，只是她口口声声打着姐姐的旗号说话，说明光波翼与她姐姐更亲近些，而她自己则像是在暗恋光波翼。故而花粉便故意如此说，想要反过来气一气南山。至于南山的那个姐姐，等打发了这个刁蛮丫头之后再向光波翼问个究竟。

平日花粉并非极善察人谋断之人，可在这男女之情上，尤其是自己的爱情受到威胁时，花粉竟表现出超常的敏锐与机智来。这些话虽是胡诌出来激怒南山的，却也的确道出了南山的部分真实想法，因为南山确实是暗恋光波翼已久，只是苦于光波翼对姐姐莫芙痴心专一，从不正视自己对他的这份爱恋。这也正是上次在洛阳时，她欲图投水自尽的原因。只不过她与莫芙二人姐妹情深，绝不可能想要取而代之罢了。

南山听了花粉这话，果然大怒，嚷道："好你个无耻贱人，明明自己做贼偷了人家东西，还敢诬赖好人！"

花粉还从未被人骂得如此难听，闻言也大怒道："你这个刁蛮的小贱人，到了秦山还敢如此撒野，看我不好好教训你！"

花粉话音未落，南山却忽然出手，射出两枚星镖，向花粉胸口袭去。

南山初学忍术不久，星镖威力自然不大，花粉轻松避过，却是恨意更增，当即回敬了两枚星镖。花粉的星镖可不似南山那般无力，随着锐利的破空之声，两枚星镖疾劲射向南山喉、心二处。

南山尚未及反应，只见眼前黑影一晃，光波翼早已抢到她身前，接下了那两枚星镖。

花粉见状，勃然大怒，眼见南山袭击自己时，光波翼袖手旁观，自己反击时，他却出手帮助南山。只是花粉不曾想到，凭南山那两手功夫，如何能够伤得了她，是以光波翼并不担心。可是光波翼也忽略了一个问题，此刻对花粉而言，二人打斗，谁输谁赢谁伤谁不伤都在其次，光波翼帮助对手打击自己却是个极严重的问题，这说明光波翼心中更看重南山而非自己。

花粉当即紧盯着光波翼诘道："哥哥，你竟然帮着她打我？"

光波翼这才意识到自己犯了错误，忙说道："不是，花粉，她根本不是忍者，哪里是你对手？我只是……"

不容光波翼说完，花粉又道："我只问你，她说的是不是真的？哥哥当真与她姐妹二人……与她二人……"花粉无论如何也问不出下面的话，又咬牙说道："你当真是想要回那个玉坠子吗？"

未及光波翼回答，南山抢道："不然你以为如何？难道你以为哥哥此番是来探望你不成？你明知道哥哥心中另有所爱，何必赖着人家的定情信物不给？那个玉坠子原本便不是你的，而且永远也不会是你的！"

花粉不再说话，只幽怨地盯着光波翼，等他开口。

光波翼怕花粉再次出手伤到南山，一面挡在南山身前，一面从怀中取出花粉那只翡翠蝴蝶，说道："花粉，你不必跟她一般见识，那个玉坠子也不是什么定情信物，不过却是母亲留给我的，对我而言极为重要，所以不得不向你讨要，你若喜欢，日后我再另外送你一个更好的便是。这块翡翠或许也是你母亲留下的，你也应该好生带着它才是。"

花粉面色惨白，轻轻摇着头，冷冷说道："我懂了，你什么都不必说了。我不会稀罕你的玉坠子，现在就还给你。"说罢一把将玉坠儿从颈上扯下，却忽然狠命摔到脚边一块岩石上。

光波翼和南山齐声惊呼，却已来不及阻拦。随着"叮"的一声脆响，花粉已扭头拼命跑开。

南山忙低头去寻那玉坠儿，光波翼虽暗自心疼，却见目思琴一直在不远处默默地注视着这里，便上前说道："我想花粉有些误会，你去劝劝她吧，我怕她会……"边说边将那只翡翠蝴蝶交给目思琴。

目思琴接过翡翠说道："我看也没什么误会，早知如此，你当初何必留下这个？"说罢转身离去。

只听南山叫道："哥哥，你快来看！"

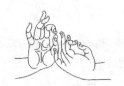

第六十回

藏绢书家学在望
揭秘事亲义绝踪

光波翼回到南山身边，只见南山手中正捧着断成两截的玉坠儿，其中一截竟露出一个白色的绢头儿来，光波翼心中一动，忙钳住那绢头儿，小心翼翼地抽出一段卷得极为紧密的薄绢来。再细细察看那玉坠儿，原是中空的，乃被人为地截成两段，将那白绢塞入后又仔细粘好，竟从未看出有裂纹来。加之玉色纯白，故而亦看不见里面所藏的白绢。适才玉坠儿被花粉这一摔，刚好从中间的黏合处断裂开来。

光波翼忙轻轻将白绢展开，只见上面写着蚂蚁大的小字，正是光波勇写给儿子玉髓的信，光波翼看着那字迹，眼泪忍不住簌簌而下。

信中大意是说，当光波翼看到此信时，说明光波勇夫妇皆已不在人世了，而光波翼也已长大成人，夫妇二人于泉下亦感欣慰。最为要紧的是，光波勇已在光波翼刚满周岁时，便为他施行了凤舞术的灌顶，日后光波翼若有缘能得到凤舞术法本，便可修炼此术了。

光波翼此时方明白，原来自己的乳名玉髓，乃至父亲亲手绘制的母亲画像，都是为自己能够看到这封信而留下的线索。

光波勇在世时忍术独步天下，却也担心自己因此树敌，故而早早便秘密为自己的独子光波翼施与灌顶，并预先留下线索，既不令人知晓光波翼已具备修法资格，又可防止万一自己遭遇不测之后，光波翼无法修炼家传绝学凤舞术。只是光波翼不明白，为何父亲已为自己灌顶，却不留下修炼凤舞术的法本呢？莫非父亲明知修炼凤舞术者命不长久，故而也不十分情愿自己的儿子修习吗？

南山也在一旁看了那绢信，兴奋地叫道："哥哥，这回可好，你终于能修习凤舞术了！"

光波翼忙伸手"嘘"了一声，示意南山不可声张，说道："此地不可久留，咱们赶快离开秦山！"

南山连忙点头，自然求之不得。

光波翼随即施展召唤术，不多时便召来两只白鹤，正要与南山跨上鹤背，却见不远处山坳中奔出七八人来，正向这里奔来。光波翼忙对南山道："快骑上鹤背，咱们这就飞走。"

话音未落，光波翼忽觉体内脉气鼓荡，那两只白鹤也变得不安，未及南山跨上鹤背，两只白鹤竟然拍拍翅膀飞走了。而光波翼则愈加难以调顺脉气，心中倏然想起当年夜闯建州帅府时便是这般感觉，莫非有遮族忍者来了？

那七八人很快便奔到光波翼身前，为首一人施礼道："光波公子，这是要去哪里呀？"

光波翼也回礼道："在下正要去见目长老，请问足下是哪一位？"

那人微微笑道："在下遮蜀天。"

光波翼心中一惊，暗说："果然是遮族忍者来了，难怪我的御鹤术失灵。只是此人一路奔行而来，却能施展禁术于无形之中，似乎比建州城帅府中那个遮楚天更加厉害。"

因光波翼当年在建州城帅府中时，曾听那遮楚天的侍者说，遮先生适逢下座歇息，故而暂停了禁术，以至于让光波翼趁机钻了空子。这表明遮楚天施展禁术时尚需在座上。其实光波翼有所不知，遮楚天并非只能于座上施术，而是他当时为了保护黄巢，故而常常整夜施展禁术，只是在座上施术可轻松些，也更长久些。

光波翼问道："敢问遮楚天是足下什么人？"

遮蜀天道："那是在下的大哥。"随即又道："目长老的住处距此也不甚远，我看公子便不必驾鹤了吧。在下愿护送公子前往。"

光波翼明知他这是要押送自己回到目焱那里，却不知目焱为何这么快便已知晓自己要走，又如何能在这样短时间内便令遮族忍者赶过来？

殊不知，这却并非全然是目焱所为。目焱虽对光波翼千好万好，然而始终知道光波翼并未打心眼里甘与自己亲近，更不会遽然答应做自己的义子，而仍旧是在遵奉坚地之命行事。故而他早已偷偷安排了遮族忍者暗中尾随光波翼，始终不远不近，既不被他发现，又可及时出现。如此一来，光波翼忍术再高也无用武之地，纵然他想对北道不利之时，便可由遮族忍者出面将其捉拿，也不至于伤到他。可谓是用心良苦。

而花粉自然知晓这些，故而适才她跑走之后，便告诉遮蜀天，说光波翼要带着一个女子逃出秦山，那女子乃要紧人物，请遮蜀天务必捉住二人，将其带回罗刹谷，交由目焱亲自审理。

光波翼眼见对方人多，想必都是搏击术高手，自己又无法施展忍术，若当真动起手来未必能占到便宜，更怕保护不了南山，当下只得随遮蜀天等人回去。

回到海棠山庄，目焱已得了目思琴回禀，如今见遮蜀天押送光波翼归来，心中已有数，遂屏退诸人，只留下光波翼与南山。

目焱上下打量南山一番，南山眼见光波翼顺从地跟着遮蜀天等人回来，便知对方厉害，如今见了目焱心中更加害怕，紧紧拉住光波翼的手不放，不知他要如何发落自己。

目焱看着南山问道："你叫南山？"

南山怯生生反问道："你怎么知道？"

其实目焱最早从幽狐口中便已得知光波翼爱恋一个叫蒷荚的姑娘，自然也知道南山是蒷荚的妹妹，本也不甚在意这姐妹二人，故而任由幽狐设计气走蒷荚，好令光波翼与花粉相好。此番目焱听目思琴回禀说因这个南山，令花粉气急之下摔了光波翼的玉坠儿，不觉对南山姐妹二人心生好奇，没想到光波翼已经将这姐妹二人寻回。如今见了南山，心中不禁暗赞，这少女果然比花粉还要娇美可爱许多。又见南山拉住光波翼不放手，自然也看出她对光波翼的情意非止寻常。

目焱微微笑道："我看你的资质也不错，只可惜现在才学忍术有些晚了，很难再修成一流高手。不过要练就防身的本领倒也不难。"

南山怔怔地看着目焱，不明白他为何说这些话。

目焱又道："你跟翼儿好好学，不过在你练成之前，切莫再轻易出手，否则只会伤了自己。"

南山却道："那我也不能任由人家欺负。"此时南山见目焱态度颇为和蔼，心中怯意渐去，又恢复了她的本色。

目焱笑道："好！你这性格我很喜欢。这样吧，我送你一件礼物。"说罢回身从柜中取出一个木盒来，递与南山。

南山打开木盒，见里面是两副一手长的皮革，两侧有绑带，每张革面上都并排嵌有五根细铜管，不知是何物。

目焱说道："这是'袖里连珠'，平日可绑在小臂上，内有机关，可连续射出数十枚弹丸，威力不次于寻常高手的星镖。在你暗器练成之前可以先用它来御敌。"

南山更为奇怪，问道："我与你非亲非故，你为何要送我这个？"

目焱道："既然翼儿喜欢你，我自然不会让你受人欺负。"

南山闻言又羞又喜，她原本一直爱慕光波翼，却始终觉得光波翼虽与自己亲近，却只将自己当作小妹妹看待，此时听外人说光波翼喜欢自己，立时觉得从前或许自己是当局者迷，而今却旁观者清，不觉心情大好，也顿时对目焱生起好感。

只听目焱转而对光波翼说道："翼儿，你为何想要不辞而别？"

光波翼回道："晚辈只是想送南山姑娘出山，并非要不辞而别。"

目焱又问道："听说花粉摔了你母亲留给你的玉坠子？"

光波翼心中一惊，不知目焱为何关心此事？该不会被他知道玉中藏信之事了吧？遂故作镇静道："花粉有些误会，晚辈并不怪她。"

目焱又道："这孩子，也太任性了，如此不知轻重！你将那玉坠子拿来我看看。"

光波翼心中愈加怀疑目焱已知晓此事，却仍推辞道："前辈不必担心，不过是个玉坠子，过后晚辈寻个工匠将它粘补起来便是。"

目焱并不理会光波翼所说，只伸过手说道："拿来我看看。"

光波翼无法再拒绝，只好拿出那两截断玉递与目焱。

目焱接过玉坠儿看了看，又用拇指轻轻摩挲了一番，看着那玉坠儿的空心儿半晌未语，良久方道："这玉坠子应当是你父亲留下的。"

光波翼与南山二人心中皆颇为惊讶，不知目焱为何能够知晓。南山忍不住问道："这明明是哥哥的母亲留给他的，你为何却说是哥哥的父亲留下的？"

目焱并不回答南山，却问光波翼道："你从西川五勇门那里查到了些什么？"

光波翼一怔，无论如何也没料到目焱竟会有此一问，原来他知道自己破了"十一大盗案"，可他为何忽然问自己从五勇门查到什么？此事与我这玉坠子又有何联系？一时毫无头绪，只得回道："晚辈不明白前辈的意思。"

目焱微微笑道："你去过通州，见过那老骗子的女儿，又带着花粉去与她对质，后来终于查到五勇门，难道便没有什么收获吗？"

光波翼此时脑中轰然雷鸣，万万没想到目焱竟对自己的一举一动皆了如指掌，难道他早已知道自己查明了一切？难道他想与我摊牌？可之前这些日子他又何必惺惺作态，假意传授我忍术与权谋之术？自己还从未见过这世上竟有如此深不可测之人！

心中千思万绪，却只刹那间事，光波翼很快镇静下来，淡然问道："是花粉对前辈说什么了吗？"

目焱轻轻摇头道："花粉是个单纯的好孩子，虽然有时任性些，对你这位哥哥却是真心真意，在爱人面前，连我这个师父也要靠后了。将来你娶了她，也要好好待她。"

南山忙抢道："哥哥怎么会娶她？哥哥心爱之人是我姐姐。"

目焱哂笑道："大丈夫三妻四妾乃自然之事，难道翼儿娶了你姐姐，便不能娶你了吗？"

此言一出，南山果然无语。

目焱又道："你不是问我如何知晓这玉坠子不是翼儿的母亲留下的吗？因为翼儿的母亲只有一个秘密需要藏在如此隐蔽之处，好让翼儿长大之后知晓真相。不过据我看，翼儿尚未知晓这个秘密。因此我才知道，这玉坠子必然是光波勇留下的。"

光波翼冷冷问道："什么秘密？什么真相？"

目焱略微沉吟，说道："时至今日，因缘也该成熟了，是时候告诉你真相了。"说罢看了看光波翼又道："翼儿，你能从那个老骗子身上，顺藤摸瓜，一路查明真相，令我十分欣慰。不过你也未免小看了我，不知道这些线索都是我有意为你留下的，只为了历练你，让你早日成才。"

南山问道："这么说来，哥哥父亲的令牌也是你有意留下来的？"

目焱微微一怔，凝视着光波翼说道："你找到了北道忍者令？……好，看来这真是天意。好！"

光波翼听目焱如此一说，才知道原来他也并非事事尽知，不过罗有家、罗彩凤、五勇门等人倒的确是他一手安排，刻意留下线索，并派人暗中窥探，是以得知自己的行踪。如今他虽然已知晓自己查明他设计栽赃义父坚地之事，但他并不知晓父亲留下的遗书，不知道我已查明他就是我的杀父仇人，且看他如何继续表白。

只听目焱又道："光波勇的确不是坚地所害，除掉他的人是我。"

目焱这句话便好似炸雷一般，光波翼固然没有料到他竟然当面坦承杀害了自己的父亲，南山更是惊讶得说不出话来，难道目焱想要当场翻脸？

目焱看着双目喷火的光波翼说道："虽然我杀了光波勇，但我却不是你的杀父仇人。"

听他这话，南山差点气晕过去，明明杀了人家父亲，还说自己不是人家的杀父仇人，莫非此人是个疯子、傻子不成？

目焱又道："翼儿，你先不必愤怒，耐心听我讲一段往事给你。"说罢又对南山说道："南山，你先去吧。"

南山本来还想听听目焱接下来还有何说辞，此时却不得不退出门去等候，旋即被目思琴等人带到别处房中去了。

目焱此时方缓缓走到窗前，竟背对着光波翼，凝视窗外，开始讲他的故事。

大中十三年（859 年）初夏，正是海棠花盛开之际，光波勇携着新婚一年的妻子陈恕君刚刚从幽兰谷回到秦山罗刹谷中。恕君体弱畏寒，故而在温暖的幽兰谷过冬，夏秋则回到凉爽的秦山避暑。

那时罗刹谷中的山庄还不叫海棠山庄，光波勇称之为"红林碧窦"，夫妇二人便在这安乐窝中，每日里吟诗作画，琴咏对弈，日子不可不谓之逍遥。又常有好友来访，当中要数目族忍者目焱与光波勇最为交好，常常与之品茗畅聊，把酒言欢。

恕君则与琴族姐妹琴馨梅、琴馨兰二人颇为亲密。每逢光波勇与目焱二人在庄外树下吃茶闲谈时，三位花一般的女子便在这海棠林中嬉戏欢笑，有时亦惹得那闲谈的二人不知不觉便成了闲观之人。

男女数人常聚一处，久之彼此皆极熟络，谈笑间便少了许多忌讳。

山中夏爽，友朋常欢，这个夏天大家都过得极为开心，一丝忧闷却悄然藏在目焱心中，与日俱增，日浓一日。

去年海棠花开得红极之时，目焱发觉自己爱上了一个人，他对她一见倾心。他明知自己不该爱她，可偏偏无法自拔，挥之不去，去之弥深，只能任由她化作一股忧伤的泉水，不断灌溉着这颗永远无法收获的情种。

恕君，为何你已嫁为人妇？为何你偏偏做了光波勇的妻子？为何你又要来到秦山，让我看见你？

目焱原本与光波勇不甚亲密，可自从见过恕君之后，他便渐渐成了光波勇的亲密好友。

整整一年了，海棠花谢过又开，目焱心中的相思之树却从未凋零。

一次酒醉之后，目焱踉跄于海棠林中，看着那叶儿、那花朵、那枝干，一树一木，全都化作恕君的身影，在歌、在舞、在笑。

朦胧之中，目焱脱口吟道：

> 碧叶裁秀眉，丹唇胜朱花。蛮腰婀娜干，娇臂俏枝桠。我舞君亦舞，我歌君不话。踉跄独醉人，徘徊在林家。

次日酒醒，目焱却在自家门内发现一页诗稿，乃是秀丽的女书。目焱见诗大喜，没想到恕君竟然碰巧在林中听到了自己吟诗，而且还隐隐透露出对自己的爱慕之情，忙又作了一诗以为应和，诗中求慕之情则更为大胆露骨。只是苦于无法将诗稿递到恕君手中。

隔日，目焱又与光波勇夫妇及琴氏姐妹聚会，见那恕君却仍如旧往，并未对自己表示出丝毫暧昧之意，失落之余，目焱更有些愤愤然，莫非恕君是在戏弄我？

散去归家，目焱正独自呆坐纳闷，琴馨兰忽然来访。

闲聊之后，琴馨兰忽然问道："炳德哥，前日你可曾拾到一页诗稿？"

目焱闻言一怔，随即点头道："你如何知晓？"

琴馨兰道："那日炳德哥在林间吟诗，有人恰巧听到，颇受感动，故而让我转达对炳德哥的敬意。"

目焱这才明白琴馨兰是受了陈恕君之托，来向自己示好。目焱素知琴氏姐妹与陈恕君乃闺中密友，却未曾想到琴馨兰居然敢帮助恕君背叛丈夫光波勇，顿时对琴馨兰刮目相看。当下便将自己新作的诗文交与琴馨兰，请她转交恕君。琴馨兰也颇为惊讶，似乎未料到目焱竟如此坦诚相待。

琴馨兰走后音讯杳无，目焱在家中闭门不出。数日后，琴馨兰终于再次登门，并带回一首诗，那诗中却是询问目焱，天下优秀女子无数，为何他却偏偏喜欢上一位有夫之妇，莫非只是一时贪慕她的美色？或许不久便可将她忘怀。

目焱心知恕君是在试探自己，当下挥毫又作一诗，表明自己此生只爱恕君一人，无论前程如何，生死不渝。

琴馨兰亲眼目睹目焱作诗，感叹一声便携诗离去。隔日再来时，却是约目焱在一隐秘山洞中与恕君相会。

目焱欣喜若狂，次日天黑后赴约，终于在山洞中得偿凤愿。

时值八月，忽然传来消息，唐宣宗驾崩，懿宗即位，旋以肃宗皇帝留下的忍者令秘密宣召各地忍者高手赶赴京郊，欲从中选拔英俊，用以统领各族忍者。懿宗此举，亦为借助忍者之力稳固帝位。

〔按：大中十三年（859 年）八月七日，宣宗因服用道士仙药，疽发于背而卒。九日，左军中尉王宗实杀王归长、马公儒、王居方，矫遗诏立郓王温为皇太子，年二十八，更名漼。十三日即帝位，是为懿宗。〕

得到消息后，光波勇约目焱及另外几位高手一同赴京应诏，目焱此时天目术等高明忍术尚未练成，自知无法匹敌光波勇、坚地等几位当世高手。加之他正与陈恕君打得火热，哪肯错过如此良机，自然托辞不去。

光波勇走后，目焱夜夜与恕君在那山洞中幽会，极尽恩爱缠绵。只是恕君为人谨慎，平日里见到目焱仍是淡然相待，目焱稍示亲近，恕君反而愈加敬而远之。即使夜里相会，也从不许目焱燃灯点烛，生怕被外人稍有发现，不敢落下一丝痕迹。

目焱亦知光波勇难以招惹，不敢有丝毫大意张扬之举。

如此经历月余，光波勇受封国忍归来，已成北道长老。不久便派人送恕君南下过冬。

恕君临行前最后一次与目焱幽会，竟告知目焱，自己已有了身孕，千真万确乃是目焱的骨血。目焱却是喜忧参半。

怀抱着万分伤感的恕君，听她诉说着对自己的依恋，诉说着对孩子未来的担忧，也诉说着无法与自己长相厮守的绝望，目焱默然无语。他很清楚，自己此时无法带走恕君，无法给她名分，也无法承认这个孩子，这些全都因为一个人的存在——光波勇。

目焱轻轻抚摸着恕君的长发，心中暗暗发誓，有朝一日，一定要正大光明地迎娶恕君为妻，一定让这个孩子成为人中至尊，任谁也不敢轻侮他。

这一晚，恕君的泪水湿透了目焱的胸襟。

恕君走后，目焱日思夜念，却不敢有丝毫表露，反而与光波勇交往更密。

次年夏天，传来光波翼出生的消息。见光波勇兴高采烈地要回幽兰谷去探望妻儿，目焱默默注视着光波勇离去的背影，只能在心中暗自祝福远在万里之外的妻儿平安。

转眼间一年过去，孩子已满周岁，却不见母子归来。又一年过去，仍不见恕君的身影。目焱疑心忽起，莫非光波勇已察知端倪？否则为何再不让恕君回山？

此时的目焱已是光波勇最为信任的得力助手。

疑心很快转为担心，目焱担心早晚有一日，光波勇会查明真相，那时只怕他不但不会放过自己，也不会放过恕君与孩子。看来所剩时日不多，须得尽快下手了。

咸通四年夏天，目焱等待已久的良机终于出现，他与淳海二人陪同光波勇南下，行至阆州，目焱终于成功毒杀了号称天下第一忍者的光波勇。

谁知光波勇死后，目焱并未等到与恕君重逢的那一天。不久便传来恕君的死讯。

目焱由此怀疑坚地早与光波勇通过气，早已对恕君生疑，故而光波勇一死，坚地便杀害了恕君。

爱人被杀，生子被夺，目焱从此恨坚地入骨。

自从谋夺了北道长老之位后，目焱便一边潜心修炼，一边极力扩展势力，苦心经营二十年，终于堪与三道抗衡。

与此同时，目焱始终未忘对恕君的爱恋与承诺，一直孤身一人，并一心一意筹划让亲生儿子光波翼，不，应该是目继棠——目焱为自己的儿子所取之名，有朝一日可以登基为帝。

讲到这里，目焱回过身来，只见光波翼木然凝视着自己，脸色苍白，便走到光波翼面前，伸手去抚摸光波翼肩头，不想光波翼却忽然退后一步，躲开目焱道："你撒谎。"嗓音竟有些哀哑。

目焱轻轻摇头道："孩子，我知道你一时难以接受，不过这一切都是千真万确。我若有半句假话，宁愿碎身而死。"

光波翼低声问道："如果这些都是真的，你为何不早些告诉我？我上次来罗刹谷时你为何不说？又为何设下许多圈套来欺骗我？"

目焱应道："我说过，这些都是为了历练你，让你能够早日成才。眼看你一步步破解了我设下的迷局，我心中甚感欣慰。坚地老贼虽然将咱父子二人隔断近二十年，可你始终是我的儿子，继承了我目家的勇武、睿智与果断。我很为你骄傲。"

目焱深情地看着光波翼，又道："孩子，我本打算让你亲手杀了坚地，为你母亲报仇。可是上次你离开秦山之后，我便有些后悔，看着你就好像看见你母亲，你长得如此像她……"目焱忽然语塞。

光波翼素知目焱沉稳老辣，行事果断冷峻，北道中人人敬畏他，连其他三道长老都惧他三分。可自从自己第一次见他，他的眼中便只有慈爱，可以看出，那柔软的目光并非刻意假装，那是发自心底的爱意。而在他语塞的刹那，湿润的双眼中流淌出一股哀伤的溪流，那是积蓄了多少年的爱，压抑了多少年的思念，终于在这一刻汩汩地喷涌而出了。

此刻，光波翼明白，目焱是真心爱自己的母亲，而且依然深深爱着她。

"所以你才将天目术传授给我？"光波翼问道。他心中清楚，这话其实已经没有必要问出口。

目焱微微笑了笑，说道："岂止是天目术，将来你自会继承咱们目家的全部忍术。只是我没想到，你竟然进步如此神速。"说罢将那半截玉坠儿递到光波翼面前道："无论光波勇在这玉坠子里藏了什么秘密，如今都不重要了。"

光波翼接过玉坠儿，目焱又道："棠儿，从今日起，你就留下来，跟爹爹一起打天下，咱们父子再也不分开了。再过两三年，我的目离术便会练成，到那时，咱们父子便天下无敌了。我相信，以你的资质，将来忍术成就一定更在我之上。"

光波翼将玉坠儿攥在手心里，垂首无语，半晌方道："那个山洞在哪里？我想去看看。"

目焱点了点头。

隆冬深夜寒风刺骨，飞在秦山上空的南山瑟瑟发抖，毕竟她的功力尚浅，熟睡到深夜被光波翼悄悄唤醒，此时似乎尚未完全清醒过来。

刚刚飞行一会儿，南山便忍不住叫道："哥哥，我好冷！"

光波翼扭头望了一眼南山，驾鹤飞到她身边，忽然纵身跃起，竟跳到南山所乘的鹤背上，跨坐在南山身后，将她揽在怀中。

南山顿觉温暖，回头问道："哥哥，咱们为何要趁夜偷偷跑出来？目焱想要害咱们吗？"

见光波翼没有回应，南山又问道："昨日目焱都跟哥哥说了些什么？"

光波翼仍只茫然望着远处，并不作答，南山又接连问了几个问题，光波翼却只回应了一句："等见了你姐姐之后，我自会告诉你们。"

南山见状，索性将头靠在光波翼胸前，不再发话，只默默感受着光波翼怀抱的温暖。

二人飞到柳州境内，天色早已大亮。光波翼带着南山进城，吃过饭，便寻了家客栈住下。

南山问道："哥哥，咱们为何要住店？何不赶快回幽兰谷去？"

光波翼淡淡回道："你先歇息，天黑咱们再走。"边说边拉着南山进房，南山却发现光波翼只要了这一间客房。

进房后，光波翼令南山睡下，自己则坐在椅子上发呆。

南山见光波翼自从与目焱谈话之后便反应异常，这一路上更是奇奇怪怪，也不敢再多问，只是自己还从未像这般与光波翼独处一室。躺倒在床榻上看着光波翼坐在身边守着自己，心中自然有种说不出的美妙感觉。

折腾了这两日，南山的确困倦异常，不知不觉便昏昏睡去，醒来时已是暮色霭霭。

光波翼早已准备了点心茶果，让南山吃了，自己仍旧望着窗外，望着夕阳的最后一缕余晖退去。

二人再次启程，南方的天气已不冷，光波翼便与南山各乘一黑鹤而飞。

幽兰谷的天空更加温润，光波翼几乎是迫不及待地从鹤背上跃下，叩响蓂荚的房门。

入夜虽深，蓂荚犹未歇下，甫一打开房门，便被光波翼紧紧搂入怀中。

蓂荚清晰地觉察到，光波翼虽然搂着自己，却更像是投入了自己的怀中，他需要自己的拥抱。

蓂荚双手抚摸着光波翼的后背，柔声问道："归凤哥，你怎么了？"

南山则呆呆地站在院中望着二人，虽然她还不知道光波翼身上究竟发生了什么，但她看得出来，光波翼的这个拥抱决非思念如此简单。此时她才明白，原来在光波翼心中，自己远远无法与姐姐相比。

相拥得更紧，夜色也更深了。二人合一的身影被屋内的烛光拉得修长，在南山的脚下摇曳着。三个人的庭院沉寂得好似荒冢一般。

南山正欲转身离去，蓂荚叫住了她，南山说道："哥哥应该有话对姐姐说。"

光波翼放开蓂荚说道："不，我有话要对你们二人说。"

蓂荚走到南山面前，将她揽进怀中道："你这丫头，真是让姐姐担心死了。下次再不许这样了。"

三人进了屋子，洒在庭中的烛光也被悄然掩回房内。

一个时辰之后，收拾好行装的三人跨上被光波翼召来的仙鹤，径往北方飞去。

新日初升，云海染红，光波翼不禁想起鹤野天吟过的那首诗：

一天云涛半日红，翠山蓝水高下平。才游东海蓬莱岛，又见北岭雪头峰。

随即又在诗后补了四句：

万里河山眼前重，九州城郭身后轻。双羽掠得浮云散，遥闻古寺晨钟鸣。

他在心中反复吟诵了几遍，愈加想念起五台山清凉斋来。在秦山中他与目焱不辞而别，又偷偷潜回幽兰谷，不与坚地谋面，如今他只想静下来，躲开这一切。

从小便想着为父报仇，到头来却发现自己并没有杀父仇人，那个自幼无比仰慕与思念的英雄父亲原来与自己并无瓜葛，而那个自己一向恨之入骨的杀父仇人却成了自己的亲生父亲。母亲与人偷情生下自己，亲生父亲还活着，不知该哭还是该笑，这感觉着实怪异，也比从前心怀大恨却无法报仇时更加难过，好像一刹那间便被带走了全身的力量，只想坐下来，躺下来，一动不动，在一个没人打搅的地方，把这一切都忘掉，忘得干干净净。

光波翼扭头看了看蓂荚，发现蓂荚也正看着自己。其实蓂荚一直都在看着他，那清澈而盈满爱意的双眸是他此刻最大的安慰，让他只想与她相拥在清凉斋里，直至终老。

光波翼不知道，这一路上，南山的目光也从未离开过自己，一如冀荚一般，只是她的眼中还多了一丝淡淡的忧伤。

飞入台怀镇时天色尚早，三人将飞鹤降在山中，步行归家。

小萝与纪祥见三人归来极为高兴，一面迎接一面问长问短。三人进到后院堂屋，却是吃了一惊。只见屋内陈设布置竟比从前大为舒适华美，多了许多精致摆设。三人忙问缘故，二人回说这些都是光波翼的朋友布置的。

光波翼问道："哪位朋友？"

小萝回道："当然是石公子啊，他说是受了您的嘱托，特意从南方运来的这些东西。"

"石琅玕？"光波翼猜道。

小萝点了点头道："石公子是年前来的，如今就住在镇子里，他说如果独孤公子或小姐们回来了，务必告诉他。"

南山拿起摆在案上的一只艳丽的琉璃瓶把玩道："这好像是石琅玕家里的东西，他究竟在搞什么鬼？"

小萝接道："姑娘的屋里还有好多新鲜玩意儿呢，也叫不上名字来，我们从前都没见过，也没听说过。"

"我的屋里？"南山讶道。

小萝又点头微笑道："您快去看看，就属您的屋子布置得最漂亮、最舒服。"

冀荚笑道："原来他是冲着南山来的，还真是个痴情公子。"

南山却叫道："这个混蛋，竟敢跑到咱们家里来胡缠，也太猖狂了。哥哥，咱们去将他赶出台怀镇，我再在他身上打上个几十枚弹珠，看他还敢忘了这教训！"说罢挥了挥右臂。

冀荚又笑道："人家给你送礼，你却要拿弹珠子打人家，未免太不近人情了。"

光波翼此时哪有心情去理会这等闲事，只淡淡说了句："我有些累了，想去睡一会儿，你们不用等我吃饭。"说罢转身回自己房里去了。

冀荚知道他心中正难过，便不去拦扰他。

小萝被南山这一说却大为糊涂，吓得小声对冀荚说道："小姐，那个石公子是坏人吗？我们是不是做错了，不该让他到家里来？"

南山气道："他当然是坏人，是个十足的大坏蛋！"

莫荚微笑道："小萝，你别怕，南山是在使性子，说气话。那位石公子倒也不算是个坏人。好了，我们都饿坏了，快去准备点吃的吧。"

小萝和纪祥忙答应一声，下去准备饭菜了。

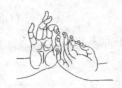

第六十一回

展双翼笑傲苍宇
掷两骰梦话浮生

转眼七八天过去，光波翼每日多是躲在房中不出，想着亲生父亲目焱说过的那些话，又想着义父坚地与自己相处的时光，然而无论想起何者，都感到心痛如绞，后来便强迫自己不去想，意欲凭借静坐来平复心绪。可一旦盘腿上座，却发现根本不似从前那般容易入静，总是杂念纷仍，思绪来得似乎比从前更加猛烈。

光波翼索性便来到蔒莢房中，与她对面而坐，静静地看着她，看她的眼睛，看她的眉毛，看她的鼻子，看她的嘴唇，看她的脸庞，看她看自己的神情。蔒莢便也这般陪着他，任由他看，任由他沉默。有时也伏在他怀中，让他抚摸自己的长发，有时将他揽入自己怀里，让他倾听自己的心跳。

渐渐地，光波翼终于可以不去想目焱，不去想坚地，不去想母亲，不去想光波勇，也不去想自己究竟是光波翼还是目继棠。

这一日，南山正独自在园中看着她那只鹤儿发呆，忽然小萝跑来说道："姑娘，那位石公子来了。"

因蔒莢与南山姐妹相称，纪园中人便都称蔒莢为小姐，呼南山为姑娘。

南山问道："姐姐他们知道了吗？"

小萝摇头道："小姐和独孤公子在书房里，我们不敢去打扰。"

南山点点头道："好，我就去会会这个不知死活的家伙！"说罢转身来到会客厅中。

石琅玕一见南山到来，忙起身迎上，深揖一礼道："半年不见，南山姑娘愈发美丽脱俗了。"

南山冷言说道："石琅玕，你还有没有廉耻之心？我想在洛阳时咱们已经把话说得很明白了，如果你不想挨打的话，就趁早滚回洛阳去，不要再来纠缠我们。"

石琅玕微笑道："姑娘误会了，在下不过是念着与几位的情谊，特来拜会，并无他意。既然姑娘早已表明心意，在下绝不会勉强。咱们做不成夫妻，做朋友总还可以吧。"

南山冷笑道："做朋友？难道你千里迢迢地从洛阳城跑来这里，只是为了见见我们几个朋友？"

石琅玕道："姑娘难道不知，去年冬月洛阳城便被贼寇占了吗？既然在下不得不迁走，倒不如搬来这里与几位好友相伴。"

南山嗤笑一声道："谁是你的好友？不过你在洛阳城的家业那么大，如今都葬送贼手了，这也是恶有恶报啊。"

石琅玕苦笑道："姑娘何必如此恨我？在下哪里做过什么伤天害理之事？虽说洛阳城的家业没了，不过在下早说过，我石家的产业遍及南北各州各道，总还过得了生活，不至于因此便拮据了。"

南山哼一声道："我哥哥拜托你办这么点小事，你都要拿我做要挟，若是换作别人，难保你不会做出什么丧尽天良的事情来。像你这种卑鄙小人，早晚没有好下场。"

石琅玕笑着摇摇头道："在下虽然没做过太多好事，可也的确没干过什么坏事。至于归凤兄所托之事，实在是在下力所不能及。只是因为我对姑娘一片痴心，故而才愿意出此下策，甘为姑娘冒生死之危。姑娘纵然不能体恤我真心仰慕之情，也不必如此仇视在下吧？"

南山又哼道："谁稀罕你的仰慕之情，你偷窥我的心思，偷偷寻上门来，还未经我允许便擅自将一堆破烂堆到我房里，我都还没跟你算账。如今趁着我心情尚佳，你赶快滚吧，不要再让我看见你。"

石琅玕心中又是一声苦笑，说道："都是在下不好，请姑娘息怒，在下愿意将功赎罪。"

南山问道："你能立什么功？如何赎罪？"

石琅玕回道："在下已想明白了，既然姑娘如此在意归凤兄，在下甘愿为了归凤兄赴汤蹈火，无论是目焱还是阎王，在下都愿意去见一见，只求姑娘能够原谅我，让我做姑娘的朋友。"说罢目不转睛地看着南山。

南山忙扭头斥道："你若再敢窥探我的心思，我便将你的眼珠儿挖出来！"

石琅玕忙说道："姑娘不要误会，没有姑娘允许，在下绝不会再窥视姑娘的心思。"

"你发誓？"南山问道。

石琅玕点头道："我发誓。"

南山面露坏笑道："好，那你就发一个最毒的毒誓。"

石琅玕眉头一皱道："最毒的毒誓？"

南山笑着点点头。

石琅玕略加思索，说道："从今而后，如若我未经南山姑娘允许便偷窥她的心思，便让我一生无法娶她为妻，一生也不能与她见面。"

南山闻言怒道："你这是什么狗屁毒誓？"

石琅玕道："你不是说要我发一个最毒的毒誓吗？对我而言，这当真再毒不过了。"

南山气道："你……"竟不知该如何骂他。随又诘道："你不是说要跟我们做朋友吗？还说什么娶不娶妻的，你这分明就是心怀鬼胎！"

石琅玕回道："姑娘此言差矣。在下既然答应要与几位做朋友，便会认认真真做朋友。不过姑娘不能不许在下心中爱慕姑娘。正如姑娘心中爱慕归凤兄一般，或许你一辈子都叫他作哥哥，但是你无法不在心中想做他的妻子。"

"你……你混蛋！"南山骂道。

石琅玕微微一笑，说道："在下虽然混蛋，却很真诚。姑娘原本便是性情中人，何必对此遮遮掩掩？"见南山无语，琅玕又道："其实，你我二人还真算得上是同病相怜。咱们何不化干戈为玉帛，在下愿意做姑娘的万能知己。"

"什么万能知己？"南山没好气地问道。

石琅玕一本正经道："姑娘想要倾诉时，在下便认真倾听；姑娘想要安静时，在下便沉默相伴；姑娘想要出气时，在下愿做标靶；姑娘觉得苦闷时，在下哄姑娘开心；姑娘有任何所需时，在下皆代为采办。总之，在下只为姑娘解闷、解愁、解急、解忧，绝不会令姑娘伤心烦闷。只要姑娘需要我，我就会出现在姑娘身边，可谓随叫随到，无所不能，是为万能知己。"

南山哂笑道："好啊，正好我现在心情不好，你就先打自己几十个耳光，逗我开心开心。逗得我笑了，我便收下你这个万能知己。"

石琅玕道："如此暴力血腥的场面如何能哄逗姑娘开心？不如我给姑娘说

个笑话吧。"

未及南山接话，石琅玕张口便说道："从前有座神山，高大秀美，从来没有人上去过。山的北面有一块又圆又大的石头，五彩斑斓，光滑美丽异常，方圆几百里内都没有能与它相媲美的，大家都把它叫作琅玕石。有一天，一阵风吹过，从山上吹落下来一粒沙土，正好落在这块琅玕石上，琅玕石就说：'你这个有眼无珠的东西，不知道我是石中之王吗？竟敢撞到我身上。'那小沙粒就说：'你才是有眼无珠呢，没看见我是谁吗？'琅玕石说：'你这个小家伙，不过是一粒沙子罢了。'小沙粒笑道：'老子可是从南面神山上下凡来的沙子，你没听说过么：南山脚底下的沙子也比你石琅玕精贵。'"

南山听罢咯咯大笑，半晌方看着石琅玕问道："你为何甘愿如此贬低自己？难道只为了博我一笑吗？"

石琅玕道："那沙粒说的话都是在下的心里话。"

南山瞪了他一眼道："没一句正经话。"语气却不再生硬。

石琅玕看了看南山，问道："哎？为何不见蓂荚姑娘与归凤兄？"

南山轻轻叹口气道："哥哥最近心情不好。"说罢一屁股坐在椅子上，发起呆来。

石琅玕也随之轻轻坐下，默默地陪着南山，竟果真做起了万能知己来。

此后，琅玕常常来访，南山亦不再为难他，渐渐地也乐得与他说笑。

光波翼也逐渐心境平淡，开始潜心研修起御鹤族秘术——鹤变术来，决定不再过问各道忍者之事。蓂荚自然常陪他一同研习忍术，又常常将各族忍术的精妙之处及弱点说与他听。每隔一段日子蓂荚便会施展一次寂感术，每次施术之后亦将结果详细告诉光波翼，久而久之，光波翼对各族忍者的忍术情状渐渐了如指掌。

南山则难免时常落单，幸好有石琅玕常来帮她解闷，陪她说笑游戏，时日既久，二人倒真成了知交好友。

寒来暑往，一晃过了一年半余，时下已是中和二年盛夏。

南山忍术进步很快，近来已能同时驾御双鹤飞行，暗器星镖也比前大为厉害，加之石琅玕常常耐心传授她近身格斗之术，南山愈发成了一名真正的忍者。

这日早起，南山又独自跑到山中驾鹤飞行，盘旋一阵之后，忽见前面横飞过一只白鹤，鹤背上坐着一名女子，竟有些像是姐姐荬荚的身影。

南山忙驾鹤追了上去，奈何那白鹤飞得迅疾，眨眼间便消失不见。南山正有些失望，却见那白鹤又飞转了回来，正好与南山打了个照面。那鹤背上坐的不是荬荚是谁？

荬荚向南山招了招手，满脸开心之色。

南山大惊，忙掉转飞鹤方向，欲追上前去问个究竟。

待她转回身来，却见荬荚已驾着白鹤倏然急转，径向山坳中俯冲下去，其敏捷与迅速皆令南山咋舌。

那白鹤俯冲速度极快，眼看便要撞到地面，南山不禁惊呼一声。却见那白鹤竟戛然停在半空，距地面一丈高处缓缓飘然降落。

南山赶过来时，荬荚已从白鹤背上下来。

南山绕着荬荚转了一圈，满脸狐疑地叫道："姐姐？"

荬荚笑道："怎么？你不认识姐姐了？"

南山皱了皱眉，忽然也笑道："险些被你骗过了，哥哥好坏！"

荬荚一本正经道："谁是你哥哥？"

南山嘟着嘴道："你还敢耍赖，我已识破你了。姐姐哪里会御鹤术？你分明就是哥哥。"

荬荚笑着一指那白鹤道："你的哥哥在那里呢。"

南山再瞧那白鹤，竟倏然化成了光波翼。

南山这可吃惊不小，忙近前上上下下地细看，光波翼笑道："还怕我是假冒的不成？"

看着南山一头雾水的模样，荬荚笑道："归凤哥刚刚练成了鹤变术，你还不快向他道喜。"

南山这才相信，原来那白鹤果然是光波翼变化而成，当即拉着光波翼的手跳了起来，叫道："太好了！哥哥终于练成鹤变术了！"

光波翼微笑道："多亏有你姐姐这位高明老师指导，否则还不知何日方能练成。"

荬荚说道："是归凤哥自己天资过人，又肯吃苦勤修，与我有何干系？"

光波翼深情款款地看着荬荚说道："若非你将他族秘术中的修法帮我融会到这鹤变术中，我如何能顺利打通那两条气脉？"

南山在旁说道："你们两个，一个是好师父，一个是好徒弟，都别谦虚了。今晚咱们应该好好庆贺一番。"

莫荚也应和道："是啊，咱们应该为归凤哥摆酒庆祝。"

南山又道："可以把石琅玕也找来，人多更热闹些。"

莫荚微笑道："看来妹妹与石公子相处得还不错，竟然想主动请他上门了。"

南山脸上一热，忙回道："我只是图个人多热闹罢了，姐姐若这般说，我便再也不许他进咱们家门了。"

莫荚忙笑道："我不过说着玩的，你何必认真？我也觉得人多热闹些，你就请石公子过来吧。"

南山哼了一声道："要请你去请，我才不请他。"

莫荚上前拉着南山的手道："好了，姐姐说错了，好妹妹，你去把他请来吧。"

南山一扭头道："我偏不。"

光波翼笑道："你何必逼着南山去请他，只需让纪祥去传话说：石琅玕，南山姑娘的酒桌上少了个说笑话的。保管他巴巴地跑来哄南山开心。"

南山闻言故意怒道："好啊，你们两个轮番来欺负我，我这就离家出走，让你们再也见不到我！"说罢转身便走。

光波翼忙一把拉住她笑道："好好好，我也向你赔罪便是，何苦将我二人都陷于不义之地？"

南山呸了一口道："明明就是不义，谁陷害你们了？"

光波翼道："是我的罪过，我现在便补偿你。"

南山噘着嘴问道："如何补偿？"

光波翼微微一笑，道："保管你过瘾。"说罢忽然又化作了一只白鹤。

南山见状大喜，忙跨上鹤背，笑道："这还差不多。"

却听白鹤说道："小南山，你可坐稳了。"

南山讶道："怎么？哥哥化成白鹤还能说话？"

白鹤不再答话，双翼一展，悠然飞起，飞到空中便开始加速，愈飞愈快，到后来，竟比丹顶仙鹤还要快上许多，比南山寻常驾御的灰鹤更要快上两三倍。

白鹤非但速度极快，于空中辗转顿回、俯仰翻侧等动作亦皆迅敏异常，又能载着南山直立回旋，或者螺旋飞行，都是寻常鹤儿根本无法做到的。

南山大呼过瘾，忽然想起自己并未施展忍术，却丝毫不觉风刀割面，亦不觉呼吸困难，难怪适才蓂荚能够从容地坐在白鹤背上飞来飞去。

南山见白鹤始终绕着蓂荚所在山坡飞行，便附在白鹤耳边叫道："哥哥，你能不能载着我和姐姐一起飞？"

白鹤唳鸣一声，在空中一个急转，如白箭一般向蓂荚射去。

当晚，清凉斋中欢声笑语不断。大家吃了一阵酒，石琅玕说道："咱们只这般吃干酒有何意趣？我这里有个新鲜游戏，诸位可有兴致一试？"

南山忙问是何游戏，石琅玕随即取出两枚指甲盖大小的纯铜骰子递与南山。只见那骰子极为精致，竟有一十八面，每面都有刻字，并涂以不同颜色。其中一枚各面分别刻有：初、五、十、十二、十四、十五、十六、十七、十八、十九、二十、三十、四十、五十、六十、七十、今、终等字。另外一枚则刻有：喜、怒、忧、思、悲、恐、惊、梦、醒、忘、痛、冤、恨、爱、愿、奇、痴、憾等字。

南山在手里掂了掂骰子问道："这是如何玩法？"

石琅玕拈起那两枚骰子，分别举在大家面前说道："这个游戏叫作'浮生梦话'，这枚骰子的各面表示一生中的各种年纪，而这一枚则表示在这一年纪时令你记忆最为深刻之情感，若尚未活到这个年纪，则表示你对这一年纪的最大憧憬或担忧。大家轮番掷骰子，两枚骰子合并参看，掷出哪一个年纪、哪一种情感，则必须实话实说，大家共同做纠察，若有两人以上认为所言不实，并非真心话，则须罚酒一盏，罚酒后必须重新再说。若着实不说，便须罚酒一碗。"

南山又从石琅玕手里拿过那两枚骰子，把玩了一番笑道："这个倒不错，我和哥哥的心思呢，已经被你看过了，你和姐姐的心思我们还不知道，这倒是我们翻本的好机会。虽说你有伺机偷窥姐姐心思之嫌，不过也要坦白你自己的心思，还算公平。咱们就玩这个。"

蓂荚微笑道："你们玩吧，我可不想被你们拖下水。"

南山道："那可不行，少一个人便不好玩了。姐姐若不玩，便须认罚三大碗老酒，不许别人代饮。"

蓂荚故意瞪了一眼南山，说道："坏丫头，你居然与人合起伙来整治姐姐。"

南山说道："姐姐又没有什么见不得人的心思，何谈整治？倒是这位石公子，说不定咱们将他那些欺天瞒地的丑事都给抖搂出来呢，要怕也是该他害怕才对。"

石琅玕苦笑道："我有何欺天瞒地的丑事怕你知道？"

南山道："好啊，那就从你开始，咱们轮流掷骰子。"说罢将骰子递与石琅玕。

石琅玕接过骰子，道一声"好"，随手一掷，乃是"五"与"忧"两面。石琅玕说道："我五岁大的时候，最担心的就是临睡前，每晚都是提心吊胆地上床。"

南山问道："为何提心吊胆？"

石琅玕道："因为每天早晨天不亮，我都会被父亲从被窝里拎起来，逼着我去练功，从寅初一直练到辰中才能休息。每次我都困得睁不开眼睛，又不敢违抗父亲，练功时又累得要死，实在是难熬。"

南山道："原来你小时候练功如此辛苦。"

石琅玕看了一眼光波翼道："想必归凤兄也与我差不多吧。"

光波翼只淡淡一笑，并不搭话。

南山却接道："哥哥可不会像你一般没出息，练功还要人逼迫。这第一轮便宜了你，该哥哥掷了。"

光波翼拿起骰子，掷出一个"十七、愿"。光波翼略微沉默，说道："十七岁时，我最大的心愿就是能够早日练成盖世忍术，为父报仇。"说罢嘴角微微一动，似笑非笑。

蓂荚与南山闻言都低头不语，石琅玕看了看大家，说道："这个自然，该蓂荚姑娘了。"

蓂荚轻轻拈起骰子，随手一掷，乃是"十八、忘"。蓂荚轻声嗤笑道："为何要有这个忘字？"

石琅玕道："最想忘记的东西往往是最难忘的。"

蓂荚微微笑道："十八岁那年，我也没什么可以忘记的。"

石琅玕道："这个答案可不能过关，当心罚你吃酒。"

南山却道："你这石头人，忘了你自己刚刚说过什么。十八岁这一年姐姐都想忘记，却都难以忘记，因此才说没什么可以忘记的，这答案当然过关！"

光波翼自然知道蓂荚的心意，二人分别这一年，自己又何尝不是度日如年。只是这一年之中，自己尚抱着希望四处找寻蓂荚，而蓂荚却由于对自己生了极大误会而绝望寒心，却又无法割绝对自己的爱恋相思，爱恨交争、思悔相迫，个中煎熬更远胜自己。如此心境，叫人如何不想忘怀，又如何能够忘怀？念及于此，光波翼不禁怜爱顿生，左手悄悄握住蓂荚的右手。

石琅玕听南山这一说，心下亦能了然，便对南山说道："好，你说过关便过关。现在可轮到你了。"

南山答应一声，掷出一个"初，恨"，便说道："初生之时哪有什么恨不恨的？若非说不可，我只恨不知自己的亲生爹娘是谁，不知他们为何将我送人。"

石琅玕道："人生即是如此，有一恨则有一幸，若非他们将你送人，你如何能来到百典家，认了这样一位神仙般的姐姐？而在下也无缘结识南山姑娘了。"

南山道："认了姐姐的确是一大幸事，不过结识石公子却应该算作一件恨事。"说罢咯咯大笑，蓂荚与光波翼也忍俊不禁。

石琅玕摇头笑道："我倒是恨自己，为何当年不住在苏州，如此我便可以抢在百典前辈之前将你买下来，让你做我的妹子，你便不敢如此揶揄我了。"

南山呸了他一口，随即问道："你说我是被买回来的？我一直以为自己是被老爷从街头捡回来的。对了，你偷窥过我的内心，因此知道老爷是在苏州买下的我。那你可知道当初老爷为何买我，是从谁的手中将我买来的？"

石琅玕"哦"了一声道："那自然是百典前辈见你可爱，所以将你买下。"

南山盯着石琅玕道："你不许敷衍我，老实告诉我，当初是何情形？你若不老实说明，我今后再也不理你。"

石琅玕皱皱眉说道："这又不是什么好听的故事，左右那时你年纪还小，早已忘了，何必再提起来？咱们还是继续掷骰子吧。"

南山道："不行，我非听不可。"

石琅玕看了看蓂荚，蓂荚说道："父亲也从未跟我说起过。如今南山也大了，你若知道，便请说与我们知道也好。"

石琅玕说道："好吧。其实当初百典前辈是不忍看到小南山被人卖进青楼，所以才将她买下来。卖你那人也并非你的亲人，而是从小收养你之人。"

"收养？"南山怪道，"那我的亲生父母是谁，他们为何将我送人？"

石琅玕道："我也不知道他们是谁。我只看到你出生在一个富贵人家，可是自从你生下来便没见过你父亲。你的母亲一直在哭泣，刚刚生下你三日便将你交给一个老婆子，由那婆子抱你出去送给一个下人，那人抱你上了一辆马车，赶了很远的路程，来到一处乡下人家，将你交给一个农妇。后来你便在那农妇家中住了几年。那家夫妇对你并不算好，那男人时而还会打骂你。你五岁时他便带你去了苏州城，要将你卖到青楼去。适逢百典前辈路过，见你可怜，便以双倍价钱将你从那人手里买下。"

"老爷花了多少钱买我？"南山问道。

石琅玕笑道："难为你如此心宽，竟还惦记这事。不过说来你不要生气，当初你只值二十缗钱。"

南山瞪了石琅玕一眼，又问道："你还知道我父母哪些事情？"

琅玕摇摇头。

南山又道："你别要花招，我知道你一定还能看到更多。"

石琅玕只好说道："我只看到你曾经被那农人打骂时，他说过一些不中听的话。"

"他说什么？"南山追问道。

"他说，你家里人都死了，没人会疼你这个……这个小丫头。"石琅玕有些吞吐，大家都明白他必是改了后面那些更难听的话。

南山眼圈发红，半晌说道："我爹娘一定是给人害死了，否则我娘怎会将我送人？"

蓂莱忙起身过来搂住南山，南山将蓂莱环腰抱住，脸庞紧紧贴住蓂莱胸口，轻声说道："姐姐，你一辈子都别丢下我。"

蓂莱点头说道："放心吧，你是姐姐唯一的亲人，我怎么会丢下你呢？"

南山说道："很快就不是了。"

"你说什么？"蓂莱问道。

南山从蓂莱怀里抬起头，用下巴指了指光波翼。蓂莱腾地脸上一红，轻声骂道："你这坏丫头。"

南山嘻嘻一笑，看了眼正在发呆的石琅玕，说道："发什么呆？该你掷骰子了。"

石琅玕没料到南山这么快便平复了情绪，笑着答应一声，拿起骰子，掷出一个"三十，痴"。石琅玕自言自语道："明年我便三十了，三十岁之前，最令我痴迷的是……"边说边盯着南山。

南山忙说道："你可想好了，若敢胡说，仔细你的石头脑袋。"

石琅玕淡然笑道："胡说？说真话算胡说，还是说假话算胡说？"

南山道："总之不许你乱讲。"

石琅玕道："我的话尚未出口，你如何知我胡说还是乱讲？莫非你已知晓我要说什么了？"

南山瞪了他一眼道："你的事我如何知晓？"

石琅玕道："既然南山姑娘不想我说出来，我便不说。"说罢自己斟了满满一碗酒，一饮而尽。

石琅玕此举令大家均颇感意外，南山看着石琅玕，有些过意不去，却不知说些什么好。石琅玕凝视着南山双眸，微微笑道："只要南山姑娘高兴，莫说吃一碗酒，便是要在下的命也舍得。"

南山斥道："才吃了一碗，你就醉了，满口酒话。"言下却并无责怪之意。

石琅玕嘻笑道："我早就醉了。"说罢拾起骰子往光波翼面前一放，说道："归凤兄，看你的了。"

这一次，光波翼掷出一个"今，喜"。

石琅玕叫道："好，归凤兄好手气，快给我们说说你如今有何乐事？"

光波翼道："在下倒真有一件好事，不但是乐事，更是大喜之事。"

南山忙问道："哥哥有何喜事？我怎么不知道？"蓂荚也好奇地看着光波翼。

光波翼笑了笑，缓缓说道："下月初六，我要迎娶蓂荚为妻。"

"真的？"南山大为惊讶，随即拍手叫道，"太好了！哥哥终于要娶姐姐过门了！"

蓂荚也大感意外，顿时羞得低了头。光波翼拉起她的手，笑望着她道："我本想过两日找个媒人来向你提亲，不过今日掷出这个好彩头也是天意，我便自做自媒了。蓂荚，你愿意嫁给我吗？"

蓂荚极轻地"嗯"了一声，然而此时满屋静得出奇，这轻轻一声答应，大家均已听得清清楚楚。

石琅玕抚掌笑道："好！有情人终成眷属，可喜可贺！我敬两位一杯。"

光波翼忙举杯回敬，石琅玕却道："不可，我们吃一杯，归凤兄却要吃一碗。"

南山忙说道："哥哥又不曾隐瞒心事，为何要罚他吃一碗？"

石琅玕道："这不是罚酒，是喜酒。归凤兄要娶天下第一美人为妻，这岂是寻常之喜？自然要满饮一大碗才是。"

光波翼笑道："好！"当即斟满一碗酒，向众人一一敬过，一饮而尽。

饮过酒，石琅玕又道："两位的婚礼就交给在下帮你们操办吧。"

光波翼忙施礼称谢。

南山则早已忍不住跑到蓂荚身边与她拥抱在一起。

石琅玕又道："不过，最好能请南山姑娘帮我一起筹办。"

南山回身说道："好，姐姐的婚礼我当然会尽力。"

石琅玕忙拱手道："多谢。"

南山回道："我又不是帮你，谢我做什么？"

石琅玕笑了笑，问道："咱们还要不要继续游戏？"

南山拉着蓂荚回到座上，说道："该姐姐掷了。"

蓂荚此时已无心再玩，见南山兴致勃勃，不忍拂她的意，便拾起骰子再掷，却掷出一个"今，忧"。

石琅玕道："你们两个倒真是天生一对，归凤兄刚刚掷出'今，喜'，蓂荚姑娘便掷出'今，忧'，人生果然是喜忧参半哪。"

南山骂道："你这乌鸦嘴，眼下姐姐哪有什么忧虑？若说有呢，就只怕你这石头脑袋笨手笨脚的，筹备婚礼不力。"

石琅玕道："你说没有可不作数，要听蓂荚姑娘自己怎么说。"

蓂荚看了看南山，又看看光波翼，微微笑道："我一时也想不起担忧个什么。"

石琅玕道："你若不想说，像我一般认罚一碗酒便是，我却不信你没有担忧之事。"

南山道："我却相信，只要哥哥也相信，姐姐便过关。"

石琅玕道："归凤兄，你素来坦荡，可不能偏袒爱妻啊。你若不便表态，我替你看看如何？"说罢双眼眯起。

光波翼笑道："不劳琅玕兄大驾，我代蓂荚吃一碗酒便是。"

石琅玕忙伸手道："欸！归凤兄忘了，这酒是不能代饮的。"

蓂荚道："你们争什么，我说出来便是。"说罢主动吃了一杯罚酒道："眼下我最担心的是我这个妹妹。"

大家闻言都看着蓂荚，只听蓂荚又道："如今南山也不小了，我希望她能永远开心，永远幸福。"

南山当然明白蓂荚的意思，却故意说道："跟哥哥姐姐在一起，我自然会开心幸福，姐姐不必担心我。"

莫莱拉着南山的手道："好妹妹，只要你能幸福，姐姐什么都愿意为你做。"说罢，姐妹二人不约而同地瞥了一眼光波翼。

石琅玗忽然咳了一声，说道："莫莱姑娘不必担心，我相信南山一定会幸福的。"

南山叫道："我幸福不幸福关你何事？要你多嘴！"

石琅玗笑道："在下是诚心祝愿。"

南山哼了一声拿起骰子抛在桌上，乃是"终，爱"二字。

石琅玗又笑道："这始终二字都被你掷出来了，始于恨而终于爱，不错，很好。"

南山愣了愣，说道："我永远都最爱姐姐，最终自然也是最爱姐姐。"

石琅玗道："此爱非彼爱，我看你并未说出心里话来。"

南山反问道："你怎知我未说出心里话？我就是最爱姐姐。"

石琅玗眯起双眼道："不然让我来看看，免得大家有疑。"

南山忙叫道："你敢！"

石琅玗哈哈笑道："我就知道你未说实话。不过这也不能罚你。"

听他如此说，南山不免奇怪。光波翼与莫莱也看着石琅玗，只听他续道："依我看，南山自己尚不清楚她最终所爱何人，这碗罚酒暂且记下，日后待她明白时再让她说，那时若再不说，定罚她双份。"

南山笑道："如果你能活得比我久，便在我临终时来罚我吧。"

石琅玗道："谁说要你临终时再说？我看用不了太久你便清楚了。"

南山道："石头人，你虽能看穿别人的心思，总不能看见尚未发生之事，我过多久会清楚自己最终爱什么人你如何知道？"

石琅玗微微笑道："我就是知道。"

南山一拍桌子，站起身道："你这石头人，与你这破烂游戏一般无趣，不玩了。我累了，先回去歇息了。"说罢径自回房去了。

石琅玗看看光波翼与莫莱二人道："看来我又得罪她了。"

光波翼说道："南山一向任性，琅玗兄不必介意。"

石琅玗笑了笑，拱手道："时候不早，在下也该告辞了。"

送走石琅玗，光波翼陪莫莱回到房中。莫莱说道："其实南山并非是生石公子的气。"

光波翼道："我知道，南山自幼与你生活在一起，她心里很依赖你这个姐姐，我想她是舍不得离开你。"

蒬荚摇头道："归凤哥，咱们心里都明白，南山并非因为我。"

光波翼道："将来她会慢慢转变的。"

蒬荚问道："如果她一直不变呢？"

光波翼握住蒬荚的双手道："蒬荚，你应该明白，我心里从来只有你，不会再容下别人。"

蒬荚道："南山不是别人，她是我最亲的妹妹，我不想她难过。而且，归凤哥也喜欢她对不对？"

光波翼道："她是你妹妹，也是我妹妹，她只是我喜爱的一个小妹妹而已，无他。"

蒬荚又道："可是……"话未出口，光波翼伸出食指抵在蒬荚唇边说道："咱们先不说南山了，好吗？"

蒬荚望着光波翼充满深情的双眼，微微点了点头。

光波翼轻声说道："蒬荚，自从我们相识以来，让你吃了不少苦。"

蒬荚轻轻摇摇头。

光波翼又道："从秦山回来，我终于知道了自己的身世，却反而不知道自己是谁了。一夜之间，我好像失去了恨，也失去了爱，失去了曾经让我活在这个世上的所有理由，除了你……蒬荚，幸亏有你在我身边。"

蒬荚说道："其实无论你是光波翼也好，还是目继棠也好，对我而言，你永远都是我的归凤哥。"

光波翼轻轻抚摸着蒬荚的脸庞说道："我让你等了那么久，实在对不住你。"

蒬荚微微笑道："归凤哥，你今天怎么了？为何说这些话？"

光波翼道："我……我也不知道，只是忽然之间觉得非常想念你，虽然我每日都与你在一起，仍然忍不住想你，甚至无法自持。蒬荚，我再也无法离开你。我也不知道自己为何如此……我有些语无伦次。"

蒬荚轻轻叫了声"归凤哥"，却并未将含情脉脉地凝望着自己的归凤哥唤醒，反而觉得那炽热的眼神越来越近，渐渐地，两个人的呼吸也交融在一起……

第六十二回

筹嫁衣才进苏城
息内斗又入秦山

这一日，光波翼来到厅中，见南山正翻看着一本册子，与石琅玕有说有笑。看见光波翼进来，南山忙将册子合上。

光波翼笑问道："为何如此神秘？"

南山嘻嘻笑道："不是神秘，是暂时保密。"

光波翼道："这些日子让你们受累了。"

石琅玕道："归凤兄何必客气。"

南山却道："哥哥竟然说出如此见外的话，真是该打。"

光波翼笑道："说得是。"

南山又道："不过若打了哥哥还得惹得姐姐心疼，不如便罚哥哥帮我做一件事。"

光波翼忙问何事。

石琅玕却抢道："不可，他是新郎官，哪有让他去的道理？"

南山扭头看着石琅玕道："我还没说出口，你怎么便知道我要罚他做何事了？莫非你又偷窥我心思不成？"

石琅玕笑道："我与你心有灵犀，何必偷窥？"话音未落，头上已被南山用手里的册子敲打了一下。

光波翼愈觉奇怪，追问南山要自己做何事。

石琅玕笑道："还不是为了贵伉俪的大婚礼服。南山一定要为两位准备苏绣的婚礼服。不过此事不劳归凤兄大驾，我明日便启程去苏州采买。"

南山戏道："你那匹白痴马跑得那么慢，何时才能回来？还是驾鹤去的好。"

石琅玕的雪螭马原是天下无双的宝马，只是终究比不过飞鹤迅速，故而被南山如此揶揄，石琅玕却无话反驳，只好笑了笑说道："哪有新郎官自己为新娘子制备嫁衣的道理？"

南山道："那就只好我自己驾鹤去苏州了。"

光波翼道："不过是一件衣裳，穿哪里的不一样？何必非要跑去那么远买来？"

南山却道："哥哥有所不知，姐姐一向最爱苏绣。我曾对姐姐说过，等她出嫁时一定为她置办苏绣的礼服。我可不能食言。"

石琅玕道："既然你嫌我的马慢，你便驾鹤带我一同去苏州吧，路上也好有个照应。"

南山道："谁要你照应？带着你还要驾御两只鹤儿，我还嫌累呢。"

光波翼道："既然如此，还是我带你一同去苏州吧，既不用你驾鹤，也不必我自己买衣裳，两全其美。"

南山笑道："如此最好，哥哥同去比我自己驾鹤还要快上数倍，可谓三全其美。"又转身对石琅玕说道："你乖乖待在家里，尽快把那件东西弄好。"

石琅玕躬身拱手道："遵命。"

飞在天上，南山轻抚着白鹤的羽毛问道："哥哥这鹤变术可维持多久？"

白鹤道："放心吧，不会半路上让你摔下去的。"

南山又问道："那哥哥若是饿了，也能像鹤儿一样捕食鱼虾吗？"

白鹤道："你这傻丫头，真当我是扁毛畜生吗？"

南山嘻嘻一笑，摸着鹤颈说道："鹤儿乖，到了苏州姐姐给你买糖吃。"

白鹤回道："你倒是应该买些糖送给石公子，他原想同你去苏州的。"

南山哼了一声道："我才懒得理他。"

白鹤问道："你让他留在家中把什么东西弄好？"

南山道："我不告诉你。"

白鹤道："你若不说，我便一头飞进湖中去，帮你解解暑。"

南山忙道："你敢，当心我拔光你的羽毛。"

白鹤道："你哪会这般狠心？"

南山笑道："你试试便知道了。"

白鹤忽然在空中打了个斜立回旋，唬得南山惊叫一声，骂道："你这只坏蛋鹤儿，竟敢使坏戏弄我，看我不拔光你的鹤毛！"

白鹤忙道："再不敢了，手下留情！"

南山拍了鹤颈一下，道："再敢淘气，把你煮了吃。"

白鹤道："那倒好，我也不必卖力驮着你飞了，正好可以躲在你肚子里睡大觉。"

南山忽然柔声说道："哥哥飞了这么久，是不是累了？咱们下去歇息一会儿吧。"

白鹤道："只要你告诉我，石公子在家里做什么，我便不累。"

南山道："本来想给你和姐姐惊喜的，既然你如此着急知道，便告诉你吧。不过你可不许说与姐姐知晓。"

白鹤道："好，我不说便是。"

南山道："石琅玕有一件宝贝，想要送给你和姐姐做贺礼，不过这件宝贝有些损坏，我让他尽快修好。"

白鹤问道："什么宝贝？"

南山道："当年玄宗皇帝时，宰相张说被宰相姚崇弹劾，玄宗皇帝本想治张说的罪，张说便送给九公主一件宝贝，拜托她在玄宗帝面前替自己求情，因此才得以脱罪。这件宝贝后来流落民间，辗转竟被石琅玕得到了。"

白鹤追问道："说了半天，究竟是什么宝贝？"

南山道："这件宝贝叫作'夜明帘'，可是件稀世珍宝。你和姐姐大婚之时，挂在你们洞房之中，不知有多美呢。"

白鹤道："这么贵重的宝贝，我们可受不起，还是让石公子留着自己大婚时再用吧。"

南山道："他？这辈子别想了。"

"为何？"白鹤问道。

"他说……"南山话到嘴边，忽然停住，随又说道，"他娶不娶妻与我何干？"

听她如此一说，光波翼心中忽然明白，必是石琅玕对南山说过，今生非她不娶。

白鹤唳鸣两声，扇了扇翅膀。

南山问道："你是在笑吗？"见白鹤不答，南山又道："你若敢笑，我再也不理你。"

白鹤道："我看石公子还不错，对你如此痴情。"

南山拍了鹤颈一下道："你还敢说！"

白鹤道："好，我不说了。你坐稳了，咱们试一试全速飞行如何？"

南山叫道："好啊！来吧。"说罢俯身，双手抱住白鹤胸口。白鹤倏然加速，有如一道白色流星划过天际。

到了苏州城中，南山引着光波翼来到一条街市，择了家大店面。店里一位中年掌柜热情招呼，听说二人要选婚礼服，那掌柜的便问要定做还是买现成的衣服。

南山道："我们等不及定做，便将你店里最好的成衣都拿出来我看。"

掌柜的答应一声，边招呼一名伙计取出衣裳，边打量二人，说道："没想到这世上竟真有姑娘与公子这般标致人物，两位真可谓是神侣仙眷啊！"

南山脸上一红，斥道："你胡说什么？我是为姐姐选衣裳。"

掌柜的忙道："哦！请恕小的误会了。姑娘放心，鄙号的礼服绝对是这苏州城中最好的。将来等姑娘与这位公子大喜时，还请到鄙号来选衣裳。"

南山闻言更窘，却听光波翼呵呵一笑，扭头看他时，只见光波翼忽然间收了笑容，眼睛望向门外。南山忙顺着光波翼目光看去，却见门外空空，并无人影。

南山正待询问，光波翼已开口说道："南山，你先在这里挑选衣裳，我去去就来。"说罢已急匆匆奔出门去。

南山无奈，只得独自留在店中，挑好了几套衣裳也未见光波翼归来。那掌柜的倒十分客气，让伙计斟了好茶请南山稍坐歇息。

又坐了半晌，南山正望着门外不耐烦，忽见光波翼跨步进门。南山喜出望外，忙上前拉住光波翼问道："哥哥去了哪里？怎么去了这么久？"

光波翼道："咱们路上再说吧。"

回到清凉斋，南山风风火火地跑进蓂莱房间，叫道："姐姐，你快去劝劝哥哥，他非去不可！"

蓂莱微笑道："什么事急成这样？他要去哪里？"

"秦山。"光波翼正好进门，接口答道。

原来光波翼在苏州城那家店铺里见到了东道忍者泽萃，被泽萃招去说话。

泽萃告诉光波翼，这一年多来，坚地长老命人四处寻找光波翼下落，不知他为何忽然失踪不见。并告之，去年四月，三道忍者协助唐军夺回了长安城，不想唐军入城后大肆抢掠财货、妇女，劝禁不止，三道忍者见状寒心，纷纷离去。不久黄巢便在北道忍者帮助下率军攻回长安，各道唐军皆散，黄巢再次屠城，名之曰"洗城"。并自称"承天广运启圣睿文宣武皇帝"。

今年正月，朝廷以侍中王铎兼充京城四面行营都统，同时罢除了高骈都统之职。王铎重新号令诸道唐军合击黄巢，三道忍者仍在暗中相助。春季，唐义昌节度使杨全玫、淮南寿州刺史张翱等派兵赴关中。夏初，大齐尚让兵败宜君县南，唐军为之振奋。四月王铎领禁军及山南西道、东川等藩镇军队进入周至（今陕西）。官军四集，双方列阵相峙。

不久前，皇帝忽然传召三道忍者，命三道忍者全力围攻北道，不惜一切代价消灭北道忍者。旨在剪除黄巢羽翼，以图与齐军决战。

经过去年四月唐军大掠长安之事，三道忍者中多有反对与北道决战者，认为此乃两败俱伤之举，不值得为了腐败透顶的唐廷做如此牺牲。然而坚地长老最终说服东西二道长老，决定倾三道之力同北道决一死战，誓死报效朝廷。与上次围攻秦山不同，此番三忍者道只挑选少数忍者留守各道，其余人等倾巢出动。

眼看四道忍者即将面临史无前例的自相残杀，这甚或是忍者的灭顶之灾，而双方为首者，竟是自己的义父与亲生父亲，光波翼如何还能坐视不理？是以决意要去秦山。

蓂荚见状，心知劝留光波翼不住，便说道："归凤哥，你还想报效朝廷吗？"

光波翼道："我早已看透朝廷腐败，难以救药，就算打败了黄巢，百姓也绝过不上安乐日子。我又何必报效这样的朝廷？"

蓂荚又问道："那归凤哥是想帮坚地长老还是想帮目长老？"

光波翼道："我并未想要帮助任何一方，只是不想看到忍者自相残杀。此番进山，我希望能够劝说双方停战。"

蓂荚望着光波翼双眼说道："只怕他们未必肯听归凤哥的劝阻。归凤哥，请你答应我一件事。"

光波翼点点头，蓂荚又道："我要归凤哥好生去，好生回，不许你受一点伤。无论此行结果如何，你一定要平平安安地回来。"

光波翼握起蓂荚的双手道："好，我答应你。"

"归凤哥打算何时动身？"蓂荚问道。

"三道忍者前日便已经集结在黄河北岸了，双方恐怕已经开战，我这就启程。"光波翼答道。

蓂荚从颈上摘下一条项链，上面挂着一个小指节大小的铜牌坠子，蓂荚将项链挂在光波翼颈上道："这是父亲给我的六道金刚神咒，我从小便带着，希望他能佑护归凤哥平安。"

南山在旁说道："姐姐当真要让哥哥去秦山？那，我也要同哥哥一起去。"

蓂荚道："几乎全天下的忍者都聚集在秦山，性命相搏，岂是好玩的？归凤哥自顾尚且不暇，哪里还能腾出手来照顾你？上次你私自进山去找归凤哥，我没怪你也便罢了，这次绝对不许你再去添乱胡闹。"说罢一把抓住南山手腕，又道："归凤哥回来之前你只能跟我在一起，寸步不许离开。"

南山见蓂荚说得认真，便不敢违拗，只得望着光波翼说道："那哥哥自己可要千万小心。"

光波翼微笑点头道："知道了，你乖乖留在姐姐身边，替我好生保护她。"

南山嘟着嘴道："姐姐哪里用得着我来保护？哥哥，你可要早点回来。"

辞别姐妹二人，光波翼化鹤飞行，天色黑透之前便已到了黄河北岸，却并未见到三道忍者踪迹。

"莫非他们已经进山去了？"光波翼暗忖，随即飞进秦山之中。

天色既黑，加之七月的秦山正是树木繁茂之时，高高飞在天上，看不见山林中任何动静。光波翼只好化作一只黑鹤，穿行于林木之间。

飞行一段，光波翼发现前面一片树林中浓雾弥漫，心中隐约感觉有些异样，便飞落在浓雾之外的一棵大树上，收了鹤变术，施展起天目术来观察林中情形。

光波翼的天目术此时已能见到五六里开外，目力所及，却见那浓雾已超出自己所见范围。如此大雾似乎并非忍术所为，然而那雾气却浓得出奇，即使是白日，只要踏进去，也完全伸手不见五指。

光波翼以天目术细细搜索这片树林，忽然发现林中横卧着一人，心口插着一支空无常，细看那人脸庞，竟是当年帮助自己收复会稽城的东道忍者白鸟群飞。

光波翼心中一惊，再看白鸟群飞的周围，不远处又发现了几人，都是身中暗器躺倒在地，看样子多半已没了气息。而且这几人也与百鸟群飞一般，面色发青，显见都是中了毒。

光波翼暗忖，莫非这浓雾确是雾族忍者所为？只是如此大雾并非一二人施术而已，而是倾全族忍术之力所成。看来东道忍者是中了埋伏。

施展着天目术奔进林中，光波翼寻到白鸟群飞身旁，见他的确已断了气。又陆续察看其他忍者，终于发现有一人尚有微弱气息。光波翼忙为他点穴止血，又以脉气注入其心脉之中，以期能够延长其性命一时半刻。

不多时，那人果然微微睁开双眼，光波翼忙凑近他脸庞说道："我是瞻部道的光波翼。"

那人以微弱声音说道："小心有埋伏。"话音未落，忽闻"嗖嗖"两声响，两支空无常已射到光波翼身边，光波翼却并不躲闪，只听"当当"两声响，空中忽然出现两颗拳头大的石块，将那两支空无常击落在地。原来光波翼早已看清了空无常的来路，并以化石术化出石块拦住了暗器。

光波翼问那人道："其他人在哪里？"

那人答道："我们一进山便入了迷阵，大家不断被岔路和埋伏分散隔断，彼此都找寻不见了。"

光波翼又问道："三道忍者是一同进山的吗？"

那人反问道："你不知道？"

光波翼道："我一直行动在外，刚刚接到消息赶来。"

那人说道："东南两道从正面进山，西道忍者从北麓绕道进山。"

光波翼又问道："你们何时进的山？"

那人回道："今日上午。"

"你们何时遭袭？"光波翼又问道。

"天黑前。"那人忽然喉咙一哽，吐出一口黑血来。

"怎么？从上午到天黑前你们只走了这么远吗？"光波翼讶问道，忽觉雾气比先前更浓了些。

"我们一直在山中转，我也不知走了多……"话未说完，那人便断了气。

"是毒雾！"光波翼蓦然觉察，忙屏住呼吸。未及他站起身，两支火箭已射到他身旁，随即从三个方向同时射来许多支星镖与空无常，将光波翼罩在暗器群中。

光波翼起身同时，身旁早现出数块数尺长的石板，将射来的暗器纷纷拦下。光波翼怕星镖上有毒，不敢接拿，又不想使用自己的星镖，以免暴露身份，便顺手拈了几枚石子，射了回去，不多时，光波翼周围的雾气竟散开了方圆里许大之地。

原来此处果真便是雾族忍者埋伏之地，之前有雾族忍者听见光波翼与东道忍者谈话之声，便循声射来暗器，却见暗器竟被轻易击落，那雾族忍者便约了附近两名同伴围击光波翼。因雾族忍者虽能于浓雾中视物，却无法于黑暗中看清光波翼所在，故而先放出毒雾，再发出两支火箭，照见光波翼所处方位，随即射出暗器来。不料光波翼以天目术轻易便看清了藏身于暗处的三名雾族忍者，以石子将三人打伤，令这三人无法继续施展忍术，故而这一片由三人共同施造的大雾便也随之散去。

打伤了三名雾族忍者，光波翼知道对手必定很快便会有更多帮手到来，忙退出这片雾林，又化作黑鹤，飞上天空。心中忖道："那名东道忍者说他们从上午进山，一直走到天黑前才遭袭，必是中了阵族忍者的迷阵之术。依目前情形来看，阵族忍者必是将罗刹谷四周百十里范围之内都布成了迷阵，以此防御三道忍者。看来北道对此一战早早便做好了准备。"

之前目焱曾告诉过光波翼，阵陕的迷阵术极为了得，如今一见果然不假。不过这迷阵术虽然能将三道忍者困在山中，却须得有人把守迷阵中各个分阵，便如雾族忍者所设的雾林这般埋伏，秦山之中必定还有很多处，三道忍者多半都是被困于各个阵中。而此迷阵有一阵心，若能破此阵心，则全阵皆破。

光波翼一面飞行，一面思忖，如今三道忍者已深入秦山，双方已各有伤亡，若想令双方停战几乎不再可能，可自己也不能眼睁睁看着双方就这样厮杀灭绝。光波翼一时也想不出好办法来，心中颇为焦急。

话说光波翼将那三名雾族忍者打伤，林中浓雾散去一片，附近的其他雾族忍者立时便察觉，忙向其族长禀告。那族长闻言一惊，因雾族奉命守护此地，每三人一组，共同施展忍术以浓雾笼罩山林，若其中一二人有事，浓雾亦不会散开。如今林中散出一片空地，说明这一组三名雾族忍者同时都遭了敌手，不知阵中来了何许高人。

雾族族长不敢怠慢，当即亲自带领几名得力手下赶去支援，将守在西北面的几名族人调进林中补缺，如此则将雾族忍者施放的浓雾范围缩小了方圆二里之地。

殊不知，被光波翼这一扰，雾族族长又如此应对，却意外成全了一人，你道是哪位？乃是东道忍者川清泉。

前文说过，川清泉乃东道长老川洋之子，曾于第一次围攻秦山时任东道带队黑带。此番川洋长老亲自率全道进山，川清泉带领两名亲信做先锋探子，走在东道最前面。

当年沐如雪邀大家进秦山营救光波翼，川清泉亦在其中。此番进山不久，川清泉便隐约觉得这山路似乎与自己当年进山时有所不同，而且岔路特别多。

待他们进了这雾阵之中，川清泉迅速识破埋伏，当即率两名手下屏息避过一阵毒雾，又以伪装术藏入木石丛中，静候时机逃脱，因此也躲过了雾族忍者的射杀。

三人藏身一个时辰，见浓雾迟迟不散，心知雾族忍者尚守在周围未去，正自盘算有何妙策脱身，忽见浓雾散去，林中透入月光进来。川清泉大喜，观察四周并无动静，便招呼两名手下，迅速向北奔去。

奔出三四里远，三人听见一声鸟鸣，川清泉顿时止住脚步，两名手下疑惑地看看他。

川清泉皱眉低声说道："这里有些古怪，咱们不能往前走。"

两名手下点了点头，三人折向西北而行，可是未走多远，前面竟是断崖。三人只得返回，再欲向西，忽见一道飞瀑挡在面前。

川清泉道："咱们多半是又入了迷阵，大家当心，咱们还从原路退出去。"说罢带着二人转身向南奔行，刚刚走出百余步，竟又来到一处崖边。

川清泉道："糟糕，看来咱们又被困住了。"

身旁一人道："莫非咱们走错路了不成？"

川清泉摇头道："咱们来时走的就是这条路。"话音未落，那人叫道："兰曦？"说罢伸手一指。

川清泉循声回头看去，却见沐如雪正从北面不远处向这里跑来，不由得叫道："如雪？"

另一人却道："你们眼花了不成？那分明是小舟。"

川清泉心中一惊，两名手下竟将沐如雪看成另外两名不同女子！

此时沐如雪已到近前，忽然脚步踉跄，那二人忙抢上前去搀扶。川清泉大声叫道："不要靠近她！"然而为时已晚，只见沐如雪忽然出手，刹那间便用两支空无常结果了那二人性命。

川清泉惊怒之下心中豁然明白，当即转身向悬崖奔去。只听沐如雪在身后喊道："川大哥，你做什么？我杀的这两个人是奸细，你快看看！"

川清泉停住脚步回头一看，只见那两名手下竟都化作了陌生样子，衣装也与前不同。

沐如雪微微笑道："我说的没错吧？"边说边向川清泉走来。

川清泉冷笑一声，再不犹豫，纵身向悬崖外跃去。

那悬崖深不见底，落在半空，川清泉心中亦没了底气，不知自己如此冒险是否正确。

正自坠下，忽然脚下一实，川清泉就势向前一个翻滚，竟躺卧在半空中。

川清泉只觉脑中"嗡"的一声响，当即眼前一黑，随又眼前一亮，却见自己躺在一个小山坡上。未及他起身，只听头顶"嗖嗖"两声响。川清泉一个急翻身，堪堪躲过两枚星镖。随即伸手一指，五个指尖激射出五道水柱，向星镖来处射去。

只听"哎哟"一声娇呼，不远处一名绿衣女子被水柱射中右腿，登时跌倒在地。水柱力道极大，竟将那女子的腿骨击碎。

川清泉上前两步说道："果然是曼陀族的人。"

那女子恨恨地望着川清泉道："川行忍不愧是东道高手，竟能识破我的幻术。"

川清泉道："原来你认识我。你们在秦山之中埋伏多久了？如何知晓我们要进山？"

那女子并不回答，却因腿痛皱了皱眉头。

川清泉又道："你们在这林中有多少人？如何布置？你若如实说来，我便饶你性命。"

那女子哼一声道："都怪我自己忍术不精，才落在你手里。你要杀便杀，何须多言！"

川清泉轻轻摇摇头道："若非你杀害了我两位弟兄，我也不会取你性命，这也怨不得我了。"说罢正欲出手，忽听一名女子叫道："住手！"

只见从山坡后面跃出一名女子，也同这名受伤的曼陀族女忍者一般装扮，三五步便奔纵到川清泉面前。

那女子说道："请川行忍高抬贵手，放过我妹妹，我们愿意用一人与你交换如何？"

川清泉上下打量了那女子一番，问道："敢问两位尊名。"

那女子道："在下曼陀音，她是我妹妹曼陀美。"

川清泉冷冷说道："你们休要再耍诡计。"

曼陀音回道："我不会拿妹妹的性命冒险。"

川清泉又道："我为何要同你交换？倒不如我将你们一并收拾了，再去营救同伴。"

曼陀音哼笑一声道："相信足下也不会拿此人性命冒险。"

"什么人？"川清泉问道。

曼陀音嘬一声口哨，随即便有两名绿衣女子挟着一个姑娘从山坡后奔出。那姑娘一身淡蓝衣裤，脚步极为轻快，似乎更胜挟持她的那两名绿衣女子。

三人到了川清泉近前，两名绿衣女子对那姑娘说道："你看，他不是在这里么。"

那姑娘目光呆滞，闻言看了看川清泉，忽然欢喜道："归凤，原来你在这里！我急着到处寻你呢。"正是东道忍者沐如雪。

川清泉甫一见她从山坡后出来时，心中便早已忧喜交集，此时见她目光呆滞，又听她开口称呼自己作"归凤"，知她仍在幻术之中，却也难免有些黯然失落。表面上仍装作镇静道："你们快除了她的幻术，我答应同你们交换便是。"

曼陀音微微笑道："足下忍术高明，我们如何敢如此冒险？待我们离去之后，她自然会慢慢清醒过来。"说罢向那两名绿衣女子做了个手势，那二人立时放开沐如雪，跑去架起曼陀美，飞也似的沿来路奔去，曼陀音也随之而去，很快便消失在山坡背后。

川清泉忙上前扶住沐如雪肩头道："如雪，你快醒醒！你中了曼陀族的幻术。"

沐如雪呆呆地说道："归凤，你说什么？"随即又笑道："你这坏人，说好了等我，却自己先走了，看我待会儿怎么罚你。"说罢盯着川清泉的双眼，脸上泛着阵阵羞红。

川清泉被她看得窘然无措，却又深深被她的目光吸引，忍不住与她对视起来。这双美丽的眼睛，正是自己日思夜想的，可是从来都羞于与之正面相对，如今终于可以肆无忌惮地看着她。

慢慢地，沐如雪闭上双眼，白皙美好的脸庞好似月光下静静绽放的牡丹，端庄而娇艳。

川清泉看得入神，也渐渐地痴了、呆了，不知不觉地靠近这牡丹，深深地嗅着她的芬芳，感受她的娇柔。

不知过了多久，两双火热的嘴唇终于分开，沐如雪伏在川清泉怀中喃喃说道："归凤，太晚了，咱们该回去了。"

川清泉点点头道："好。"心中隐隐生起一丝疑惑，为何觉得"归凤"这个名字有些陌生，也想不起自己何时有了这个名字。

然而疑惑只是一闪而过，川清泉拉起沐如雪的手，二人在月色下漫步而行。

川清泉道："如雪，不知道为什么，我好像不记得回去的路了。"

沐如雪笑道："小坏蛋，我看你是乐不思蜀了。"

川清泉心中忽然念道："我这是在哪里？要回哪里去？为何我一点都想不起来呢？"

沐如雪又调皮地捏了捏川清泉的耳朵说道："归凤乖，我带你回家。"

被沐如雪这一捏弄，川清泉心中的念头倏然消失，又欢喜地与沐如雪挽手而行。

沐如雪轻车熟路，带着川清泉来到一处山洞旁，洞口处有两名少女，见二人回来，笑迎道："沐姐姐，你们回来了，快进去吧。"

沐如雪笑着答应一声，便领着川清泉走进山洞。

川清泉问道："她们是谁，我怎么没见过？"

沐如雪笑道："你胡说什么？千千与阿樱你怎会不识得？"

"原来是她们。"川清泉应了一声。

待二人进了洞，洞口处又现出数人，其中一人正是曼陀音，对一位中年妇人说道："娘，您的幻饵术果然厉害，连川清泉这样的行忍都无法逃脱。"

原来那妇人正是曼陀谷的邑长曼陀容。

曼陀容嘴角露出一丝得意的笑容，说道："幻饵术只不过是咱们曼陀族中的中等幻术而已，没想到川清泉这小子如此不争气，轻易便中招了。"

曼陀音道："如此看来，娘的忍术已在行忍之上了。"

曼陀容不屑道："各道的忍位都是他们长老自己封的，我看多是徒有其名罢了。"

"那可未必！"忽然有人插道，唬了曼陀容一跳。却见一位老妪从山洞旁的大石后面走了出来。

"娘？您怎么来了？"曼陀容怪道。

"奶奶。"曼陀音忙上前搀扶老妪。原来这老妪正是曼陀容的婆婆，曼陀音等姐妹四人的祖母，也即是当年放李义南出曼陀谷的曼陀臻。

曼陀臻道："忍术哪里分什么上中下等？区别全在施术者修为而已。那姓川的后生心里爱慕那姑娘，恰巧被你钻了空子而已，哪里便值得夸耀？"

曼陀容似笑非笑，说道："娘说得是。"

曼陀臻摇摇头道："我知道你心里不以为然，我也懒得管你们。今天我来，只想带我的孙女儿们回去，不想让她们跟你蹚这浑水。"

曼陀容道："娘，媳妇是奉了目长老之命，带她们来此立功的，如何能说是蹚浑水呢？"

曼陀臻道："我不管你有什么野心，要立什么功，我只要我的孙女儿们都能平平安安的，不要跟着你惹祸上身。"

曼陀容冷笑一声道："娘，您这是咒我呢？"

曼陀臻并不睬她，对曼陀音道："小音，你的几个妹妹呢？把她们叫出来，跟我回家。"

曼陀音小心翼翼道："奶奶，我……我想留在娘的身边。"

曼陀臻侧头看了她一眼，叹口气道："也罢，你是她的亲生女儿，你若不想跟我回去，我也不强求你。你去把你几个妹妹叫来吧。"

曼陀容道："娘，此时正当用人之际，您这样做未免太过分了吧？"

曼陀臻哼道："过分的是你！这些年，你在谷中呼风唤雨，我曼陀族祖上不敢做的事都被你做尽了，我自知管不了你，也不想管了。不过我不能眼看着我的孙女儿们也都被你带到火坑里去。"

曼陀容转过身去，柔声说道："只要您高兴就好，随便您吧。"

曼陀臻忽然一怔，随即笑道："好好好，你们都到齐了，走，跟奶奶回家去。"说罢伸出两手，左右各虚抓了一把，好似拉着两个人一般，转身走开，一路走还一路左顾右盼地说笑，好像身旁有人一般。

曼陀容嘴角一撇，低声骂道："老不死的，还敢跟我斗。"

曼陀音问道："娘，您对奶奶施术了？"

曼陀容道："免得她在这里碍手碍脚，我不过是打发她回谷里去了。"

曼陀音又道："那奶奶醒来之后岂不是会很生气？"

曼陀容冷笑一声道："那又如何？她还能把我怎样？音儿，明早天一亮你带人把姓川的送到罗刹谷去。"

曼陀音答应一声，曼陀容又道："咱们去看看小美的伤势如何。"说罢带着曼陀音进洞去了。

次日天明，曼陀音与三名手下，带着川清泉与沐如雪二人，径去了罗刹谷，正午前曼陀音便赶了回来，并带回目焱口信。目焱大加称赞曼陀容，并说此战结束之后，立即升拔曼陀容做行忍，并嘱其再接再厉，再立新功，日后定有重赏。

曼陀容自是高兴，正值手下来报，东道长老川洋与数名手下经过曼陀族设伏的迷阵。

曼陀容喜道："来得正好，咱们刚捉了他儿子，如今再设法拿住他，定然是头功。"

曼陀音却道："川长老忍术极高，恐怕咱们不是他的对手。娘，我看还是算了吧。"

曼陀容瞥了一眼女儿道："如何尽说些没志气的话？如今咱们守在迷阵之中，在暗处，他们在明处，寻不见咱们，咱们尽可以大展身手，进可攻，退可守，何必怕他？我倒要看看，川洋能否逃过我的'一念大幻术'，别又是个徒有其名的。"说罢示意曼陀音靠近自己，在她耳畔密语一番，曼陀音点头领命而去。

第六十三回

惑人之术反惑己
嗔心之火还自焚

话说川洋等人正走在山间，忽然曼陀音拦在山路当中，向川洋施礼道："久仰川长老大名，在下曼陀音有礼。"

川洋回礼道："曼陀姑娘有何见教?"

曼陀音道："敝族上下深知川长老忍术出神入化，我辈根本不是对手，况且我们并无意与川长老为敌。如今我等奉命守此迷阵，见川长老路过，晚辈遵族长之命，特来为川长老带路，送川长老走出此阵。"

川洋道："你们为何要帮我?"

曼陀音道："我曼陀族不想与川长老为敌，也希望日后川长老不会为难我曼陀族人。"

川洋点点头道："好，请姑娘前面带路。"

曼陀音引着众人七转八转，过了几个山坡山坳，来到一处断崖前，有溪水流到这里，流下断崖，形成一条高大瀑布。

曼陀音转身对川洋道："川长老，这里便是迷阵的出口了。出了这里便不再是我曼陀族把守之境，晚辈只能送到这里了。"

川洋点点头，又看看眼前的断崖瀑布，似乎颇有疑虑。

曼陀音微微一笑，说道："请随我来。"说罢径向瀑布走去。

只见曼陀音踏上溪水，一步步走向断崖，竟是在空中行走，并未随飞瀑落到崖下。

曼陀音站在半空中，又回头向川洋微笑。

川洋这才相信眼前这瀑布乃幻术所成，便率众追随曼陀音踏上断崖。

待双脚踏过崖畔，眼前倏然变作另外一番景象，竟是一条较为宽大的平坦山路。

曼陀音向川洋合十作礼道："请川长老保重，晚辈告辞了。"

川洋回了一礼，见曼陀音沿来路回去，刚走出几步便消失不见了，知她又回到了迷阵之中。

川洋这才率众继续前行，走不多时，忽见前面奔来一人，很快奔到自己面前，正是川清泉。

川清泉道："爹，您总算来了，孩儿发现了这迷阵的阵心。"

川洋喜道："哦？你且说说那阵心情形如何。"

川清泉道："那阵心由曼陀族忍者把守，藏秘在幻境之中。先前孩儿与沐姑娘中了她们的圈套，被她们捉住，后来孩儿伺机逃脱，沐姑娘还在她们手中。"

川洋问道："你能认出通往阵心的路径吗？"

川清泉点点头。

川洋道："走，咱们去看看。"

川清泉答应一声，引着川洋等人向众人来时方向走去，很快便来到曼陀音送川洋出来的地方。

待重又回到断崖顶上，川洋回头向脚下的瀑布望了一眼说道："难怪她们要假惺惺地送咱们出来，原来是怕咱们破了她这阵心。"

川清泉将众人带至一棵参天大树下面，说道："爹，就是这里了。"

川洋问道："这里？"

川清泉指指树上，川洋这才明白原来曼陀族忍者将阵心入口伪装成了一棵大树。

川清泉率先向大树走去，只见他来到树下，并不攀登纵跃，而是一步步走上树干，身体竟然与地面相平，走上树干丈余高后便蓦然消失不见了。

川洋忙率着众人尾随其后，走上树干后果然如履平地，天地好似瞬间转了四分之一个圆周，树梢并非在上，而是在眼前，树根也并非在下，而是在身后，身后的大地俨然成了一堵无垠的大墙。林中的其他树木倒好像层层叠叠地横挂在身下与头上的半空中了。

走上树干丈余远后，眼前景物倏然变化，原来竟是一座小丘，只有五六丈高，川清泉已在山丘脚下等候。

川洋道："如果这里是阵心，山丘上必定埋伏重重，待我先清理了路径咱们再上去。大家退后远些。"

只见川洋双手当胸结印，默念咒语，刹那间，一股大浪凭空跃出，开始绕着山丘盘旋。那水浪越转越大，越转越急，后来竟成了一个巨大的漩涡，将整个山丘团团围住，飞速旋转，少时便将整个山丘的树木连根卷起，树木、山石随着巨大漩涡一起旋转，片刻之后，川洋口中诵一声"吽"，手印散开，滔天大水随之从半空中拍击下来，落地后竟然倏尔消失，连一滴水痕也未留下。只是那山丘此时已变作了秃丘，树木、山石散落在山丘脚下周围，还有几名曼陀族的女忍者横卧其间，或死或伤。

山丘顶上乃一块平坦之地，大水并未侵袭其处。

众人来到丘顶，只见地面上堆放着大大小小的石头土块，四周插着各色小旗，旗子有方有圆，还有三角形状，旗上都书有咒语。

丘顶正中一把胡椅上端坐着一位中年妇人，脚下躺卧着一名女子，那女子被绳索捆缚得如个粽子相似，正昏迷不醒。

妇人道："没想到川长老终究还是来了，曼陀容低估阁下的实力了。"

川洋道："你放了沐姑娘，我也可以放你一条生路。"

曼陀容冷笑道："川长老破了这阵心，即便你放过我，目长老也不会放过我。"

川清泉上前一步道："你快放了沐姑娘，否则休怪我们不客气了。"

曼陀容站起身哈哈笑道："看来川行忍很看重这姑娘啊。不过事已至此，我也没打算同你们客气！"说罢手中现出一把空无常，直向地上的沐如雪刺去。

说时迟那时快，曼陀容脚下蓦地激射出一股急流，正中曼陀容手腕，空无常立时飞落在地。与此同时，川清泉也两手齐伸，十股极细的水流直射曼陀容，未及她躲避，那十股细流便已穿过她身体，留下十个细小的孔洞，鲜血从小洞中汩汩流出。

曼陀容两眼圆睁，身体僵直，随即便瘫倒在地上。

川清泉忙奔上前，扶起地上的沐如雪，一边为她松绑一边唤她的名字。川清泉又伸手在沐如雪口鼻前探了探，回头对站在圈外的川洋道："爹，沐姑娘她……"

川洋说道："莫急，让我看看。"说罢忽然右手一伸，一股碗口大的急流从天而降，直射沐如雪心口。

川清泉大惊，未及应对，沐如雪已被射中，大叫一声，口中哇地喷出一口鲜血来。

川清泉愕然回望仍站在圈外的川洋道："爹，您……您做什么？"

川洋微微笑道："你撑不了多久了，还想继续伪装下去吗？"

沐如雪又呛出一大口鲜血，川清泉蓦然消失，山丘及周围景物也化作了一处寻常山坡，沐如雪却化作了曼陀容的模样，半伏在地上。

曼陀容捂着胸口，气吁吁地问道："你……你如何能识破？"

川洋道："你自知寻常幻术拿我不住，便设下这四重幻术。不过饶是你幻术巧妙，终究还是有破绽。"

川洋晒笑了一声，又道："自从我见到曼陀音便已入了你的第一重幻术之中，她送我出迷阵，其实便是将我带进了第二重幻术，那大树自然是第三重幻术的入口，而你陷对手于幻境、令其终身难醒的最终幻术入口便是沐如雪所在的阵心中间，我若踏上此处，便再难与你对抗，只得乖乖地做你的阶下囚了。不过幸好我从一开始便看出破绽，一直将脉气摄持在明脉之中，却还要将一部分脉气放入暗脉，这样才能既不被你的幻术所迷，又可以一重一重地深入你的幻术之中，继续欣赏你的表演，并最终找到你的藏身之所，其中分寸拿捏，的确不容易啊。"

曼陀容面色惨白，有气无力地说道："这……不可能，你告诉我，我的……我的破绽……在哪里？"

川洋冷笑道："对一个将死之人，再说这些有何意义？你也不必再忍受这痛苦，让我送你一程吧。"说罢一挥手，又一股激流凭空而出，射向曼陀容。那水流却是头尖尾粗，像一把大水锥子一般，"噗"地射进曼陀容的心口。

曼陀容心口剧痛，大叫一声，随即昏死过去。忽然听到耳畔有人叫道："娘，您怎么了？您快醒醒！娘！娘！"

曼陀容努力睁开眼睛，却见曼陀音正在自己身前，摇晃着自己肩膀。

曼陀音用袖口揩去曼陀容的满头大汗，说道："娘，您终于醒了。"

曼陀容疑惑地看看四周，见自己正躺在一间木屋之中的榻上，看屋内陈设正是自己在秦山中的临时居所。

曼陀容问道："我怎么了？我死了吗？"

曼陀音眼泪汪汪地说道："没有，娘，您中了奶奶的幻术，昏睡了两整夜了。"

曼陀容怔了怔，说道："扯谎！你究竟是谁？莫非冥间也有幻术不成？"

曼陀音摇摇头，泣道："前日晚上，奶奶到山上来，要带几位妹妹回曼陀谷去，您原本不愿意，后来便对奶奶说'只要您高兴就好，随便您吧'。谁知刚刚说完这话，您便昏倒在地，沉睡不醒。奶奶说是您对她偷偷施展幻术，她便将这幻术还施到您的身上，以此来警醒您。"

"胡说！她怎么可能在一瞬间便破了我的'一念大幻术'？还将它还施到我身上？"曼陀容盯着曼陀音问道。

"娘，您真的对奶奶施展了一念大幻术？"曼陀音惊讶地反问道，似乎不敢相信曼陀容所说。

见曼陀容无语，曼陀音又道："奶奶说，这一念大幻术极易令人迷失其中，所以她让我等您醒来之后告诉您，让您回想一下，在过去这几日之中，您是否看到过别人的心思。若非在幻中，合应只见自己的心思，若在幻术之中，则偶尔会知晓他人心思。不过身在幻中，自己并不会觉察到这一点。"

曼陀容当即细细回想了一番，心道："不错，音儿引川洋过断崖入第二重幻术时，以及川洋在大树前将入第三重幻术时，他心中的犹豫我都清清楚楚地知道，看来我果然是中了一念大幻术！"随又问曼陀音道："音儿，你说我昏睡了两夜？"

曼陀音点了点头。

曼陀容又问道："我中了那老货的幻术之后如何？"

曼陀音道："奶奶放了川清泉与沐如雪二人，又带着小美与小妙寻乐儿去了。"

"小美的腿能走路了？"曼陀容又问道。

曼陀音点点头道："川清泉身上带着药师族的续骨伤药，小美敷药后第二日天亮便无大碍了。"

"她们是昨日走的？"曼陀容自言自语道。

"娘。"曼陀音抓住曼陀容的胳膊说道，"奶奶临走前说，娘若是个有造化的，自会回心转意，走上正途，否则便是强拉你回头也是枉然。我看咱们还是听奶奶的话，不要再留在这里与三道为敌了，否则，我担心……"

"担心什么？"曼陀容怒目瞪了一眼曼陀音骂道，"没出息的东西！川清泉乃堂堂东道行忍，还不是败在我的手里？咱们若是就这样走了，让别人笑话不说，目长老也断不会放过咱们曼陀族！"

"娘。"曼陀音又叫道,"昨日一早川长老他们已经通过这里,向山里去了。"

"你说什么?"曼陀容怒道,"这个老货,坏了我的大事!"随又说道,"音儿,你替我好生把守这里,我要到山里去走一趟。"

曼陀音问道:"娘,您去做什么?"

曼陀容道:"曼陀乐一直留在目思琴身边,那老货最疼乐儿这丫头,寻不到她,必然不肯回曼陀谷去。那老货想要讨好其他三道,背叛北道,我偏不让她得逞!"

曼陀音道:"娘,您还想去寻奶奶跟她作对吗?恐怕奶奶此时已经带着几个妹妹出山去了。奶奶放走川清泉时说,曼陀族既不想与三道为敌,也不会帮助三道对抗北道,日后大家相见,各自相安便是。"

曼陀容道:"你休听那老货胡说,这次四道忍者会战秦山,正是我曼陀族扬名建功的大好时机。好了,你快去给我准备些饭菜,我用过之后就上路。"

"可是,娘……"曼陀音话到嘴边,竟不敢说出来。

且说光波翼飞离雾林之后,向西北飞出数里之外,越过两座山峦,见前面山坳中一片火光,忙降落在远处山坡上观望。

只见山坳中有男女数人,背对着背站成一圈,四周竟有三重火焰围成的大圈,将这几人团团围在当中。

光波翼认出其中有南赡部道忍者,剑族族长剑无学,以及剑思成、剑思秀二人,另有男女二人,却只认得那男子乃东胜神道沐族族长沐六。

光波翼心道:"剑无学与沐六乃是南道与东道的顶尖高手,如今竟被困在同一阵中,看来对手也自不弱。"

再看离这五人不远处躺倒着两人,都是剑族忍者,身上皆有一两处被火烧穿的孔洞。

忽听沐六大喝一声:"呸!"五人头顶上方,方圆三十余丈的天空中暮地降下倾盆大雨。说是倾盆大雨绝非夸张,因为那雨水并非由无数的水珠连线而成,却是百十根盆口粗的水柱子从天直降。

大雨登时浇熄了最内侧的两个火焰圈,外圈的火焰最猛烈,被大雨一浇火势骤然减弱,眼看将熄,火焰"呼"的一声从一个大圈缩回成一个火球,蹿到雨水之外十多丈远处,悬浮在半空中。

此时沐六又喝了声："哈！"只见那大雨竟凝在空中，百十根水柱子林立在五人周围，有如一堵厚厚的水墙，密密实实地将五个人护在圈中。只有五人头顶上方有个直径三四尺的圆形空当。

光波翼看在眼里，心道："看来对手只有从这里下手了。"心念甫落，那火球"嗖"地飞上天空，冲着五人的头顶俯冲下来，速度极快，火球也迅速变大，直径竟与个大铁锅相似。

眼看火球将至，忽然从五人头顶上方飞出一道青蓝色光芒，径从那火球上穿了过去。

"御剑术！"光波翼心中叫道。那蓝光虽快，光波翼仍已看清乃是一柄宝剑形状。

只见那火球被剑光刺穿，却并未散开，只是遽然变小了许多，只如个西瓜般大小，速度也变慢了些。

随着那青蓝色剑光飞出，又有两道白色剑光飞起，飞至五人头顶上空，一上一下地各自旋转起来。眨眼间，两柄白色剑光又分出许多剑光来，围绕在两剑四周一同旋转，将那火球实实挡在外面。

光波翼知道这两道剑光必是剑思成与剑思秀所施放。

只听剑无学朗声说道："赤炎翎，你若再执迷不悟，休怪老朽不客气了。"

并未听到有人回答，却见那火球"噼啪"一声忽然消失不见。

山坳中沉寂了片刻，剑无学等人皆收了飞剑。忽闻"轰"的一声巨响，山坳中一时燃烧起来，地面上火焰足有七八尺高，连五人脚下也蹿出二尺来长的火苗。

沐六身旁那女子忙双手结印，刹那间脚下便涨起水来，一直没过小腿，迅速将五人脚下的大火熄灭。光波翼这才知道她也是一名沐族忍者。

四周的大火却越烧越烈，熊熊然向水墙袭来，烧得水墙外层水汽蒸腾。

双方水火正争持不下，天空中忽然下起火雨来，无数大大小小的火球从天而降，密集地向五人头顶上方袭来。

剑思成与剑思秀二人忙又放出飞剑抵挡，那沐族女忍者也在五人当中施放出一股水柱，冲到头顶上方五六尺高处又四散开来，形成一个伞状喷泉，与剑族兄弟一同护住头顶上空。

只听剑无学喝一声："去！"从水墙中飞出一道青蓝剑光，那剑光甫一穿过水墙便一分为二，眨眼间又分化为四道剑光，随即变作八道剑光，继而十六道、三十二道、六十四道……

无数道剑光倏然在山坳中飞来飞去，从地面直至十余丈的天空中都布满剑光，很快整个山坳便全都笼罩在剑光之中，山坳中的树木花草被斩得七零八落。

沐六双手结印，向天一指，山坳中登时降下大雨。

剑无学双手当胸合十，随即两手向外一分，只见无数剑光霎时便飞出山坳，在山坳外围四周穿梭不停。不多时便听见远处传来阵阵叫呼声。

光波翼循声以天目术观察，只见距离山坳不远处的四周山坡上，有七八人被剑光刺中，滚倒在地。

原来剑无学先以剑光在山坳中搜罗一番，已判断出敌人藏身在山坳之外，故而将剑光放远，果然击中了多名敌手。

那七八人为剑光斩杀，加之沐六在山坳中降下大雨，山坳中的火势登时奄奄将熄。

光波翼暗叫一声："不好！"他心知适才那大火并非出自赤炎翎之手，而是其手下族人所为，故而那七八名赤炎族忍者死伤之后火势顿减。看来这回该轮到赤炎翎亲自出手了。

光波翼念头甫落，忽听山坳西面山坡上传出一阵沙哑的笑声，声音虽哑，却能听出底气十足，回荡在半秃的山坳之中，颇有些森森然。

只听赤炎翎仍旧以浑厚之气传声说道："好你个剑无学，没想到你的剑雨流星也能放出这么远来，我低估你了。"光波翼也听得清清楚楚。

剑无学适才所施展的忍术正是"剑雨流星"。通常剑族忍术初步只能施放一柄飞剑，所放飞剑并非实实在在的一柄真剑，而是一道剑光。最初剑光亦飞不甚远，随着忍术增强，剑光则愈飞愈远，并可由一道剑光分化为两道剑光，继之则可再分为四，四分为八……

一名剑族的受忍可分出六十四道剑光，一名想忍则可分出一千零二十四道剑光，剑无学位登行忍多年，早已能化出上万道剑光。

只是所化剑光越多，耗费之脉气越多，剑光飞行距离也越有限，所以赤炎翎将手下部署在山坳以外的山坡上，以为剑无学的剑雨无法飞及，却没想到剑无学居然能同时驾御上万飞剑飞出山坳之外，斩杀了多名赤炎族忍者。

剑无学也有意以气传声说道："赤炎翎，你若想同我比试，就放他们几个过去。咱们一对一较量，何必多伤无辜？"

赤炎翎道："有何不可？他们就算过了我这关，也过不去下一关。拿下一个剑无学，我已知足了。"

赤炎翎轻易便答应放行沐六等人，光波翼丝毫不觉奇怪，因沐六乃沐族高手，其忍术长于用水，本就与赤炎族忍术相克。如果赤炎翎同时还要应付沐六等人，只怕会给剑无学可乘之机。如今他既已见识了剑无学的厉害，更不敢稍稍大意，放沐六等人过去，正好全力对付剑无学。

只见剑无学与其他几人低声交谈了几句，剑思成与剑思秀拉住剑无学的袖子，又跪下拜了几拜，想必是不愿离开族长而去，最后沐六等四人一同向北奔去，不多时，便奔出了山坳，一路果然无人阻拦。

望着那几人的身影消失在夜色之中，剑无学叫道："赤炎翎，动手吧。"

话音未落，忽然剑无学身后火光炽盛，四道火光好似四把巨大的砍刀一般依次纵横交错地向剑无学袭来。

原来赤炎翎趁沐六等人奔走之时，已偷偷地绕到山坳南面，抢了先机从剑无学背后下手。

漆黑的夜色倒也帮了剑无学的忙，那火光在夜色中极为显眼，从身后亮起的刹那，剑无学便已发动身形，向右连连跃开，堪堪躲过那几道火焰刀。

未及剑无学立足稳当，又有三道四尺高的火焰，彼此相距二尺远近，紧贴地面向他射来，好像刹那间竖起三道火墙。

此时剑无学若再想躲开，或许尚来得及，只是若赤炎翎趁机再连发一招，剑无学便无法躲过了。这也正是赤炎翎抢占先机偷袭的目的所在。

只见剑无学此刻并不再跃开，他在刚刚落地时已扭头看见三道火墙袭来，当即左脚前踏一步，身体疾速右转，以身体右侧正对火墙。刹那间，火墙从剑无学身前身后同时掠过，剑无学正好夹在两道火墙中间。

这当真是个大大的险招！须知那火墙之间只有二尺之距，火墙来势又疾，只要稍有差错，便会被火墙撩到。

然而如此一来，剑无学便反转了攻防时机，身体侧过的同时，右手已起，一道青蓝色剑光疾速射向十余丈外的赤炎翎。

剑光比火光更快，赤炎翎看见剑无学侧身抬手时便已暗自足下发力，同时双手结印，在他躲闪剑光的同时，剑无学周围欻然火起，火焰足有一人多高。

先前那火焰刀与火墙虽然迅疾，然而来得快，去得也快，一击之后火光便会消失。如今这大火虽然烧在一处不动，却是实实在在的火焰，持续燃烧不断。

剑无学此时自然不敢不躲，纵身跃起，又借助一株残断树干，远远跃出大火。

赤炎翎也知这大火绝伤不到剑无学，却因此阻挡了剑无学的视线，让他无法看清自己所在，更无法连续出招攻击自己。

不多时，大火熄灭，只剩下十几株树干继续燃烧着，做了这黑暗山坳中的火把。

剑无学明白赤炎翎的意图，知他又想伺机偷袭自己，故而趁那大火未熄之时早已奔开数十步外，此时则躲在暗处悄悄地观察周围的动静。

忽然一道火线从剑无学背后袭来，剑无学向一旁闪过，见第二道火线又袭来，便伸手一指，发出一道白色剑光，迎头射向那道火线，剑光与火线相碰，竟"嘭"的一声同时消散无踪。

"果然如此。"剑无学心道。

原来剑无学在与沐六等人被围攻时，曾以剑光穿过一个大火球，发现那火球被剑光击穿后遽然变小变弱，心下便思忖自己的剑光可以抵消对手的火术，如今这一试，果然验证了这一点。只是这一次所放的剑光乃只发不收的"镖剑"，正如其他忍者所发的暗器星镖一般，发出后便失去了对剑光的控制，任凭剑光的能量发散，却正好可与火线的能量相抵消，从而将火线击没。而上次所放那剑光却是要一直控御的"飞剑"，其能量摄持不散，反倒只能击穿火球，却无法将其消灭。

剑无学心念甫动，第三道火线又至，剑无学当下又回了一剑，此番却加深了几分功力。只见那火线被击灭之后，剑光依然在，却比前面黯淡了些，继续向远处飞去，"当"的一声刺到远处山坡上，击碎了一块岩石。

剑无学对剑、火二术的对抗愈加明了，却是眉头一皱。

忽然他的脚下大火又起，剑无学再度跃起，却见迎面又连续射来数道火线，忙回剑迎敌。正在他出手的同时，身后呼呼地袭来数道火线、火球、火焰刀，比前面那几道火线劲疾猛烈得多，横七竖八地将剑无学罩在火光之中。

此时剑无学正跃在半空中，又正挥手放剑，眼见无处躲避。忽然剑无学身体四周上下一时射出千万道白色剑光，每一道剑光甫一离身，随即又从中四散开来，化作直径一肘长的花朵形状，层层叠叠地将剑无学罩在当中。

那些火线、火球与火焰刀纷纷射到剑光花朵上，丝毫伤不到剑无学。

这一招正是剑族忍者的防守绝招——慈悲花雨。该忍术源于昔年释迦牟尼佛即将成道时，魔王率领魔女魔军前来扰乱，试图阻止佛陀成道。然而魔女的美貌、魔王的怒吼丝毫都不能令佛陀动摇，最后魔王的大军纷纷向佛陀射去毒箭，投去锋利的长矛，然而那些恐怖的兵杖却在佛陀身体周围化作美丽的花雨，变成了对佛陀的美妙供养。这都是由于佛陀的内心早已彻底消除了嗔恨与毒害，唯以慈悲对待众生，故而这些嗔恨与毒害的帮凶在佛陀面前也都化作了慈悲的庄严。非空大师传下此术，亦是让后人明白，只有彻底消除了伤害之心，才能彻底免除被外界伤害。魔军不过是我们内心烦恼的外在显现罢了。

剑无学落地后高声叫道："赤炎翎，你这卑鄙小人！咱们说好一对一较量，你为何食言，让族人在暗中帮你？难道不怕被人耻笑吗？"

原来适才剑无学以镖剑击落火线时，心中便已知晓那火线并非出自赤炎翎之手，也已猜到赤炎翎要偷袭自己，故而已做好了施展慈悲花雨之术的准备。

只听赤炎翎哈哈笑道："剑无学，你老糊涂了，咱们这又不是比武，是性命相搏，是你死我活，只论生死，不论道义。不过没想到你居然练成了慈悲花雨之术，恭喜了。"

剑无学"哼"了一声，倏然射出一道红色剑光，径向赤炎翎声音来处飞去。

远处忽然火光大耀，又听得赤炎翎一阵大笑，不多时便现在剑无学面前，说道："剑无学，你还真是老糊涂了，竟然轻易便放出了本尊剑。你以为我会这么容易被你的本尊剑追杀到吗？"

剑族忍者施放的剑光通常有三种，白色剑光叫作"化光剑"，乃三种剑光中最易练成的一种。剑族忍术初成时便只能放出这种化光剑。只放不收的镖剑也属于化光剑之一种。

剑无学先前施放的青蓝色剑光叫作"心光剑"，心光剑可分可化，随心意飞行变化，想忍以上的剑族忍者方可修成，忍术更深时则变作纯蓝色剑光。心光剑修至极高明处，会有不可思议之妙用，亦是剑族忍者入道之关钥。

那红色剑光便是"本尊剑"，只有行忍以上的高明忍者方可修成。乃是聚集了忍者的极大忍术之力而成，放出后可自行追杀敌人，视施放者忍术高下不同，本尊剑可斩杀敌人于数里乃至数十里之外。只是这本尊剑因聚集了忍者的大部分能量，一旦本尊剑被破，施放者本身亦会遭受极大伤害，故而剑族忍者在无相当把握之时，轻易不会放出本尊剑。

如今剑无学见赤炎翎安然无恙地出现在自己面前，而本尊剑却并未追踪他而至，不觉大吃一惊。

赤炎翎笑道："剑无学，你这么急着杀我吗？可惜呀，你的本尊剑如今已成了太上老君炼丹炉里的金丹了。"话音甫落，一个硕大的火球已缓缓飞至，隐约可见火球中有一道红光闪闪。

"炉中术？你练成了炉中术？"剑无学似乎不敢相信眼前所见，忙以右手结印，默念咒语，试图让本尊剑冲出火炉。

赤炎翎嗤笑一声道："怎么？只许你练成慈悲花雨，不许我练成这炉中术吗？"说罢左手结个手印，心中默念咒语，只见那火球愈发燃得猛烈。

剑无学抵抗不住，哇地喷出一口鲜血来。

赤炎翎哈哈大笑。

"你……"剑无学散了手印，左手紧抓胸口，右手指着赤炎翎。

忽然赤炎翎大叫一声，坐倒在地，胸口喷出一股血来。那火球也顿时被本尊剑冲破，火花四散，转眼间灰飞烟灭。

剑无学收了本尊剑，微微笑道："我若不舍出本尊剑，如何能诱你现身？又如何能麻痹你，令你无法防备我的无影剑呢？能除掉你赤炎翎，我用这苦肉计也值得了。"说着忍不住咳了两声。

原来剑无学自知身处迷阵之中，难以追踪到赤炎翎，而赤炎翎来去自由，可以不断在暗处尝试以各种方式攻击自己，又有许多帮手，长此下去，自己必然吃亏。故而下定决心，用苦肉计诱使赤炎翎现身，并拼着身受内伤，令赤炎翎放松警惕，趁赤炎翎得意轻敌之时，以无影剑绝技射杀赤炎翎。

赤炎翎恨恨地盯着剑无学，忽然笑骂道："好你个狡猾的老贼！"随即双手结印，似乎很勉强地射出一道火线来。

剑无学随手一挥，一道白色剑光过处，那火线顿时消散，只有点点火星飘散在空中，继续向剑无学飘去。

"你还不死心吗？"剑无学望着双眼圆睁的赤炎翎冷冷说道。

忽然剑无学脚下一空，唰的一下被什么东西拖入了地中。几乎与此同时，一声巨响，火光冲天，山坳中竟炸出一个直径里许的圆形巨坑。

等剑无学重新回到地面，已出了那山坳，他这才看见是光波翼拉着自己。

"光波翼？原来是你！"剑无学讶道。

"剑叔叔。"光波翼向剑无学施了一礼。

"刚才是怎么回事？你为何将我拉到地下？"因剑无学不会摩尼宝镜术，故而被光波翼拉进地中后无法看见山坳中爆炸之事，却在地下听到了爆炸声传来，也感到了大地的震动。

光波翼道："那是赤炎翎的绝招——嗔心之火。"

"嗔心之火？"剑无学并未听说过这个忍术。

嗔心之火乃赤炎族绝学，施放时只有点点火星，并不会引人注意，那火星却会爆炸开来，且威力极大，方圆里许内的生命断无逃生之机。只是这嗔心之火乃是与敌人同归于尽的自杀招数，又极难修炼，赤炎族忍者中极少有人修习此术。此术取"嗔心之火"作名，乃是比喻嗔恨之心犹如猛火，初时虽只星星点点，却可迅速变成冲天大火，摧毁一切美好之物，以此令人明白嗔心为患之大。

赤炎翎身受重伤，自知性命不保，故而使出这招嗔心之火，欲图与剑无学同归于尽。只是他担心若公然出手，剑无学或许会生疑逃脱，故而假意射出火线，却将绝招藏于其中，剑无学果然并未发觉，只道那点点火星乃是火线被镖剑击灭后残存的寻常火星而已。

谁也未曾想到，光波翼一直在窥看二人缠斗，又早从蓂荚那里得知赤炎翎已练成此术。他见剑无学的本尊剑被炉中火之术所困，不忍眼看这位剑族宗师遇害，故而以坤行术遁入山坳中，伺机出手救人。不想正看见那飘散在空中的点点火星，顿时想到这便是嗔心之火术，忙将剑无学带入地下一丈多深处，救了剑无学一命。这也多亏了光波翼此时的坤行术与摩尼宝镜术皆已达到炉火纯青之境，早已不必双手结印施术，否则又如何能够拉住剑无学逃命？

剑无学听光波翼简单介绍过嗔心之火的来历，正要追问他如何得知，光波翼却又施一礼道："剑叔叔自己保重，晚辈还有要事在身，先行一步了。"说罢重又遁入地下，不见了踪影。

第六十四回

罗刹谷花粉赠旗
草木阵归凤焚信

光波翼眼看白鸟群飞等多名东道忍者死于迷雾林中，如今又见北道高手赤炎翎及其数名手下被杀，不知这秦山之中还有多少忍者已死于非命。

出了地面，光波翼又化作黑鹤，径向罗刹谷方向飞去。

飞行半晌，光波翼越来越觉得路径有些不对，便飞得高些，辨明方向后，加快了速度。

大约飞了一顿饭工夫，仍未飞到罗刹谷，光波翼不觉暗自奇怪，便飞到更高处观察，越发感到异样，但觉得四周的山势极为陌生，并不似罗刹谷附近的环境。心道："莫非我在天上飞行也无法突破秦山中的迷阵吗？"

再飞出一大段路程，仍旧不知自己身处何地。光波翼心中愈发确信这迷阵果然了得，恐怕连低空中的鸟儿也会失去方向。只是苦于天色黑暗，无法飞到更高处俯瞰秦山，便只好寻了一处安稳所在，稍稍歇息，以待天明后再作打算。

晨曦初至，光波翼便化鹤飞上高空，参照东升的太阳，向南一直飞过山脊。俯瞰秦山，光波翼不禁大吃一惊，原来自己昨晚竟是一直向东飞行，与罗刹谷方向背道而驰，如今已不知飞出多远了！

光波翼从高空降下，这回沿着山脊向西飞行，飞了一阵儿又冲上高空，不禁又是大吃一惊！原来自己又在向东飞行！

"适才我明明一直是背对太阳西飞，为何一飞到高处竟变成迎着太阳东飞了？"光波翼在空中盘旋了一阵，总算明白了，原来只要自己降低到一定高度，便会进入这迷阵之中，所见的景色与所辨方向便都不实了。

认清了此一节目，光波翼索性便飞在高高的天空之上，心中忖道："看来我真当听蓂莢细细地将这迷阵之术说完，不该如此匆匆忙忙地赶来，便也不至于这般狼狈地蒙头乱撞了。如今看来，蓂莢所说那迷阵之眼，多半也是真实不虚了。"

飞了好一阵子，终于看见罗刹谷就在身下。光波翼看准方向，径直俯冲下来。

冲降到低空处，眼前山林景色果然又变。光波翼却不再理会，只管径直俯冲下去。

将近地面，忽然眼前景象又为之一变，光波翼骤然减速，飘落在地上。再看四周，可不正是罗刹谷吗！

甫一落地，光波翼收了鹤变术，现回原身，径向海棠山庄奔去。

将近山庄，却见门口站立一人，正静静地望着自己。

"大哥，果然是你来了。"目思琴迎上前说道。

光波翼微微一怔，未想到目思琴会称呼自己作大哥，心知目焱已向她说明了自己的身世，随即问候道："燕儿，你好吗？"

目思琴点点头道："义父说你总会回来的，快进去说话吧。"

光波翼随着目思琴走进山庄，目思琴问道："整个秦山都已被阵先生施了迷阵之术，大哥是如何闯进来的？"

光波翼道："我在天上极高处看见罗刹谷，便一头扎下来了。"

目思琴微微一笑，道："不愧是大哥。"

进到客厅中落了座，目思琴为光波翼斟了一盏茶，光波翼说道："燕儿，我来是想见他一面。"

"你想见义父？"目思琴问道。

光波翼点点头。

目思琴又道："你还不想与义父相认吗？"

"我……"光波翼不知该如何作答，又问道，"他在吗？"

目思琴道："义父正在闭关。"

光波翼眉头微蹙道："这个时候，他还在闭关？"

目思琴微微笑道："我怎么会欺骗大哥呢？"

光波翼道："如今事态紧急，我必须见他。"

目思琴道："长老闭关时，任何人都不能打扰。但是如果大哥想见自己的亲生父亲，则另当别论。"

光波翼看了看目思琴，问道："他知道我要来?"

目思琴回道："我也不知道，不过他老人家在入关前是这样吩咐的。"

见光波翼沉默不语，目思琴又道："大哥是想劝义父停手吗?"

光波翼道："来罗刹谷之前，我已在山中逗留了一夜。已经死了很多人了，你知道吗?"

目思琴道："难道大哥认为这是义父的错吗? 我们不曾踏出秦山一步，是谁来攻打我们? 是谁想要将我北道忍者赶尽杀绝?"

光波翼道："其他三道忍者未必想要将北道赶尽杀绝，他们只是想让北道罢手，不再帮助黄巢而已。"

目思琴道："这恐怕只是大哥自己的想法。不管怎么说，我们只是在自卫而已。"

光波翼又道："可是如此下去，只怕四道忍者最终会同归于尽。"

目思琴微微怒道："那又怎样? 难道大哥想让我们撤去防守，任由三道屠戮吗?"

光波翼忙道："四道忍者同出一宗，从来手足相依，大家何苦自相残杀? 难道不能各自罢手，重归于好吗?"

目思琴道："要罢手也是那三道忍者先罢手，否则要我们如何处得?"

光波翼略微沉默，又道："我要见他。"

目思琴道："我看大哥并未准备好去见自己的父亲。"

光波翼盯着目思琴，只听她又道："大哥，你还不明白吗? 你这样义父是不会见你的。而且即使你见了义父，也不会有任何结果。除非三道忍者愿意停手，除非坚地他们几位长老愿意放弃与北道为敌，否则，你见了义父又能怎样呢?"

见光波翼无语，目思琴又道："大哥，我也不想看见四道忍者互相厮杀。其实义父也不想这样。如果你能劝说那三道长老同意停战，义父这边你不必担心。"

"此话当真?"光波翼问道。

目思琴点头道："你放心吧，大哥，我怎么敢自作主张呢?"

光波翼明白她这是在暗示自己，目焱对此已有过表示，当即问道："我怎样才能找到那几位长老?"

目思琴道："秦山之中布有一百零八座迷阵，我也不知道他们会在哪一座阵中，大哥只能自己去寻找了。"

光波翼点了点头道："我知道了。"说罢起身向外走去，目思琴也起身来送，光波翼边走边道："他曾给过我两枚信符，你去转告他，我若成功劝说三道长老，便焚化一枚信符，请他收到后，立即让阵先生撤去迷阵，双方即刻休战。"

目思琴点头应道："大哥放心，我会去禀告义父的。"

走到山庄大门，光波翼又转身问道："花粉还好吗？"

目思琴抿了抿嘴道："不太好，不过她总算活过来了。"

光波翼点了点头，转身欲走，目思琴又道："大哥没有什么话要对她说吗？"

光波翼停下脚步，说道："我对不起她。"

目思琴道："这话大哥还是日后自己对她说吧。"

光波翼微微苦笑，说道："你不必远送，告辞了。"随即跨出大门。

目思琴又叫道："大哥！"

光波翼回过头来，目思琴道："能有你这样一位大哥，我很高兴。"

光波翼笑了笑，说道："我也很高兴。"说罢转身而去。

穿过海棠林，光波翼正欲施展鹤变术，忽听身后有人叫道："等一等！"

转身看时，却见花粉追了上来。

光波翼讶道："花粉！？"

花粉跑到光波翼面前，冷冷说道："把手伸出来。"

光波翼问道："做什么？"

花粉并不回答，又说道："把手伸出来。"

光波翼只得伸出左手，被花粉抓住，用一枚绣花针在他的无名指上刺了一下。

光波翼又问道："花粉，你这是做什么？"

只见花粉从后腰取出一面三角形小旗，在光波翼左手无名指上沾了沾，旗子上便染了光波翼的指血。

花粉将小旗交到光波翼手中道："这是可以随意穿行迷阵的令旗，不过只能你一人使用，也无法带领他人同行。你好自为之吧。"说罢转身便走。

光波翼叫道："花粉！"

花粉停住脚步问道："师兄还有事吗？"并不回过头来。

"师兄？"光波翼喃喃自语道。

"不然怎样？难道要我叫你目公子吗？"花粉说道。

光波翼无奈地轻轻摇摇头，说道："花粉，谢谢你。"

"你不必谢我，是姐姐刚才忘记给你了。"花粉依旧冷冰冰地说道。

光波翼明知目思琴有意安排花粉与自己见面，又说道："花粉，对不起。"

花粉哼笑一声，道："师兄是我的救命恩人，哪里对不起我了？"

光波翼道："我并非有意令你伤心，我知道你一向对我很好，可我心里只当你是我的妹妹，从前如此，今后也是如此。"

二人沉默片刻，只听花粉好似喃喃自语般说道："我知道感情不能勉强，纵然你愿意为他粉身碎骨也无济于事。我不该怪你，也不怪我自己，要怪只能怪老天弄人吧。"说罢径自离去，脸上轻轻挂着两道泪痕。

午后烈日当头，山里也颇有些闷热，铁幕志寻了块树荫下的青石，转身对坚地说道："师父，在这里歇歇吧。"

坚地道："这山中的迷阵彼此紧密相接，大家仔细些。"

铁幕志答应一声，让另外几人也各自寻了隐蔽处坐下歇息。

不多时，海音慧奔了过来，坚地忙起身相迎，让海音慧坐在自己身边，问道："前面情形如何？"

海音慧说道："看来丸族兄弟到过此阵，我在树干上发现了这个。"说罢伸出手来，手心上有一粒略带残破的弹丸。

坚地拿起弹丸看了看，说道："丸族的弹丸若是打到树上，寻常树木都会被击穿，细小些的则会被击断，最后被弹丸击中之处，弹丸多半都会碎裂其中，看这弹丸的样子，应该是击打了许多目标之后才射中树干的，这似乎是丸族的回丸之术造成的。"

海音慧道："长老果然厉害，被这弹丸击中的大树四周，有许多树木都有被弹丸擦伤的痕迹，我也看到了几棵被弹丸射穿的树木。"

坚地沉吟道："用回丸术击打那么些大树做什么？"

海音慧道："莫非是在用回丸术追打什么人，却被那人躲过，反打在树上？"

坚地摇摇头道："若是追打敌人，也只合直接击打便是，打得中便中，不中便不中。这回丸术往往是用来对付众多敌人时才用的。"

"是了！"坚地与海音慧二人不约而同说道。

海音慧道："长老也认为这里是茂族忍者把守的迷阵？"

坚地点点头道："丸族兄弟用回丸术击打那些大树，必定是茂族忍者施展了草木皆兵之术。"

海音慧道："这些草木都是茂族忍者的傀儡，只有寻到施术者真身才能打败他们。不过在这迷阵之中，他们若是不想现身，便很难对付了。"

坚地道："不知道丸族兄弟现在如何？是否已经闯过去了？"

海音慧道："我怕惊动敌人，没敢走得太深，尚未发现咱们兄弟的尸首。"

坚地道："目焱仗着这迷阵以一当十，如果无法破了这阵法，后果难料。"

海音慧道："是啊，如今咱们已经进山一日半了，如果三日之内无法破阵，只怕陷入迷阵中的兄弟都难以支撑下去了。"

坚地又道："可惜对于此阵，咱们所知甚少，不知该如何破法。"

海音慧道："如今也只有走一步看一步了。"

坚地道："你带着他们再歇息一会儿，我去弄些水来。"

海音慧忽然愣了愣，起身说道："恐怕来不及了。"

几乎同时，坚地也站起身，随后铁幕志等人均起身准备迎敌。

只见不远处草木微微摇曳，然而过了半晌，却只听见轻轻的沙沙响声，并不见半个人影出现。

海音慧说道："看来他们这是在守株待兔。长老，我来打头阵，你们随后如何？"

坚地道："小心些，不必同他们纠缠，只要走过去就好。"

海音慧点头道："明白。"

坚地回头对众人说道："大家小心，咱们只管向前走，尽量避开树木繁茂之处，不要与敌人缠斗。"

大家齐声答应，此时海音慧已奔出十余丈远，坚地率众追随过去。

海音慧白衣飘飘，尽拣择树木稍稍稀少处奔行。

奔出一段，前面几棵大树哗哗作响，忽然现出几名忍者打扮的人来，手里或持空无常，或持藤鞭，或持长枪，也有人张弓搭箭远远瞄着海音慧。

那几名忍者并不搭话，抢上前来便出手进攻。

海音慧大袖一挥，抬手将最先冲上来的一名忍者推开，这一推的力道可不小，那名忍者飞在空中，"嘭"地撞到一棵大树上，却并未听到那人的叫喊声，只听"咔嚓"一声响，那人竟拦腰断为两截，落在地上化作一截折断的杨树，树干有碗口粗细。海音慧眼光飞扫，已看见不远处忽地现出一棵断树，只剩下三尺多高的树干，正是那棵断杨的树根部分。

海音慧这一击正是有意出手试探，这回愈加明了对手所施确是草木皆兵之术无疑。

见前面同伴被打飞，后面的草木忍者纷纷低吼着冲上来，呼呼的吼声好像风声一般。四周也哗哗地现出越来越多的忍者。

此时在海音慧身后不甚远处，坚地与手下数人也已遭到围攻。

坚地打头，出手击退了数名草木忍者；铁幕志断后，防止众人后背遭袭；中间几人不断挥舞空无常，与侧面袭来的草木忍者格斗。

众人乱斗正欢，忽然一名草木忍者从天而降，径直攻向走在铁幕志身前的娑揭族忍者娑揭梁。娑揭梁侧身躲过草木忍者攻向自己头顶的一剑，反手一击，将那名草木忍者右臂齐齐斩下。谁知那名草木忍者并不停顿，趁势又向娑揭梁刺了一剑。

娑揭梁一惊，原来那名草木忍者又生出一条右臂来，被娑揭梁斩下的那条断臂却化作一条颇粗的树枝。

就在娑揭梁惊呆之际，草木忍者的空无常已刺到娑揭梁的胸口处，忽见寒光一闪，那草木忍者的脑袋被一只空无常飞斩下来，草木忍者顿时毙倒在地，化为断木。

娑揭梁感激地回望一眼，铁幕志憨笑道："看来这些木头人只怕斩首。"

坚地一面应付面前袭来的草木忍者，一面不时回顾身后的同伴，忽听海音慧在前面喊道："长老，快来看！"

话音甫落，海音慧吼喝一声："啊！"只见坚地与海音慧之间这段路上的草木忍者顿时四处飞散，树叶断枝散落一地。

坚地趁机招呼众人迅速赶上海音慧，海音慧又是一声大喝，将前面袭来的草木忍者也纷纷震飞。

有人低声向同伴说道："海音先生的'狮子奋迅术'果然厉害！"

海音慧奔出几步，俯身在一块大石旁说道："长老你看。"

众人立时围成一圈，面皆向外，将海音慧与坚地护在当中，以防草木忍者再攻上来。

坚地来到海音慧身边，只见那大石背后靠坐着一人，正是丸族忍者丸石生，看样子已经死去多时了，双眼却仍怒睁着。

坚地俯下身，伸手轻抹丸石生的额面，令他合上双眼。

忽听铁幕志说道："来了！"

众人皆严阵以待，坚地与海音慧也站起身来到圈外。

只见远处林间时隐时现地奔来一人，身法极为轻捷，看样子绝对是位一流高手，莫非茂族中的高手亲自现身了？抑或仍是一名草木忍者？若是草木忍者皆有如此身手，那接下来的战斗当真是凶多吉少了！

众人正各自心中紧张，忽听坚地自言自语地叫了声："翼儿？"

众人眼力不及坚地，听坚地这一叫，忙努力细看，直待那人又奔近些，方才看清，果然是光波翼！

铁幕志欢喜叫道："贤弟！"便要迎上前去。

娑揭梁在旁提醒道："当心有诈！"

铁幕志闻言一怔，立时住了脚步，回看了一眼坚地。

坚地上前几步，叫道："翼儿，随我来。"说罢蓦地遁入地下。

光波翼已距众人不远，见坚地忽然施展坤行术，心中明白，坚地是在试探自己是否真是光波翼，因为纵然北道中有人能以拓容术或其他办法伪装成自己，也绝不可能会施展坚地的独门忍术——坤行术。

光波翼此时施展摩尼宝镜术，看见坚地已在地下奔到自己左前方，当即也遁入地中，奔到坚地面前。

二人重新回到地上，光波翼忙与众人见礼。

坚地问道："翼儿，你怎么来了？这一年多来，你到哪里去了？"

光波翼道："义父，说来话长，请容孩儿日后详禀。我听说四道忍者会战秦山，故而前来劝阻。"

坚地说道："翼儿，听你这口气好似一位遁世高人一般。你来劝阻谁？是劝阻目焱还是劝阻我们？"

光波翼道："义父，孩儿当日不辞而别确有难言之隐，您责怪我也是应该，只是如今情势紧急，请您老先别生气，听孩儿一言。"

坚地道："你有何话说？"

光波翼道："义父，北道忍者据守秦山多年，对这山中地形极为熟悉，又在山中遍设迷阵，以逸待劳，坐等咱们自投罗网。如今咱们三道弟兄身陷其中，毫无胜算。"

坚地道："你便不说，咱们也已经知晓了。不过既然来了，也只好拼死一搏，不问胜败，尽忠而已。"

光波翼又道："义父，您老不是一向反对忍者自相残杀吗？如今何必要带着大家死战？我知道您老想要尽忠报国，不过请恕孩儿斗胆，朝廷之所以走到今日这般田地，多半也是咎由自取。贼寇虽恶，却也是趁了朝廷大失民心之机。"

坚地道："你这话是什么意思？莫非你也认为贼寇当兴，朝廷当灭吗？难道你忘了，最初忍者是如何来的？非空大师传授咱们祖上忍法，不正是为了辅佐朝廷平定叛乱、匡复社稷吗？"

光波翼道："孩儿并非此意。义父，您可曾想过，当初安史之乱前，国是尚平、百姓犹安，安史二贼野心反叛朝廷，然而朝廷却并未失去民心，故而尚有挽救余地。可如今，黄巢成事之前，天下便已失了太平，匪患四起，民怨不断，以至于贼寇流窜一路，势力迅速壮大，终于占了长安，立了国号。"

"混账！"坚地喝道，"你来就是为了说这些不忠不义的话吗？"

光波翼道："义父息怒，孩儿想说，朝廷之所以让咱们拼死与北道厮杀，就是为了消除黄巢军中的忍者之力，好让朝廷有机会反败为胜，却根本不在乎咱们忍者的生死存亡。"

坚地道："君让臣死，臣不得不死。何况忍者原本便是为国而生、为君而生，大唐若亡，我们还有何颜面苟活于世？"

海音慧此时插话道："翼儿，我明白你的意思，不过现在不是争论的时候，咱们既然已经进山来了，只能全力以赴与北道一战，如果有机会活着出去，咱们再说不迟。咱们在这里耽误了有一阵子，恐怕那些草兵木将又要攻上来了，大家还是快些备战吧。"

光波翼道："您老不必担心，他们暂时不会来打扰咱们。"

"嗯？"海音慧疑问一声。

光波翼解释道："我已经同茂族忍者交过手，他们答应我暂时停止攻击。"

坚地与海音慧愈加不解，都盯着光波翼。

光波翼又道："实不相瞒，今日清晨我到过罗刹谷，想要劝说目焱停战，不过他正在闭关，我并未见到他，便来山中寻找义父。"

"你如何到得罗刹谷？为何轻易便寻到我们？你又如何能见到那些茂族忍

者?"坚地连续发问。

除海音慧以外,其他人正分散四周,望风警戒,此时闻听此言,不免更加警惕,有人开始侧回身体,防备起光波翼来。

光波翼说道:"我是驾鹤从天上飞进罗刹谷去的。我向目焱的义女目思琴陈明利害,她告诉我,其实目焱也有心停战,并不希望与三道忍者厮杀,只是如今三道忍者大举进山,北道乃不得已还击而已。目思琴还给了我一面通行令旗,可以自由穿行各个迷阵。有了这面令旗,把守各阵的忍者也无法遁形于阵中了。目思琴还与我约好,只要义父答应停战,她便去劝说目焱撤去迷阵,放三道忍者出山。"

"一派胡言!"坚地斥道,"三道弟兄拼死在秦山之中苦战多时,为的什么?如今若是如此不明不白地退去,如何向朝廷交代?如何向死去的弟兄交代?再说,即使咱们同意停战,目焱见三道忍者多半入了他的迷阵,正是消灭咱们三道的大好机会,他如何肯轻易放咱们离去?他若答应停战,只怕也是又一个迷阵而已。"

海音慧道:"长老说得有理。"

光波翼道:"如果咱们拼死与北道一战,最终双方鱼死网破,对目焱又有何好处?与其两败俱伤,倒不如相安无事。至于义父所说如何向朝廷交代,朝廷不过是希望北道忍者不再帮助黄巢而已,只要咱们让目焱答应此事,自然可以向朝廷交差。"

坚地哼笑一声道:"你说得倒轻巧,北道忍者躲在暗处,占尽了便宜,我们却在明处,到处挨打。被困在迷阵中这么久,咱们折损了许多弟兄,目焱却并未损失多少手下,即使咱们想与他拼个鱼死网破,又如何能够?目焱勾结黄巢那么久,如今已帮助他登基开国,又如何肯答应就此罢手?"

光波翼道:"义父所言不错,不过义父应该也已看出,其实长久以来,目焱并未全力支持黄巢,他与黄巢之间不过是相互利用而已。如今若要他为了黄巢,与咱们同归于尽,他必然不肯。今日他的义女能给我这面通行令旗,也足以说明目焱确实有心停战。至于说如今北道占尽地利优势,其实这迷阵也并非牢不可破,此阵名曰'烦恼阵',要害处在于有一阵眼,阵眼一破便会现出阵心,阵心一破则全阵皆破。失去迷阵的优势,咱们大可与北道相抗,恐怕还要更胜一筹。只要咱们向目焱点明这一点,不怕他不答应停战。"

坚地怪道:"你如何知晓这些?"

光波翼道："我是听蓂荚所说。"

"百典姑娘？"坚地盯着光波翼问道，"她也来了？"

光波翼摇摇头道："我来秦山之前，她告诉我的。"

坚地微微点点头，又问道："那她是否说过这阵眼在哪里？该当如何破法？"

光波翼见坚地一心追问破阵之法，便说道："义父，咱们无须当真去破阵，只要让目焱相信咱们已经知晓如何破阵就是了。"

见坚地沉默不语，海音慧说道："长老，翼儿说得很有道理，如果能让目焱同意不再相助黄巢，咱们也不必牺牲那么多弟兄与他拼杀。如今咱们已经深陷迷阵之中，不妨同意与他停战，看他如何处置。"

坚地又沉吟片刻，说道："此事还须征求另外两位长老之意。"

海音慧道："只要您老答应此事，相信他们两位应该不会反对。我这就与他们联络看看。"

原来进山之前，三道长老便已做好准备，每人身边皆贴身跟随一名海音族忍者，以为互通音讯之用。

坚地点点头，又问光波翼道："我若同意停战，如何联络目焱？还是由你去报信吗？"

光波翼道："孩儿有目焱的信符，以此通知他。"

坚地道："好吧，待我问过另两位长老再说。"

不多时，海音慧以白螺传音术与风子婴、川洋二人通了消息，他二人自然同意停战。

光波翼当即取出一枚信符焚化了，转身见坚地坐在石上闭目养神，知他现在不想同自己说话，便走到一旁，向海音慧施礼问道："海音阿姨，风长老与川长老还好吗？他们现在何处？"

海音慧道："川长老刚刚与欲族忍者交过手，所幸身边随从并无折损。风长老仍在原地守候。"

"原地守候？风长老守在哪里？"光波翼问道。

"之前我们约好，东、南两道弟兄先进山，风长老带领西道弟兄守在秦山北麓，作为后援，策应我们。万一我们中了埋伏，也不至于令三道忍者全军覆没。这是你义父的主意。"海音慧又抚着光波翼肩头说道，"翼儿，这两年你音讯全无，你义父着实为你担心，派人四处打探你的下落。你究竟有何苦衷，非要不辞而别，偷偷离开幽兰谷？"

光波翼回道："我……海音阿姨，此事须得日后慢慢细说才说得清楚。我想问问您，当年我父亲遇害之前，我母亲住在幽兰谷时，她的心情如何？"

海音慧眉头一皱道："你怎么会想起问这个？我与你母亲甚少见面，你出生的时候我去看过她一次，可以看得出，她非常爱你。不过也有一丝丝忧伤，可能是思念你的父亲吧。"

光波翼微微点了点头，忽听有人叫道："是沙归土，沙大哥来了！"归土乃是沙楼的表字。

很快，沙楼奔到近前，向众人问候，见光波翼也在这里，大为惊讶。

坚地问道："归土，你怎么孤身一人？没有其他弟兄跟你一起吗？"

沙楼回道："本来还有五位弟兄，可惜……"话未说完，满脸都是伤心懊悔之情。

坚地拍了拍他的肩膀，也无话可说。

"沙大哥，殉难的是哪几位弟兄？他们是怎么死的？"有人问道。大家也都满面忧虑地盯着沙楼，不知那几位死者当中是否有自己的亲族好友，同时也想知道他们遭遇了何样高手，能将沙楼这等高明行忍的同伴斩杀殆尽。

沙楼一边陈说自己的经历，一边不时拿眼瞟向光波翼。未及他说完，光波翼向外蹿出几步开外，面东而立。

众人见状，也纷纷警觉起来，不知光波翼觉察到了什么。

不多时，远处几个人影飘近，沙楼不禁暗自惊叹光波翼的耳力敏锐，远胜于己。

那几人来到近前，为首一人施礼说道："在下黄沅，奉目长老之命，请坚地长老与风长老、川长老前去面谈停战事宜。"

坚地怪道："黄沅？你姓黄？难道说你不是忍者？"

黄沅微微一笑，并不回答。

坚地问道："目焱人在哪里？"

黄沅回道："目长老原本正在闭关，不过他说此事关乎四道忍者存亡，故而他愿意在关房会见三位长老。"

坚地道："我们已经商量妥当，由我一人出面即可。"

黄沅又问道："其他两位长老现在哪里？还是请他们同去为好。"

坚地说道："我说过了，由我一人出面即可，你只管带路，有什么话我自会对目长老说。"

黄沅只好应了一声。

海音慧道："长老，我与您同去。"

沙楼也在旁说道："我也与长老同去。"

黄沅连忙说道："几位长老商议大事，旁人不得参与。"

沙楼晒笑道："笑话，那里都是你们北道的人，难道目焱还能在天上闭关不成？再说目焱原本也是邀请三位长老一同前去，如今另外两位长老不在，加上我与海音先生二人也不过三人而已，有何不可？"说罢又回看了一眼光波翼道："光波兄弟，你要不要同去？"

光波翼面带犹豫，未及回应，黄沅却抢道："不可，你们二位同去已属破例，不可再多一人！"

海音慧上前拍拍光波翼肩头道："翼儿，我知道你现在不想见到他，你不必去了，我和沙楼自会保护好你义父的。"又附耳对光波翼说道："你有通行令旗，最容易摸清各阵情形，你可以去风长老那里，向他说明。我们这边一旦有了消息，我会以白螺传音术通知你们。"

光波翼答应一声，转对坚地说道："义父，我有句话对您说。"说罢将坚地拉到一旁，悄声说道："目焱若不信咱们已寻到阵眼，您就对他说，您发现了一个地方，无法以坤行术穿行。他自然不会再怀疑。"

坚地点点头，拉过光波翼的手，将一块玉佩放在他手心里，说道："这原本是要送给我未来的儿媳做聘礼的，你先替她收着吧。"

光波翼看了一眼玉佩，说道："义父，这是您的传家之宝，我不能要。"

坚地微微笑道："傻小子，又不是给你的。"说罢拍了拍光波翼肩头，正欲离去，光波翼又叫道："义父！"

坚地回头看着光波翼，不知他还有何话要说。

光波翼与坚地对视片刻，道了句"您千万要当心"。

坚地等人走后，铁幕志问道："眼下咱们该当如何？"

光波翼道："这里是茂族忍者把守之地，我知道西北处有一瀑布，下面是个大水潭，那里不是茂族忍者的用武之地，我带你们过去，你们可在那里暂时歇息，等义父他们有了消息再作打算。"

"那你呢？"铁幕志又问道。

光波翼道："我要去探探这烦恼阵的阵眼所在，再去见风长老一面。"

第六十五回

幽幽深谷殉国忍
嵬嵬绝壁泻黄沙

话说风子婴率领西道忍者隐蔽在秦山北麓，明知其他两道弟兄在山中拼死拼活已近两日，自已却无法援手，正暗自焦急。忽听海音慧传信来说目焱要与三道长老停战，风子婴虽然乐得同意，心中却又十分忐忑，生怕目焱又使出什么诡计来。

眼看日昳将过，忽见天上飞来一只白鹤，鹤背上骑坐一人，风子婴眼前一亮，"光波翼？"

俪坤、风啸夫妇与黑绳三等人见光波翼到来，一时皆围上前来。光波翼忙向众人问候，却被俪坤一把搂在怀里。

大家急于知晓山中情形，光波翼便将自己所见大略述说一遍，又将坚地、海音慧与沙楼三人赴约同目焱谈判之事也说了。

俪坤问道："玉髓，既然你有通行令旗，可曾探明这山中迷阵的情形？"

光波翼道："这迷阵乃是阵族的秘术，名曰'烦恼阵法'。由三十六个小阵相属而成，每一阵皆有三种变化，清晨、正午与黄昏便是阵势变化之时，入阵所见皆大不相同，故而每一阵其实又可作为三阵，总计一百零八阵。一旦进入此阵，则会反复周旋其中，万难脱身。而且守阵者可于阵内随意藏身显身，伺机偷袭闯阵者，如果他们不主动出手攻击，则很难发现其踪迹。"

〔按：《天台四教仪集注》云：昏烦之法，恼乱心神，故名烦恼。谓眼、耳、鼻、舌、身、意六根，对色、声、香、味、触、法六尘，各有好、恶、平三种不同，则成十八烦恼。又六根对六尘，好、恶、平三种，起苦受、乐受、不苦不乐受，复成十八烦恼，共成三十六种。更约过去、未来、现在三世，各有三十六种，总成一百（零）八烦恼也。

好、恶、平三种不同者，如色尘有好色、有恶色，其不好不恶之色，名为平也。声香味触法五尘亦然。受即领纳之义，苦受对恶尘而起，乐受对好尘而起，不苦不乐受对平尘而起。〕

俪坤道："原来这就是阵族的烦恼阵法。玉髓，你如何知晓得如此详细？是不是那位蓂荚姑娘告诉你的？"

光波翼点点头。

俪坤又道："前年爹爹来信说要为你们举行婚礼，我和你姐夫本来已准备赶回幽兰谷去祝贺你们，可是后来爹又来信说你们不辞而别了，这究竟是怎么回事？"

光波翼轻轻摇头道："说来话长，日后我再慢慢告诉姐姐吧。"

风啸插话道："如今哪有工夫容咱们聊家常？玉髓，你快说说这烦恼阵可有破解之法吗？"

光波翼道："此阵有一阵心，阵心一破则全阵皆溃。只是这阵心藏于阵眼之下，那阵眼非但坚固异常，又能自我修复，极难破之，加之其周围由高手卫护，故而这烦恼阵可谓是固若金汤。"

风啸又道："难怪目焱对那阵牒极为器重，原来他的阵法如此厉害。"

风子婴道："从前我也听说过烦恼阵厉害，却不知竟这般难缠。"

众人正在说话，忽然谷子平跑来急切说道："风长老，翠蝶有信！"

谷子平乃奉命留守在风子婴身边的数名海音族忍者之一，专司与山中东、西二道忍者通信。因海音慧长居翠蝶谷，故而其族人多以"翠蝶"呼之，以示尊敬。

风子婴连忙说道："快说！"

谷子平道："坚地长老他们中了埋伏，情形危急，目焱根本没有诚意停战！"

风子婴叫道："目焱狗贼，本性难移！我这就进山去救人！"

风啸道："长老，山中迷阵重重，咱们如何能寻到他们？纵然让咱们寻到了，也只怕为时已晚。"

光波翼问谷子平道："谷兄，海音先生还说了什么？"

谷子平道："只有这些，她老人家话未说完便断了联系。"

风子婴道："看来他们的处境不容乐观！"

光波翼对风子婴道："您老莫急，我这就驾鹤去接应他们。"

风子婴略加思索道："如今也只好如此，你去救人，我带一队弟兄进山去寻找阵眼。我看那目焱是一心想要消灭咱们三道，如今只有破了他这迷阵，才能保全山里弟兄们的性命。"

俪坤说道："玉髓，姐姐问你，那烦恼阵中可否以坤行术穿行？"

光波翼点点头，说道："虽然可以施展坤行术行于地下，却也无法走出迷阵，只能穿行于迷阵之间。姐姐，你想去破阵眼？"

俪坤说道："玉髓，你快去接应爹爹他们吧，自己千万小心！"

光波翼皱了皱眉，说道："姐姐，那阵眼所在之处，既无法从空中飞过，也无法从地下穿越，由此向东南四五十里处，应当就是阵眼所在。"

俪坤点头说道："知道了，爹爹那边就拜托你了。"

飞在天上，光波翼思绪万千。

光波翼虽然根本不想接受目焱对自己未来的安排，更不想同黄巢那起人沆瀣一气，但目焱毕竟是自己的亲生父亲，他所做的这一切或许当真是为了自己、为了母亲，分明可以感受到他对自己那份深沉的父爱，所以尽管自己不愿面对他，却也不想让他受到伤害。

三道忍者围攻秦山，父亲设了迷阵与之对抗自卫，这有错吗？

自己原本不想说出那阵眼的秘密，可是，又不能眼睁睁地看着三道的弟兄葬身秦山，眼看着三道忍者就此绝灭。从记事起，他们便是自己的亲人，是自己的兄弟姊妹。还有义父坚地，虽然不知他是杀害自己母亲的仇人，还是养育自己的恩人，可心中始终无法仇恨他，也不愿放弃他。

离开清凉斋之前，虽然对蒉莱说过，自己绝不出手帮助任何一方，可是光波翼心里也清楚，单凭自己的劝说，双方如何肯罢手停战？如今自己究竟在帮谁？

光波翼一走，风子婴便召集众人商议破阵之事。

俪坤说道："如今川长老与我父亲都在山中，东、南两道的弟兄们吉凶未卜，咱们牛货道务必要保存实力，风长老也绝不可再冒险进山，否则谁来主持大局？"

风巽接道："俪坤说得不错，破阵之事就交给我们，长老留在这里，待破阵之后再率领弟兄们进山，讨伐目焱老贼。"

风子婴道："进山即入迷阵，各阵之中又均有劲敌埋伏，每闯过一阵都可谓九死一生，若要寻到那阵眼更谈何容易？我若不亲自前去，终究放心不下。"

俪坤说道："我有一个主意，可尽快寻到阵眼，又不必在各个迷阵中纠缠。"

风子婴忙问是何主意。

俪坤说道："咱们可选出几名高手，藏身在宝瓶中，由我带着宝瓶施展坤行术，从地下进山，穿过那些迷阵，待寻到阵眼之后再放大家出来一同破阵。"

风啸忙接道："此法甚妙，夫人，我与你同去。"

"好！算我一个。""我也去！"众人纷纷请缨。

瓶一默开口说道："老朽虽然不中用了，不过这宝瓶藏身之术还不输后生，就由老朽来载大家一程。"

瓶鱼龙忙插话道："老族长，还是让晚辈去吧。"

瓶一默道："你们谁的宝瓶能比我这个老瓶子藏进更多人啊？"

风子婴道："不错，瓶老的宝瓶藏身术无人能及。今日我才明白，原来那目焱当初要瓶老去做人质，正是为了防备咱们这一手。不过咱们也扣了阵牒做人质，让他无法施设这烦恼阵，故而目焱才愿意将人质换回来。瓶老哥，我可是好久没到你的老瓶子里去耍过了，如今正好躲进去吃两瓶酒，再出来破阵。"

众人忙七嘴八舌地表示反对，一致要求风子婴留守在山外。

风子婴经不住大家齐声劝阻，只得答应留下，又选了十余名高手，由瓶一默施展宝瓶藏身术，将众人收入瓶中，再由俪坤带在身上，进山寻找阵眼。

当年光波翼进秦山时曾遇上目焱闭关，花粉虽未明说其关房所在，光波翼却已察知了大概。如今身上带着通行令旗，正好直奔关房方向去飞。

越过一个颇高的山峰，遥遥望见一处断崖，正是试情崖，目焱的关房便在试情崖东南不远的一座山谷中。光波翼不禁又回想起当日花粉跳崖的情形，见她今日竟对自己如此冷漠，其间不知她受了多少痛苦煎熬！今生不得不辜负她的一往情深，也只有在心底默默祝福她能够得到幸福了。

正自思想，忽然听见远处传来呼叫之声，低头望去，却见试情崖顶上有人影晃动。

光波翼忙驾鹤闪向一旁，远远绕开崖顶，又盘旋回来，再降低飞鹤，欲待看个究竟。忽觉体内脉气涌动，身子突然变重，胯下白鹤竟被压得跌落下去。

光波翼右手急撑鹤背，纵身跃起，那白鹤跌落了一段，背上失去负担，重又飞了起来。

此时离开地面已不甚高，光波翼在空中翻了个筋斗，刚好够得上一棵大树，双脚在树枝上一踏，借力又回翻了一个后空翻，稳稳落在地上。

"原来是遮族忍者在此。"光波翼心道。

光波翼的落脚处离崖畔已不远，光波翼悄悄向崖畔摸去，却见崖顶竟然聚集了一二百名黑衣人，每人手里都拿着或弓或弩。有数十人正伏在崖畔处向崖下张望，中有一人叫道："他们断然活不成了。"

只见人群中有一人拍了拍手，众人立时整编成队，随着那人撤去。

光波翼正暗自担心，难道是坚地长老他们掉下崖底去了？忽然听到身后隐隐传来脚步声，越来越近，而且人数众多。不多时，光波翼便看见远处树木之间若隐若现地奔来一群人，与先前在崖顶那些人同样装扮，手里也都拿着弓弩。

光波翼暗自调息，发觉脉气仍然无法自由调动，看来遮族忍者并未走远。莫非自己降落在此已被发现了不成？

不及多想，光波翼忙向崖顶奔去，忽听身侧也传来脚步响，很快刚刚离去的那一队人又奔了回来。

"原来是想围住我。"光波翼这才明白，原来自己早被他们发现了。

光波翼见无路可逃，此时又无法施展忍术，索性便踏步走到崖畔，将自己暴露在开阔之处，想让那些人看清自己，大不了便挑明身份，料他们也不会为难自己。

忽听一人高声叫道："放箭！"

光波翼一惊，听这声音极为耳熟，循声望去，却见箭矢已如雨点般朝自己飞来，此处躲无可躲，藏无可藏，千钧一发之际，光波翼把心一横，纵身跃下崖去。

光波翼甫一跃下，只听崖上又有一人高声叫道："住手！"那声音迅速远去。

光波翼越坠速度越快，很快便坠下百十丈深。忽见他双手平伸，竟倏地化作一只白鹤，展翅飞起。

原来光波翼这一跳并非自寻绝路，却也冒了极大风险。当初他追随花粉曾跳下这试情崖，知道这试情崖深有数百丈，故而当时仍来得及召唤飞鹤将二人接住。

在崖顶上因为遮族忍者施展了禁术，任何人均无法施展忍术，光波翼却在闪念间想到，那遮族忍者的禁术只在百步之内有效，如今这试情崖有数百丈深，待自己落下一段之后应当便可恢复忍术，那时便可施展鹤变术自救了。只是此举对于忍术修为要求极高，稍有缓慢或差池便会碎身谷底。

光波翼自落下崖畔起，便暗自调息，待下落了数十丈之后忽觉脉气顺畅起来，心中顿时释然，立时施展鹤变术，降落至百来丈时，已倏然化作一只白鹤，御风飞翔。

光波翼心中惦念坚地他们，径直飞到崖底一探究竟。

崖底乱石嶙峋，杂木丛生，光波翼盘旋了两周，忽然发现一处灌木丛中窸窣摇动，忙降到地面收起鹤变术，奔过去察看。

拨开重重灌木，只见树丛中有一人正在挣扎着向外爬行，浑身衣衫被树丛刮得褴褛不堪，身上数不清的伤口血迹殷殷，右侧肩头还有半截箭杆露在外面。

"海音阿姨！"光波翼忙上前将海音慧抱起，纵身跃出树丛。

"快去寻你义父，先别管我。"海音慧有气无力地说道。

光波翼将海音慧放在一处柔软草丛上，将她肩上的箭头拔出，并为她点穴止血，又从怀中取出一白一黑两粒五元丸，让海音慧服下，便急忙转身去寻坚地，寻了半晌却不见坚地踪影，遂施展起天目术察看，仍无法见到半点踪迹。

光波翼只好回到海音慧身边，询问她与坚地二人如何从崖顶坠落。

海音慧告诉光波翼，当时她与坚地都中箭受伤，坚地为了保护她更是身中多箭，二人在崖顶遭了禁术，无法施展忍术，被逼无奈并肩从崖上跳下，坠落到一半时，忽觉体内脉气得以恢复。二人便施展起轻身术，尽量减缓坠落速度，快到谷底时，坚地忽然用力将海音慧向上推去，海音慧的坠落速度因此大大减缓，后来落在灌木丛中。饶是如此，海音慧仍是摔得昏迷过去，刚刚醒转过来，想要爬出树丛，便被光波翼发现救出。坚地却因推开海音慧，反而更加快了自己下坠的速度，如今不知坠落在何处。

光波翼皱眉听完，暗自忖道："即使坚地摔落得再快、再重，总不会消失得无影无踪。莫非摔入地中去了？"光波翼灵光一现，忽然明白过来，来不及向海音慧解释，连忙施展起坤行术，潜入地下去了。

过了一盏茶的工夫，只见光波翼果然抱着坚地回到地面上来。

原来坚地应变的确极快，他发觉自己脉气恢复时便做好了打算，先将海音慧上推，帮她减缓坠落速度，随即施展坤行术，落地后即可坠入地中，再借助坤行术在地下慢慢减速。只可惜坚地身中多箭，受伤过重，推开海音慧，再施展坤行术后，已用尽了全力，待他落入地中，便气绝昏死过去，若非光波翼潜入地下将他寻出，便只能永埋大地深处了。

此时海音慧已恢复了些气力，见状忙挣扎着左手撑地，想要起身迎上，却眉头一皱，又躺倒在地，随即又挣扎着坐了起来。

光波翼此时亦如万箭穿心一般，是自己劝说坚地答应停战，劝说他与目焱会面谈判，不想却将他害成这样！光波翼忽然发现，眼前这位被自己的生父所害的老者，依然是自己深深敬爱的义父，占据自己内心的，全都是他对自己的慈爱与恩情，这也正是自己逃离幽兰谷的原因——自己无法接受这位养育自己成人的慈父会是自己的杀母仇人！

光波翼将坚地后背的箭头一一拔下，封了他几处穴道，又将他放倒在草丛上，将脉气源源不断地注入坚地心脉之中。此时光波翼宁愿忘记那未经确认的仇恨，宁愿用自己的生命与之交换，只求他能活过来。

海音慧默默注视着双目紧闭的坚地，眼泪簌簌流下，她明知光波翼此举根本无法救活坚地，最多也只能再多给他一口气而已，她却无法开口劝说光波翼停下来。

过了半晌，只见坚地喉咙一动，开始有了呼吸。光波翼忙轻声唤道："义父，义父！"

坚地微微张开双眼，看见光波翼与海音慧都在，嘴角露出一丝笑容。

光波翼取出两粒五元丸放入坚地口中。不大工夫，坚地铁青的脸上稍稍有了些红润。

坚地张了张口，光波翼说道："义父，您别说话，我这就去寻药师族的人来，他们一定会治好您的。"

坚地眼中闪过一丝哀伤，海音慧按住光波翼肩头道："翼儿，你义父有话，就让他说吧。"

此时三人心中都明白，这是坚地最后的时刻了。

光波翼忍住眼泪，勉强挤出一丝笑容，握住坚地的右手道："义父，您说吧，孩儿听着呢。"

坚地声音微弱地说道:"翼儿,进山之前,我便有这准备。你能在我身边送我,我很高兴。"

光波翼终于无法抑制住眼泪,搐鼻说道:"义父,是我害了您。"

坚地微微用力握了握光波翼的手,说道:"孩子,不怪你。记住,绝不可相信目焱,只有破了……"坚地咳了一声。

光波翼忙接口说道:"我知道,只有破了烦恼阵,才能救出三道的弟兄们。"

坚地轻轻"嗯"了一声,又道:"在我的禅房里,禅床地下一丈深处,藏着我……全部忍术的法本,都是留给你的。"坚地的呼吸有些急促。

光波翼说道:"义父,您现在告诉我这些为时尚早,等您过了八十寿辰再传给我吧。"

坚地笑了笑,说道:"好孩子,别让我的忍术失传了。"

光波翼忍痛应了一声。

坚地又道:"翼儿,我知道你对朝廷……很失望,但是,咱们不能……不能放弃……"坚地的眼神忽然转向海音慧,喘息声停了下来。光波翼忙轻唤道:"义父,义父!义父!"

海音慧轻轻拉起坚地的手说道:"该放下了,你安心去吧。"说罢为他合上双眼,双手合十,不急不缓地念诵起六道金刚神咒来。

"啊阿夏沙嘛哈,啊阿夏沙嘛哈,啊阿夏沙嘛哈……"光波翼拭去脸上的泪水,随着海音慧一同念诵。咒声好似细雨一般轻轻飘荡在谷底,让光波翼渐渐从极度的悲痛中平静下来,也让坚地的脸上浮现出安详的笑容。

良久,光波翼起身说道:"海音阿姨,如今这谷底倒是个最安全的地方,您先在此静坐调养一阵,待我办完事之后再来接您。"

海音慧道:"翼儿,你可知道我与你义父为何会轻易中了埋伏吗?"

光波翼微微一怔,说道:"莫非是他?他去探过路,将您二老引入了埋伏圈?"

"你知道?"海音慧反问道。

光波翼道:"我在崖顶听见了他的声音。"

海音慧点了点头道:"翼儿,你千万要小心!"

光波翼唤来一只仙鹤,因不知遮族忍者是否尚在崖顶,便驾鹤兜了个大圈子，仍从试情崖的南麓飞过去。

光波翼此番吸取了教训，让鹤儿贴地飞行，接近崖顶时便从鹤背上下来，徒步奔了上去。

奔上崖顶，一路未见人踪，光波翼亦未觉脉气有何异样，看来遮族忍者同先前那些弓弩手都已经离去了。

光波翼又站在崖畔向崖底望了望，忽然身后袭来一股巨大的沙尘浪，呼声啸啸，气势磅礴，转瞬间便将光波翼吞没。

沙尘过后，崖顶空空荡荡，从东面树丛中走出一个人来，来到崖畔四下看了看，刚刚转回身来，忽然他脚下一空，从地下伸出一只手抓住其右脚脚踝，向下拖去。

那人反应却快，身子向前一扑，同时左脚狠狠蹬向抓住自己右脚那只手的手腕，那只手若不及时放开，非得被他这一脚蹬断不可。

松开手的同时，那人已扑了个前滚翻，随又连续纵开几步，离去十余丈远方才停转身来。

那人甫一站定，距他丈余远处的地面忽地蹿出一人，朗声笑道："原来是沙大哥，好身手！"正是光波翼。

沙楼没想到光波翼追来得如此快，又吃了一惊，忙施礼笑道："原来是光波兄弟，失礼失礼！适才我还以为是北道忍者，贸然出手，险些伤了光波兄弟，还请见谅。"

光波翼道："自家兄弟，不必客气。沙大哥怎么在这里？"

沙楼道："我与长老和海音先生遭了埋伏，对手有数百人，皆用弓弩，又有遮族忍者用了禁术，让我们无法施展忍术，混战中我们走散了，我藏身在树丛中躲过了追杀，如今不知长老他们在哪里，故来寻找。光波兄弟为何会来这里？"沙楼边说，边盯着光波翼的眼睛。

光波翼道："我们收到海音先生的讯息，说你们遭了埋伏，我便匆匆赶来相助。"

沙楼讶道："哦？那你可曾寻到海音先生他们了？"

光波翼点点头道："适才我来到崖顶，也遇见了那些弓弩手，被他们逼下了悬崖，幸好我大难不死，还在崖底发现了义父他们。"

"哦？他们现在如何？"沙楼连忙问道。

光波翼声音一沉，说道："义父他们身受重伤，如今尚昏迷不醒。"

沙楼神色凝重，说道："我这就下到崖底去。"

光波翼道："沙大哥，你还是与我一同去寻目焱，向他讨还公道。义父他们在崖底暂时不会有危险。"

沙楼道："想要寻到目焱谈何容易？纵然寻到他，以你我二人之力恐怕也奈何不了他。我看还是先去看看长老他们情形如何，再从长计议。"

光波翼冷笑一声道："你还不肯放过他们吗？"

沙楼一愣，反问道："光波兄弟，你这是何意？"

光波翼道："义父他们并未昏迷不醒。"

"如此说来，他们都告诉你了？"沙楼眼中透出一股杀气。

光波翼道："我跳崖之前已听到了，是你下令让他们放的箭。为什么？"

沙楼恨恨地说道："既然你已经知道了，我就直说了吧。当年先父与坚地他们一同参加懿宗皇帝的选试大会，先父虽然未能胜过四大国忍，忍术却也十分了得。可恨坚地老儿，受封为南瞻部道长老之后，竟然只授予先父想忍之位。"

光波翼道："我听说令尊乃是一位忠厚长者，从未听说他对此有何怨言。"

沙楼道："忠厚便该任人欺负吗？"

光波翼道："忍术之高下本也难以轻下定论，高手临敌时亦难免会有失误之处，或许令尊在南道选试会上比试忍术之时有所失误亦未可知。再说，父亲在儿子眼中永远都是最了不起的，不是吗？"

"放屁！"沙楼怒道，"先父本来便是一位当之无愧的高手！坚地老儿根本就是任人唯亲。海音慧有何德能？坚地当年便封她做了行忍，不久又晋为识忍！谁知他们之间有何不可告人之事？"

"混账！"光波翼不禁大怒，"枉我义父对你赏识有加，恩重如山，不但封你做了行忍，又常常委以重任，授你黑带之职，你难道都忘了吗？"

"恩重如山？哈哈哈哈！"沙楼大笑道，"那是他心中有愧，心中有鬼。幽兰谷中，有几人的忍术能够同我抗衡？坚地他不用我用谁？若非我才智远过他人，坚地早将我踩到脚下不闻不问了！再来看看你，你不过是个毛头小子，你当真有什么天大的本事？他为何竟敢授予你行忍之位！就不怕触犯众怒吗？"

光波翼忽然平静说道："没想到你竟然是这般卑鄙小人，为了小小的私愤，竟然做了叛徒奸细。"

沙楼嘿嘿一笑，说道："别说得那么难听，我可是北道的大功臣，目长老最为倚重的得力助手。"

光波翼冷冷说道："看来义父的大仇果然要算在你的头上。"

"怎么？他死了吗？坚地死了？"沙楼兴奋地说道，"他终于死了，他该死！"

见光波翼愤怒地瞪着自己，沙楼笑道："怎么？你不高兴了？你想为他报仇？我告诉你，不但坚地的仇要算在我头上，整个三道忍者的仇都应该算在我头上。如果不是我给他们带路，他们怎么会轻易进入秦山的迷阵之中？他们个个都是身经百战的忍者，进山之后便觉察到了异样，是我信誓旦旦地告诉他们我记得进山的路径，又事先说出了一些迷阵中的路径、地势，才让他们去掉了戒心，大胆走进了迷阵。你说，目长老是不是该给我记头功？啊？哈哈哈哈！"

光波翼冷森森地盯着沙楼，沙楼又道："小子，你要想报仇便趁现在，让我看看你这位南道长老的义子究竟有何能耐，是不是名副其实的'行忍'？"行忍二字被沙楼咬得又慢又重。

突然，沙楼的头顶上方丈余高处凭空现出一块大石，直向沙楼砸落下来。随即又有数十块大石纷纷出现在沙楼头顶上空，形成一个方圆四五丈的乱石伞盖，一时皆向沙楼袭来。

只见沙楼并不惊慌，举起右手向上一指，刹那间那些大石便尽皆化作细沙，如雨般哗哗地撒落在他身体周围，沙楼便好似站在一顶大伞之下，竟没有一粒沙子落在他身上。

沙楼嘴角露出一丝蔑笑，双手向两侧一分，光波翼脚下蓦地出现一个巨大的旋涡，脚下的土石尽化作细沙，飞旋着迅速向那旋涡中倾泻下去，宛如一个巨大的沙漏一般。而光波翼头顶上空却源源不断地降下大量的细沙，这一泻一降，光波翼很快便湮没在黄沙之中。

光波翼在沙中展开坤行术，却根本无法行走，因他每迈出一步，那流沙竟能随着他的身体流动。光波翼便转而施展起师行术，却发现那流沙竟也不比流水，水中尚有浮力在，那流沙竟能化去他踏在沙中的每一步的力量，好似踏在空中一般，完全没有着力之处，身体依然飞快地随着流沙向下沉没。

"好一个流沙术！"光波翼心中暗自赞道。随即收了师行术，同时施展起坤行术与化石术来，在脚下接连化出一块又一块的长石，趁那石块刚刚出现，尚未随流沙流走之际，稍稍借力，踏着石块奔出流沙旋涡，来到寻常的土石地中。此时光波翼已身处地下二十余丈深处。

沙楼见光波翼被自己的流沙术吞没，半晌没有动静，却不敢大意，仍不断施展忍术，让那流沙不间断地流入地下深处。

忽然，沙楼身子一个趔趄，脚下的大地遽然倾斜，其所立之处直径三十来丈一块圆形土地有如巨大的锅盖一般迅速翻转过来，那大锅盖足有六七丈厚。

沙楼反应极快，趁那锅盖尚未翻成直立状之前便已足下发力，向锅盖边缘处蹿去。只是那锅盖太大，这一蹿只能蹿出十丈远近，距离锅盖边缘处尚有四五丈距离。

锅盖翻转迅速，此时已成倾覆之势，只在盖缘处留下一丈多高的缝隙。

沙楼脚下失去借力之处，身体不断下坠，连忙左掌向身后斜下方拍出，一股沙浪喷薄而出，借助沙浪反推之力，沙楼再次向前上方蹿出。眼看那锅盖边缘处即将合上，沙楼右掌前推，激射出一股黄沙，将那锅盖翻转后留下的大坑边缘处击穿，在坑壁上透出一个直径不足两尺的圆洞来，斜通到地面上去。

沙楼堪堪如个弹丸一般从斜洞中蹿出，那大锅盖也轰隆隆地翻转完毕，重新合到地面上，地面已是光秃秃一片，好似刚刚被开垦过的农田一般。

此时光波翼已站在地面上，哈哈笑道："沙行忍果然名不虚传。"

沙楼哂笑道："这便是坚地的成名忍术——地覆天翻之术吧？不过如此。"

光波翼微微笑道："来而不往非礼也，这不过是地覆天翻术的二三成功力而已，用来酬答沙行忍的流沙术罢了。"言下却是嘲弄沙楼的流沙术功力不济。

沙楼"哼"了一声道："大话谁不会说？还有什么真本事尽管使出来，免得误了自己的小命！"

说话间，沙楼脚下的土地不断化作黄沙，并且迅速向四周扩散开来，很快便形成一大片沙地。沙楼蓦地向前扑倒，一下子便融入沙地之中，不见了踪影。

黄沙扩散得更加迅速，眼看蔓延至光波翼脚下，光波翼纵身跃上身旁一丈开外的一棵大树，此时那黄沙便如潮水一般愈发汹涌起来，浩浩荡荡地浸满了整个山顶。

光波翼攀在树上四下观望了一回，忽觉身体失重，身下那大树唰唰地陷进沙地之中，好似被那沙土吞吃了一般。光波翼连忙纵身跃起，蹿到另外一棵树上，立足未稳，脚下大树也已开始下陷。光波翼只得再次跃起，如此接连纵跃了几次，落脚的大树都被黄沙吞没。光波翼再度跃起之后，却已没了落脚之处，方圆百丈之内已是光秃秃一片，草木无存，只剩下黄沙漫漫。

此时光波翼身在半空，若想避开这黄沙倒也容易，只需立时化作一只鹤儿，扇扇翅膀便可远走高飞。光波翼却在跃起的刹那，心中有了主意，当下便飘落在黄沙之上。

光波翼双脚甫一落地，便有一股沙浪涌起，欲将光波翼卷入其中。光波翼却早有防备，落地便起，双足并未踏实，只在沙地上轻轻一点，便纵开一大步。

前面沙浪扑空，未及光波翼落地，其脚下又已涌起一浪，迎向光波翼。

眼看光波翼双脚即将触到那浪头，脚下倏然现出一块大石板，将那沙浪压了下去。

石板落地，刹那间便没入黄沙之中。光波翼却得以踏借石板，又复跃出十余丈远。

这一回沙浪并未出现，光波翼身下的一大片黄沙却开始涌动起来，好似热汤沸腾一般。

光波翼也不理会，仍只轻点沙地，再次跃开十数丈远，落下时离崖畔已近。原来他一直都是朝着崖畔方向纵跃。

光波翼见那沙海沸腾欲蒸，沙海的边缘却止于崖畔一尺之处，崖畔有一尺宽的地方并未化作黄沙。光波翼不禁微微一笑。

此时那黄沙不再平静，未及光波翼落地，蓦地喷涌出数道巨大沙浪，冲天蔽日，将光波翼层层围住，眼看光波翼再也无处可逃，头顶、身旁尽是黄沙，汹涌澎湃地向他扑噬过来。

光波翼双手结印，身体周围倏尔化出厚厚一层岩石，从头至脚将自己封了个严实，便好似在一个巨大的石蛋当中，又那石蛋下端尖尖，如个石椎一般，重重地砸进沙地之中。

沙层并不甚厚，石蛋一砸到底。光波翼立时施展坤行术，穿过石蛋遁入地中。那石蛋与黄沙甫一接触，便被黄沙迅速侵蚀，很快一个巨大的石蛋便都化成了黄沙。

光波翼入地之后，黄沙便追赶过来，将光波翼穿过的土层迅速蚀化成沙。光波翼不紧不慢地在地中奔行，黄沙便不停在身后追赶，将光波翼行经之处蚀化成一条充满黄沙的隧道。

忽然，光波翼从距离崖顶十来丈高处的崖壁上钻出，纵身跃在空中，平展双臂，化作一只白鹤飞了起来。

黄沙一直紧追光波翼不放，此时也已将崖壁蚀穿，黄沙便如瀑布一般哗哗地从崖壁上的隧道口子中倾泻而下。

光波翼重新飞落在崖顶，收起鹤变术。

崖顶的黄沙倏然消失，只见沙楼从光波翼入地之处的地洞口中跃了出来，却是满头大汗，面色恍白。

原来光波翼见沙楼将身体融入沙中，知他施展了沙蚀术，可将黄沙触到之物都蚀化成沙。但这沙蚀术颇耗脉气，施术者与黄沙融合一体，全赖脉气摄持，虽然施术者能随心所欲地攻击敌手，却也不得不与黄沙同进退、共存亡。

光波翼正是知悉这沙蚀术的底细，故而从一开始便将黄沙引向崖畔，又故意诱引沙楼追杀自己到地下，将黄沙从崖壁上蚀穿洞口泻出。沙楼若不能及时收手，一旦随黄沙一同泻下悬崖，则黄沙飞散于空中，沙楼必然脉气随之四散，到那时便无法再遁形于沙中，而现出原身，如此则必然跌下悬崖，粉身碎骨矣！

沙楼融在沙中，虽能凭借脉气感知敌手，一直紧追光波翼不放，却无法在地下视物，更不辨方向，自然被光波翼引入歧途。待黄沙从崖壁上倾泻而出，他才发觉上当，于千钧一发之际骤然收起沙蚀术，跃出地面，却已大损脉气，惊出一身冷汗。

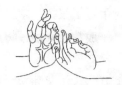

第六十六回

去如来沙还归土
无似有镜破显真

光波翼哈哈笑道："沙行忍，好快的应变！"

沙楼强掩羞恼，问道："光波翼，你是怎么上来的？"

光波翼道："这个不用你操心，对我来说，易如反掌。"

沙楼面容微微扭曲，哼一声道："小子，你一向都是以诡计取胜的吗？"

光波翼哂笑道："所谓斗勇不如斗智，忍术难道是拼蛮力的吗？若说诡计，我倒想请教沙行忍，莫非你是凭着自己的实力打败我义父的吗？"

沙楼又哼了一声道："如果有机会，我倒真想跟坚地老儿较量较量，也让他知道我沙族忍者的真正实力。可惜，目长老不肯给我这个机会。"说罢将右手摊开，手中是一把沙子。

沙楼问道："你能数得清我手中有多少沙粒吗？"

光波翼反问道："怎样？"

沙楼微微一笑，将手中沙粒扬起，只见那沙粒落处，竟噗噗地化出无数个沙楼来，密密麻麻地挤满了崖顶和山坡。

无数个沙楼异口同声说道："光波翼，如今你还有胜算吗？"

光波翼哂笑道："人数虽众，只怕中看不中用。"

沙楼们也微笑道："言之过早。"话音未落，已蜂拥而上，一同向光波翼攻了过去。

光波翼与冲在最前头的沙楼甫一交手，便知对手绝非一个样子货，身手比自己差不了太多。若是这些个沙楼一同围攻上来，自己绝对是在劫难逃，难怪这忍术取名唤作"尘沙劫"。

眨眼间光波翼已与对手过了三招，却见冲在前面的数百人众并不急于围攻光波翼，而是冲到崖畔，排成数层人墙，将崖畔封住，原来是要防备光波翼跳崖逃脱。

光波翼取出两柄空无常，急攻了两招，将对手逼退了两步。此时又有两人围攻上来。

光波翼转身刺向新来的两人，先前被光波翼逼退那人重又攻了上来，右掌向光波翼后背拍去，却见光波翼忽然回手一剑，正好迎在那人手臂上，竟齐齐地将他右手腕斩断。原来光波翼转身去刺新来那两人乃是虚招，诱斩先前那人手臂却是本意。

众人见光波翼斩断了一人手腕，悉皆面有愠色，纷纷欲攻上前来。光波翼却将空无常飞出，射向离自己最近那两人，趁那两人躲闪之际，光波翼已迅速俯身，拾起地上那只断手。

眼看众人逼近，已有数人出手袭向光波翼。光波翼并不出手抵抗，而是纵身跃起数丈之高，同时脉气充盈双掌，将掌中那只断手用力一捏，只听轻轻一声响，好似气泡破灭之声，那只断手竟被捏成了一捧细沙。

与此同时，无数名沙楼也都随着"啪"的一声轻响，纷纷化作细沙，铺满了山坡，随即又渐薄渐少，很快细沙便消失不见了。

只见沙楼站在距光波翼十余步远处，满脸惊怒之色，似乎不敢相信自己引以为傲的绝学忍术——尘沙劫，竟如此轻易地便被光波翼破掉。

须知这尘沙劫之术乃是极为深奥的忍术，每一粒沙土皆可化出一个人，虽是小小一捧沙土，却可化出无数人来。尽管每个化人皆由沙土所成，其本领却完全与施术者本人相同。

这尘沙劫忍术的法本中有修法前祈祷文云：

> 一身复现刹尘身，一一遍礼刹尘佛。于一尘中尘数佛，各处菩萨
> 众会中。

这四句原本出自《大方广佛华严经》中，原意是说普贤菩萨具有大威神力，自身能分身无量，化现出刹尘数的身体，每一个身体又都能像普贤菩萨本人一样，礼敬刹尘数诸佛。而每一微尘之中，都有刹尘数诸佛，这些佛陀又并不是孤零零一个人坐在那里，而是每一位佛陀都处在无量菩萨围绕的大会之

中，为无量无边的菩萨大众敷衍法义。

若问这刹尘数究竟是多少数量，首先要知道这刹尘之义。刹乃是指一个佛刹土，也即是一个三千大千世界。按照佛教说法，一个太阳围绕一个小世界的中心运行，按照今时之语言，或许是指一个银河系，也许更大。而一千个这样的小世界组成一个小千世界，一千个小千世界组成一个中千世界，一千个中千世界组成一个大千世界。

尘则是指微尘，以今时说法，乃指物质构成之最小单位，比我们所知的原子、电子还要小不知多少倍，并非是说灰尘。

刹尘数之义即是指一个三千大千世界中的所有物质都分解成最小单位——微尘，计算这些微尘的数量总和，即是刹尘数。以现代之科学，恐怕无法计算出其具体数量。

那普贤菩萨为何有如此威神之力？竟能一身化现出刹尘数身来？所谓相由心生，这个相并非单指相貌，而是指一切可以感知到的事物，当然也包含身体在内，皆由心而生。众生起心动念不离一个小"我"，日忙夜忙都是为了"我"，死此生彼也是为了这个"我"，心念狭隘自私，便只有这一个身体。菩萨心量广大无边，慈悲救度一切众生，故而身体亦可无量无边。

尘沙劫忍术法本中引用这四句佛经中的偈子，正是要说明尘沙劫忍术之不可思议。尘沙劫术虽是以咒、法之力化沙为身，与菩萨所化之身不同，却是要施术者借此明了此心力之广大无量，通过修习此术，渐而能扩大心量，舍弃自私狭隘之心，一旦能够打破这个狭隘下劣的"我"见，便可如普贤菩萨一般具足广大慈悲之心，能够化身无量了。

尘沙劫术亦有不同阶级之成就，沙楼所修成之尘沙劫术仍属初步，那些沙化人虽有与沙楼相同之功夫，却有一个弱点，那就是沙土化成的身体并不甚牢固，而且所有化人彼此息息相关，一旦其中一个部分还原成沙，则全部化人都会化为沙土。正如尘沙劫法本中所云：一沙既可成无量化人，无量化人亦不过一沙耳。一即是多，多即是一。

光波翼在清凉斋隐居之时，冀荚常常将各家忍术精妙之处说与他听，自然也少不了为他讲说这尘沙劫术。加之冀荚时而以寂感术探知当世忍者之忍术修为，故而光波翼在沙楼施展尘沙劫术时，便已想好对策，却故意装作对此术不甚了了，让沙楼放松警惕，并未急于围攻光波翼，让光波翼有机会斩下一个化人的手臂，并将其捏碎还成沙土，轻易便破解了尘沙劫之术。

此时天光已暗，眼看便要日落，沙楼可谓是使尽了看家本领，却并未伤到光波翼分毫，心中正演着一出"天下大乱"，忽闻东面山坡传来众人的脚步声，沙楼闻之一振，心知帮手到了，当下高声说道："光波翼，没想到百典家的小姑娘向你泄露了这么多秘密，她是不是把所有忍术的弱点都告诉你了？"

光波翼自然也听到了脚步声，见沙楼忽然高声向自己喊话，微微一笑，说道："你连我都打不过，适才还侈谈要与我义父交手。如今还想寻个借口遮羞吗？"边说边向崖畔走过去。

沙楼高声喊话不过是为了吸引光波翼的注意，想要拖住光波翼，如今见光波翼非但没有上当，反而出言讥讽自己，不禁恼羞成怒，破口骂道："臭小子，老子不过让你几招，你当真便以为自己本领了得了？来来来，让你见识见识咱的真本事。"

光波翼笑道："你还能有什么真本事？不过是打输了哭着去向新主子求救罢了。"

沙楼被说到痛处，简直气炸了肺，正要发作，听见身后脚步声已近，回头看时，只见那一队持弓握弩的黑衣人已在身后数十步远处。遂转身对光波翼笑道："小子，你的运气不会总那么好。"

光波翼暗自调息，发觉脉气已乱，心知遮族忍者必然在黑衣人队伍当中。

只听黑衣人当中有人喊道："沙先生，请闪开些。"

沙楼依言向旁边走开五六步，将光波翼曝露于弓弩手面前。

只见有一名黑衣人举起右手，喊道："目公子，请不要动。"说罢右手向下一挥，众弓弩手得了命令，箭矢齐发。

光波翼本已做好跳崖准备，忽听有人喊出"目公子"，又见那些箭矢竟然都朝着沙楼射去，一时不明所以。

沙楼原本也扬扬得意地看着光波翼，等着那些弓弩手为自己泄愤，忽然听到为首的黑衣人高喊"目公子"，不禁回头去看，却见千百支箭矢已如飞蝗般射向自己，将自己上下左右的去处封了个严严实实，根本无处躲避。

沙楼此刻亦被遮族忍者的禁术所制，无法施展忍术，陡见变故，仍旧下意识地向上纵身跃起，想要躲开箭矢，可惜未及离地三尺，身上便已穿透了十余支箭，被乱箭射得飞出数步开外。

为首的黑衣人带着几名手下奔过来察看了一番沙楼的尸首，以确认他是否已死透。

光波翼也走到近前，见沙楼身上插满了箭矢，怒目圆睁地仰倒在地，显然死不瞑目。

光波翼俯身为沙楼合上双眼，自言自语道："沙归土，你总算重归于土了。"恰好夕阳的最后一缕余光隐去。

为首那黑衣人向光波翼施礼道："目公子，请好自为之，属下告退。"

光波翼忙道："请问足下是哪位？这究竟是怎么回事？"

黑衣人道："属下奉目长老之命，来帮公子解围。"

光波翼又问道："沙楼不是已经投靠了你们吗？为何要杀他？"

黑衣人道："目长老说，此人不忠，将来亦必定会对公子不利，不可留他。"

"他……目长老现在哪里？"光波翼又问道。

黑衣人又施一礼道："请恕属下无可奉告。公子保重，属下告辞了。"说罢示意手下带上沙楼的尸首，转身而去。

光波翼望着大队黑衣人消失在夜幕中，略呆了呆，便化为白鹤飞回崖底去寻海音慧。

回到崖底，却不见海音慧身影，只有坚地的遗体尚在。光波翼暗自惟忖，海音慧重伤在身，不可能自行远走，莫非有人来过？当下施展天目术观察了一遭。

那崖底不过方圆里许之地，并未发现海音慧踪影，光波翼心中不免大为担心，又化作一只鹤儿四处巡视了两回，仍未发现半点海音慧的踪迹。

光波翼只得将坚地的遗体暂时藏于地下，又唤来一只白鹤，驾鹤向海棠山庄飞去。

到了山庄门前，目思琴已出门来迎接光波翼。光波翼讶道："你知道我要来？"

目思琴回道："义父刚刚吩咐我们为大哥准备晚饭，没想到大哥来得如此快。"

"他在庄中？"光波翼问道。

目思琴连忙摇头道："不，义父是传信回来的。"

光波翼将信将疑，盯着目思琴眼睛问道："燕儿，你实话告诉我，他究竟在不在庄中？"

目思琴避开光波翼的目光说道："大哥，你奔波了这么久，先进来吃点东西吧。义父让你在庄中等他，他会见你的。"

光波翼听闻此言，便随着目思琴走进门来。

目思琴将光波翼引到餐厅，餐桌上已摆好了热气腾腾的饭菜。

光波翼入座后，呆呆地看着饭菜出神。

目思琴叫了声"大哥"，光波翼这才回过神来。

目思琴问道："大哥，你怎么了？"

光波翼盯着目思琴问道："你知道他蓄意要骗我义父上当吗？"

目思琴摇摇头，反问道："坚地长老怎样了？大哥见到他了吗？"

光波翼低声道："他老人家已经辞世了。"

目思琴闻言黯然说道："我去幽兰谷时，坚地长老对我也很好。没想到会是这样，大哥，我……我对不起你。"

光波翼道："他让你骗了我，又让我骗了义父。如果不是我，义父是不会轻易上当的。"

目思琴道："我听义父说，坚地长老是大哥的仇人，是他害了大哥的母亲。"

"那也只是他自己的猜测而已！"光波翼眉头一锁，随又问道，"他到底在哪里？何时来见我？"

目思琴道："大哥，你别急，义父说了他会见你的。无论义父做了什么，总是为大哥好，毕竟你们是……"话到嘴边，目思琴又住了口。

光波翼淡然说道："今晚若再见不到他，我便去破了烦恼阵的阵眼。"

目思琴闻言一怔，微微笑道："饭菜快要凉了，大哥还是先吃饭吧。"说罢从一个大汤碗里盛了一小碗汤，放在光波翼面前。

光波翼一直无心留意桌上的饭菜，此时却见目思琴递来的竟赫然是一碗秦芽汤！

光波翼疑惑地看了看目思琴，目思琴微笑道："大哥不是最喜欢这秦芽汤吗？快尝尝看，味道是不是还那么鲜美。"

"原来这真是秦芽汤。"光波翼方才确信自己并未看错，又问道，"这秦芽不是只有四月才有吗？如今已是七月，为何还能采到秦芽？"

目思琴笑了笑，说道："秦山中好多美味都只在很短的时间里才有，也留不长久。前年冬天花粉让人造了一座冰窖，放了许多冰块在里面，这秦芽便是她今年四月初采来存在冰窖里的。大哥，你快吃吧，别辜负了人家一番苦心。"末后一句话，却是一语双关。

光波翼此时哪有心情理睬这话，只装作不懂，端起秦芽汤一饮而尽。

匆匆用过饭后，光波翼忽觉困倦，忍不住连连打了几个哈欠。

目思琴见状说道："大哥许是太过疲劳了，要不要去睡一会儿？"

光波翼强打精神，摇了摇头。

目思琴又道："那就请大哥去书房稍坐，我为你烧壶茶来。"

目思琴引着光波翼来到书房，请他入座，便转身出去烧茶。光波翼愈觉困重，靠坐在椅子上竟不知不觉睡去。

话说俪坤依照光波翼所说，带着宝瓶在地下向东南穿行了数十里，并未寻到阵眼，便又折回，周旋往返在地下逡巡，一直奔行了一个多时辰，忽然被一股力量挡住了去路，心头一喜，知道前面便是阵眼所在，忙钻出地面，只见前方不远处有一块方圆十余丈的巨石耸立在一个山坳之中。

俪坤伸手入怀，正要取出宝瓶，突然身子一缩，接连向右侧翻滚了两个跟斗，堪堪躲过从身后射来的数枚暗器。那几枚暗器被俪坤躲开之后却又飞转回来，再次袭向俪坤。俪坤此番面对暗器，已看清来路，扬手射出两枚星镖，迎面击落了两枚暗器，另外几枚暗器则被俪坤侧身躲过。

俪坤迅速地瞄了一眼被自己击落的暗器，原来那几枚暗器都是拐角形的飞镖，如同小孩玩的"飞去来兮"相似，故而能旋转飞回。只是那暗器的两个边角与拐角处皆极锐利，暗器边缘处亦锋利如刀，一旦被它击中或擦上，伤口必定不浅。

俪坤射出星镖、侧身躲开"飞去来兮"以及瞄看那暗器都只是刹那间的事，此时更不停手，早已向身后暗器来处又射出几枚星镖，同时也转回身来面对敌手。

待俪坤转回身来，只见面前二三十步开外站着一名中年男子，劲装短靴，清瘦无须，向俪坤施礼道："夫人好身手，可否请教尊名？"

俪坤上下打量那男子一番，说道："小女子俪坤，不知足下是哪一位？"

那男子答道："在下镜显真。原来是风夫人，难怪能够来到这里。"

俪坤哼笑一声道："这里很难到的吗？"

镜显真微微笑道："除了夫人家传的坤行术，恐怕没几个人有本事能到得了这里。不过夫人纵然到了这里，只怕也是徒劳。我劝夫人还是趁早离开，免得白白误了自己的性命，可惜了大好青春。"

俪坤回道："徒劳不徒劳倒也难说，早闻镜中术神奇莫测，今日正好让小女子开开眼界。"说罢忽然转身向左，拔足飞奔。

镜显真不明俪坤何意，也飞身追了上去。

奔出百余步远，俪坤一个急转身，右掌平推，一块大石凭空从俪坤的掌中飞出，砸向迎面追来的镜显真。

镜显真正奔行追赶俪坤，此时已距俪坤颇近，照理说很难避开俪坤这突然一击，不料镜显真竟也忽然推出右掌，也有一块大石从掌中飞出，正好与俪坤发出的大石相碰，好似与俪坤商量好一般。只听"嘭"的一声，两块大石撞碎在空中，碎石四溅。

俪坤心中一惊，难道这就是镜中术？不及多想，随手又已化出一块大石从镜显真头顶砸落下去。

镜显真忙向右前方蹿出，躲开大石，俪坤却发现自己头顶也有一块大石砸落下来，也急忙闪身躲开。此时心中方确信，眼前这位镜族忍者的镜中术的确如传说中一般，可以完全模仿对手的忍术。

俪坤并不甘心，当下射出几枚星镖，这一回镜显真并未以暗器回敬俪坤，只是纵身跃在一旁，躲开星镖而已。

俪坤心道："难道他真能模仿所有忍术吗？若果真如此，镜族忍者岂非是这世上最厉害的人物？那镜族中当年为何无人去参加懿宗皇帝的选试大会？还是说他们能够模仿的忍术有限呢？可惜镜族忍者一向行踪隐秘，很少有人知晓他们的真实本领究竟如何。"

想到这里，俪坤见镜显真只是站在原地看着自己，并未主动向自己进攻，当下决定再试他一试，立时展开坤行术，遁入地中。

刚刚在地下奔出几步，俪坤见镜显真已挡在自己面前，微笑地看着自己，不觉大吃一惊，原来连这坤行术他也能模仿！

俪坤跃出地面的同时，镜显真也跟了出来，此时却不待俪坤出手，主动上前，以空无常刺向俪坤。

俪坤也取出空无常与镜显真斗在一处。

二人你来我往，数个回合之后，俪坤发现这镜显真的拳脚功夫的确非常高明，自己很快便落在下风。

勉强支撑了几个回合，俪坤跃出圈外，趁镜显真追赶之际，挥手射出两枚星镖，同时暗中施展化石术，化出数块大石，分别向镜显真的头顶及身后袭去。

哪知镜显真并不慌张，遽然向左扑倒，随即一个侧滚翻，躲过俪坤的三处袭击，同时扬手射出几枚飞去来兮飞镖，袭向俪坤的右前身。

俪坤也同时感到头顶与身后有大石块袭来，不过此时面前有自己袭击镜显真的大石正从迎面和半空袭来，右前方又有飞镖袭来，自己已无处躲闪，只好疾速俯身下冲，遁入地下。只是她与镜显真距离本不甚远，对手飞镖又疾，入地之前右肩被一枚飞去来兮擦过，划出一道一指长的血口来。

俪坤偷袭不成，反而狼狈受伤，此时愈加确信那镜中术果然如镜子一般，并非是模仿对手的忍术，而是能将对手的忍术准确无误地返照出来，而且绝不会延迟滞后。

俪坤担心镜显真追入地下，入地后疾奔了十余步，却发现镜显真并未跟来，便住了脚步回头观望，只见地面上有两个人正缠斗在一起。

俪坤忙回到地面，见与镜显真打斗之人乃是风巽。

原来俪坤在第一次躲避镜显真"飞去来兮"之时已借着翻滚之机将宝瓶偷偷取出，放在草丛之中，其后她远远跑开正是为了引诱镜显真来追赶自己，好让藏在宝瓶中的弟兄们得以出来。

俪坤在旁叫道："风大哥，他叫镜显真，当心他的镜中术了得，轻易不要施展忍术！"

风巽回道："我都看到了，放心吧弟妹。"说话间，风巽与镜显真又斗了数个回合。

"好快的身手！"俪坤见镜显真的武功竟与风巽不分高下，不由得赞了一句。

风巽听到俪坤这一赞，忽然灵光闪现，嘴角露出一丝微笑。

二人又过了几招，风巽忽然双掌推出，一股旋风呜呜地刮起，将镜显真罩在其中。

与此同时，镜显真也放出旋风，同样也将风巽罩住。二人均被旋风笼罩，在旋风中飞快地旋转起来。旋风越旋越快，渐渐将二人旋起，离开地面，越升越高。

过了许久，只听风巽喊道："弟妹，看你的了。"话音甫落，两股旋风戛然而止，二人皆从空中落下。

旋风虽然已消失，二人旋转的惯性犹在，风巽在空中转了几周之后飘落在地面，脚步已有些不稳。镜显真却有如一个失去重心的陀螺一般，落地后踉踉跄跄，几乎要跌倒在地。

俪坤早在一旁射出数枚星镖，竟然悉数打中镜显真的要害之处，随即又蹿到镜显真身前，手起剑落，割断了镜显真的咽喉。

原来风巽听俪坤称赞镜显真好身手时，忽然想到自己因修炼旋风术，常常要身处旋风之中随之飞速旋转，那镜显真身手虽好，必定无法适应这旋风的旋转，故而施展出旋风术，拼着自己也熬过了忍耐飞速旋转的极限，这才收了忍术，示意俪坤出手对付镜显真。俪坤的丈夫风啸也与风巽有同样本领，故而两股旋风刮起之时，俪坤心中已明白了风巽的意图，早已备好了星镖与空无常，一击成功。可怜镜显真被那旋风转得头晕脑昏，落地之后早已不辨东西南北，丝毫没有招架之力，轻易便死在了俪坤的剑下。

除掉了镜显真，俪坤忙去察看风巽情形如何，她只怕风巽也被那旋风转得太久，一时无法恢复过来。

风巽却笑道："好在平日练功不曾偷懒，眼下还吃得消，咱们快走吧。"虽如此说，毕竟在旋风中旋转太久，风巽仍是感到天旋地转，胸中呕恶，终于抵挡不住，一屁股坐在地上。

俪坤忙说道："风大哥，你还是先稍稍歇息片刻吧，不要太勉强。"

风巽轻轻晃了晃头，说道："也好，你先赶过去与大家会合，我稍后便来。"

俪坤点点头，道："好，大哥当心，我先过去了。"说罢沿来路飞奔而去。

风巽盘起双腿，凝神调息，坐了一会儿，看看天色渐暗，脑中已不再感到眩晕，心口的不适感也已基本退去，便站起身，准备过去与众人会合。

刚刚奔出几步，风巽忽然立住脚步，愣在那里。原来眼前这山势、路径已不是来时模样。

"莫非我当真被旋风转糊涂了不成？"风巽呆想了片刻，看看天色愈加暗了，忽然想起光波翼曾对众人说过，这烦恼阵每日清晨、正午与黄昏皆会变化，此时恰值黄昏，原来是阵势发生了变化。

风巽心道："这阵势虽变，或许只是眼中所见景物不同，其实际的方位、地理并无两样，我但照着来时的方向走，或许便能走回到阵眼处。"想到这里，风巽便放开步子，凭着记忆向来时的方向奔去。

奔出好长一段山路，风巽停下脚步，心中盘算自己来时并未走了这许多路程，按理早该回到阵眼处了，莫非是自己想错了？阵势变化之后果真一切都变了？

风巽打起精神又向前奔行了一阵，仍旧没有到达阵眼，而且整个山路静悄悄的，没有一丝人声。此时天已黑透，兄弟们究竟在哪里？风巽不由得皱起了眉头。

俪坤不过比风巽早走了一步，谁知这烦恼阵的阵势恰恰就在此时变化。

俪坤沿着来路回到阵眼所处的山坳之中，却见自己的丈夫风啸与七手族的老大摧尘正围着那块巨石转悠。风啸发现妻子回来，忙迎过来问道："夫人，你怎么样？风巽大哥呢？"边说边上下打量俪坤，忽然看见她右肩那道伤口，顿时心疼地问道："你受伤了？"

俪坤微笑着摇摇头道："小伤口，不打紧。镜显真已经被我们除掉了，风大哥稍后便来。啸哥，这里怎么就你们两个人？其他弟兄呢？"

摧尘也走过来问候俪坤。

风啸一边撕下一条衣襟为俪坤包扎伤口，一边说道："风巽大哥第一个从宝瓶中出来，便追你去了，大家出来以后，忽然来了好几位北道忍者，弟兄们便纷纷迎敌，如今不知都打到哪里去了。我和摧大哥留在这里破阵。"

俪坤看了一眼那块巨石，又问道："找到破阵的法子了吗？"

风啸道："这阵眼果然不同寻常，适才摧大哥以摧手术将这巨石击碎，不料很快便又复原。那石头被打碎时，我看见下面露出一个深坑，想必烦恼阵的阵心便是藏在那深坑之中。"

俪坤又问道："那石头是如何复原的？"

风啸道："巨石下面的深坑中似乎有一股很强的吸力，巨石被击碎后，那些碎石很快便被吸回到坑口处，恢复成原来的样子。"

俪坤道："我倒有个主意，不知能不能成。"

风啸道："你说说看。"

俪坤道："我想等摧大哥将巨石击碎之后，立即施展化石术，以石板将那坑口封住，或许便能阻止巨石复原。"

摧尘一直在旁听他夫妻二人说话，此时插口道："若是用石板封住坑口，与那巨石封住坑口又有何差别？"

风啸回道："自然不同。那巨石乃是这阵眼的机关，与那阵眼浑然一体。如果能用化石术化出的石板封住坑口，那坑口的守门人便成了咱们自己人，咱们便有可乘之机了。"

俪坤看着风啸，微笑点了点头，到底是丈夫与自己心意相通。

摧尘听罢也点头应道："好，那咱们便试一试。"

三人走近巨石，俪坤双手结好手印，准备施展化石术，风啸站在俪坤身旁，防备不测发生。

摧尘默念咒语，脉气灌注两臂，对准巨石双掌齐推，只听"嘭"的一声巨响，巨石被摧尘双掌震得裂开一条大缝，却并未被击碎。

摧尘暗吃一惊，因为适才他第一次拍击巨石时，乃是一击而碎，如今他的掌力并未减弱，说明这巨石破碎复原之后，竟比从前更加坚硬难摧了。

摧尘不敢怠慢，随即又拍出一掌，那巨石已被震裂，无法再承受这一击，顿时碎裂成数十块，飞散出去。坑口甫一露出，传出呼呼的风声，果然有一股强大的吸力从坑中传来。

俪坤见状，立时化出一块巨大的石板，盖在坑口之上。

谁知石板刚刚盖住坑口，那些被摧尘击碎的石块又从各方各向飞了回来，仍旧在坑口上复合成一块巨石，只是巨石与坑口之间多了一块大石板。

三个人见状皆皱起眉头。

俪坤走上前，对着巨石呆看了一阵儿，伸手探了探那巨石，随即又蹲下身，伸手探了探自己化出的石板，却见自己的手臂竟然穿过石板，探到巨石下面，感到下面的坑中传来嗖嗖凉风。

俪坤站起身，喜道："摧大哥，啸哥，我有办法了。只要请摧大哥再将这巨石击碎一次，我就能进入坑中去了。"

摧尘会意，点了点头，深吸一口气，开始运功施术。俪坤也在一旁做好了准备。

摧尘有了上次拍击巨石的经验，此时用尽全力，双掌向巨石拍去，那巨石果然比上次更加坚硬，只裂开一道细缝而已。

摧尘紧接着拍出第二掌，巨石上又添了几道裂缝。摧尘毫不松懈，又拍出第三掌，终于将那巨石拍碎，碎石四散，却比前次散落得近了许多。

连续击出三掌，摧尘大耗脉气，不由得双腿发软，倒退了一步。

俪坤在旁早已看准时机，待那巨石碎裂飞散的瞬间，便又化出一块巨大石板，盖落在先前那块石板之上。

石板刚刚落好，四散的碎石又复飞回，聚成一块巨石，坐在两块石板之上。

俪坤忙上前查看那两块石板，每块石板皆有半尺多厚，两块摞在一起便有一尺半厚。

俪坤回头说道："啸哥，你和摧大哥在这里等我，我下去看看。"

风啸忙道："我与你一起去。"

俪坤正要拒绝，抬眼恰好撞上风啸的目光，二人相互凝视片刻，俪坤轻轻点了点头。

摧尘说道："我也与你们同去。"

风啸道："摧大哥，你留在上面，必要时也好有个照应。"

俪坤也道："正是，过会儿风大哥和其他兄弟回来也好让他们知晓。"

摧尘闻言回道："也好，你们两个要多加小心。"

俪坤趴在地上，向风啸招了招手，风啸也随之匍匐在地面，左手握住俪坤的右手，二人从石板侧面钻了进去。原来这阵眼处的地面与那巨石均无法以坤行术穿过，唯有这两块俪坤化出的石板却可以穿行。

穿过石板，下面是个一丈多深的大坑，二人跳到坑底，发现坑底一角有个两尺多高的洞口，传出一股凉风，想必巨石被打碎之后，坑口的吸力便来自于此。

风啸在下面原本完全无法视物，因俪坤施展了摩尼宝镜术，让他也可以看清周围境物。

二人一前一后钻进那个洞口，只走出几步远，地洞便扩为一人高的隧道，风啸刚好可以站直身体。

二人沿着隧道前行，发现那隧道乃是螺旋状右转下行。

大约在隧道中盘旋走了七八圈，忽然来到一个岔口。二人择了左边路口继续前行，却发现那隧道的地势已趋平缓，而且路径变得极为曲折，忽左忽右，时而又有回头弯路。

走不多久又到一岔口。俪坤道："啸哥，我看这隧道八成是个迷宫，否则怎会如此曲折多岔。"

风啸道："我也正如此想，咱们须得做些个记号，免得一会儿迷路。"说罢拿出空无常在岔口左侧壁上划出一个三角。谁知未及风啸收起空无常，那刚刚划成的三角便已隐没不见。

俪坤讶道："原来这隧道也能自行复原，这可有些难办了。"说罢伸手试了试那隧道的墙壁，发现果然也与地上那巨石一般，无法以坤行术穿过。

风啸略加思索道："既然咱们破坏它不得，给它加点东西总该可以吧。"说罢取出一枚星镖插在壁上。

二人在旁观察了片刻，发现并无异样，星镖依旧好端端地插在隧道壁上，这才放心地继续向左行去。

第六十七回

吼声喝喝气盖世
烦恼重重心难明

二人在隧道中转了两个时辰，不知走了多少错路、回头路，也不知经过了多少岔路口，用星镖做记号早已不够，便从衣襟上撕下布条塞进墙壁上，风啸的衣襟已被撕扯了大半，仍不知何时才能走出这迷宫。风啸担心俪坤施展摩尼宝镜术太久，过于疲惫，便让俪坤收起忍术，二人坐下来稍事歇息。

俪坤依偎在风啸怀里，见风啸半晌无语，便轻声问道："啸哥，你在想什么？"

风啸道："我在想咱们的蓝儿和茂娃。"

俪坤嘴角露出一丝微笑，"我也想他们了。咱们出发的时候，蓝儿还在睡觉，不知道她醒来之后见娘不在身边有没有哭闹。"

风啸道："看不见娘倒也没什么，看不见爹爹她一定很伤心。"

俪坤捶了风啸一拳，笑骂道："真不害臊！"

风啸也笑了笑，说道："放心吧，咱们的蓝儿最坚强了，像她娘一样，不会哭的。"

俪坤道："谁说我坚强了？我现在就想哭，自从蓝儿出生以后，我还从未离开过她呢。"

俪坤出了会儿神，又道："啸哥，如果咱们不是忍者，你做个读书人，我每日都纺纱织布，做些女红家务，当你读书读得累了，我便为你煮汤烹茶，陪你说说笑话，那样是不是也很好呢？"

风啸笑道："你哪有耐性去做女红？不耐烦时，还不得将那织机也给砸了。"

俪坤又连捶风啸几拳，假意恼道："你老婆如此粗生不堪，你还不休了她重新娶个好的来？"

风啸捉住俪坤手腕笑道："我偏偏就爱这个粗生的，你这辈子想跑都跑不掉。"说罢在俪坤脸颊上吻了一下，又道："老婆，等咱们回去之后，你再给我生个双胞胎好不好？"

俪坤呸了一口，道："没羞，我偏不。"

二人正说笑，俪坤忽然叫了声："啸哥！"

风啸"嘘"了一声，已拉着俪坤站起身，原来二人同时都听见有脚步声传来，不久便看见二人经过的隧道转角处透出一片微弱的火光。

夫妻二人又轻轻向前奔出几步，转过一个弯道，守在转弯处，将身体紧紧贴住墙壁，做好临敌准备。

只听脚步声渐近，来人奔跑速度不慢，火光也渐强，不久从二人埋伏的转角处现出一人，身材高瘦，手持火把，微微弓着身子低着头。

俪坤与风啸同时扑上去，俪坤以空无常攻击那人下盘，风啸则借着火光施展锁喉手，想要擒住那人。

那人反应亦快，仓促之下，双手齐推，右手持火把攻向俪坤，左掌击向风啸。

饶是如此，那人终究快不过风啸，俪坤不过是佯攻分散对手注意，见那人出手，便闪在一旁，风啸则侧步滑到那人右侧，左手扣住那人左腕脉门，右手反手拿住那人咽喉。

与此同时，只听俪坤叫道："摧大哥？"

风啸甫一拿住摧尘，也已认出对手便是摧尘，忙放开手，向摧尘施礼致歉。

摧尘并不在意，反笑道："风啸兄弟的身手果然厉害，在下自愧不如。"

风啸谦道："摧大哥说哪里话，是我们偷袭在先，况且这隧道太过低矮，摧大哥施展不开罢了。"摧尘生得又高又瘦，比风啸足足高出大半头，是以无法在隧道中站直身体。

俪坤问道："摧大哥，你是怎么下来的？其他弟兄回来了吗？"

摧尘道："你们走后，我在上面等了一个多时辰，既不见有人回来，也不见你二人动静，我担心你们出事，便想下来寻你们。后来我琢磨着，既然你化出那两块石板能以忍术穿过，自然也不会像那巨石一般能够自行复原。我便在那两块石板的侧面挖出一个洞来，又寻了木柴，做成火把，从那洞口一路追寻你们过来。幸好路上有你们做的记号，我才没有与你们错过。"

风啸道："摧大哥来得正好，我们下来时也不知这里有个偌大的迷宫，不曾准备火把，全凭俪坤的摩尼宝镜术看路。摧大哥此来，倒省了她许多力气。"

摧尘道："这个迷宫也不知究竟有多大，到底何时才是个头。"

俪坤道："这个迷宫非但规模宏大，而且路径极为复杂。我曾以摩尼宝镜术观察过，迷宫的墙壁倒不甚厚，只不过常常是走了数里之遥，才刚刚过了一墙之隔。半个时辰前，我还透过几道隧道墙壁看见啸哥插在岔口处的星镖，那至少是一个半时辰以前插的。"

摧尘道："如此下去，走到天亮也未必能走出这迷宫。"

风啸道："事到如今，也只好继续走下去了。"

摧尘又问俪坤道："弟妹，适才你说这隧道的墙壁并不甚厚，且有多厚？"

俪坤道："大概四五尺厚。"

摧尘略一沉吟，说道："我倒有个主意，不妨让我用摧手术将这隧道壁一道道地打穿，咱们直接穿行过去。"

风啸道："摧大哥有所不知，这隧道壁与地面上那巨石一般，受损后都可自行复原。我们刚刚下来时，我曾在壁上划出记号，不想记号很快便消失了。我怕这墙壁未及打穿，便又恢复原状。况且也不知还有多少道墙壁，我担心摧大哥……"

摧尘道："墙壁多倒不怕，这个厚度应当也不成问题，虽然它能自行复原，不过受损愈大，恢复得应该愈慢，料能打得穿它。我只怕这墙壁也同那巨石一般，每打破它一次，它便比前更加坚固，我便不知能打破几道墙了。不过事到如今，咱们也只好试他一试。"

摧尘向俪坤问明方向，将火把与身后背着的几根备用木柴棒都交与风啸，又叮嘱二人，一旦墙壁被打破，务必迅速穿过去。

准备停当，摧尘默念咒语，气运双掌，对准那墙壁用力一击，只听"轰隆"一声，那墙壁果然被打出一个直径不足两尺的孔洞来。

摧尘更不怠慢，紧接着推出第二掌，这一次摧尘乃是双掌一上一下，那孔洞又被扩成两尺多宽，四尺多高的一个洞口。

夫妻二人早已伺机在旁，此时见洞口打开，俪坤在前，风啸随后，眨眼间二人便已从洞口穿了过去。摧尘也紧随其后，跟着二人穿过墙壁。

三人落定脚跟，那孔洞也已开始复原，很快便又完好如初。

第一击成功，摧尘调息两次，便再次击打第二道墙壁。令他欣喜的是，这道墙壁并未比上一道更加坚硬难打，很快便如前次一般，三人先后从打破的孔洞中穿过。如此，摧尘接连打穿十几道墙壁，三人很快前进了很大一截。

摧尘歇息了一会儿，又施术连打十余墙，然后再次歇息。

如此反复几番，三人穿过数十道墙壁，摧尘已有些气力不支。

俪坤趁摧尘静坐调息之际，再次施展摩尼宝镜术四下观察，忽然惊喜叫道："啸哥，咱们快要出去了！"

风啸忙问俪坤看见了什么。

俪坤道："咱们得转个方向了，从这里向右，不足三十道墙，似乎便是尽头了。不过我从这里尚见不到更远处。"

摧尘一听也来了精神，忙起身道："好，咱们再接再厉。"

俪坤道："摧大哥，不要太勉强，你还是多歇息一会儿。"

摧尘道："不妨，我心里有数。"说罢再次施展起摧手术。

又过了十道墙壁，摧尘力竭，只得坐下调息养神。俪坤再次观察后说道："这回看得清楚了，从这里向前偏左，还有……十八道墙壁，墙外有个院落！"

"院落？"风啸讶道，"莫非那里便是阵心所在？"

"去了便知。"俪坤回道。说罢又取出一根木柴棒对着火，将原先那根快要燃完的火把换下。

这一回摧尘静坐时间颇久才起身，夫妻二人知他必是气力消耗太过，心中虽不忍让他再施展摧手术，却又无他法可施，为了早点破阵，也只好如此。

摧尘勉强再次打穿了十道墙，终于累倒在地，竟吐出一口鲜血来。

俪坤忙上前扶他坐起，风啸以脉气注入摧尘体内，助他恢复元气。

俪坤道："摧大哥，你不必再施展摧手术了，你先多调养一会儿，剩下这些路，咱们走过去便好。"

摧尘摇摇头道："还剩八道墙，不多。不过若是走过去，便远了，还不知会错走到哪里去呢。"

风啸示意俪坤先不要与摧尘讲话，让他静养一会儿。

过了小半个时辰，摧尘才起身道："好，这回我又生龙活虎了。"

话虽如此说，俪坤与风啸皆能看出摧尘是在勉强支撑。

连打了七道墙壁，摧尘每次都要击打三到四次，甚至五次，才将墙壁打穿，而且孔洞也比前小了很多。夫妻二人全神贯注，每次都以最快速度通过，生怕连累摧尘。

过了七道墙壁，摧尘哇地吐了两大口鲜血，风啸忙要再次为他注入脉气，被摧尘摆手止住，道："我没事，不必担心，我心里有数。"

俪坤道："摧大哥，你先歇歇，多调养一会儿再说。"

摧尘道："还有最后一道墙，等我打破它再歇不迟。"

风啸也道："摧大哥，不必急于这一时，你先歇会儿。"

摧尘深吸了两口气，俪坤盯着墙壁说道："奇怪！"

风啸问道："哪里奇怪？"

俪坤道："我在几十道墙外观看，便只看见这道墙外是个院落，不过却看不见院中的景物。如今只剩下这最后一道墙，仍然只能看见院落，不见院中景物。"

摧尘道："过了这道墙，便见分晓了，剩下的就靠两位了。"

俪坤皱眉看着摧尘道："摧大哥，你还是不要勉强了，最后这道墙，无论如何咱们也走得出去。"

摧尘笑了笑，并不搭话，摆好架势，深吸一口气，双掌收在两胁。

夫妻二人知他又要出手击墙，不敢怠慢，守在一旁做好准备。

摧尘大喝一声，吼声震耳，双掌齐发。这一掌，却比先前大有气势，竟然一击便将墙壁打出一个一人来高的大洞来。

俪坤见状，忙跃了过去，风啸紧随其后。

二人落定，却不见摧尘跟来，回身看时，只见摧尘靠立在身后的墙壁上，对二人微笑不语。

俪坤叫道："摧大哥，你怎样？"

眼看墙上的孔洞迅速合上，摧尘始终无语地笑望着夫妻二人，口中不停地流出鲜血，隐没在墙壁后面。

"摧大哥！"俪坤哭着被风啸抱在怀里。

风啸悄悄拭去眼角的泪珠，说道："咱们走吧，别辜负了摧大哥。"

俪坤深吸一口气，点了点头，拉着风啸转身向那院落走去。

二人围着院子转了一周，发现这里仿佛是个大山洞一般，洞顶高有五六丈，院子四周各长百步，四面皆是一丈多高的院墙，却无院门。

俪坤试了试那墙，发现仍然无法以坤行术穿越。

二人略一商议，决定跃过墙去。风啸率先纵身跃起，双脚刚刚碰到墙头，"呼啦"一声，墙头蹿起数丈高的火焰，直通洞顶。

风啸忙跃下墙头，回到俪坤身边。

二人见四面墙头火焰俱盛，将这偌大山洞照得通亮。

俪坤蹙眉问道："啸哥，这可如何是好？"

风啸道："我有个办法，可以一试。"说罢挽住俪坤胳膊，说道："贴紧我，咱们一同上去。"

二人纵身跃起，身在半空，风啸便已施展起旋风术，在自己与俪坤身体四周旋起一股疾风，风力甚强。待二人落在墙头，旋风果然将火焰吹开，不能烧到二人。

二人迅速奔行，见眼前一片火海，不知那墙头究竟有多厚。

奔出七八丈远，二人忽然脚下一空，只听"咚"的一声，二人竟然落入水中。

俪坤忙施展开水遁术，拉着风啸在水中奔行。这水遁术也与坤行术、师行术一般，功深者可带着一二人同行，只是不能脱开手。

二人抬头看去，原来水面与墙头齐平，皆遍燃大火。

奔出数十步远，只见水中有一根两围粗的大柱子。围着柱子绕了两圈，并未见到特别之处。俪坤便拉着风啸向水底走，在那柱子末端，发现一个圆形洞口，仅容一人通过。

俪坤拉着风啸一前一后从那洞口钻入，原来柱子中空，里面也充满了水。

二人沿着柱子上行，俪坤以摩尼宝镜术观察柱子外面，见二人已超过外面的院墙，又穿过巨大的洞顶，再向上数丈，忽然便出了水面，却是一个水池的底部。

那水池只有方圆丈许大小，池壁以汉白玉雕成，池水也只有齐腰深浅。

二人从水池里出来，却见这里竟是一座山峰的峰顶，峰壁陡峭，顶平如削。四下环望，众山皆小，脚下独高，四周山林静谧，池流清浅，而且光明如昼。那光亮却不似日光照耀，而是清淡柔和之光，并非从一个固定方向照射而来，倒像是草木空气自身皆会发光一般，地上并无半点影子。

夫妻二人愕然相觑，莫非又回到秦山之中了？却又不像。何况此时山中应是漆黑一片，如何这里这般光亮？

水池后面便是一座青瓦小宅，非庙非观，朱门紧闭。

俪坤欲待上前推门，被风啸一把扯住，道："小心为妙。"说罢右掌推出，一股劲风冲到门上，"咣当"一声将两扇人门冲开，那两个门扇来回摆荡了数次方才停住。

这倒让风啸有些意外，因他并未使出多大力道，只是那大门并未上锁，只消轻轻一推便开。

二人小心翼翼地走进大门，只见屋内四壁空荡，只房屋正中有一小方案，上设一个铜香炉，炉内插着一支小指粗的线香，有三四寸长，淡淡的香烟若隐若现。方案旁站立一人，须发花白，一身浅灰布衣，双手背后，凝视着二人。

俪坤将这老者上下打量一番，开口问道："足下想必便是阵牍阵老先生吧？"

老者微微颔首道："请问两位尊姓大名？"

风啸合十施礼道："在下风啸，这位是拙荆俪坤。"

阵牍道："原来是坚地长老的女儿、女婿，没想到你们两位年轻人居然能够来到这里，着实令老朽惊讶。"

俪坤道："我们此来正为破了您设下的这烦恼阵，您是前辈，我们也不想为难您老，请不要出手阻拦我们。"

阵牍咧嘴一笑，说道："阻拦？不。虽然你们说出了这烦恼阵的名字，不过看来你们并不十分了解这阵法。这一百零八烦恼阵乃是我阵族忍术中最厉害的阵法之一，它并不像寻常忍术那般可以自如收放，若要施出烦恼阵法，至少需要三到七日光景，视地域大小而定。一旦阵法施设成功，便无须理睬，阵法会自然存在。"

俪坤道："天下哪有这样的忍术？既然烦恼阵是您设的，那就请您收起，否则的话，休怪晚辈对您无礼了。相信施术之人一死，这烦恼阵自然也无法存在了。"

阵牍哈哈笑道："你只说对了一半，烦恼阵我自然可以收起，不过我是不会这样做的。而且即使你杀了我，这烦恼阵也不会破去。"

俪坤道："你撒谎！难道它会永久存在不成？"

阵牍微笑道："当然不会永久存在，不过阵法一成，短者七日，长者四十九日，自生自灭，任谁都无法破去。"

俪坤冷笑一声道："阵老先生，您当我们是三岁娃娃吗？这里便是烦恼阵的阵心，我们的确费了很大力气才能来到这里，不过现在，只需轻轻毁掉这里，便可破了您的烦恼阵。"

阵牒伸手向身旁一展，道："是吗？那就请试试看吧。"

阵牒话音未落，俪坤右手扬起，一块大石凭空冲起，"喀喇"一声击破屋顶飞去。

夫妻二人同时看向那屋顶，只见被大石击穿那破洞已开始渐渐愈合，不久便又恢复如初。

阵牒嘴角露出一丝蔑笑。

俪坤与丈夫对望了一眼，又向屋内踱了几步，四下看了看，忽然盯住香炉看了片刻，随即转向阵牒问道："阵老先生，您燃的是什么香？怎么闻不到一点香味？"

阵牒与俪坤对视了一眼，说道："我这里也没什么好香，随便点了支草香罢了，自然不会有什么味道。"

"草香也有草香的味道。"俪坤笑了笑，又对风啸说道，"啸哥，玉髓临走前曾告诉我说，这烦恼阵的阵心有句口诀，叫作：心生烦恼生，心灭烦恼灭，如烟生于火，火灭则烟灭。"

风啸道："哦？听起来倒像是禅语。却是何义？"

俪坤道："本来我也不大明白，如今见了阵先生香炉中这支'草香'，似乎明白了一点儿。阵先生，我说得对吗？"

阵牒并不回答，却反问道："玉髓是何人？"

俪坤道："自然是位高人。"

阵牒微微笑道："不知这位高人从哪里听来了这几句话，不过正如这位风兄弟所说，这的确是几句禅语。一百零八部忍法，每一部皆是入道方便，每一部修法中也都有点拨学人入道的禅语要诀。我这一百零八烦恼阵法亦是如此，这四句口诀正是学人参悟的关键，后面尚有四句，两位既然有缘得闻前四句，老朽索性将后四句一并奉告，两位不妨常常拈出参究，若有幸契悟，岂非天大造化？这后四句乃是：应知生灭法，皆因心而有，行到无心处，无生亦无灭。"

俪坤亦微笑道："多谢阵先生不吝赐法。不过请恕小女子无礼，阵先生果然老辣得很，忍痛道出另外四句口诀，同时便也将这天大的秘密瞒得如此轻描淡写。小女子不敢奢求契悟您老这几句禅语，不过却很有把握破了您的烦恼阵法。"

风啸不明所以，看着俪坤问道："这究竟是怎么回事？"

俪坤道："啸哥，你有没有发现，炉中这支香很是特别。"

风啸问道："有何特别？"

俪坤答道："第一，这香根本没有香味；第二，这香似乎很耐燃，自从咱们进到屋内，这支'草香'好像丝毫没有变短，也不见燃出香灰来。"

风啸道："你是说，这草香便是阵心的要害所在？"

俪坤笑了笑，说道："咱们何不试试看呢？"说罢伸手便要去拔那支香。

阵牍迅速出手，拦住俪坤道："且慢！"

俪坤微笑道："阵老先生，事到如今，您败局已定，又何必如此不甘？据我所知，阵老先生的阵法虽然厉害，其他忍术倒也稀松平常，恐怕您不是我的对手。"

阵牍略一沉吟道："你们只知其一，不知其二。"说罢走向门口。

风啸一直站在门口，见阵牍迎面过来，并不让路。

阵牍说道："我给你们看一样东西。"

风啸与俪坤对望一眼，遂侧开一步，让阵牍过去。

阵牍跨步出门，回头道："你们站在这里可看仔细了。"说罢快步向前，直奔那水池走去。

俪坤忽然叫道："啸哥，快拦住他！"

阵牍闻声，迅速跃起，眼看便要跳入水池之中，风啸出手却更快，未及阵牍碰到水面，一股疾风已然飞旋而至，呼啸着从背后袭向阵牍。

阵牍闻见风声，蓦地在半空中打了一个旋子，向右避开，堪堪躲过那股旋风。不料第二股旋风又至。此时阵牍已从空中落下，刚好踏着池壁上的栏杆，足下借力，再度纵身跃起。谁知那第一股旋风并未被风啸收起，此时又横扫了过来。阵牍见状，忙在空中又做了个鹞子翻身，想要避开旋风，可惜他的身法不如旋风迅速，并未完全躲过旋风，而是被那旋风的外缘擦到。那旋风原本是要将阵牍裹住，再带回到门口来，此时却反将阵牍旋了出去。只见阵牍被高高抛起，飞速越过峰顶的崖畔，向外横飞出去。

风啸与俪坤皆以为阵牍必然会摔落山峰，风啸此时再想要出手救他已来不及了。忽听阵牍"啊"地叫了一声，似乎撞到什么东西，竟从半空中坠落下来，摔落在峰顶的地面上。

风啸与俪坤均吃了一惊。

风啸不及多想，忙奔上前将阵牍擒住，点封了他几处大穴，令他动弹不得。

俪坤也跑过来，问阵牍道："阵先生，你为何要逃走？"

阵牍铁青着脸，一言不发。

风啸道："他定是见你识破了阵心的要害，明知烦恼阵将破，便想脱身逃走，以期再设下新的阵法来。"

俪坤点点头，又道："适才是怎么回事？"

风啸摇了摇头。夫妻二人四下观望一番，俪坤随即拾起几颗石子，向四处投去，却见那几颗石子都嘭嘭地被反弹了回来。

俪坤走到崖畔，又向外踏出一步，风啸急道："夫人，你做什么？"

却见俪坤一只脚踏在空中，随即又向外一步、两步，忽然立住，两手在空中摩挲起来，然后自言自语道："原来如此。"随即回头说道："啸哥，这风景都是假的，这里根本没有山峰，没有悬崖，也没有四周的山林流水，通通都是假的。"

风啸看了看倒在地上的阵牍，问道："阵先生，这究竟是怎么回事？"

阵牍仍旧一言不发。

俪坤道："咱们且不必理他，先去灭了那香火再说。"

"住手！"阵牍忽然开口叫道，"你们不能碰那香炉。"

"为什么不能碰？"俪坤问道。

阵牍叹口气，说道："实话告诉你们，这四周的景色便是烦恼阵当下的格局样貌。它之所以能够时时呈现在这里，全是因为那香炉中的香火。你们两位从洞口处下来，一路经历的种种关隘，也都是因那香火而有。一旦你们灭了那香火，这里便会天塌地陷，咱们都得葬身此地。"

俪坤道："原来阵先生藏身在这地洞之中便可尽观山中迷阵全貌，看来这里才是真正的'阵眼'所在吧。"

阵牍点了点头，道："不错，这里才是全阵之眼。"

俪坤又问道："阵先生，你实话告诉我们，那香火不仅仅是用来施设关隘和阵眼的吧？"

阵牍沉默片刻，方道："此香唤作'真元香'。秦山之中，方圆百余里之内都布下了一百零八烦恼阵，移山易水，变化风云，全都靠着这不起眼的一炷线香。其中所蕴含之力量委实不可思议。这烦恼阵法之所以要七日方能施设成就，便是要在这七日之中，吸取天地日月之精气，聚成极强之真元气，以供偌大的迷阵变化之用。如今香炉中这支真元香，少说也可维系烦恼阵七八日之久，而今只过得三日，若是强行毁灭香火，其中所藏之真元气便会在瞬间爆发，后果不堪设想！"

俪坤"嗯"了一声道："这一回阵先生说得应当是实话。既然如此，只有请阵先生收回忍术，将这烦恼阵法去了，也免得咱们大家同归于尽。"

阵胰低声道："事到如今，老朽也只好从命了。"说罢看了看风啸，待他为自己解开穴道。

风啸与俪坤对视一眼，伸手解开阵胰的穴道，未及阵胰站起身，风啸忽然照准阵胰心口便是一掌。

阵胰只觉得心口倏地灌入一股凉风，迅速传遍身体，四肢百骸皆冷飕飕的。

俪坤在旁微笑道："阵先生想必听说过'风心术'吧，如果阵先生有什么不轨图谋，休怪我们对您无情。"

原来风啸拍打阵胰胸口这一掌，所施正是"风心术"，乃以风气灌入对手心脉之中，借此控制对手体内的风息。人体不过以地水火风四大和合而成，风大主一身之呼吸、动转，一旦控制了对手风息，则可左右对手的呼吸、运动，甚至可以随时结果对手的性命。

阵胰低哼一声，起身走回门口，对夫妇二人说道："收回阵法之时任何人不得在旁干扰，请两位在门外等候。"

俪坤道："好，请阵先生不要忘记我适才说过的话。"

阵胰走进房内，在香案前站定，双手结印，口唇微动，时而变化手印。只见炉中短香火头发亮，而且那光亮愈来愈大，很快便如个小太阳相似，香头散出的烟雾也不断变幻出各种奇形怪态。

夫妇二人正在门口观望，忽然"轰隆"一声，那大门蓦然消失，原来门口那面墙壁竟变成无缝无隙的一堵死墙。

俪坤叫道："啸哥，我们果然又被他骗了！"

风啸道："不怕，我止了他的手脚，停了他的呼吸。"边说边连连结成数个手印，却讶道："不好，他好像离咱们越来越远，不知在搞什么鬼，恐怕不用多久，我便制不住他了。"

俪坤忙道："那还犹豫什么，快杀了他！不要坏了大事！"

风啸眉头一皱，双手散开，右手握起金刚拳在额头一印，口中大喝一声：

"呸！"

散开拳印，风啸叹一口气，说道："成了。"

二人退后两步，重新观察那房屋，却见面前一道长长的高墙，通高彻顶、横贯左右，早已不似先前的房屋样子。

二人面面相觑，又回身四看，只见来时所经由的那座水池竟已消失不见，四周景色倒未改变。

俪坤道："啸哥，亏得你及时除掉了他，却不知这墙后面被他设了什么机关。"

风啸道："怕不是又像那隧道一般是个迷宫吧？"

俪坤施展摩尼宝镜术看了看，说道："这墙壁并不甚厚，不过两尺有余，要击破它想必不会太难。"

风啸道："阵胰为人老辣，为何要设这面不难击破的墙壁来阻挡咱们？"

俪坤道："想必是他仓促之间来不及施设得太厚吧。"

"墙后情形如何？"风啸又问道。

"你自己看。"俪坤边说边结起手印。

摩尼宝镜术既可施术者独自透视，也可令旁人一同透视阻隔之物，便如当年铁幕志在金州施术令众人观赏汉水一般。只是若令身旁同伴一同透视，则须耗费较大气力才行。

风啸这才见到墙后不远处又有一堵一模一样的高墙。

"再后面如何？能看到吗？"风啸又问。

"我看过了，似乎是水，我先试试将这面墙击破再说。"俪坤说罢，右手结印向那墙面一指，只见一个浑圆的大石球凭空飞出，向墙壁上砸去。只听"嘭"的一声响，墙壁果然被砸开一个大洞。

夫妇二人心下甚喜，连忙穿过墙洞。站定之后，再看那墙洞已渐渐合上。

走不出十步，又是一堵高墙。俪坤再度以摩尼宝镜术观察了一番，确认墙壁后面的确是清水无疑。

俪坤道："这道墙倒不难破，只怕咱们到了水中之后，阻力颇大，若是再有一道墙，我化出的石球必然力道不济，难以击破墙壁。"

风啸道："这倒不怕，我可以帮你。"

俪坤点了点头，再次化出石球击墙。墙壁一破，顿时从破洞中哗哗地流出水来，水势颇急，二人不易穿过。俪坤连忙又化出一块大石来，堵在破洞当中，待墙壁复原时，那大石便夹在了墙壁当中。俪坤这才拉着风啸的手，施展开师行术，穿过大石，来到水中。

在水中行走了二三十步远，面前又是一堵大墙。俪坤看了看墙后面，微微摇了摇头。

风啸一时看不清墙后是何物，疑惑地看着俪坤。俪坤此时无法开口说话，便对风啸笑了笑，又示意他帮助自己击破墙壁。

风啸点点头，做好准备。见俪坤甫一化出石球，便同时出手，掌中射出一股劲风，推着石球砸向墙壁。

石球得风力相助，去势甚猛，墙壁应声而破。

令风啸意外的是，墙壁一破，水并未从破洞中向外流出，却见那破洞处一片混沌。

俪坤拉住风啸，迅速从洞口钻过去。风啸这才发现，原来这面墙后竟然充满了泥浆，难怪那洞口处一片混浊。想是那阵陕见夫妇二人能够闯过阵眼中的水池一关，知道二人必有水遁之术，便在此处布设了泥浆，因水遁术是无法在泥浆中施用的。他却不知俪坤精通师行术，水土和合而成的泥浆，对俪坤而言根本不在话下。俪坤适才摇头微笑也正是此意。

二人在泥浆中行进了数十步，方又遇到一墙。

二人皆盯着那墙壁看了半晌，相觑无语。原来那墙后竟是断崖，足足隔了数十丈开外方是另一处崖畔。而且这面墙与崖壁垂直相接，墙外根本没有落脚之处。

俪坤忽然拉了拉风啸的手，示意说自己有办法了，又示意风啸先出手，击打墙脚处。

风啸会意，知道泥浆中阻力更大，若是先化出石球，则无法击破墙壁。

这回由风啸先出手，放出一股旋风开路，在泥浆中旋开一条通道，俪坤再化出石球，并借助旋风旋转之力击打墙壁下部，墙壁轰然破开。

俪坤忙又化出一块长石板，填入墙脚的破洞中，墙洞愈合较快，将那石板的一端固定在墙里。二人自然来不及再从洞中穿过。便又依前一般配合，在石板上方再度打开一个破洞，二人迅速从洞中穿过，刚好落在露出墙外的石板上。

总算不必在泥水中行走，俪坤收了师行术，略微歇息片刻。

二人呆望着对岸崖畔，不知这断崖如何过得去。

俪坤开口说道："那个阵牒也当真厉害，不过短短一小会儿工夫，他便弄出这么多花招来。"

风啸道："夫人，你还记得咱们从前游戏时，玩的'仙人踏步'吗？"

俪坤道："当然记得，那时候咱们还没有茂娃呢。啸哥，你真想那么过去吗？咱们从前都是在平地上做的，这断崖又深又远，不知道能否过得去，而且也容不得半点失误。"

风啸道："如今也只好试一试了。"

二人稍稍沉默，风啸问道："你怕吗？"

俪坤摇摇头道："有你在我身边，我才不怕。"

风啸又道："丫头，如果我回不去西角村，你一定要带着孩子们好好过。"

俪坤好久没听过风啸唤自己作"丫头"了，那还是俪坤在嫁给风啸之前他对自己的爱称。

俪坤闻言眼圈一红，道："你这乌鸦嘴，胡说些什么？你不是说过咱们还要再生一对双胞胎吗？你可不许反悔。"

风啸笑道："这么说，你答应了？"

俪坤轻轻捶了风啸胸口一拳道："你这坏人！"

深深吸了一口气，俪坤便要开始行动，风啸道："不急，你再多歇歇，这可要大耗气力呢。"

俪坤微笑道："放心吧，啸哥。"说罢在风啸脸颊上吻了一下。

风啸也回吻了俪坤一下道："丫头，你可要小心。"

俪坤点点头道："啸哥，咱们一起走。"

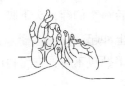

第六十八回

破烦恼比肩风逝
脱缠缚痴情幻生

二人并肩跃起，腾在空中，俪坤双手微扬，二人面前两丈远处立时出现两块薄石板，由下向上飞起。

二人在空中滑行一段，刚好分别踏在两块石板上，借助石板上升之力，再度纵身跃起，两块石板则被踏落而下，落入崖底去了。

俪坤如法炮制，不断化出石板令二人借力前行，如此反复数次，二人已跃出三十余丈，眼看对面崖畔不过数丈之遥。

俪坤再度化出两块石板，由于连续施展化石术，又要保持轻身术，加之之前连续施展了许久师行术与摩尼宝镜术，俪坤早已有些不支，最后这两块石板明显已飞升无力，未及二人踏着，便已开始转而下降。

风啸见状，连忙化出两股风，将两块石板向上托起。

俪坤右脚踏住石板，身子却仍旧往下沉去。俪坤心中一惊，暗叫"不好"，看来自己气力已然耗尽，果真到了极限。

忽然一股旋风刮起，卷住俪坤，径将她拉起，直送过崖畔，投在了对岸崖顶上。

原来风啸已注意到俪坤体力透支，早做好了出手准备。不过他这一出手，虽然救了俪坤，自己却从空中坠落下去。

幸好此时风啸距离对面崖壁不过丈余远，风啸在空中翻了个筋斗，刚好贴近崖壁。

风啸气运双爪，伸手向崖壁抓去。谁知那崖壁竟然坚硬如铁，双爪根本无法插入。风啸手脚攀在崖壁上不断向下滑去，却也稍稍减缓些降落速度。

风啸两脚一蹬，向后一个仰翻，头下脚上，双掌向下推出，一股劲风从掌中吹出，立时将风啸向上冲起。

风啸毫不怠慢，掌中劲风不断，直将自己反冲过崖顶，这才收起掌风，连翻两个筋斗，落在崖顶。

俪坤正自惊吓不已，几乎要跳崖追随丈夫而去。此时见风啸安然登岸，立刻冲上来死死抱住风啸，忍不住哭了起来。

"傻丫头，我不是好端端的吗？"风啸拍着俪坤后背说道。

"我险些害死你。"俪坤说道。

"都是我不好，让你受了太多辛苦。"风啸摸了摸俪坤的头，又道，"剩下的交给我就好。"

俪坤点点头，用手向侧面一指道："啸哥，你看。"

风啸依言看去，只见三十步开外有一座水池，水池后不远处便是一座朱门小房。

"原来阵牒是将阵心移到了这里。"风啸叹道。

"或许阵心并未移动，而是他将咱们移到了远处。"俪坤接道。

"不，这里看不到阵势变化，应当是他自己动了才对。"风啸反驳道。

俪坤捶了风啸一拳道："风动？幡动？你还是那么喜欢跟我抬杠，一点也不懂得谦让之道。"

风啸哈哈笑道："夫人教训得是，不是风动，不是幡动，是我心动。只可惜我没有慧根，不能证悟心法，不然的话，便如阵牒说过的那几句口诀：心生烦恼生，心灭烦恼灭，如烟生于火，火灭则烟灭。应知生灭法，皆因心而有，行到无心处，无生亦无灭。我若能行到无心处，这烦恼阵便不攻自破了。也不劳夫人陪我受这许多辛苦。"

俪坤戏道："只怕你若证悟了心法，便不会再喜欢我这个丫头了。"

风啸故作认真道："原来你才是我修行的最大障碍，难怪我不能证悟。哈哈哈哈！"

俪坤骂道："呸，打死你这个薄情汉子。"边说边捶打风啸。

风啸道："夫人，不知道那屋子里有没有被阵牒新弄出什么古怪来，咱们一会儿可要多加小心。"

二人经过水池，再度推开小屋房门，只见阵牒站在屋子中央，佝偻着腰背，耷拉着双臂，侧歪着脑袋，怒目圆睁地瞪着二人。在他面前还有一支短香悬在半空中。

俪坤吓了一跳，正准备出手迎敌，被风啸拉住手腕道："夫人莫怕，你看他的眼神，他已经死了。"

二人小心走到近前，围着阵牍看了又看，风啸又伸手探了探阵牍的颈脉，确认他早已气绝身亡。只是阵牍这姿势极为诡异，好像身子前扑，倚靠在什么东西上一般，按说一个人若是以这般姿势死去，早该失去重心，扑倒在地上才对。

俪坤也伸出手，想到阵牍面前去探一探，这一出手却令她大吃一惊！原来阵牍果然是身子前倾靠在一个东西上，只是这东西无色无形，完全透明，故而令阵牍看上去好像是自己站在那里，弓腰垂臂、侧头瞪眼，样子极为诡异。

"原来如此。"俪坤自言自语道。

风啸见状也伸手在阵牍面前探查一番，说道："原来他在这真元香周围加了个气罩子，难怪这支香悬在空中。"说罢将阵牍的尸体搬到一旁，靠墙放倒，口中大声念诵了十余句六道金刚神咒为其回向超度。

俪坤也随丈夫一同诵咒，随后问道："不知这个气罩子如何才能够打破？"

风啸道："这气罩子的确不同寻常，阵牍既死，气罩子还在，说明非以人力脉气所成。"

俪坤道："之前我伸手想要拔去那真元香时被他拦住了，那时候应当还没有这个气罩子。"说罢拔出空无常向那气罩子刺了两下，却发现空无常刺到气罩时无声无息，加之气罩子无形无色，便好似手臂被人使了定身法定在空中一般。

风啸道："我来试试。"说罢拉着俪坤后退两步，挥手虚向气罩子砍去，乃是使出一记"风刀术"。

风刀过后，那气罩子似乎纤毫未动。风啸却眼睛一亮，说道："夫人，你可曾看见那香头的火光闪了一下。"

俪坤点头道："看来这气罩子也是从这真元香发出来的。"

风啸道："阵牍说过，一百零八烦恼阵中移山易水、变幻风云全都要凭借这真元香之力，看来这真元香是在不断向外散发真元气的。"

俪坤道："不错，那又怎样？"

风啸道："真元气原本精微无形，而这真元香中蕴藏之真气着实过于强大，故而浓缩成形。如今既然真元香已经点燃，真元气必然源源不断释放而出，如果真元气发出之后聚而不散，会当如何？"

俪坤道："真元气既然能够移山易水，其力之强大自然不可思议，若是聚而不得散，恐怕便会如阵煐所说，真元香瞬间爆发，天塌地陷。"

风啸道："正是。如今咱们既然破不开这个气罩子，倒不如索性将真元气封在罩子里，憋得它炸开来，如何？"

俪坤问道："你要如何封住真元气？"

风啸道："真元气并非有形之物，乃以忍术提聚天地日月之气而成，世间万物恐怕没有哪一样能够封隔得住它，除非是它的同类。"

俪坤讶道："你想用忍术封住它？"

风啸道："你难道忘记我风族的秘术——屏风术了吗？屏风术可封住对手的脉气，令其忍术无法施展成就。这真元气固然比忍者的脉气强大得多，其道理也是一般无二。"

俪坤又问道："可是你的屏风术足以封得住这真元气吗？"

风啸回道："本来是不成，可如今阵煐为这真元香加了个气罩子，反倒帮了我大忙。这气罩子如此坚不可破，固然没有完全阻隔真元气向外发散，必然也已大大增加了阻隔之力，想必是勉强能够让真元气通过吧。只要我再施以屏风术，必然能够将真元气封在气罩子中，不令其外散。"

俪坤略微沉默片刻，怅然说道："只是如此一来，咱们当真便要与这阵心同归于尽了。"

风啸道："那倒未必，我自有办法脱身。夫人，那个水池尚在门外，出口应当仍在那里。你马上出去，向外面的弟兄们报个信，待我破了这阵心便去与你会合。"

俪坤微微一笑，上前抱住风啸，将头靠在风啸胸口，柔声说道："咱们夫妻这么多年，你哪句话是真话、哪句话是假话我还听不出吗？你既然想要殉身于此，又怎能忍心让我一个人离开呢？难倒你忘了新婚那晚对我说过的话了吗？难道你不想同我做一对比肩人了吗？"

〔按："比肩人"出自南朝齐祖冲之（429—500年）的《述异记》，原文如下：

吴黄龙年间，吴郡有陆东美，妻朱氏，亦有容止。夫妻相重，寸步不相离，时人号为"比肩人"。夫妇云皆比翼，恐不能佳也。后妻死，东美不食求死，家人哀之，乃合葬。未一岁，冢上生梓树，同根二身，相抱而合成一树。每有双鸿，常宿于上。孙权闻之，封其里曰"比肩墓"，有曰"双梓"。后子弘与妻张氏，虽无异，亦相恩爱，吴人有呼"小比肩"。〕

风啸轻轻抚摸着俪坤的头发，苦笑道："丫头，茂娃和蓝儿还小，他们不能失去母亲。"

俪坤道："玉髓自小便没了爹娘，还不是照样长成了一位男子汉大英雄？当年玉髓的父亲过世之后没有多久，他的母亲便也因伤心思念而去。难倒你忍心让我也像玉髓的母亲一样吗？"

说到这里，俪坤的发丝上早已承接了两滴泪珠，晶莹得好像日出时的露水。

风啸揉了揉眼睛，将俪坤从自己怀中扶起，为她拭去脸上的泪痕，二人相互凝视片刻，深深地吻在一起。

风啸放开俪坤说道："丫头，我好想再听你唱那首《风中的蒲公英》。"说罢双手结印，开始施展起屏风术。不多时，气罩子中的真元香果然开始变得明亮起来。

只听俪坤轻柔地唱道：

蒲公英，追着风，风儿带我走一生，飞过十万大山顶，风儿不停我不停。

蒲公英，随着风，风儿伴我走一生，飞过千里大草坪，风儿不停我不停。

啊……风中的蒲公英。

蒲公英，恋着风，风儿就是我一生，无论南北和西东，风儿不停我不停。

蒲公英，抱着风，风儿常在我怀中，我与风儿同种下，度过春夏与秋冬。

啊……风中的蒲公英。

真元香发出的光愈来愈耀眼，如个小太阳相似，后来便开始发出"呼啦啦"的响声。整个屋子开始摇晃，屋顶的瓦片不断散落下来，远处也开始传来墙倒山塌的轰隆声。

风啸的额头上涔涔汗出，俪坤一边用袖口为他揩拭，口中仍不断唱着这首《风中的蒲公英》，歌声异常甜美、安静……

清晨的秦山静谧而清新，间或几声鸟鸣，唤醒了山中的沉睡者。

黑绳三睁开眼睛，发现自己全身赤裸，连鞋袜也不知去向，只剩下一条亵裤，成大字状仰靠在一块岩石上，全身都被结结实实地缚在岩石上，半点动弹不得。

黑绳三轻轻晃了晃头，仍感到有些头晕。忽听咯咯几声笑，只见面前不远处树后走出一位姑娘，对黑绳三说道："黑绳先生，你睡得好吗？"

"思容？原来是你。"黑绳三无奈地笑了笑，又道，"是我大意了，没想到你们容族忍者还会用迷药。"

思容微笑道："多谢黑绳先生还记得我，小女子不胜感激。"

黑绳三问道："你们想拿我怎样？"

思容道："依着我吗，我其实是想放了黑绳先生，然后跟先生一起远走高飞，只怕先生不肯。"说罢又咯咯笑了起来。

"思容，你又胡闹。"话音落处，又一位姑娘走了出来，正是思容的姐姐——想容。

"谁胡闹了？姐姐，你难道不这样想吗？"思容反驳道。

想容脸上一红，将目光从黑绳三健壮的身体上移开道："黑绳先生是贵客，你还不快去取些茶点来招待。"

黑绳三哂笑道："好一位好客的主人，昨晚你们招待我的迷药在下尚未消化完全，不敢再叨扰更多。"

思容道："那迷药可不是我们姐妹散的，你可别冤枉好人。"

"哦？那散迷药的恶人却是谁？"黑绳三问道。

"她可也不是恶人。"思容回道，"人家可是好心呢，你赤着身体在这林中睡了一夜，可曾被蚊虫叮咬了一下？多亏人家为你撒了香。"

"如此说来，我倒应该感谢她喽？"黑绳三嘲讽道。

"这也怪不得人家，谁让黑绳先生忍术这般高明？若非如此，我们姐妹几个哪里擒得住大名鼎鼎的黑绳先生？"思容微微笑道。

"她究竟是谁？"黑绳三追问道。

"这我们可不敢说，惹得她生气我们可吃不消。"思容回道。

黑绳三只得作罢，又道："既然如此，你们为何还要将我绑缚在这里？你们要如何处置在下？"

想容道："我们姐妹只是奉命暂时将先生留在这里，自然会有人来这里与先生相见。"

黑绳三呼出一口气，道："好，那可否请姑娘将在下的衣物归还，免得与这位贵客相见时失了礼数。"

想容微笑道："我们都晓得黑绳先生的黑绳术出神入化，只怕还了衣物会对我们不利。"

"黑绳术难道是靠衣物的吗？"黑绳三诘道。

"难道不是吗？"思容瞥了一眼黑绳三的裹裤，反问道。

黑绳三无奈苦笑道："既然如此，请两位姑娘回避些个，毕竟男女不便如此相对。"

"咯咯咯咯！"思容又是一阵大笑，说道，"亏得黑绳先生还是一位忍者，居然还怕这个。再说，我们容族忍者自幼便见惯了男男女女的身体，有什么大不了的！不过么，黑绳先生的身体的确要更好看一些。咯咯咯咯！"说罢又大笑起来。

"思容！"想容脸上又泛起红晕。

"姐姐怎么也同他一样害起羞来？"思容嘲弄道。

"哎哟！"黑绳三忽然叫道。

"你怎么了？"想容忙问道。

"在下头痛欲裂。"黑绳三皱眉说道。

"是不是咱们施在他身上的眠术太久了？"想容低声向妹妹耳语道。

"可是如果撤去眠术，我怕单靠那条绳索难以制住他。"思容同样低声回道。

"黑绳先生不会如此孱弱吧？"思容又故意大声说道。

黑绳三并不理睬二人，只是皱着眉头，满脸痛苦之色。

"我看咱们还是撤去眠术吧，否则当真伤了他也不好交代。"想容又低声道。

"那便依姐姐的话吧。"思容说罢走到岩石旁，伸手将架在岩石顶上，距离黑绳三头顶上方一尺多远处的一面小铜镜取下。原来这正是容族的眠术，那铜镜一直斜照着黑绳三的头顶，令他头昏欲睡、脉气壅沉，无法正常施展忍术。

"多谢两位姑娘，在下感激不尽。"黑绳三说道。

"你要如何谢我们?"思容笑道。

"我可以不杀你们。"黑绳三道。

"你说什么?"思容话音未落,忽然从姐妹二人身上长出两道黑绳,迅速缠遍二人全身,将二人从头到脚缚了个结实。

"你……"姐妹俩瞠目结舌,不敢相信发生之事。

"这绳索是从哪里来的?"思容叫道。

"当然是在下放出来的。不过,却是从两位所穿的衣衫中借来的。"黑绳三从容答道。

"可是你……你怎么会……"思容老大不解。

"我说过,黑绳术与衣物无关,与我的身体手足也不相干。"黑绳三说道。

"怎么不相干?你不是说这绳子是从我们的衣衫中借来的吗?只是没想到,你被缚住了手脚还能施展忍术。早知如此,我们也该不穿衣服来见你。"思容故意调笑道。

"你还只是一位行忍,怎么可能不由身体便放出黑绳?莫非,你的忍术已臻识忍之境了吗?"想容插问道。

黑绳三轻笑道:"行忍、识忍,不过是个虚名罢了,若只凭这些名分判断敌手的高下,岂非太过愚蠢?"

"你说谁愚蠢?你若不蠢,又怎会落到我们手里?"思容不服气道。

黑绳三道:"不错,昨夜我一时大意,竟然被你的拓容术骗过,遭了你们暗算。不过总算还有机会改过。"

"什么机会?"思容笑道,"如今我们被你绑着,你也被我们缚着,你又能如何?我只要高声喊叫几句,自然便会有人来救我们。"

黑绳三道:"你若敢叫喊,我便在你嘴里塞满绳索。"

"你敢!"思容叫道,心中却果真害怕黑绳三用绳索塞满自己的嘴。

黑绳三又道:"现在你们可以告诉我,昨夜是谁撒的迷药?"

"哈!"思容笑了一声,道,"你凭什么以为现在便可以逼问我们了?"

见黑绳三盯着自己未作回答,思容又道:"左右我都被你的黑绳子绑住了,大不了你把我拉扯过去,既然不能跟黑绳先生一起远走高飞,能够同先生绑在一起也不错。"说罢露出一脸顽皮。

"谁说我要被绑在这里?"黑绳三淡然一笑,忽然大喝一声,全身发力一挣,只听"嘭"的一声响,黑绳三身上的绳索竟然崩断开来,数截断绳扬在空中，飞出两丈多远。

这一挣令姐妹二人大吃一惊，须知那绳索有五个手指并拢在一起粗细，平常人便是用刀劈、用斧头剁，一时也无法断开，如今竟然被黑绳三一挣即断。何况黑绳三昨夜还中了迷香，又被施加了一宿的眠术，刚刚昏睡了一整夜。

半晌，姐妹二人才回过神来。

黑绳三扯下手腕上残留的绳索，走到姐妹二人面前笑问道："这回可以告诉我了吗？"

思容咬了咬下嘴唇，说道："你杀了我吧。"

黑绳三哼笑一声，轻轻摇了摇头，道："撒迷药的人是目思琴吗？"

见姐妹二人无语，黑绳三又道："我自有办法让你们开口。"

思容问道："你想怎样？"

黑绳三道："你们如何待我，我便如何待你们。"

"你敢！"思容急道。

黑绳三笑道："你不是说自幼便见多不怪了吗？刚刚你还说要不穿衣裳来见我，我还以为你当真不怕。"又盯着她问道："我为何不敢？"

想容在旁说道："告诉你也无妨，早晚你也会知道。"

黑绳三看着想容，想容与他对视一眼，忙又避开他的目光道："是目姑娘的妹妹，花粉姑娘。他让我们看住你，说今日午后会同她姐姐一起过来。"

"她们现在何处？"黑绳三又问道。

"自然是在罗刹谷中。"想容回道。

"好，你们两个带路，我自去登门拜访。"黑绳三道。

"不可能！"思容忙道，"难道你不知道这山中的迷阵一个接着一个，你走不了多远便会被截杀，他们可不会像我姐妹二人这般对你心慈手软。"

"想必他们也不会偷走我的衣裳。"黑绳三道。

思容闻言脸上一红，又道："早知道这样你也能施展忍术，我也不必脱去你的衣裳了。"

"原来是你的主意。"黑绳三盯着思容说道。

"不！我……"思容发觉自己说漏了嘴，脸色更红，急忙想要解释，却不知如何开口。

黑绳三又道："如此看来，我麻烦你带路也是理所应当了。"

思容抿了抿嘴，道："不是我不带路，你该晓得，我们姐妹也只能守在这个迷阵之中，出了此阵进到其他迷阵，便只能由那个迷阵的守阵忍者带路通过。而且通行之人必须持有令旗，每人一面令旗，都是各人专用，无法带他人一同行走，令旗转交旁人便也没用了。"

黑绳三道："照你所说，我是无法去到罗刹谷了？"

思容点了点头，想容在一旁插口道："思容说得没错，的确如此。黑绳先生，我想目姑娘与花粉姑娘都对你没有恶意，你何不在此稍作歇息，午后她们自然会来见你。你的衣裳就在前面林中的小屋里，你……"

黑绳三道："好，待我取回衣裳再作计较。"说罢左手微扬，手中飞出一道长长的黑绳将姐妹二人拦腰缠在一起。二人心中皆暗吃一惊，此时方知，原来黑绳三果然不必借助衣物也能放出黑绳来。

黑绳三穿戴整齐，从小屋中出来，正欲对姐妹二人开口，忽闻一声巨响，响声之大，犹如千百个霹雳合在一起。循声望去，只见远处山林中一股浓烟冲天直上，冲到天空高处向四下滚滚铺开，好似一个巨大的蘑菇。

与此同时，地动山摇，天地变色，山川草木刹那间就变了模样。

思容叫道："这是怎么回事？尚未到晌午，迷阵为何起了变化？"

想容道："妹妹，这好像不是迷阵的变化，你不觉得周围有些眼熟吗？"

黑绳三接口说道："不错，这并非迷阵变化，而是你们的烦恼阵已经被破了。"

思容四下顾盼，果然周围的景色极为眼熟，这不正是容族忍者居住活动之处——鹰翅沟吗？看来迷阵果真不复存在了。

黑绳三又道："如今看来，你们已没有理由不为我带路了。"

想容道："好，我为你带路，请你放了我妹妹。"

思容忙道："不，还是我来带路，你放了我姐姐。"

黑绳三看着二人道："适才你们谁都不肯带路，如今为何又要抢着带路？"

思容道："无论是谁带你去了罗刹谷，她肯定是活不成了。目长老无论如何也不会放过她的。"

"原来如此，你们姐妹二人倒也情意深重。"黑绳三正说着，缠在姐妹二人身上的黑绳蓦地游飞而去，消失得无影无踪。

姐妹二人愕然望着黑绳三，黑绳三又道："也罢，你们只需详细告知我路径，我不强迫你们带路就是。"

想容问道："难道你不怕我们骗你吗？"

黑绳三道："你既然敢如此问，便应当不会骗我。若你们果真骗我，我便两个都不放过。日后有机会一定会捉了你二人，废掉你们的忍术，然后像你们对我一般，将你二人绑在吐谷浑的山路上，那里有很多吐蕃人。"

想容皱眉道："黑绳先生好狠心，竟要这般毒辣地对待我们姐妹吗？"

思容骂道："好个没良心的家伙！难为姐姐还一直对你念念不忘。你若这般，当真禽兽不如！"

黑绳三冷冷说道："我一向言出必行，现在你们可以告诉我去罗刹谷的路径了吗？"

想容却道："黑绳先生不是没良心，而是痴心得很才对。他这话是故意说给咱们听的，只可惜咱们与黑绳先生相识太晚。"

黑绳三闻言，将头扭在一旁，默然无语。

出了鹰翅沟，一路上隐约能够觉察到山坳、林间、沟壑，到处都有忍者在交手厮杀。黑绳三无暇他顾，留意绕开争斗之处，径向罗刹谷寻去。

俪坤等人出发前，风子婴便已做好交代，烦恼阵一破，风子婴立刻率领西道人马进山，黑绳三与风巽二人须尽快赶去罗刹谷，围剿目焱老巢，风子婴随后接应。

走出十余里，来到一个五六丈高的小断崖下，崖顶泻下一条细小瀑布。这里正是想容姐妹所说的通往罗刹谷的又一处标志地。

黑绳三正欲攀上断崖，忽听崖顶传来人语声，只是声音犹远，听不清说的是什么，依稀能辨出是女人声音。

黑绳三迅速飞身上崖，眼前景色却令他大吃一惊。只见脚下是一大片耕田，田间一条小路通向一个村落。穿过田地，但见村中房屋高矮错落，却是排排相邻，建制得颇为齐整。

黑绳三心中纳闷，这秦山之中怎会有这样一座别致村庄？况且想容姐妹并未提及，莫非是她二人有意瞒骗我？

黑绳三不敢大意，放慢脚步进村，暗中留意周围动静，做好随时应敌的准备。

穿过一条小巷，黑绳三看见迎面走来两人，分明是忍者打扮。黑绳三忙闪在一旁，窥见那两人进了一户院门。

"难道这里是北道中哪一族忍者的聚落?"黑绳三心中暗忖,却不敢再大摇大摆地在村中行走,转而躲藏着行进。

穿过两条巷子,黑绳三忽然看见巷子中央有一处高大宅院,青墙朱门,颇似一座官宅。

黑绳三好奇心起,决意探一探这个宅院,看看里面究竟住着什么人。

越过院墙,院内似乎并无动静。黑绳三悄然躲在院中堂屋顶上,揭开屋顶瓦片向屋内窥视,并不见一个人影。

黑绳三在屋顶匍匐了片刻,正欲离去,再到别处查探,忽见堂屋中跑进一位姑娘,口中叫着:"奶奶,奶奶!"神情颇为焦虑。那姑娘不是别人,正是曼陀乐。

曼陀乐叫了几声,定了定神,又叹了口气,正要转身出门,忽然背后伸出一只手掌捂住她的嘴巴。曼陀乐一惊,只听身后那人说道:"曼陀乐,不要出声,是我。"

那只手松开曼陀乐,曼陀乐回头一看,讶道:"黑绳三?"随即侧头盯着黑绳三,若有所思。

黑绳三颇为奇怪,正要开口相问,忽见从两旁蹿出十余名忍者,有男有女,将二人团团围住。

曼陀乐不慌不忙地走出圈外,众人一拥而上,与黑绳三斗在一起。

黑绳三自然不把这些人放在眼里,不过令他吃惊的是,自己明明已经击中了这些人的要害,挨打之人却很快便能重新投入战斗,似乎全然没有伤痛。

"怎么可能?难道他们是不死之身吗?"黑绳三疑窦顿生,一边与众人缠斗,一边向曼陀乐瞥去,只见曼陀乐正歪头看着自己,那神情好似在观赏猫狗打架一般调皮。

"曼陀乐,你待怎样?"黑绳三喊道。

曼陀乐微微一笑,一努嘴说道:"你问她。"

黑绳三回头看去,只见目思琴正站在身后望着自己,不由得一呆。刹那间,围住黑绳三的那些忍者消失得无影无踪。

"这究竟是怎么回事?"黑绳三盯着目思琴问道。

见目思琴漠然望着自己无语,黑绳三也沉默了片刻,随又说道:"你……还好吧?"

目思琴仍旧无语,眼中却流出一缕幽怨,凝视着黑绳三。

二人对视良久，目思琴眼泪簌簌落下。

曼陀乐踱步过来，说道："原来燕儿姐姐在你心里是这个样子。"

"你说什么？"黑绳三扭头问道。

曼陀乐嘴角一翘，打了个指响道："看来你果真是黑绳三。"

黑绳三眉头一皱，不明白曼陀乐何意，回过头来却又是一愣，目思琴竟已不知所踪。

"那不是燕儿姐姐。"曼陀乐说道，"那只是你心里的幻象。"

"原来是你，你对我施了幻术？"黑绳三忽然明白过来。

"我可没那么大能耐。我若对你施幻术，你岂能不知？"曼陀乐回道。

"不错，以曼陀乐的忍术修为，她若对我施以幻术，我不可能没有觉察。"黑绳三心道。

见黑绳三一脸疑云，曼陀乐又道："这么久你都不来秦山寻燕儿姐姐，你以为燕儿姐姐定然是心中怨恨你，对你无话可说是吗？亏你还被燕儿姐姐当作知音，我看你一点都不明白燕儿姐姐的心思。"

"你又知道些什么？"黑绳三反驳道。

"是你自己刚刚表明了心思，我当然便知道喽。"曼陀乐道。

"我表明了什么心思？"黑绳三越发听得糊涂。

曼陀乐呵呵笑道："还以为你有多厉害，原来是个呆子。"

见黑绳三仍旧疑惑地看着自己，曼陀乐又道："实话告诉你吧，你是中了幻术，不过不是我施的幻术。我同你一样，也是身在幻术之中。"

"可否再讲明些？"黑绳三依然不解。

曼陀乐续道："这幻术名叫幻境术，本来是我大伯母设的。她为了阻挠奶奶带我们姐妹几人出山，便在这里施设了幻境术，将我们困在这里。所有踏入这块地界的人便都进入了幻境之中。"

"原来如此。"黑绳三又问道，"为何说本来是你大伯母设的？难道如今这幻境术已不是你大伯母所设的了吗？"

"那倒也不是。"曼陀乐释道，"后来奶奶见大伯母设了这幻境，便也在这里又施加了一层幻术，这里便成了双重幻境了。"

"那又为何？"黑绳三问道。

"大伯母施展了幻境术，她自己也身在幻境之中，不过她是知道这幻境出口的，随时可以逃出去。奶奶又施加一重幻术，便是为了将大伯母也困住，这样我们便谁也出不去了。"

"她们婆媳二人为何要自相争斗？"黑绳三又问道。

"奶奶不想让我们参与四道忍者之争，大伯母却执意不肯退出，故而她二人一向不和。"曼陀乐回道。

"那适才那些忍者是怎么回事？他们也是你大伯母幻化出来的吗？"黑绳三又问道。

"呵呵呵！"曼陀乐笑道，"那是我幻化出来试探你的。"

曼陀乐见黑绳三依旧一脸严肃地看着自己，又道："这幻境术有个最特别之处，身处幻境之人，无论是谁，只要他心中强烈地想着一样东西，那个东西便会出现在这幻境里，好像真的一般。我突然在这里看见你，最初还以为你是假的，所以故意幻想出一些忍者来试探你。"

"原来燕儿也是你幻想出来的。"黑绳三不知是自言自语，还是对曼陀乐说道。

"不全是。"曼陀乐回道，"最初是我幻想出来的，后来便将她交给你了。你看见燕儿姐姐之后，她所有的表现都是你心里想出来的，所以我才知道，原来燕儿姐姐在你心里是这个样子。怎么样，黑绳三，这个幻境是不是很好玩？"

"你还有心思贪玩？你不是在找你奶奶吗？她是不是被你大伯母困在了哪里？你不担心她吗？"黑绳三问道。

曼陀乐噘嘴道："其实她们两个也不会当真性命相搏，毕竟都是亲人。大伯母一向争强好胜，前日她以一念大幻术偷袭奶奶，不想却被奶奶反施到她自己身上，让她在幻术中睡了两日，身为曼陀族长，她自觉颜面扫地，难以咽下这口气，所以又跑来跟奶奶作对。"

"你奶奶要带着你们姐妹几人出山，目焱会答应吗？"黑绳三又问道。

"我本来也不想走，是燕儿姐姐让我跟奶奶走的，她说她自会向目长老解释。不过，我现在后悔了。"曼陀乐答道。

"后悔什么？"黑绳三问道。

"没想到你们这么快便破了烦恼阵，我担心燕儿姐姐会受到伤害，我不该离开她。"曼陀乐忧心忡忡地说道。

"燕儿姐姐可是天底下最善良最好的姑娘，谁要是辜负了她，那可是天下第一号大笨蛋！"曼陀乐又追了一句。

黑绳三面露尴尬，稍停说道："你自己多保重，在下告辞了。"

"你要去哪里?"曼陀乐忙问道。

"自然是离开这里。"黑绳三道。

"你自己出不去的。"曼陀乐道。

"我从哪里进来,还从哪里出去。"黑绳三回道。

"那你就试试看,这幻境的出口随时都可能被施术者转换,如今加上奶奶也施加了一重幻术,你得连续寻到两个出口才能出去。"曼陀乐侧头说道。

"那我便该如何?"黑绳三回问道。

"嘻嘻,你当然只能跟着我一同寻找出口喽。"曼陀乐调皮地看着黑绳三说道。

第六十九回

黑绳三智救祖孙
曼陀容永迷幻境

二人出了朱红大门，黑绳三问道："适才我在前面巷子中见到两人，他们也是幻化出来的人吗？"

曼陀乐道："或许是吧，我又没见到，也说不准。"

黑绳三又问道："同那些化人交手，是否无论如何也无法消灭他们？"

曼陀乐道："当然不是。其实对付那些化人有个秘诀，只要你在面对他们时，能够让自己不生分别念，哪怕只有一刹那，你的念头一停止，那些化人便会自己消失。我到处找寻奶奶，有时候奶奶会突然出现在我面前，我便须让自己平静下来，暂时空一空心念，这样才能让自己幻化出的'奶奶'消失。"

"原来如此。"黑绳三应了一句，心中却不禁动了一念："若是自己想念燕儿，岂不是立时便可见到她？"甫一动念，黑绳三立时打住自己的思绪，生怕当真化出个燕儿来，岂非被曼陀乐笑话。

曼陀乐见黑绳三无语，便问道："你在想什么？"

黑绳三道："我看见你进门后喊奶奶，然后便愣了愣神，原来是在平复心念。"

"是啊。"曼陀乐笑了笑，用手一指道，"咱们到那边去看看。"

黑绳三问道："你不是说你奶奶要带走你们姐妹几人吗？你的姐妹们现在哪里？"

曼陀乐道："是我的两个妹妹曼陀美、曼陀妙。她们两个一向最怕大伯母，我们刚被大伯母拦住时，尚未进入大伯母的幻境之前，她们两个便被大伯母打发回去找音姐姐了。"

黑绳三又问道："你大伯母为何要幻化出这样一座村子？"

曼陀乐道："算你有眼福，能够在这里看见曼陀谷的样貌。"

"曼陀谷？"黑绳三颇感意外。

"不错。"曼陀乐答道，"这里就是按照曼陀谷的样子幻化出来的，一模一样。适才咱们碰面的地方就是我大伯母的住处。"

"你大伯母为何要幻化出曼陀谷的样子？"黑绳三又问道。

"想必她是要幻化出一个自己熟悉的地方，这样才方便她随时转换出口，免得连她自己也迷了路。"曼陀乐回道。

二人正说着话，忽见前方巷子尽头处现出两个人影来，黑绳三反应极快，忙拉着曼陀乐闪进身旁一户门内。

曼陀乐悄悄探头望了一眼，道："是我的大伯母和大姐曼陀音。你在这里等着，我出去看看。"说罢大摇大摆地走了出去。

黑绳三藏在屋内窥视，只见曼陀乐大步迎上前，好似没看见那两人一般，径从那两人身边走了过去，而那两个人也好似没看见曼陀乐一般，仍旧东张西望地朝黑绳三这边走来。

黑绳三忽然明白过来，原来这两位也是幻化出来的人，曼陀乐必定是澄空心念，不去关注这两个化人，故而她们便也未能留难曼陀乐。

念及于此，黑绳三深吸一口气，放松心境，让自己澄空杂念，也走出房门，大步迎着那两人走过去。果然，那两人并未理睬黑绳三，将他当作空气一般，与他擦身而过。

曼陀乐早在前方笑望着黑绳三，待他走近，拍手道："不愧是黑绳三，这么快便学会了！"

黑绳三只是淡然一笑，随即问道："与那些化人交手时，若是不小心被击中会如何？也会受伤、会被杀死吗？"

曼陀乐道："这要看你的心念如何。如果你当真认为自己被实实在在地击中了，那便跟被真人击中也没什么两样。如果你能真切地认清对手是化人，是假的，他的攻击也都是虚妄不实的，那即便是被他打中也没什么关系，根本就无法伤害到你，就像是被镜子里的人打了一样。不过多数人在与化人打斗时，都很难完全把对手看作是幻形化影，往往一念之差便认了真，后果也便难说了。"

黑绳三点了点头。

曼陀乐忽然问道："黑绳三，你心里恨不恨燕儿姐姐？"

黑绳三一怔，随即轻轻摇了摇头。

曼陀乐又问道："那你怪她吗？"

黑绳三道："别问了，咱们快些寻找出口吧。"

曼陀乐道："我知道，你只是因为燕儿姐姐是北道的人，所以你觉得无法同她在一起，对不对？"

见黑绳三无语，曼陀乐又道："其实是哪一道的人又有何不同？你若真心爱燕儿姐姐，何不将她带走？就像奶奶带走我们姐妹一样。"

黑绳三道："她与你们不同，她是目焱的义女，怎么可能离开北道？"

"有何不可？"曼陀乐反问道，"别说是义女，就算她是目长老的亲生女儿，只要你们二人真心相爱，也可以在一起呀！我若是你，便会带着燕儿姐姐去隐居，既不属于北道，也不归于西道，岂不是最简单不过？"

黑绳三道："世事若都像你想的这般简单便好了。"

曼陀乐一努嘴道："原本就是这么简单，是你们自己想得太多、太复杂。"

黑绳三不愿与曼陀乐谈论此事，便故意岔开话题道："像咱们这样找法要找到何时去？如何才能知晓哪里是出口？"

曼陀乐道："出口当然看不出来，只有走出去之后才知道它是出口。"

黑绳三又问道："那出口不是应该在村子的边缘处吗？咱们是不是该向村外走？"

曼陀乐笑道："那可未必，这就是幻境术的妙处，无论哪里都有可能是出口。"

"无论哪里？"黑绳三自言自语道，随又问曼陀乐道，"若是让你施展幻境术，你会将出口设在哪里？"

"我？"曼陀乐想了想说道，"我会将出口设在一个我自己很熟悉，其他人很少去过的地方。"

"有什么地方是曼陀容自己熟悉而旁人罕去的？"黑绳三又问道。

"嗯……"曼陀乐想了半晌说道，"整个曼陀谷我们姐妹都是走遍了的，只有大伯母的练功房还有她的浴室从不让别人进去。"

黑绳三皱眉道："这些地方倒也不难想到，想必她不会将出口设在那里吧？"

曼陀乐点点头道："是啊，而且那两处我已经去寻过了，的确没有发现出口。"

二人沉默了片刻，曼陀乐忽然叫道："啊，我想起来了，大伯母或许将出口设在一个大家都经常会去，却谁也不会注意的地方。"

"什么地方？"黑绳三忙问道。

"跟我来。"曼陀乐边说边转身向回走去。

黑绳三随着曼陀乐又走回到朱门大宅，遂问道："为何又回来了？你要去哪里寻出口？"

曼陀乐道："大伯母的房子我已经来过三次了，每次都是一个屋子一个屋子地寻找，我忽然发现自己忽略了几个地方。"

正说着，二人已跨进院子，忽然看见曼陀容正站在院中。

曼陀乐定了定神，迎面走上前去。黑绳三心知曼陀乐又是要试探这个曼陀容是真是假，便站在原地不动，静观其变。

忽听曼陀容说道："乐儿，我到处寻你不见，你跑到哪里去了？"

曼陀乐停住脚步，看了看曼陀容道："奶奶让我出去探探路。"

曼陀容微微笑道："小鬼头，那老货已经被我囚住了，你还敢跟我撒谎。"说罢又盯着黑绳三看了看，眼中微微露出一丝疑惑。

曼陀乐故作惊讶道："什么？怎么可能？刚刚我才同奶奶分开。"随即面露喜色道："奶奶，您出来了？我还以为大伯母说的是真的呢。"

曼陀容回头看去，只见曼陀臻踱步从堂屋中走了出来。

曼陀容冷笑一声道："臭丫头，还敢跟我耍花招。"说着又转回头来，并不理会曼陀臻。不料刚刚回过头来，黑绳三已蹿到她面前，右手一扬，未及她看清，一条黑绳已将她牢牢困住。

原来曼陀乐早知曼陀容不会上当，同时她也看出曼陀容并不了解黑绳三底细，既不知他是谁，也不确定他是真是幻。故而曼陀乐幻化出曼陀臻，不过为了分散曼陀容的注意，待曼陀容回头时，早已向黑绳三使了眼色，黑绳三反应极快，刹那间便出手将曼陀容制服。

曼陀容一惊，随即平静下来，闭目深吸一口气，睁开眼，见自己仍被黑绳所缚，这才当真有些惊慌，厉声问道："你是……黑绳三？"

黑绳三淡然回道："曼陀邑长，失礼了。"

"你怎么会在这里？"曼陀容问道。

"是你的幻境拦了在下的路。"黑绳三答道。

"你待怎样?"曼陀容又问道。

"寻到出口,离开这里。"黑绳三回道。

曼陀容这才微微一笑道:"这个容易,只要你放开我,我将出口指给你。"

黑绳三并不理会曼陀容,只是淡淡问道:"出口在哪里?"

曼陀容微笑道:"早听说黑绳三冷若冰霜,今日一见,果然不虚。好吧,我告诉你。不过我只能告诉你一个人。"

话音未落,曼陀容身上的黑绳蓦地收紧,痛得曼陀容叫了一声,忙道:"我这就说!"

待黑绳放松,曼陀容看了看曼陀乐,问道:"你和乐儿这丫头有何关系?莫非你喜欢她?"

黑绳三瞪了一眼曼陀容,并不回答。曼陀容怕他再用黑绳勒紧自己,不敢再多话,忙说道:"出口就在我的书房里。"

黑绳三与曼陀乐对视一眼,说道:"好,咱们去看看。"

黑绳三让曼陀容走在前面,三人来到书房,曼陀乐环视了一周,自言自语道:"我怎么看不见?"

黑绳三问道:"你不是说出口是看不出来的吗?"

却见曼陀乐脸上一红,曼陀容在旁笑道:"看来乐儿这丫头也不大信任你。"

曼陀乐忙道:"我不是因为这个。"

黑绳三并不理会曼陀乐,只盯着曼陀容看,曼陀容忙又说道:"书架最上层左手第二册。"

黑绳三不明所以,曼陀乐已快步上前,从书架上取下一册书。

曼陀容又道:"倒数第三页便是出口。"

曼陀乐翻开书册,讶道:"大伯母,您居然当真修成了这个!"

曼陀容嘴角微翘,满是得意之色,不屑道:"你以为只有那老货才会吗?"

黑绳三问曼陀乐道:"那是什么?"

曼陀乐回道:"寻常幻境术的出口只能是一个黑黑的洞口,一般都设在柜子里、角落里甚至井里面,总之是不易被人发现之处。幻术高手可以将洞口缩小到只有铜钱大小,藏秘洞口的地方也便更多、更不易发现了。最厉害的出口就是这种'文句门',它能藏在一册书中、一页纸上,只是书中的某几个字,甚或是一个字,你只要全神贯注地紧盯着这几个字就能出去了。"

"哦？让我看看。"黑绳三正要取过书册，曼陀乐却将书册藏到身后道："慢着，我还没说完呢。盯着文句门的时候，你千万不能在心里读那些字，也不能分别它的意思，否则你不但出不了幻境，还会中了埋伏在文句门中的幻术！这才是文句门最厉害之处。"

"原来如此，那我只能按照你教我的对付化人的方法去看文句门吗？"黑绳三问道。

曼陀乐微笑着点头道："正是如此。"说罢伸手将书递给黑绳三。

曼陀容在旁恶狠狠地盯着曼陀乐道："你这个吃里爬外的丫头！"

曼陀乐并不理睬曼陀容，又对黑绳三说道："你快走吧，再过一会儿天就亮了。"

"天亮？"黑绳三不解道，"现在不正是大亮天吗？"

曼陀乐道："这幻境中的时光与外面不同，在此幻境中一个时辰，外面便已经过了一整日。算起来，现在外面正是黑夜。"

黑绳三又问道："你不走吗？"

曼陀乐道："不找到奶奶，我是不会走的。"说罢扭头看了看曼陀容。

黑绳三道："初时你不告诉我如何寻到出口，是想让我帮你一起寻找你的祖母，是吗？"

曼陀乐抿了抿嘴，没有回答。

黑绳三转向曼陀容问道："曼陀乐的祖母现今在哪里？"

曼陀容道："我如何晓得她在哪里？"

黑绳三道："你若老实说出来，对于那个文句门的陷阱，我可以既往不咎。"

曼陀容哼道："我又没有故意给你设什么陷阱，何谈既往不咎？"

黑绳三不再说话，曼陀容身上的黑绳却开始渐渐缩紧，曼陀容痛得叫道："黑绳三，你这样对付一个女流，算什么英雄好汉！"

曼陀乐插道："大伯母，奶奶究竟在哪里？你快说了吧！"

"住口！"曼陀容怒道，"你这小贱人，竟然联合外人来对付我，看我日后如何整治你！"

黑绳三蹙眉道："你这恶妇，如今自身难保，还敢恐吓别人。"随即又问曼陀乐道："我若杀了她，会怎样？"

曼陀乐道："如果未寻到出口，我们便要永远待在这幻境里了。"

黑绳三点头道："幸好我们已经寻到了出口。"

曼陀容厉声道："这文句门不同于一般出口，你若杀了我，文句门便会消失，你们就得永远待在这里，给我陪葬！"

黑绳三看了看曼陀乐，曼陀乐微微点了点头。

黑绳三转而对曼陀容说道："好吧，你说出来我便放了你。"

曼陀容道："我凭什么信你？"

黑绳三淡然道："我从不食言。"

曼陀乐却道："不行！你不能放她！"

曼陀容忙道："黑绳三，你是男子汉大丈夫，可要说话算话！"

曼陀乐也急忙说道："你若放了她，未及我寻到奶奶，她便会转换出口，我们就出不去了！"

黑绳三问道："转换出口很容易吗？"

曼陀乐道："当然不很容易，每转换一次，都要耗费很大气力，不过她一旦脱身，定然会想办法换掉这个文句门，将咱们困住。"

曼陀容道："曼陀乐，你休要胡说！如今文句门就在你们手里，我如何能够换掉？"

黑绳三看了看手里的书册，又看了看曼陀乐，曼陀乐一言不发。

曼陀容又道："黑绳三，你到底说话算不算数？"

黑绳三道："当然算数，你说吧。"

曼陀容道："好，我信你。那老太婆如今跳出她自己的幻境，躲在我的幻境里。"

黑绳三听得糊涂，不由得又看向曼陀乐。

曼陀乐释道："我说过，大伯母和奶奶都施展了幻境术，这两个幻境便如牛乳里加水一般，根本分不出来。不过施术者可以随意进出自己所造的幻境，无论是谁，一旦跳出了一个幻境，便会停留在另一个幻境里，身在两个不同幻境中的人与身在双重幻境中的人，彼此都无法互相遇见。"

"这岂不就是三个幻境一般？"黑绳三道。

曼陀乐点头道："差不多吧。"

曼陀容插嘴道："喂，要说贴心话，你们两个待会儿再说。黑绳三，你说话要算话，快些放开我。"

曼陀乐道："等等，我奶奶为何会跳出自己的幻境，你把她怎样了？"

曼陀容哼笑道："那老货伤了腿，自然要逃走。"

曼陀乐道："你根本斗不过奶奶，她怎会受伤？"

曼陀容哈哈一笑，道："那老货忍术虽然还过得去，却是蠢得可以，见到自己心爱的孙女受欺负，便跟疯狗一样，有什么难对付的？"

"你……"曼陀乐气得小脸通红，一时说不出话来。

曼陀容蔑笑道："你不用担心，那老货虽然暂时跳出自己的幻境，不过她一定还会回来找你的。"随即叫道："黑绳三，我已经说出了老东西的下落，你还不履行诺言！"

黑绳三并不搭话，只见曼陀容身上的黑绳倏然消失，曼陀容心头一喜，忙从书房的窗口纵身跃出，一面叫道："咱们后会有期！"

曼陀乐说道："黑绳三，你也走吧。"

黑绳三道："怎么，你不走吗？"

曼陀乐眼中噙着泪道："奶奶受伤了，我不能丢下她。大伯母说得对，奶奶不会丢下我一个人在这里，她一定还会回来寻我。你过来，我告诉你下一重幻境的出口。"

曼陀乐对着黑绳三耳语一番，黑绳三点点头道："曼陀乐，你自己保重，咱们后会有期。"

送走黑绳三，曼陀乐手中拿着藏有文句门的书册跑出曼陀容的大宅院，走不多远，忽听身后哈哈几声大笑，回过身来，却见曼陀容现出身来说道："乐儿，你可真是个孝顺丫头，为了那老货，竟然甘愿放弃跟小情郎一起逃走的机会，留在这幻境之中。"

曼陀乐怒目道："你胡说什么！我跟黑绳三毫无瓜葛。"

曼陀容笑道："有瓜葛也好，没瓜葛也好，总之你这个臭丫头终于还是落在我的手里。"

曼陀乐道："我跟奶奶又没得罪你，你为何要害我们？"

曼陀容道："哟！你这丫头好没良心，我一向很是提拔你们姐妹几个，何时害过你？倒是你这丫头，居然勾结外人来暗算我。"

"黑绳三是自己闯进来的，谁勾结他了？"曼陀乐回了句嘴，又道，"奶奶不过是想带我们走，你怎么忍心当真伤害她？"

"哼！"曼陀容撇嘴道，"那老货坏我大事，背叛北道，即使我放过她，目长老也不会放过她。"

"奶奶没有背叛任何人，她只是不想再让我们蹚这浑水。倒是你，身为她老人家的儿媳，竟然如此大逆不孝，我真后悔一直听你的命令，帮你做事！"曼陀乐越说越激动。

"好你个臭丫头，竟然敢教训起长辈来了！"曼陀容气道。

"你也知道什么叫长辈？你也配做长辈？"曼陀乐骂道。

"臭丫头，让你知道我的厉害！"曼陀容目露凶光。

曼陀乐扬手射出数枚星镖，转身疾奔。

只听曼陀容哈哈大笑，笑声未止，人已飞落在曼陀乐面前，挡住了曼陀乐的去路。

谁知曼陀乐并不停下，冲到曼陀容面前"啊呜"一声做了个鬼脸，曼陀容吓了一跳，忙纵身跃开两丈多远，深深吐纳了两次。

曼陀乐已趁机奔出数十步开外。

忽听曼陀容凄厉一声长叫，曼陀乐脚步立时慢了下来，未几，竟转身走了回来。

待曼陀乐走近，曼陀容从她手中抢过书册，随即弹指一声，曼陀乐蓦然惊醒，瞪大眼睛盯着曼陀容。

曼陀容冷笑道："想不到那老货竟然偷偷教会了你愤怒幻术，好在你功力不深，否则还当真着了你的道。"

见曼陀乐眼中充满愤恨，曼陀容又笑道："乐儿，你逃不出我的手心，何必勉强？你不是想找那老货吗？我这就带你去见她。"说罢伸手扣住曼陀乐的颈部，带着她向村外走去。

曼陀乐颈部气脉受制，丝毫不敢反抗，边走边道："你不是说奶奶已经跳出她的幻境了吗？原来她还在这里。你这个骗子！"

曼陀容哼了一声，道："这叫兵不厌诈。"

曼陀乐又问道："你为何要带我去见奶奶？"

曼陀容道："那老货又臭又硬，不拿你做要挟，她哪肯说出幻境的出口？"

曼陀乐心道："幸好她不晓得我也知道奶奶的幻境出口所在。"

二人来到村外林中的一棵大树下，曼陀容右手扣着曼陀乐的脖颈，左手抓住一块树皮一拉，树干上竟被拉开一扇小门。

曼陀乐讶道："我怎么不知道谷里还有这种地方？"

曼陀容道："谷里当然没有，这是专为囚禁那老货所造的密室。"

曼陀乐这才明白这是曼陀容虚设的一部分幻境，难怪自己寻遍了村里村外也寻不到奶奶。

进了树洞，旋转而下了数十级台阶，终于来到密室中。

只见密室墙上燃着十余个火把，曼陀臻手脚皆带着重铐被吊在密室中央，已然晕死过去。

曼陀乐忙高叫了几声"奶奶"，无奈曼陀容并不放手，曼陀乐只有哭喊着祈求曼陀容放了奶奶。

曼陀容道："放心吧，我不会让那老货死掉的。她死了，咱们就谁也出不去了。"

曼陀乐怒道："曼陀容，你究竟想要怎样？"

曼陀容骂道："臭丫头，你都敢称名道姓了。"随即笑道："去吧，你去把她叫醒。"说罢放开了曼陀乐。

曼陀乐连忙跑到曼陀臻身边，却见曼陀臻的后背上插着数支空无常，显是曼陀容以此封住了曼陀臻的几条重要气脉。

曼陀乐一边叫着"奶奶"，一边抱住曼陀臻，将她的身体抬高，让她的手腕不再被镣铐拉扯。

不多时，曼陀臻慢慢睁开眼睛，见到曼陀乐，立时满脸欢喜，叫道："乐儿！"

曼陀乐未及开口说话，忽然脖颈一紧，又被曼陀容拿住，拉到一旁。

曼陀臻顿时身子向下一坠，痛得大叫一声。

曼陀乐心疼得立时想要冲过去，在曼陀容的手爪下哭叫不停。

曼陀容阴阳怪气地说道："娘，我总算找到乐儿了，现在我就带她一起去找您老的出口，您可千万别错把新的入口当作出口告诉给我，否则您的乐儿就永远都出不去了。"

曼陀乐此时方才明白曼陀容的真实用意，原来她是怕曼陀臻忍术高明，能够将更深一层的幻境入口伪装成出口，诱骗她上当。故而她才一定要捉住曼陀乐，带着曼陀乐一同从那出口出去。曼陀臻定然不会让自己心爱的孙女与曼陀容一起，永远迷失在幻境之中。

曼陀容话音甫落，忽然她右肩剧痛，右手立时放开曼陀乐。曼陀容自知遭袭，纵身向左前方跃开几步，同时左手向后射出几枚星镖。

只听当当几声响，星镖纷纷落地，曼陀容已转身过来，惊讶叫道："黑绳三？你不是已经走了吗？"

黑绳三背手说道："我若不走，你如何肯老实说出老人家的下落？"

曼陀容恨恨说道："黑绳三，我们自家人的恩怨与你无关，你何必非要管这闲事？"

黑绳三道："既然管了，总要善始善终。"

曼陀容哼了一声，又道："上次你是趁我不备才侥幸得手，这回可没那么便宜！"说罢哈哈大笑。

曼陀乐在旁喊道："黑绳三，小心她的笑声！"

黑绳三早已凝神调息，抵御曼陀容的幻术。

曼陀容趁机攻了过来，以空无常向黑绳三连刺十余剑，动作甚为迅疾。

黑绳三一一闪身避过。曼陀容却并非当真要与黑绳三拼命，见黑绳三退开了几步，立时抢到楼梯口，向上逃去。

曼陀乐叫道："文句门还在她怀里！"

话音未落，曼陀容又纵身跃回密室，原来早有数道黑绳如黑蛇一般迎面挡在半空，向曼陀容飞射而来。之前曼陀容肩头那一痛便是被黑绳的绳头击中。

黑绳三已抢到曼陀容落脚之处，右手劈头便是一掌。曼陀容身子尚未完全落地，躲避不开，只好左手挡在头上，右手的空无常同时刺向黑绳三胸口。

黑绳三动作更快，左臂前插，贴住曼陀容的右臂内侧，向外一旋，将曼陀容右臂格开，更进一步，左手变爪，向曼陀容胸口抓去。

曼陀容徐娘半老，却颇有几分风韵，胸部尤其丰满，眼看黑绳三要伸手抢走怀中的书册，忽然娇叹一声。

黑绳三闻声一怔，戛然停手，手掌几乎已贴上曼陀容胸口。

曼陀容更不怠慢，右手空无常迅速从外侧刺向黑绳三左腰。

黑绳三蓦然左转，左手再次将空无常格开，身子转了一圈，如一团黑旋风般转到一旁，右手已将曼陀容右手的空无常夺下，"当啷"一声丢在地上。

曼陀乐在旁看得清楚，急道："黑绳三，都什么时候了，你还在意这个？"

黑绳三脸上微微一红，对曼陀容道："你最好把文句门交出来，不要逼我动手。"

曼陀容媚笑道："没想到，黑绳兄弟原是个怜香惜玉的人儿呢。你何必跟我这妇道人家过不去？咱们有话好商量，啊？"声音柔魅入骨。

黑绳三定神暗提一口气，斥道："看来你是死不悔改了。"

曼陀容冷笑一声，从怀中取出书册，厉声说道："黑绳三，你再逼我，我便毁了这文句门，咱们谁也别想出去！"一边说，两手已抓住书册，做好撕扯之势。

黑绳三微微笑道："你尽管撕吧。"

不想话音甫落，曼陀容果真开始撕下一叠叠书页，撒向空中。

黑绳三正欲上前阻止，却见曼陀容迅速将一页纸塞进抹胸之中，随即媚笑道："黑绳兄弟，想要的话尽管来拿呀。"

黑绳三暗叹一声，早知如此，还不如当初便从她怀中抢过来，如今只薄薄一页纸，被曼陀容贴着皮肉藏在抹胸里，岂非更难下手了？

曼陀容双手捂着胸口，一直笑望着黑绳三。

忽然曼陀臻说道："她要转换出口，还不动手！"这句话虽然说得有气无力，却如霹雳一般将黑绳三惊醒。

黑绳三此时顾不得许多，双手齐扬，两道黑绳凭空现在曼陀容面前，迅速将其两腕缠住，随即向两旁一分，曼陀容吃力不住，双臂蓦地大大张开。

黑绳三已飞步上前，伸手便向曼陀容胸口抓去。

曼陀容忽然张大嘴巴，对着黑绳三"啊呜"一声，好似一只发威的老猫。

黑绳三见曼陀容表现如此怪异，早知不妙，左手抓住曼陀容抹胸，右手照准曼陀容脑门一拍，同时身子向后纵开。

只听曼陀容"呃"的一声，倒退了几步，露着肥白的胸部，两眼直勾勾地瞪着前方，样子极为诡异。

黑绳三忙将目光错开，将头扭在一旁

曼陀乐叫道："黑绳三，拿到文句门了吗？"

黑绳三走近两步，将抹胸丢给曼陀乐。曼陀乐急忙从抹胸中找出那页纸，松口气道："还好，文句门尚在。"

曼陀臻忽然又开口道："大家快走，晚了就来不及了。"

曼陀乐闻言忙将文句门递与黑绳三道："黑绳三，别忘了我告诉你的。"

黑绳三接过文句门，盯着纸上一行字，凝神息虑，刹那间只觉眼前一亮，忽见自身站在一片树林之中。

黑绳三四处看了看，这不正是自己追踪曼陀容与曼陀乐而来到的那片树林吗？正四顾张望，忽然曼陀乐与曼陀臻同时现在身旁。

黑绳三忙上前与曼陀乐一起扶着曼陀臻坐下。

黑绳三问道："适才发生了什么事？老前辈为何说晚了便来不及了？"

曼陀乐道："适才大伯母想要对你施展愤怒幻术，好在你反应快，不过你那一掌刚好拍了她的脑门，令她脉气逆行，她很可能会因此神志大乱。若果真如此，文句门很快便会消失，咱们就出不来了。"

黑绳三又问道："那你大伯母现在会怎样？她会永远留在幻境里吗？"

曼陀乐道："我也不知道，咱们现在还在奶奶的幻境里，等会儿咱们出去了便真相大白了。"

黑绳三点了点头，道："我帮前辈将身上的空无常拔掉吧。"

曼陀臻说道："有劳了。"

黑绳三拔去曼陀臻后背的空无常，又为她点穴止了血，随即问道："老前辈身体还撑得住吗？咱们何时去出口？"

曼陀乐笑道："你这个呆子，这幻境是奶奶设的，有奶奶在这里，还用得到出口吗？"

话音甫落，只见曼陀臻双手结印于头顶，口中默念咒语，最后诵了声："吽，呸！"手印散去，眼前景色也随之一变，三人已处于一座矮崖之上，正是黑绳三当初登上的小山崖。

忽见曼陀容也在距离三人不远处，正向三人疾奔过来，黑绳三忙起身准备迎战。

曼陀容却对三人视而不见，奔到近前又转身跑开，一通来来回回地乱跑，却并不跑得太远。

曼陀乐道："她还在幻境里，看不见咱们的。"

曼陀臻叹道："唉！终究还是如此了！"

黑绳三蹙眉道："是我害了她。"

曼陀乐道："是她咎由自取。不过，只可怜音姐姐了。"

黑绳三问道："她会一直这样下去吗？"

曼陀乐怅然回道："如果没有人带她离开，她便只能留在这里了。"

黑绳三又问道："如果再有人经过这里，还会进入曼陀容的幻境中吗？"

曼陀乐道："幻境已经不在了，如今只在大伯母的心里。"

黑绳三看了看天，忽然想到什么，忙说道："曼陀乐，我是不是已经在幻境中度过一日一夜了？"

曼陀乐点头道："不错，你快走吧。"

黑绳三看了看曼陀臻，又扭头看了看不远处的曼陀容。

曼陀乐道："放心吧，我会照顾奶奶的，我们也不会抛下大伯母。"

黑绳三点点头道："你们保重，后会有期。"

曼陀乐忙又说道："黑绳三……谢谢你。燕儿姐姐的确是个难得的好姑娘，她是真心爱你的，你千万别辜负她。"

黑绳三微微一怔，道了句"告辞了"，人已跃出数丈之外。

第七十回

馨兰演琴声摄魂
琅玕通心语惊天

"大哥，大哥！"

光波翼迷迷糊糊地睁开双眼，只觉得口中一股苦味伴着浓烈的香气，从喉咙直冲脑仁。

"燕儿？"光波翼看到目思琴坐在榻旁摇着自己的肩膀，一时有些纳闷。

"大哥，你总算醒了。"目思琴面露喜色。

"怎么，我睡着了？我怎么……"光波翼依稀记得自己坐在书房里等目思琴为自己烹茶。

"大哥，事情紧急，来不及多解释了，总之，你快点清醒过来，救救义父！"目思琴显得颇为焦急。

光波翼看了看四周，发现天色已大亮，遂问道："这究竟是怎么回事？"

"大哥，你已经睡了一日两夜了。"目思琴回道。

光波翼怔了怔，盯着目思琴问道："你给我下了药？"

目思琴微微点点头道："这是义父的意思，他怕你身陷纠葛，难以自处，所以才让花粉在汤中下了迷药。"

"他在哪里？"光波翼依然躺在榻上问道。

"你问义父吗？他现在危在旦夕，大哥，你快救救他老人家！"目思琴眉头攒起。

"别急，你慢慢说。"光波翼道。

目思琴递过一个杯子，说道："大哥，你先把剩下的解药也吃了吧，免得头晕。"

光波翼接过杯子，坐起身，一饮而尽。

日思琴这才说道："昨日一早，三道忍者已经破了烦恼阵，如今已有很多人攻进罗刹谷，围住了海棠山庄，雷四叔他们就快撑不住了。"

光波翼道："你……义父不是正在山中闭关吗？"

目思琴摇头道："义父的确是在闭关，而且正处在紧要关头，否则他老人家也不会在这个节骨眼上还不出关。不过，他老人家并非在山中的关房闭关，那都是掩人耳目罢了。其实，义父就在这海棠山庄的密室之中。大哥，如果他们真的打进来，恐怕义父会凶多吉少。所以无论如何，你也要想办法救他。如今也只有你能有办法了！"

"他杀了三道众多忍者，又害了坚地长老的性命，三道忍者是不会放过他的。"光波翼黯然说道。

"大哥，你是义父的亲生骨肉，不管义父做过什么，你都只能站在义父这边！大哥，你到底清醒了没有？"日思琴急道。

二人正说着话，忽听两声炸雷，震耳欲聋。

目思琴道："是雷四叔。"

话音未落，又闻狂风大作，屋顶喀喇喇作响，整个屋子都微微摇晃起来。

光波翼道："风长老也来了，看来海棠山庄是保不住了。"

目思琴道："义父说过，海棠山庄四墙皆以忍术修筑而成，墙中还施了禁术，既难破坏，也无法以忍术跃过，三道忍者若想攻进来，只有正门一条路，咱们只要守住山庄大门便可。"

狂风很快平息，目思琴奔到山庄门口，只见满目疮痍。山庄四周草木摧折，到处都是遭忍术创击而成的坑陷、焦土，忍者的尸首也横陈其间。尤其抢眼的是山庄门前一片圆形空地，圆心在数十步远处，整块地上光秃秃的，极为平整，却比四周地面凹陷下去两尺余深。

"雷四叔，雷四叔！"目思琴跑出大门，跃入空荡荡的坑地上，四下高声喊道。

"人生几何？转眼成空。"话音落处，一位童子打扮的络须大汉飞落在空地上。

"风长老！"目思琴叫道。

"陆姑娘，不，应该是目姑娘，别来无恙啊？"风子婴回道。

"风长老，雷四叔被您……？"目思琴不敢相信，身为北道顶尖高手之一的雷洪威难道当真已被风子婴杀了？竟然连尸首都找寻不见。

"风长老的转眼成空术果然名不虚传，雷老四自不量力，竟然螳臂当车。"声音从目思琴身后传来。

"义父？"目思琴扭头看去，只见目焱正背手站在山庄门口。

"目焱，你终于肯出来见人了。"风子婴强作镇静，眼中却要喷出火来。

"雷洪威可是为你而死。"风子婴又道。

目焱纵身跃入空地，淡然一笑道："不错，这秦山中死去的人都应该算在我头上，你要算账，只寻我一人便是，不必再连累无辜。风子婴，你一向自诩正人君子，今日你若放过这庄中其他人等，我便给你个机会，让你替你的弟兄们报仇。否则，我便就此遁去，谅你们也奈何我不得。"

"放屁！"风子婴怒道，"北道与我三道原本都是一家人，都是因为你这个贼子，将北道弟兄引入歧途，害得大家手足相残！如今你还敢大言不惭，假惺惺地跑来装好人！目焱，你若早些站出来，与我一决高下，何苦害死这么多弟兄！"

"哼。"目焱轻笑一声，道，"既然风长老如此说，那最好不过。咱们便到那边的崖顶上一决胜负，免得在这里伤及无辜。"说罢用手一指远处一座山崖。

"风长老，不要被这贼子骗了！"未及风子婴答话，早有十余人赶到风子婴身后叫道。适才风子婴施展转眼成空术时，众人都藏身远处，以免被误伤。

目思琴向众人看去，见铁幕志也在其中，忙将目光避开。

"哈哈哈！怎么，怕了吗？"目焱笑道，"你们尽管一起来。只要出了罗刹谷，随便你们选在什么地方，我一定奉陪。我也正想好好领教领教风长老的转眼成空术。"

"臭贼，老子什么时候怕过你？"风子婴骂道，"咱们就到那个崖顶去比划。"

目焱点点头，对身边的目思琴说道："燕儿，你听到风长老刚刚说过的话了吧，我们今日一战，无论谁胜谁负，谁死谁生，从今往后，北道与三道中的弟兄再不为敌，咱们的恩怨到此为止。如果我回不来，日后请你转告他，希望他能明白我的苦心，不要怀恨三道忍者，不要为我寻仇，我在地下也便安心了。"

"不！义父，你不能这样，我不能让你去！万一你……我如何向他交代？"目思琴拉住目焱的胳膊，拼命摇头道。

目焱道："燕儿，我的话你也不听吗？难道你愿意看到海棠山庄被夷为平地吗？你愿意看到四道忍者再继续自相残杀吗？"

目思琴一时语塞，却仍旧不住摇头。

目焱不再理会她，转对风子婴伸手说道："风长老，请！"

"慢着！"山庄门前忽又现出一人。

"馨兰？你出来做什么？"目焱侧身扭头问道。

琴馨兰听目焱如此说，不禁微微一怔，眼中竟有些湿润，随即来到目焱身旁，正色道："你糊涂。你以为如此便可救得了他，救得了四道忍者吗？他若死了，倒也罢了。你若死了，他岂肯善罢甘休？这些年，他为的是谁？今日你若去了，只怕四道忍者再无宁日！"

"喂，你们两个打什么哑谜？什么你死他死的？目焱，你究竟搞什么鬼？"风子婴嚷道。

琴馨兰瞥了一眼风子婴，说道："风长老，大家都说你忍术高明，可惜不太聪明。"

风子婴哈哈一笑道："我从不与女人斗嘴，你这妇人还是不要多管闲事，乖乖回到山庄里去，我不会为难你。"

琴馨兰微微笑道："风子婴，你来这里可是为了寻仇？还是为了忠君报国？"

风子婴道："两者兼而有之。"

琴馨兰道："不管你为了什么，你都寻错了对象。"

"此话怎讲？"风子婴问道。

"你可知道，这些年来在海棠山庄呼风唤雨，搅得四道不安、天下大乱的人是谁吗？"琴馨兰反问道。

"当然是目焱这个狗贼。"风子婴瞪着目焱回道。

"呵呵呵呵。"琴馨兰笑道，"错！他不过是个傀儡罢了。虽然所有的命令都是出自他之口，不过下命令的人却是我，一个你不屑与之斗嘴的妇人。"

此言一出，众人皆大吃一惊，愕然望着面前这个貌似柔弱的妇人。连目思琴也惊讶地盯着琴馨兰。

"你是什么人？我凭什么信你？"风子婴问道。

琴馨兰并不急于回答，转而对目焱说道："你先进去吧，我有话对风长老说。"

目焱正要开口答话，琴馨兰又道："听话，不要逼我当面令你难堪。"

目焱皱了皱眉，只得转身走回山庄里去了。

这一回，风子婴等人更加吃惊，不想这一位令众多忍者闻名变色的堂堂北道长老目焱，竟然对一个不起眼的妇人如此俯首帖耳。那妇人说的话，便也不得不信了。

只听琴馨兰又道："从最初光波勇遇害，乃至后来北道招兵买马、联合义军，都是我的主意。如今你们三道兴师动众来围攻秦山，双方死伤众多，自然也都该算在我的头上。当然，坚地长老也是我设计除掉的。"

风子婴沉声问道："你究竟是谁？"

琴馨兰淡然回道："小女子琴馨兰。"

风子婴道："原来是琴族女子。你为何要这样做？"

琴馨兰道："人各有志，风长老不必多问。"

风子婴点头道："好，既然如此，在下也不得不对一个女流动手了。"

"兰姨！"目思琴担心地叫道。

"你也进去吧，我要让风长老见识见识我这个女流之辈的忍术。"琴馨兰道。

目思琴只得转身向大门走去，边走边回头张望，无意中却见铁幕志正目不转睛地凝望着自己。目思琴忙将头转回，快步进门。

只见琴馨兰从后腰上摘下一个布囊，从囊中取出一面古琴来。那琴极小，只有三寸多宽，一尺余长，也有七根琴弦，通体由纯铜打成。

风子婴一见那琴，立时讶道："莫非这便是乾闼婆琴，亦名乐神之琴？"

〔按：乾闼婆（Gandharva），又作健达婆、犍达缚、健闼婆、干沓和、干沓婆、彦达缚、犍陀罗等，译曰香神、嗅香、香阴、寻香行，乐人之称。又八部众之一，乐神名。不食酒肉，唯求香以资阴身，又自其阴身出香，故有香神乃至寻香行之称。与紧那罗同，奉侍帝释而司奏伎乐。紧那罗者法乐，乾闼婆者俗乐。〕

琴馨兰道："不错，风长老果然有见识。"

风子婴又道："听说此琴非人间之物，琴族祖师修道时，此琴自天而降，琴族祖师殁后，此琴也不知所踪，如今为何在你手中？"

琴馨兰道："这乐神琴代代相传，从未失落，只不过不为外人知晓而已。风长老，你可要小心了。"随又说道："小女子奉劝诸位，躲得远些为好，免得伤了性命。"声音并不甚高，每个人听在耳中却倍感刺耳难受，修为稍浅者更觉心悸气闷。众人这才知晓琴馨兰果然不是等闲之辈，纷纷向后纵开，远近不等。

风子婴此时也不敢怠慢，凝神调息，做好应敌准备。

琴馨兰盘膝而坐，将那小琴置于膝上，指动琴响，曲声却极为柔婉，悠悠扬扬，好似从遥远的天际传来。和着琴曲，只听琴馨兰唱道：

> 西北风以雪，鸾鸟飞低枝，顾盼无伴影，唯对白冰池。风急折我
> 翼，雪重断我枝，何日得良琴？一曲报君知。

正是目思琴的母亲留下的那首歌。歌声哀雅动听，悱恻伤人。目思琴在山庄内听到歌声，更是念起自己的孤零身世，又念起黑绳三来，不禁潸然泪下。

风子婴与众人亦为这歌声所动，心中却不免疑惑，这哪里是什么忍术？哪里可以伤人毫发？也只能令人伤心罢了。

歌声止处，琴声亦住，最后一声琴响幽幽而去，宛如回到天边，遁入云际去了。

风子婴身为一道长老，原本有意让先，待琴馨兰出招之后再作回应，此时却是进退两难，不知如何是好。

随着琴声渐绝，众人呆思之际，忽然"铮"的一声琴响，声音极大，众人俱为之一惊。更令人吃惊的是，这声琴响并非来自琴馨兰的乾闼婆琴，而是来自每个人的内心之中。

琴馨兰此时已然站起身，左手托琴，静静地注视着风子婴。

风子婴这才领教到琴馨兰忍术的厉害之处，适才琴馨兰所奏之琴声、所咏之歌声一时皆在心中大作，且声音震耳欲聋，挥之不去，躲之不及，似乎整个身体都充满了这些巨大的声响，直逼得人欲癫欲狂，魂魄不安。

众人退得较远，尚无大碍，何况琴馨兰有意将忍术控制在风子婴身周，忍术之力并未太多波及众人。饶是如此，有个别修为稍浅者，仍感烦闷难堪，不禁眉头紧锁。

风子婴更是全神贯注，调整脉气，同时默诵释迦牟尼佛心咒："嗡，牟尼牟尼，玛哈牟尼耶，梭哈。"

释迦牟尼如来以极大忍力，行常人所不能行之难行苦行而成道，其心咒尤

其具有特别加持之力，能够加持行者发起极大忍力，度过各种难关。

心咒之音声与琴馨兰琴、歌之声在风子婴心中争响，风子婴又做起观想，将释迦牟尼如来的金色光明之身观想在自己顶门之上。

以此观想、诵咒之力，风子婴立时感到心中清明，心中的诵咒声也渐渐占了上风，琴、歌之声逐渐变弱，逐渐隐没。

话长时短，风子婴调息、诵咒、观想，其实都只短暂间事，而且其内心虽经历了痛苦，外表却仍装作无事样子。

琴馨兰见风子婴若无其事，颇感纳闷，右手便又抚在琴上。风子婴见状，怕她再使出更厉害的忍术来，吃亏事小，误了锄贼报仇事大，忙换了咒语，双手结印，直接施展出转眼成空之术。风子婴同时纵身向后飞出数丈之遥。

刹那间，天地变色，狂风遽起，一道碗口粗的龙卷风如个柱子相似，蓦地现在琴馨兰面前数尺之处，通天彻地地疯狂旋转着。

琴馨兰见状，倏然将手中铜琴掷出。与此同时，那龙卷风也呼地一下扩炸开来，眼看便要将琴馨兰卷没其中。

说时迟，那时快，只见一道黑影射来，"嘭"的一声击中琴馨兰，顿时将她撞飞，竟刚好令其躲过炸散开的龙卷风。

飓风炸后即散，其中荡然无物。适才琴馨兰所立之处，方圆二十余步范围之内，又平添了一个圆形的平整坑地，正好套在先前那大圆坑之内，只是比那大圆坑更深了两尺有余。

"兰姨！""兰姨！"随着两声惊叫，从山庄门内奔出两个姑娘，直奔琴馨兰而去，正是目思琴与花粉二人。目思琴手中正握着那面乐神琴。

适才众人皆见琴馨兰掷出乐神琴，正不知那琴又要显何威力，却见那琴径直飞入山庄门中而去。此时见目思琴持琴而出，方才明白，原来琴馨兰自知难逃风子婴的转眼成空术，担心宝琴被毁，故而将琴掷回山庄，而并非想要施展新的忍术。

令众人更加惊讶的是，与目思琴和花粉一同出现的，还有一位青年公子，却是从山庄外西侧而来，也与那二女一起奔向琴馨兰。将琴馨兰撞飞的乃是一个黑衣缠裹的包袱团，便是这位青年所掷。

风子婴讶叫道："翼儿，你怎么在这里？"

光波翼身法迅速，后发先至，已赶在目思琴二人之前奔到琴馨兰面前，向风子婴喊道："风长老且慢动手！"边说边俯身察看琴馨兰。

此时目思琴与花粉也已赶到，在琴馨兰身旁不住呼唤"兰姨"。

琴馨兰虽然被光波翼用包裹撞飞，仍未免被风子婴的忍术伤及，嘴角挂着鲜血，微微张开双眼，看着光波翼微微摇了摇头。

光波翼蹙眉道："兰姨，您说我糊涂，您这样做又何尝明智？"

琴馨兰勉强开口道："你不该……出……现。"

光波翼道："您瞒得了一时，日后还是会被戳穿，您又何苦牺牲自己的性命？"

琴馨兰一时说不出话，眼中满是愁苦。

目思琴这才明白，原来琴馨兰适才那些话都是骗风子婴与三道忍者的，她是想将全部的罪过都揽在自己头上，好让众人放过目焱。

适才光波翼假扮目焱，目思琴自然知晓，不过光波翼事先对她说，自己只是化作目焱的模样，将三道忍者引开，然后自己再伺机脱身。然而看光波翼的表现，似乎并未想要脱身，而是要去送死。故而目思琴始终摇头，拉住光波翼，不肯放他走。不想琴馨兰忽从半道杀出，编了一套谎话，逼着光波翼退出，而她自己却要决意送死。光波翼在山庄中已听出端倪，便施展坤行术从地下出了山庄，在千钧一发之际将琴馨兰救下，却仍是晚了一步，琴馨兰已然身受重伤。

目思琴与花粉见琴馨兰受伤极重，一时皆哭道："兰姨，您这是何苦！"

琴馨兰看了一眼目思琴手中的乐神琴，又看着目思琴的眼睛，目思琴明白她的意思，忙说道："兰姨，您放心，我一定替您好好收着它。"

琴馨兰挣扎道："这琴……原本……便要……传给你。"

目思琴摇摇头，见琴馨兰仍盯着自己，只得又点了点头。

琴馨兰又转向光波翼，微微张开嘴。

光波翼更凑近了些，叫道："兰姨。"

琴馨兰眼神异样而复杂，凝视了光波翼好一会儿，才断续说道："翼儿，我……对……不起……你。"

光波翼疑惑道："兰姨，您何出此言？"

琴馨兰只是怅然望着光波翼，不知是说不出话来，还是不肯再说。

风子婴等人在远处看得纳闷，众人皆近前了许多，风子婴叫道："翼儿，这是怎么回事？"

忽听远处传来一声鹤鸣，众人皆向空中仰望，只见两只灰鹤越飞越近，不多时便到了众人上空。

灰鹤降落，从鹤背上分别下来男女二人，那女子一跳下鹤背便奔向光波翼，口中叫道："哥哥，哥哥！"

"南山？"光波翼颇感意外。

花粉自然认识南山，此时却已无心理会她。

南山身后那男子手拿一柄折扇，也快步走到光波翼近前，正是石琅玕。

光波翼见了二人，正要开口，石琅玕却抢先说道："归凤兄放心，冀莱姑娘无恙，是南山任性，非要拉我前来。"

南山抱住光波翼的胳膊，接口道："是你自己求我带你来的，谁曾拉你？"

石琅玕忙道："是是是，是在下求南山姑娘带我来的。"

光波翼心知必是南山执意要来秦山寻自己，石琅玕放心不下，便随她一同前来。他虽无心理会二人说这些闲话，不过见石琅玕甫一见面便说出自己心中所想，顿时眼中一亮，说道："琅玕兄，你来得正好，这位前辈有话对我说，无奈受伤，无法开口，可否请琅玕兄帮我个忙？"

石琅玕道："这个自然，在下来此正为助归凤兄一臂之力。"说罢蹲下身看着琴馨兰，随即眯起双眼。

石琅玕施展通心术原本在十步之内即可，无须与琴馨兰面对面。不过为表尊重，故而石琅玕俯身蹲下，与之相视。

琴馨兰不识石琅玕，也不知他要如何帮助光波翼，也盯着石琅玕看，见石琅玕眯起双眼，不觉奇怪。目思琴与花粉二人也对石琅玕好生好奇，不知他是什么来头。

只见石琅玕刚刚眯起双眼，忽然眉头微蹙，随即展眉凝神，好似入定一般。

少顷，石琅玕站起身，对光波翼道："归凤兄，这位前辈并非无法开口，而是不想开口。其实她也并非不想开口，只是顾虑太多，难以启齿。"

风子婴等人早对天上下来这二人感到奇怪，又不知光波翼与琴馨兰等人究竟有何瓜葛，光波翼为何出手救下琴馨兰，此时都已围了过来，听见石琅玕如此说，更觉讶异。

光波翼道："琅玕兄请直说。"

石琅玕回视琴馨兰，道："这位前辈，此事关系重大，请恕在下不得不说了。"

"你是什么人？你要说什么？"花粉开口问道。

石琅玕回道："在下石琅玕，乃识族忍者。"

此言一出，众人皆惊，销声匿迹这么久的识族忍者竟忽然现身，显然还成了光波翼的朋友，且与一位神仙般的姑娘一同驾鹤而来。众人之中，铁幕志与另外两位南瞻部道的忍者虽然识得南山，却也从未听说过石琅玕其人。

琴馨兰眼中却闪过一丝惧意，纵使她面对风子婴的转眼成空术时，也是从容赴死，不曾有过丝毫惧怕，此时却怕了。与其说是怕，倒不如说是担心，是牵挂，是不忍，还有些许的失望，难道眼前这个人当真要将藏在自己心中数十年的秘密道出，难道自己就这样白白牺牲了吗？死不足惜，只可惜自己无法再保护他了。

忽然，琴馨兰眼光一亮。该来的终究会来，真相大白也好，自己心中的愧疚也终于可以释然了。

石琅玕向琴馨兰施了一礼，说道："前辈如此想才对，就由在下替前辈道出真相吧。"

琴馨兰默然无语。众人更觉好奇，都想尽快听听石琅玕要说出何样的秘密来。

石琅玕将折扇打开，随即又折上，在手心中敲了两下，说道："归凤兄，你并非目焱的儿子。"

风子婴等人均竖着耳朵等石琅玕说出什么天大的秘密来，一闻此言，不禁又好气又好笑，心中均道："这岂不是废话，光波翼的老子是光波勇，自然不是目焱的儿子。"

然而光波翼闻言却是心中大惊，不知石琅玕为何会忽然冒出这句话来。南山、目思琴与花粉三人也都知悉光波翼与目焱的关系，此时也与光波翼一般惊诧不已。

石琅玕与光波翼对视一眼，又道："此事还须从大中十三年说起。"

"又是大中十三年！"光波翼心中暗叫。去年正月十五那日，目焱为自己讲述的故事仍历历在耳，自己至今尚无法全然接受自己实非光波翼，而是目继棠的事实，如今自己的身世又要变了？

石琅玕看出光波翼的心思，说道："这一次应该不会再错。"

众人愈加听得云里雾里，不明所以，有什么事情曾经错过？

石琅玕微微摇了摇头，似乎也在感叹这故事的离奇、多舛。

大中十三年（859年）初夏，海棠盛开之际，光波勇携新婚妻子陈恕君回到罗刹谷的"红林碧窠"，也即是今日之海棠山庄。

光波勇的好友目焱常到山庄中做客。

年轻的目焱聪明儒雅，早已赢得琴族女子琴馨梅的芳心。

不久之后，琴馨梅与琴馨兰姐妹二人渐与新来秦山的恕君夫人成了好友，姐妹二人自然也成了山庄的常客。

日久人熟，五个人常常一处嬉戏饮食，开心度日。只有琴氏姐妹二人心中清楚，二人结交恕君，实是为了有机会多亲近那个令琴馨梅梦寐难忘的男子——目焱罢了。

琴馨梅时而向目焱暗送秋波，可是目焱似乎对此毫无觉察，令琴馨梅苦闷不已。妹妹琴馨兰却常劝导姐姐，目焱乃腼腆之人，想必不好意思向姐姐表明情意而已。

转眼一年过去，海棠花再次盛开，姐妹二人经过海棠林时，却见目焱正在林中赏花。不知有意无意，待姐妹二人靠近时，只听目焱吟道：

碧叶裁秀眉，丹唇胜朱花。蛮腰婀娜干，娇臂俏枝桠。我舞君亦舞，我歌君不话。踉跄独醉人，徘徊在林家。

吟罢即去。

琴馨梅闻诗大喜，心道：原来目焱也早已钟情于己，今日却在海棠林中借诗表白。当晚，琴馨梅便复诗一首，让琴馨兰悄悄送到目焱家。

两日无回信，琴馨梅便遣妹妹去到目焱家中，一来向他传递情意，二来也为再次试探目焱的心意。

谁知目焱当时便将早已写就的和诗交给琴馨兰，诗中却是大胆陈露自己对陈恕君的爱慕之情。

姐妹二人均大感意外，万没想到，目焱在海棠林中的情诗竟是为恕君夫人而作。目焱也一直误以为琴馨兰是做了恕君的信使。

琴馨梅并不死心，闭门苦恼数日，索性借恕君之名又作一诗，问目焱何苦钟情一位有夫之妇，或许只是一时贪慕少妇美色，而并非对她动了真情。诗中更劝说目焱，尽快将恕君忘记，转而去寻找自己的真爱。

不料目焱当即回诗，发誓对恕君的感情忠贞不贰，生死不渝。

琴馨梅情闷欲绝，却发现自己对目焱的爱也已到了无法自拔的地步。

若这世上有一样东西，既能令人崩溃，亦可令人坚毅无比，那便只能是"情"而已。

面对目焱的"错爱"，琴馨梅做出了一个极为大胆的决定，即使琴馨兰极力反对也无法阻挠她。

漆黑的夜晚，漆黑的山洞，琴馨梅终于如愿以偿，与自己疯狂爱着的男子结合了，虽然这男子正同样疯狂地爱着别人。

时值懿宗皇帝秘密选拔忍者英才，光波勇赴京参试，琴馨梅夜夜假冒恕君与目焱在洞中幽会。

可惜好景不长，月余之后，光波勇受封归来，不久即送怀孕的妻子南去幽兰谷，琴馨梅与目焱的洞里夫妻也做到了尽头。

意想不到的是，琴馨梅发现自己也有了身孕。在最后一次幽会时，她将这个消息告诉了目焱，同时向目焱倾诉了自己对他的依恋与绝望。

从自己决定假冒恕君那一刻起，琴馨梅便明知自己不会得到任何好结果，这个秘密永远都无法公开，永远都无法为人所接受。而如今，她还要面对更为严酷的事实，腹内这个孩子——她对目焱爱的结晶，会令她失去她所拥有的一切。她原本可以成为琴族忍者的第一传人，她原本可以得到那面所有琴族人渴求的乐神琴，她原本有希望学到琴族的绝学——希声术，然而她并未有丝毫的后悔。她觉得身为一名琴族忍者，此生修炼过的最有价值的忍术便是"变音术"，正是此术令她得以假扮恕君说话，蒙骗了绝顶聪明的心上人目焱，遂了自己最大的心愿。

她心中清楚，目焱对于自己没有一丝一毫的爱意。他把她抱在怀里的时候是那样心疼，然而他心疼的人却不是自己。最后这一晚，她的泪水浸透了目焱的胸襟。

这个故事注定离不开海棠。次年五月十七，海棠花儿又开，光波勇收到白螺传音，恕君在幽兰谷生了个儿子，光波勇为其取名光波翼，并在罗刹谷摆酒庆贺，随即赶回幽兰谷去见妻儿。

六日后，一个女婴在一间偏僻的深山茅屋中出生，母亲琴馨梅经历了两日两夜的难产，已是奄奄一息。临终前，她将自己的女儿以及自己的绝笔诗托付给唯一一个守在自己身边的人——琴馨兰，并为女儿取乳名"焱儿"。

琴馨兰带着焱儿回到罗刹谷，改其乳名为"燕儿"，恳求目焱收她做了养女。目思琴，是琴馨兰取的名字，为了慰藉姐姐一生没有得到的爱。

石琅玕讲到这里，众人心中皆好似调料铺子抄家——什么滋味都有。大家方才明白为何石琅玕开口便说光波翼并非目焱的儿子。

目思琴泪流满面，扶住琴馨兰胳膊问道："兰姨，这些都是真的吗？"目思琴无论如何也未想到，自幼被琴馨兰宠爱呵护，还将忍术尽数传授自己，原来兰姨竟是自己的亲姨娘！

琴馨兰却只红着眼圈不语，呼吸变得有些急促。

南山侧头看着眉头紧锁的光波翼煞是心疼。难为光波翼这几年一路闯荡，历尽周折，终于查明了父亲遇害的真相，还险些误会了对自己恩重如山的养父，可是忽然之间，杀父仇人却变成了亲生父亲，昔日的同道兄弟都成了生父的敌人仇家。如今心绪尚未完全平复，生身父亲又变回了杀父仇人！

花粉的眼神更是复杂，眼看自己宁愿为之殉情的男子，虽然最终无法投入他的怀抱，可他毕竟是师父的儿子，毕竟还是自己的亲人。可如今，同样为了师父的缘故，自己却也成了他不共戴天的仇人！

只听石琅玕又道："莫道只有书中恨，心酸谁比读书人？"说罢又看了看琴馨兰，琴馨兰的呼吸愈加急促起来。

直到呼出最后一口气，琴馨梅也不知道，还有一个人，她与自己同时爱上目焱，她对目焱的爱丝毫也不亚于自己，可是为了自己，她从未表露过心迹，却只是一心帮助自己追求遥不可及的爱情。她就是自己的亲妹妹——琴馨兰。

二十多年来，琴馨兰一直在身边服侍目焱，不只为了答应过姐姐要照顾他，更为了自己也是如此的爱他、疼他。可她不知道，目焱的心机深不可测。直至后来，她才知道目焱因为怀恨、惧怕光波勇而毒杀了他，又联合贼寇，与三道相争，与朝廷相抗。而这一切，都是她跟姐姐一手造成的。如今姐姐已经不在了，自己理应承担这一切罪过。

她没有勇气说出真相，怕没有人会相信自己，怕自己深爱一生的男人接受不了这个事实。她还担心光波翼会被目焱所杀，如此便更加对不起光波勇夫妇。千般纠缠，万般无奈，琴馨兰终于横了一条心，要揽过所有业债，以死相酬。

石琅玕的话音停了半晌，众人犹尚一片沉寂。围住海棠山庄的三道忍者，因见风子婴等人围聚在一起多时，不知这里究竟发生了何事，此时也都缩紧了包围，更有几位忍者近前来察看。花粉见来人之中竟有药师信，却不便与之招呼，二人只得相视而已。

忽听目思琴叫了声"兰姨"，只见琴馨兰双眼轻闭，眼角挂着泪珠，胸口已没了起伏。

花粉也叫道："兰姨，兰姨！"与目思琴二人一时皆大哭起来。

风子婴轻叹一口气道："不管怎样，也无法抹去目焱这厮的罪孽。翼儿，咱们这便攻入庄中，寻目焱出来为你父亲与义父报仇！"

"对，咱们快些攻进去，杀了目焱狗贼，给众位殉难的弟兄报仇！"有人应和道。

忽见一个人影闪动，迅速蹿到山庄门前。

第七十一回

海棠庄情痴舍身
地藏殿灵光还魂

众人一时看去，却是目思琴，手持乐神琴挡在门口。

风子婴上前几步道："目姑娘，你虽是目焱的女儿，我却也不想为难你，你最好不要阻拦我们。"

目思琴回道："多谢风长老眷顾，只不过目思琴既为人女，不得不尽孝道。"话音犹泣，脸上泪光闪闪。

光波翼也近前道："燕儿姑娘，请你让开。"

目思琴道："光波大哥，对不起。今日燕儿若死在你的手里，也算是死得其所，请不必手下留情。"说罢手抚琴弦。

光波翼眉头一皱，忽听一声大叫，回身看去，只见花粉正左手扣住南山的咽喉，将南山揽在怀中，右手以空无常对着南山的颈部，将南山向山庄门口拖来，显然南山已被花粉封了穴道，浑身动弹不得。

光波翼拦在花粉面前，喝道："花粉，你做什么？"

花粉道："谁敢动我姐姐，我便杀了这姑娘。"

光波翼道："花粉，你快放开她，不要逼我出手。"

花粉哼道："四年前你就该杀了我，如今还啰唆什么？光波翼，你趁早动手吧。"

南山叫道："既然你们两个都想被哥哥杀死，何不直接去哥哥那里领死？抓我做什么？"

"闭嘴，你这小贱人，再敢出声我便先杀了你！"花粉斥道。

石琅玕近前急道："花粉姑娘，手下留情，在下有话对姑娘说。"

花粉怒目道："什么都不必说，本姑娘今天便没打算活到日落。"

石琅玕微微一笑道："好，姑娘的勇气在下佩服。不过，姑娘难道就不想在死前知道自己的身世吗？"

花粉道："你又怎会知晓我的身世？"

石琅玕道："适才在下从那位琴前辈心中看到了一些姑娘的事情，可惜琴前辈也不知姑娘的身世究竟如何，只知道姑娘自幼便被抱来谷中抚养。如果姑娘不介意，在下愿意帮助姑娘解除疑惑。"未及花粉答应，石琅玕便已眯起双眼。

花粉道："你休要以此诱我上当，你们都给我让开，否则我一剑杀了她！"空无常的剑尖随之抵在了南山的皮肤上，吓得南山惊叫了一声。

光波翼道："花粉，你应当清楚，我若想进庄，任谁也拦我不住。你们姐妹二人又何苦如此相逼？"

花粉苦笑一声道："是，你是个了不起的人英雄，忍术了得，罕人能敌。如今你已不是我们的帮手，而是我们的仇家，今日带着这许多高手来寻仇，我们哪里拦得住你？左右我也要孤零零地赴黄泉去，正好带着你这位心爱的小姑娘同去，也好在黄泉路上给我做个伴！"眼泪已在眼眶中打转。

光波翼见状，竟一时语塞。

忽然花粉大叫一声，右手中的空无常倏然脱手，光波翼忙叫"住手"，却为时已晚，只见一道细细的气流疾速射向花粉面门，常人根本无法看见。气流正中花粉眉心，这一次花粉未及叫唤一声便倒在地上。

原来风翼见花粉以南山做人质，要挟众人不得近前，只怕拖得太久，被目焱伺机逃走，便趁花粉与光波翼对话分神之际，猝然出手，先以心风剑刺伤花粉右腕，打落她的空无常，再放一剑刺中花粉眉心要害，以免她再出手伤害南山。

突生变故，目思琴大叫："花粉！花粉！"

石琅玕也已睁开双眼，叫道："这姑娘是友非敌，快快救她！"边说边与光波翼一同抢上几步，石琅玕抱住南山，为她解开穴道，光波翼去探看花粉，却见她已没了鼻息。

一人飞速奔到近前，俯身察看花粉脉息，正是药师信。

石琅玕在旁说道："这姑娘与目焱有不共戴天之仇，可惜她尚不知晓。"

众人闻言又是一惊，不知花粉身上还有何离奇故事。

此时药师信却无心理会这些，忙将一颗药丸塞入花粉口中，抱起花粉，不发一言，迅速奔行而去，很快便消失得无影无踪。

目思琴见花粉中剑，生死未卜，不由得悲愤交加，又听得石琅玕说花粉与目焱有不共戴天之仇，虽然讶异，但变故频生之后，却也无心理会。当下左手捧琴，右手五指狂拨，琴声铮铮响起，便如千军万马一般，杀气腾腾。

众人忙纷纷纵身跃开，凝神调息，对抗琴声。

石琅玕更是抱起南山，左手捂住南山的左耳，将南山的右耳贴紧自己的胸膛，飞也似向远处奔去。南山不知琴声厉害，一路挣扎叫道："臭石头，你做什么？快把我放下来！"一边不停踢蹬捶打石琅玕。石琅玕哪肯理会，生怕南山被琴声所伤，一直奔出数十丈远，那琴声听起来已不觉刺耳，方才将南山放下，向她作揖鞠躬，耐心解释。

这边早有几人已按捺不住，同时向目思琴出手。

目思琴只管奋力拨琴，并不理会那几人的攻击，谁知那几人的攻击竟在目思琴身前十余步外被凭空拦住，无论是风、是水、是沙石，还是星镖等暗器，均好似撞到墙上一般。原来那琴声不但极具攻击性，又竟然在目思琴身体四周形成了一张无形的保护网，将目思琴罩在当中。

"原来这便是妙音幔帐术，果然是攻防一体，名不虚传。"风子婴心中赞道。

目思琴功力毕竟不比琴馨兰，那琴声虽厉害，却也无法将众位高手逼得太远。

光波翼见状，悄声对风子婴道："我先进庄去看看，莫让目焱那厮逃了。"

风子婴也低声回道："翼儿，适才那目焱可是你以变身术假扮的？"

光波翼只得微微点了点头。

风子婴抚住光波翼肩头，道："那山庄的四墙皆施了禁术，早上有弟兄试过，无法从墙上跃过去，也无法以忍术攻击，却不知能否从地下穿过去，你也可试上一试，只是要多加小心。"

光波翼答应一声，便在众人身后遁入地下去了。

不大工夫，风巽等人对那琴声的攻击力已然心中有数，便又围拢了一些，试探着出手进攻。

风巽对身边几位同伴说道："咱们合力只攻一处。"

众人会意，便依风巽所言，只照准了一处攻击。一时间风剑、水刀、沙枪、石锤全都打在一处，那琴声所成的幔帐果然抵挡不住，很快便被击穿，目思琴急忙闪身躲避。

众人见这方法奏效，更不怠慢，连连进攻，妙音幔帐不断被击穿，目思琴也只好左闪右避，越来越显窘迫。

目思琴阵脚一乱，琴声的攻击力亦减弱不少，妙音幔帐也愈发难以抵挡众人的攻击，眼看目思琴身法大乱，被击中受伤只在迟速之间。

风子婴一直旁观众人与目思琴打斗，适才他听了目思琴的身世，不禁勾起自己心底的一些回忆来，虽然他痛恨目焱，却对目思琴和她的母亲琴馨梅颇为同情，是以迟迟没有出手，否则以他的忍术修为，早可轻易结果了目思琴的性命。

果然片刻之间，目思琴便因闪避不及，右肩头被风巽的心风剑刺中，痛得她"啊"地叫了一声。

忽然，一块巨石现在众人面前，各种攻击全都打在那巨石上。

众人吃惊，忙四下顾看，不知来了哪位帮手相助目思琴。此时目思琴正好无法拨琴，将宝琴夹在臂弯中，左手按住受伤的肩头。

琴声甫停，一个人影已迅速越过众人头顶，来到目思琴面前。目思琴大吃一惊，正要闪身躲避，却听那人叫道："燕儿姑娘莫怕，是我。"

目思琴定睛一看，原来是铁幕志。

铁幕志落在目思琴身前，立时转身向后，双臂一展，一道弧形的石壁蓦然现出，将二人护在当中，也正好将山庄大门封死。

铁幕志道："燕儿姑娘，你快走吧，不要逞强。"

目思琴问道："铁幕大哥，你为何要救我？"

铁幕志道："我……我不想你死。"

此时便听有人叫喊道："铁幕志，你做什么？为何要帮那女子？"

铁幕志回道："诸位兄弟，请大家住手，莫要伤了这位姑娘。"

有人叫道："他是目焱的女儿，为何不能伤她？"

铁幕志一时也想不出有何恰当理由，只吞吐道："她……总之不能伤她。"

又有人叫道："铁幕志，你想做叛徒不成？还是你看中了那姑娘，想做目焱的女婿？"

铁幕志顿时面红耳赤，好在藏在石壁后，无人能见到。

见铁幕志没有回声，又有人叫道："铁幕志，快将你的忍术收了，否则休怪我们出手不留情面！"

目思琴在铁幕志身后说道："铁幕大哥，你的好意燕儿心领了，不过你还是快回去吧，不要为了我与众位弟兄反目。"

铁幕志道："除非你答应我马上离开海棠山庄，否则我便不走。"

目思琴黯然道："没想到我竟是义父的亲生女儿，如今父亲还在庄中，我又能到哪里去？"

铁幕志无话可对，却听石壁上"嘭嘭、喀喇"之声乱响，众人终于开始攻击石壁。

目思琴又道："铁幕大哥，你快走吧，不要再管我，燕儿记得大哥的好处，希望来生能有机会报答你。"

铁幕志闻言心中更酸，却不答话，只双手结印，将那铜墙铁壁术尽数施展开来，拼命护住目思琴。

众人见铁幕志使出绝招，寻常攻击已不能奏效，便也只好动了真格，心中只道铁幕志果真背叛了三道。

众多高手围攻，铁幕志一人之力又如何能够抵抗持久？

不多时，那石壁便已斑驳不堪，眼看便要被击穿。铁幕志已是满头大汗，气息也变得粗重起来。

目思琴有心左手弹琴御敌，却因铁幕志在自己身边，势必也将被琴声所伤，只得作罢，对铁幕志说道："铁幕大哥，求你快走吧！"

铁幕志道："你还是不肯走吗？"

目思琴哭道："兰姨为了保护父亲而死，花粉如今也生死不明，我又怎能离去呢？"

铁幕志叹口气道："好吧。"双目微合，默诵一句咒语，末后诵了声"梭哈"，蓦地隐入石壁之中，那石壁立时恢复如初，却比前更加坚固了。

目思琴见状，知道铁幕志已拼上性命，施展出最后的忍术，忙奔上前，伏在石壁上哭叫道："铁幕大哥，你不要这样，我求求你，求求你！"

石壁外众人见状，大为恼火，有人对风子婴道："风长老，铁幕志这小子着实可恨，风长老还不出手教训他吗？"

风子婴皱眉道："我总觉得这小子不该是个坏人，或许他有什么难言之隐。"

那人道："唉！长老啊，这都什么时候了，咱们再攻不进去，只怕目焱那厮再使出什么诡计来，或许再招来些援兵，便更加棘手了。"

风巽就在风子婴身前两步远处，听见二人对话，回头说道："不劳长老出手，在下这就破了这石墙。"说罢吃喝众人退后，双手当心结印，大喝一声："吽！"手印向石壁一指，一股一抱粗的疾风有如出海蛟龙一般，呼啸旋转着冲向石壁。风过之处，地面的砂石被卷带而起，现出一道深沟来。

"绞龙术！"有人低声叫道。

只见那绞龙风刹那间便撞上石壁，"轰隆"一声便撞出一个大坑。

绞龙风并不停转，反而越旋越快，风力越来越劲，石壁上的大坑不断加深，碎石四散。

忽听石壁中一声长啸，壁上那大坑蓦然变得浅小许多，并不断愈合。

众人均不免唏嘘一声，连风子婴也大为惊讶，未料到身为想忍的铁幕志竟能抗住风巽这位行忍高手的绞龙术。

"大哥，我来助你。"

"我也来。"

话音未落，风旗扬与风铃二人已上前两步，同时出手，结印诵咒。

只见那绞龙风骤然变狂，呼啸之声骇人。

原来风旗扬与风铃二人也会这绞龙术，眼下三人合力施术，威力自然非同凡响。

果然石壁上那凹坑遽然变大变深，片刻工夫，只听"轰隆"一声巨响，石壁爆裂，整个石壁刹那间便消失不见。

三人收起忍术，只见目思琴披头散发坐倒在地上，哭喊道："铁幕大哥，铁幕大哥！"哪里还能寻到铁幕志的踪影。

众人见石壁已破，生怕时久生变，忙向前冲杀过来。

目思琴此时已绝望发狂，见众人冲来，便也哭叫着抓起乐神琴，欲待与众人拼命。

谁知她甫一站起身，空中忽然射来两道黑绳，将目思琴周身紧紧缚住，随之那黑绳倏然回收，将目思琴拉向空中，飞出十余丈远，正好落入一黑衣人怀中，那人抱着目思琴转身便飞奔而去。

"黑绳三！""是黑绳三！"众人此时已看清救走目思琴的黑衣人正是黑绳三。

"他为何在这里？"

"莫非那小子也是叛徒不成？"大家七嘴八舌说道。

"闲话少说，眼下对付目焱狗贼要紧！"风子婴喝道。

众人得令，忙冲进山庄大门去。

进门后，风子婴将众人分成三路，分别进去正院及东西两院。

风巽带着四名西道忍者转进东院，刚刚踏进院门，便闻到饭菜的香味。

风旗扬道："这个时候，他们居然还有心情做饭吃。"

话音甫落，只见从东厢房内走出一个姑娘，大概二十几岁的年纪，腰上系着围裙，手里拿着炒菜的铲子，显然是个厨娘。

那姑娘看见众人愣了愣，随即讶道："你……你们……"

风铃上前道："姑娘莫怕，我们不会伤害你的。"说罢盯着那姑娘打量了一番，半晌未动。

风巽已小心翼翼地跑去推开北屋的房门察看，风旗扬与瓶珞去查探西厢房。

那姑娘对风铃笑了笑，说道："你饿了吧，要不要进来吃点东西？"

风铃咽了口唾沫，不置可否。

那姑娘又笑道："进来吧。"又对另外一人招手道："你也一起来吧。"

风旗扬正要跟着瓶珞踏进西厢房，回头见风铃与另外一名同伴仍然站在院中，便低声叫道："风铃，你们俩怎么还呆站着？"

风铃并未回头睬他，倒是那姑娘对风旗扬笑了笑，风旗扬顿时觉得那姑娘真美，油然生起一股冲动来。

那姑娘又对风旗扬喊道："要来吃饭吗？"

风旗扬忽觉饥肠辘辘，果然很饿，岂止是饿，简直已经饿得前心贴后心，腹内如火烧一般空虚。不知不觉便转回身来。

此时却见风铃忽然扑上前，一把将那姑娘抱住。

那姑娘轻声叫道："哎呀公子，你做什么？"

风铃也不答话，抱起那姑娘就冲进门去。另外一人立时也跟了进去。

风旗扬一见，顿觉心中欲火腾腾，对风铃又妒又恨，生怕那姑娘被风铃霸占，急忙也追了过去。

甫一进门，忽觉迎面寒风袭来，风旗扬反应倒快，急向侧面躲闪，堪堪避过一人攻击，那人随即又回手刺了一剑，同时抬腿将房门踢得合上。

风旗扬此时已看清，以空无常偷袭他的正是那姑娘，瞥眼又瞧见风铃与另外一名同伴都躺倒在地上，不知死活。

风旗扬再次避过，心头却是怒火熊熊，恨不能立时将那姑娘打翻在地，然后剥光她的衣裙，狠狠地蹂躏她，然后再将她撕碎。

风旗扬本想施展心风剑刺那姑娘，却根本无法集中精神施展忍术。只觉得心中的饥火、怒火与欲火争相交燃，直烧得自己心烦意乱、头昏眼花。

勉强又撑过那姑娘两次攻击，却被那姑娘一脚踢中胸口，"嘭"地撞到门上，风旗扬险些晕死过去。

那姑娘更不怠慢，迅速上前，空无常直刺风旗扬心口。

眼见风旗扬再无躲闪之力，忽听"嗖"的一声响，一股力道将门板射穿一个洞，直接击中那姑娘右臂，将那姑娘的空无常打落在地。

又听"喀喇"一声，一人破窗飞进房内，未及那姑娘缓过神来，那人已出手向那姑娘心门一指，那姑娘大叫一声，心口立时喷出鲜血，倒地而死。

"大哥！"风旗扬惊魂未定，原来救下风旗扬的正是风巽，以心风剑杀了那厨娘。

风巽在风旗扬胸口轻拍一掌，道："不必慌，坐下来将脉气调匀。"

风旗扬依言盘坐在地，闭目静心调息，不多时，睁眼起身道："大哥，我……"

风巽道："这女子乃是慧族忍者，适才你们都中了她的三毒惑术，是以心中充满了贪嗔痴念，被三毒之火焚心，以至于神志错乱不清。"

风旗扬心道："难怪自己适才饥饿难耐，又复淫心、嗔心大起，原来是中了三毒惑术，看来那饭菜香味便是那慧族女子以忍术施放出来的。"随即看了看倒在地上那姑娘，却见她姿色平平，适才却勾得自己对她生起了极大淫欲之心，看来果真是色不迷人人自迷啊。转念又想，三毒惑术乃是将中术者心中的各种欲望烦恼放至极大，若是自己心中原本没有那贪食、好色、妒恨等心，便也不会被那慧族女子利用了。念及于此，不禁大为惭愧。

风巽见风旗扬发呆，遂拍拍他肩头，问道："兄弟，你还好吗？"

风旗扬忙回道："我没事了。适才幸好大哥及时赶来相救，不知大哥如何识破那慧族女子的忍术？"

风巽道："北屋内也有一名女子，应当是她的姐妹。"说着瞟了一眼地上的女尸，又道："可惜我还是来晚一步，害两位弟兄白白丢了性命。"说罢大声为地上的三具尸首诵咒回向。

风旗扬也随之一同诵咒，忽然失声叫道："不好！"

风巽疑惑地看向风旗扬，风旗扬道："瓶珞进去西厢房这么久，还没有出来。"

二人急忙奔出门，冲进西厢房内。却见地上横着一人，正是瓶珞，胸口被鲜血染红，已然断了气。

风巽道："看来她们还有同伙。"

二人又在东院中细细搜索了一番，并未发现任何人踪，只好出了东院，向正院而来。

迎面正逢风子婴走来，二人忙迎上前，向风子婴禀明东院中发生之事。

风子婴道："看来目焱并不在山庄之中，只留下些手下来迷惑咱们。"

风巽问道："怎么，后面也没有吗？"

风子婴道："西院、正院和后院都细细搜过了，只搜出几名下人。不过据东院发生之事来看，或许那几个下人之中还隐藏着北道忍者。山庄四面都被咱们的人围着，害死瓶珞那人势必逃不出去。"

风巽道："适才目焱那厮不是明明从山庄中走出去，又回到山庄里来了吗？"

风子婴摇摇头道："那不是目焱，稍后我再告诉你。"随又说道："你们俩快去告诉后面的弟兄，仔细看好那几个下人，先将他们几个捆绑结实，别被他们伺机暗算了。然后你再一个一个地试探他们的脉气，把那个慧族忍者找出来。"

风巽领命，立即与风旗扬赶去后院。

风子婴来到西院，见光波翼正站在院中发呆，手中提着一个包袱，里面满是字画卷轴。

风子婴近前问道："翼儿，都收拾好了吗？"

光波翼黯然道："长老，一定要烧了这里吗？"

风子婴抚住光波翼肩头道："翼儿，我知你心中不舍，不过如今这里早已不是你父母的寓所。目焱以此为老巢，烧了这里，便是毁了北道的心脏。"说罢从怀中取出一册书递与光波翼道："这是从目焱的密室里搜出来的，落在旁人手中也无用，既然目焱将天目术传与了你，你仍可更进一步，将这忍术修好。"

光波翼接过天目术的法本，黯然道："没想到目焱如此狡猾，连他身边最亲近之人都被他骗了。可怜她们竟然为了他甘愿赴死。"心中不禁念道："不知花粉生死如何。"

话说花粉中了心风剑之后，立时昏死过去。

不知过了多久，她忽然醒转过来，却见自己站在试情崖畔。

花粉心道："今日我便从这里跳下去，哥哥总该明白我的心意了。假若我真的摔死了，哥哥也会在心中记念我一辈子，伤心一辈子，总强过他一直对我不冷不热。"

念及于此，花粉转身背对悬崖，将眼睛一闭，身体向后栽倒，直坠落下去。

"我就要死了！"飞落在半空，花粉心中忽然恐惧起来，"我为何便这般死了?!"花粉浑身寒毛直竖，忽然便现落在海棠山庄门前。

只见琴馨兰站在门前，对她笑道："花粉，你又去采秦芽了？"

花粉也笑了笑，低头一看，自己两手空空，不禁讶道："哎？我的秦芽呢？"随即对琴馨兰道："兰姨，我的秦芽不知掉落在哪里了，我得赶紧回去路上找找看。"说罢急匆匆地回头便跑。

很快，花粉便跑进深山之中，山路越来越崎岖难行，天色也越来越暗。花粉来到一条很宽的大河边，却愁无法渡河过去。

忽见有两个差人，押着一个商人模样的中年汉子，来到河边，却不停步，径直从河面上走了过去。

花粉见状，连忙跟了上去，果然也能在那河面上行走。只是越走那河水便越发湍急汹涌，吓得花粉心慌腿软，生怕自己沉入河水中去。

好不容易过了大河，花粉一路跟着那几人，不知不觉便到了一座高大的牌楼前，穿过牌楼便是一座宏伟大城。那城门前已有一群人，正在排队依次进城。

花粉走过去，也想加入那一队人中，忽然闻到一股极为浓烈的奇香。那奇香直冲脑仁，令花粉刹那间清醒过来，心中惊道："这是什么地方？我怎么到了这里？"

花粉随即回忆起刚刚发生过的诸般情形，又忆起自己劫持南山，中剑昏死等事，不禁心头更惊："莫非我已经死了吗？适才那些梦一样的经历，莫非都是死后所见吗?"

正自惊疑,天空中忽然传来浑厚的男子诵咒声:"唵,钵啰末邻陀宁,娑婆诃。"

花粉抬头望去,只见那天空中混混沌沌,既无日月,也无星辰,又并非云雾所成,只显出昏黄的光色来。

诵咒声持续不断,不多时,便有一位七八岁的童子现在花粉面前,对花粉说道:"随我来。"说罢转身便腾空飞起。

花粉正要开口喊那童子,却见自己也已身在空中,随着那童子飞过大城上空。

花粉自言自语道:"我莫不是在梦中吧?"

童子说道:"一切有为法,如梦幻泡影。你又何曾醒来过?"

花粉听那童子说话全不似小孩儿家,颇觉奇怪,遂问道:"你是什么人?带我去哪里?"

童子道:"我叫善来,带你去见师父。"

花粉又问:"你师父是谁?"

童子笑而不答。

花粉低头看那城中,街衢市井房屋俱全,街上行人却不多,便问那童子道:"这里是什么地方?"

童子道:"自然是冥界。"

花粉讶道:"我当真已死了吗?"

童子回道:"这还难说。"

花粉问道:"为何难说?"

童子道:"原本应当是死了。"

花粉又问道:"为何说原本应当是死了?难道我现在是活人不成?"

童子笑道:"当然不是。你不必多问,随我去了便知。"

花粉见飞过一群高大殿宇,好似宫殿、衙门一般,便又问童子道:"那是何处?"

童子道:"那便是阎罗王的法殿,死者都要在那几座殿中酬对善恶,听凭阎王发落。"

花粉又问道:"我既是死了,为何没去那殿中见阎罗王?"

童子回望了花粉一眼,道了句:"总有一日你会见到,除非你了脱生死。"

花粉不明其意，正待再问，童子却道："到了。"

花粉忽觉一片光明耀眼，闭了闭眼，睁眼再看时，已身处一座光明殿中。那殿堂金光闪闪，好似以纯金铸成，却又不似黄金那般冷冰冰的，而是令人感到温暖柔适。

殿堂正中，端坐着一位僧人，却看不出年纪大小，样貌好似十六岁的少年，尽极美好端严，神情中却充满了慈悲睿智，如同一位得道老僧。

那僧人手中拄着一柄金光锡杖，身体四周熠熠放出五色光明，而且那光色竟是向着各个方向婉转流动，好似流水一般。花粉呆呆地站在那里瞻视，竟忘记上前问讯。

童子轻声叫道："花粉，还不过来拜见地藏菩萨。"

花粉回过神来，自言自语讶道："地藏菩萨？"忙上前跪倒，拜了数拜。

地藏菩萨微笑看着花粉道："来。"那声音充满了说不出的温暖与慈爱，令花粉一闻便流下泪来，只觉得好像爹娘在呼唤自己一般。

花粉起身来到菩萨面前，菩萨说道："若人临命终日，但得闻任一佛名，或菩萨名，或辟支佛名，皆能解脱恶道之苦。只是如此圣因难遇，还须在世时自己努力修行才是。而且纵得人天妙乐，不过须臾间事，总要出了轮回，才可永脱苦难。"

花粉心道："菩萨对我说这些话，是想告诉我，我不会堕入恶道中去了吗？却不知我来世要投生到哪里，是再得人身还是会去天上做神仙？"

花粉正自呆想，菩萨伸手递过一物，花粉接过一看，乃是一个拇指肚大小的水晶珠子。

只听菩萨又道："有情无不爱惜自己的生命，为此不知造了多少恶业。殊不知因果报应不爽，越是为了自家身命造业，将来便越要受苦受罪。舍己利他之人，却会得到善妙福报。"

花粉问道："为何会有因果报应呢？"

菩萨道："心、佛、众生三无差别，众生妄想执着，妄计人我，不知众生心性本是一体。这便好比一人手里持刀，去刺自己的大腿，手与腿虽然看似各别，实则一体，故而持刀者与受伤者实非二人。是以害人者实则害己，利人者亦是利己。"

花粉一时尚难听懂，菩萨微笑道："日后你自会慢慢领悟。这颗水晶药丸乃以慈悲心凝化而成，你拿去还与慈悲之人吧。"

花粉郑重接过，将水晶药丸放入怀中，还想再问究竟，菩萨道："去吧。"说罢以手中锡杖振地，一道金光射向无尽远处。

只听童子善来说道："花粉，快随我念：南无地藏菩萨。"

花粉便跟着念道："南无地藏菩萨。"才念出口，花粉自觉刹那间便融入那道金光之中，身体倏然一沉，好似从睡梦中惊醒一般，睁开眼来。

（按：上文中花粉所闻真言——唵，钵啰末邻陀宁，娑婆诃。名为地藏菩萨法身印咒，又名地藏菩萨灭定业真言，出自大唐天竺三藏阿地瞿多所译《陀罗尼集经》。）

"原来是个梦。"甫一睁眼，花粉便闪过这个念头。眼光向旁边一扫，却见自己身处一座山坡之上，药师信止端坐在自己身边，双手当胸结印。

花粉讶道："药师哥哥?!"

药师信嘴角露出一丝微笑，说道："你终于醒了。"说罢忽然躺倒在地上。

花粉急忙起身，却觉浑身绵软无力，挣扎着翻滚到药师信身边，叫道："药师哥哥，你怎么了?"

药师信笑了笑，说道："你能活过来，真好。"声音已变得微弱。

"活过来?"花粉忽然明白过来，原来自己当真已死过一次了。

"药师哥哥，是你为我施了地藏术，将我救活的对不对?"花粉问道。

药师信笑望着花粉无语。

花粉当年在多云山上被药师信救治时便听说过这地藏术，知道地藏术乃是一种以命换命的忍术，既然自己已被救活，则药师信必死无疑，遂大哭道："药师哥哥，你为何要舍命救我? 你为何要这般无私、这般慈悲?"

药师信勉强摇了摇头，有气无力地说道："我并非无私，实在是很自私。眼看着那么多人死去，我无法将他们全都救活，我只能救一个，所以我只选择了一个……心爱之人。"药师信渐渐失去血色的脸上又露出一丝微笑，接道："我终于对你说了这话，再也……无憾了。"

花粉握住药师信的手，泪如檐雨道："药师哥哥，你太傻了，我不值得你这般对我。"

药师信深情地凝视着花粉道："你是这世上，最值得……疼爱的女子，可惜，我没有这福分。你一定要……好好活着，不可再做傻事了。答……答应我。"

花粉使劲点了点头，道："药师哥哥，你不要死，你既然能救活我，也一定能救活你自己。或者，我带你回黄山去寻你师父，他老人家一定能救你，你一定要坚持住。"

药师信喃喃道："还魂香都用光了，是你口中的余香让我多活了这一刻。"

花粉这才知道，原来自己闻到的那股奇香叫作还魂香，看来这还魂香果真有起死回生的妙用。

药师信说完，笑容凝在脸上，花粉这才发现，原来药师信已停止了呼吸，遂抱住药师信大哭道："药师哥哥，你不能死，我不要你死，求你，别死……呜呜……"

伤心到极处，花粉忽然想起药师信最后那句话，"是你口中的余香让我多活了这一刻。"花粉忙俯身捧住药师信的脸庞，与他口唇相对，拼命向他口中送气，以期让更多的余香进入药师信体内。

吐气一阵，见药师信毫无反应，花粉又哭道："药师哥哥，你快醒来呀，我就只有你这一位亲人了，你不能抛下我！药师哥哥，你快醒来吧！你不是说要疼爱我吗！你怎么可以一走了之！"

一时间，药师信数次救治自己，与自己在山洞中相处、一起过年等种种情形，一一浮现在花粉脑海中。从前因自己一心只系在光波翼身上，纵然对药师信深有好感，又明知药师信爱慕自己，却也装作不见不知。如今回想起来，这世上哪里还能再寻到这样一位深深钟情于自己，又屡屡愿为自己付出性命的男子？

愈想便愈伤心，愈伤心便愈不舍，花粉哭罢又去为药师信送气。便这般哭一阵，口对口送气一阵。

见药师信再无活转的迹象，花粉悲痛欲绝，扑倒在药师信身上放声大哭。

忽然花粉觉得胸口被什么东西硌到，她忙伸手入怀，摸出那颗水晶药丸来。

"原来竟真有这水晶药丸！"花粉大为惊讶，蓦然想起地藏菩萨对自己说："这颗水晶药丸乃以慈悲心凝化而成，你拿去还与慈悲之人吧。"

"还与慈悲之人……莫非菩萨是让我拿这水晶药丸救药师哥哥不成？"

念及于此，花粉忙捧起药师信的头，将水晶药丸塞入药师信口中。

那水晶药丸甫一入口，药师信脸上似乎闪烁出一层光芒。花粉忙盯着药师信的脸细看，忽见药师信的头顶上冒出一物，正是那颗水晶药丸。花粉忙将水晶药丸拾在手里，只见那水晶药丸倏然化作一道白光，消失不见了。

　　花粉正自吃惊，药师信忽然吸了口气，竟又恢复了呼吸，随即便睁开眼来。

　　花粉又惊又喜，叫道："药师哥哥，你活了，你终于活了！太好了！地藏菩萨，大慈大悲！我的药师哥哥又活了！"

第七十二回

心愚神黯无天日
情真意切有吉星

药师信被花粉扶着坐起身，说道："我不是在做梦吗？"

花粉破涕为笑道："记得当年我在多云山洞中被药师哥哥救醒时也是这般说的。"

药师信道："花粉，你做了什么？为何我又活过来了？"

花粉道："我喂你吃了地藏菩萨给的水晶药丸，你便立即活过来了。"

"水晶药丸？"药师信颇为诧异。

花粉点点头道："是啊，就是水晶药丸。"于是便将自己死后经历大致说了一遍。

药师信凝视着花粉道："花粉，谢谢你。"

花粉问道："谢我什么？"

药师信道："我自觉死后飘飘忽忽地离开了自己的身体，看见你抱着我的尸体恸哭，我有心安慰你，却无法与你说话。那时，我见你不停地亲吻我，虽然我已感受不到了，心中却是又喜又悲，心中只可惜这一切来得太晚，此生不能与你厮守了。"

花粉羞得低下头，面红耳赤道："呸，没想到药师哥哥也这般不害臊。谁亲吻你了，人家不过是想让你多吃下些还魂香罢了。"

药师信道："你还想抵赖，那你为何还说只有我这一位亲人了？还求我不要抛下你，让我疼爱你。"

花粉没想到药师信竟然将这些全都看到听到了，此时愈加羞得抬不起头来，低声道："你真坏，我不理你了。"说罢便欲起身，被药师信一把拉住，抱在怀中。

四目相对，愈来愈近，花粉呼吸也变得急促起来，终于羞得闭上双眼。

二人不知拥吻了多久，药师信恋恋不舍地放开花粉。

花粉噘起嘴巴说道："原来药师哥哥是坏人，早知道便不将你救活了。"

药师信笑问道："你舍得吗？"

花粉道："刚醒来就欺负人家，你是不是……"花粉本想问药师信是不是图谋已久了，却忽然想起在黄山之中药师信为自己祛散体内淫毒时，自己裸身与他相对数日，此事成了自己许久以来的一个心结，今日突遭大变之下竟与药师信成了情侣，那心结便也在刹那间释然了。

药师信见花粉忽然停口不语，也不禁想起黄山疗毒一事。从那时起自己对花粉的爱欲便已轰轰烈烈，只因心知花粉心有所属，不得不压抑情感，勉强克制自己而已。如今终于抱得梦中情人在怀，这一份欣喜竟更胜过重获新生，不觉便又将花粉紧紧拥在怀中。

花粉也抱住药师信，将脸贴在药师信心口上道："药师哥哥，你可不能负我。"

药师信道："就算让我再死一次，我也不会负你。我听说秦山中有一座试情崖，你若不信我，我宁愿为你去跳试情崖。"

花粉心头一震，说道："爱不爱一个人，只有自己心中最清楚，试情崖都是骗人的鬼话罢了，我才不要你跳。你已经为我死了一回，已经跳下了这世上最灵验的试情崖，我怎能不信你？"不知不觉眼中已流下泪来。

药师信轻轻抚摸着花粉的头发道："我的神识在半空中见你哭得那般伤心，便想要永远在你身边陪伴你，无奈吹来一阵冷风，我被那风吹得越飘越远，渐渐便望不见你了。那时候，我心中绝望已极，便发愿道：我宁愿在地狱中受苦，只要让我时时能够见到花粉，让我代她承受所有的痛苦，让她永远都能幸福快乐。"

花粉愈加感动，说道："你这个傻瓜，真应该让你去见见地藏菩萨，好让菩萨点化你这个情痴。"

药师信问道："菩萨都对你说什么了？"

花粉道："菩萨说，临终时但能听到一尊佛名便可不堕恶道，还说人天的快乐亦不长久，要努力修行，解脱轮回之苦。另外，菩萨还给我讲了因果报应之理。"

药师信放开花粉，凛然道："地藏菩萨真是慈悲！这些话原都在《地藏菩萨本愿经》中读到过，没想到你却亲聆圣教，可知你与地藏菩萨极为有缘，着实令人羡慕。"

花粉道："既然经中有的，便与菩萨亲口所说无异。哥哥既然读过经文，便是与菩萨有缘，还用羡慕别人？"

药师信道："你说得不错，亲蒙菩萨点化，出言果然不同凡响。"

花粉道："哥哥休要取笑我，我能见到菩萨还不是因为哥哥修地藏术救我？哥哥本具慈悲之心，若能遵照经中地藏菩萨的教导努力修行，将来也一定能够亲见菩萨。"

药师信合十道："弟子遵命。"说罢二人均咯咯大笑起来。

笑声未止，花粉忽然表情凝重起来，药师信问道："你怎么了？"

花粉道："不知道我师父怎样了？"

药师信略微迟疑，说道："花粉，我听那识族忍者石琅玕说，目焱似乎是你的大仇人。"

花粉一怔，道："你说什么？"

日落西山，星月升天。夜晚的清凉斋越发清凉。

石琅玕斟了一盏茶先送到南山面前，又斟了一盏自己吃下，开口说道："归凤兄与蓂荚姑娘已经一整月未出房门了，学习忍术也不必如此拼命吧。"

南山道："哥哥一心尽快修成凤舞术，好去寻目焱复仇。姐姐其实并不愿意哥哥修习凤舞术。"

"哦？那是为何？"石琅玕问道。

南山道："你有所不知，这凤舞术最耗人精气，修习者性命皆不久长。听说历代修成此术者，寿命均不过四五十岁而已。"

"原来如此。"石琅玕点点头，又道，"再过一个月便是年关了，南山，你打算如何过年？"

南山道："哥哥忙着修炼凤舞术，与姐姐的婚事都顾不上了，我哪里还有心情过年？"

石琅玕道："不管怎样，年总还是要过的。"说罢伸手入怀，摸出一个锦囊，又放了回去。

南山道："我见你怀中常常揣着那个小锦囊，里面究竟是什么？"

石琅玕道："那里面是一面小铜镜。"

南山道："你石琅玕家藏珍宝无数，为何独独偏爱一面小铜镜？莫非是什么宝贝？可否拿出来让我瞧瞧？"

石琅玕道："这却不行。其实这铜镜也并非值钱之物，对在下而言却是珍贵无比。"

南山问道："为何？"

石琅玕道："这铜镜乃是在下修法所用的法器，名为准提镜。我每日清晨都要对镜修法，平时便将镜子带在身上，不可让人看见镜子。"

"准提镜？"南山好奇心起，又问道，"那是修的什么法？可是一种忍术？"

石琅玕回道："自然是修准提法，却不是忍术。准提法也是非空大师所传，乃是纯粹的佛法，须每日对准提镜诵咒修持，有不可思议的妙验。"

南山更觉好奇，又道："你且说说看，修这准提法有何妙验？"

石琅玕道："这准提法乃是特别之法，功德殊胜之极。修法时亦有结印、诵咒等法，如法修持，可消除重病，令短命者增寿，贫乏者多财，求官得官，求福得福，一切所求，只要非是害人损己的恶愿，悉能满足。修持有功者，不但能降魔驱鬼，移山易海，又能令枯木生花，起死回生，更可令行者福慧具足，求仙成仙、求道得道，肉身便可往生四方净土。总之功德百千万亿，数之不尽。"

南山道："当真有如此神奇？"

石琅玕道："自然是真的，在下祖父便是半生修持此法，不但创下偌大的家业，而且一生有许多奇遇，旁人听了也只怕不信。祖父虽未能肉身往生净土，临终却是无病无苦，预知时至，端坐往生。"

南山又问道："你祖父可是出家做了和尚？"

石琅玕笑道："当然没有，这准提法的特别之处，还在于修持此法不论在家出家，即使饮酒食肉、有妻有子的在家人也同样可以修持。只要如法修持，无不成就。"

（按：准提法乃唐密中极重要之修法，详情可参看《显密圆通成佛心要集》。）

南山道："竟有这样的好事？"

石琅玕微笑不语。

南山又问："那你修这准提法可有什么灵验？"

石琅玕回道："我虽初修，却也得了许多护佑，眼下正有一事向准提菩萨祈求？"

南山问道："什么事？"

石琅玕笑道："验时自知。"

南山哼道："不说算了。"

石琅玕笑着从怀中又摸出一个锦缎小包裹，放到南山面前道："这是送你的。"

南山将那小包裹打开，见是一对金灿灿的纯金扼臂，扼臂周身镂空雕着缠枝莲花，每只扼臂上还嵌有两颗艳红的宝石，煞是漂亮。

南山心头一喜，随即故作满不在意地将金扼臂扔在案上道："我才不要你的破玩意儿。"

石琅玕道："这对金扼臂乃是宫中流出之物，是我让人寻了许久才寻到的，无论如何你也要收下，莫要辜负我一番心意。"

南山故意调笑道："谁稀罕你的心意？再说，这又不是你亲自去寻来的，有什么稀罕？"

石琅玕忙道："在下知错了，下次一定亲自去为你筹办礼物。不过这一次，还望南山姑娘慈悲笑纳。"

南山呵呵笑道："既然你这么求我，我便慈悲你一回，暂且收下。"

石琅玕忙作揖称谢。

南山又道："不过平白无故的，你为何要送我礼物？"

石琅玕道："你这不是明知故问吗，难道你不知晓，许久以来，我都恨不能将全部家当连同在下一齐送与你呢？"

南山呸了一口道："谁稀罕？"

石琅玕嘻嘻笑道："不过眼下我倒是有一事想要拜托你。"

南山哼一声道："我就说你怎么忽然好心要送我礼物，原来是有事求我，你说吧，到底是什么事？"

石琅玕道："我想求你驾鹤送我去一个地方。"

南山问道："去哪里？"

石琅玕道："你还记得那个弹奏乐神琴的目思琴吗？"

南山道："当然记得，以前哥哥跟我们讲过她的许多事情，只是没想到她竟是目焱的亲生女儿，也不知道她现在是生是死。"

石琅玕道："她当然不会死，现在正和心爱之人好端端地生活着。"

南山怪道："你如何知晓？"

石琅玕道："那日在罗刹谷攻破海棠山庄之后，四道忍者又在秦山中混战了一日夜，归凤兄一心想寻到目焱的闭关藏身之处，最后却是无果。不过他却无意中发现了黑绳三与目思琴二人。要说这二人也是可怜，一个是西道的行忍，一个是北道长老的女儿，他们二人若想在一起，便不得不躲着四道忍者，成了众矢之的。归凤兄同情他二人，便亲自驾鹤送二人去了翠海隐居。"

南山又问道："这些事你如何知晓？"

石琅玕道："归凤兄虽未对人提起，却如何瞒得过我的眼睛？"

南山"呸"一声道："你偷窥人家心思，还有脸说。"

石琅玕道："当时咱们二人早早便离开秦山回来，我不过是想知晓后来都发生了何事。"

南山道："你还没说要我带你去哪里？莫非你要去翠海不成？"

石琅玕道："正是要去翠海。"

南山讶道："去那里做什么？"

石琅玕道："归凤兄心中一直惦念那二人，我想替归凤兄去探望他们，顺便给他们送些银钱，以及一些衣食、年货。归凤兄修法复仇的大事咱们帮不上忙，也只好为他分担些个小事罢了。"

南山道："算你有良心，好吧，我带你去。"

南山只能驾御两只鹤儿，故而二人无法携带太多东西，只带了一包衣物、一盒食物，又尽量多带了些银两。

次日一早，二人飞在天上，南山高声说道："以前你说什么也不肯去秦山帮助哥哥，上次却主动提出随我进山，若是当真见到目焱，你便不怕被他杀了吗？"

石琅玕回道："之前我不愿进山也并非害怕目焱，你有所不知，那目焱的目离术固然厉害，不过却与我的通心术有相同之处。"

南山好奇问道："有何相同之处？"

石琅玕道："目离术虽是以目光杀人，其实却是通过眼神深入对手的阿赖耶识之中，将对手阿赖耶识中的不良记忆——尤其是所造杀业的记忆瞬间集中、放大，令对手在极度痛苦与恐惧中崩溃而死。所以目离术不过是个引子，真正杀人的却是受害者自己的恶业种子。"

南山道："这与你的通心术又有什么相同？"

石琅玕又道："通心术也是要深入对手的阿赖耶识，方能见到他过去的经历及心念。所以，如果我对目焱施展通心术时，便与其阿赖耶识相联通，便好似盖印章一般，将他阿赖耶识中的记忆印在我的阿赖耶识中。此时目焱若对我施展目离术，便会同时激发我二人阿赖耶识中的不良记忆，所谓一损俱损，我若死了，他也活不成。所以他是不敢对我施展目离术的。"

南山道："有关目离术这些，你也是听姐姐说了之后才知晓的吧？"

石琅玕道："其中详细道理我的确是听蓂莱姑娘所说才得以知晓，不过我早听父亲说过，我识家的通心术是不怕目离术的。"

南山问道："既然如此，之前你为何不愿帮助哥哥？"

石琅玕道："我不是说过吗，在下只是谨遵祖训，退隐江湖，不问忍者之事。"

南山又道："那你为何又重出江湖，违背了祖训？"

石琅玕道："自然是为了你。"

南山骂道："呸！又没正经的。"

石琅玕道："当然正经，为了你，我纵然粉身碎骨也心甘情愿。"

南山道："好啊，那你现在就从我的鹤儿身上跳下去，粉身碎骨给我看看。"

石琅玕道："我死不足惜，只怕我死了之后，这世上再也没有第二个像我这般爱惜你的人，岂不让我死不瞑目？"

南山哼道："可见你都是油嘴滑舌地哄骗人罢了，真要你粉身碎骨，你如何肯干？"

二人一路上说着闲话，中途降落歇息了两次，午后方到翠海上空。

石琅玕窥见光波翼将黑绳三与目思琴安置在鹤池畔御鹤族忍者旧时的房舍中，便为南山指路，径向鹤池飞来。

翠海中水泊众多，路径难辨，南山与石琅玕二人先要寻到剑峰，再从剑峰转而向南便是鹤池。

鹤池又名鹤舞湖，御鹤族忍者居此时，鹤儿常在湖中翩翩起舞，如今御鹤族忍者离开翠海既久，湖中也早已少了群鹤起舞的美景。

时值冬月，翠海寒冷，鹤舞湖面已结冰成镜。飞到湖面上空，便已看见湖畔东侧林间的一片房舍。

飞过湖面，南山兴奋地叫道："总算到了。"

未及石琅玕搭话，忽听胯下那两只灰鹤惨唳一声，纷纷向地面栽落下去。

南山只觉座下与灰鹤之间的吸力倏然消失，身体顿时被甩出，仰面坠落下去，吓得南山大叫起来。

此时石琅玕也已从鹤背上滑离，距南山有丈余远，见状忙在空中翻了个筋斗，与南山平行靠近，随即头下脚上竖直俯冲而下，以期坠落得更快些。

待他追过南山，立即将身体调成直立，一把将南山抱在怀中。

此时二人离地面已不过一丈多高，石琅玕因怀抱着南山，纵然施展轻身之术也无法减缓降落速度，只得提着一口气，双膝微屈，只听"咚"的一声，二人跌落在地上。

石琅玕乃修习有素的忍者，若是他自己从空中跌落，必然会身体前倾，落地后以前滚翻化解坠落之势，若非从极高处落下，倒也不至于身受重伤。然而此时他为了保护南山，不敢向前翻滚，只好在落地的刹那身体后坐，以自己的身体为南山做垫子，然后抱着南山向后翻滚。

二人翻滚了好几个筋斗方才停住，南山便好似被包在一个肉筒中，借着身下的肉垫与滚动之势化去了巨大的冲撞之力，身体竟毫发无损。

南山惊魂未定，挣扎着坐起身，瞥见那两只灰鹤正跌落在自己面前不远处，胸口处都插着一支弩箭。扭头再看身旁的石琅玕躺在地上一动不动，南山忙爬上前察看，见石琅玕已然昏死过去，急得南山大声叫道："喂，臭石头，你怎么了？臭石头，你快醒醒！臭石头！"

忽听身后有人叫道："小贱人，你的族人现在何处？"

南山回头看时，却见一男一女两个怪人站在面前。

如何说是两个怪人？只见那女子相貌奇丑无比，又翻着两只空洞无神的白眼，显然是个瞎子。再看那男子，是个三十多岁的汉子，却没有双腿，大腿只剩了一截，下面绑套着两根手臂粗的木桩子，权当作双脚使用，只是人便矮了一大截，似个侏儒一般。那汉子手中还挂着一杆长枪，想必是兼做拐杖与兵器之用。

见南山发愣，那盲眼女子厉声叫道："我三弟问你话呢，你若不从实说来，我便将你撕碎了喂野狗！"

南山此时方缓过神来，站起身怒道："你们是什么人？我的鹤儿是不是被你们打死的？"

盲眼女子道："你这贱人眼睛也瞎了不成？仔细看看老娘是谁！"

南山道："谁认得你这丑八怪！"

"你不认得我？"盲眼女子皱眉道，"三弟，这小贱人是谁？"

自从南山回过头来，那木腿汉子见南山如此美貌，便一直盯着南山呆看，此时听见盲眼女子问话，方回道："我也不认得，好像从前没见过她。"

"她的同伴是哪一个？"盲眼女子又问道。

"好像也没见过。"木腿汉子迟疑了一下说道。

"你究竟是谁？快说！"盲眼女子叫道。

南山气道："连我们是谁都不知道就随便出手害人，当真是两个大混蛋！我哥哥若在这里，一定不会轻饶你们两个！"说罢回头看了一眼躺在地上的石琅玕。

"你哥哥？你哥哥又是哪只烂鹤？"盲眼女子问道。

"你这臭嘴巴丑八怪！"南山骂道，"你给我听好了，我哥哥乃是天底下最厉害的忍者——光波翼！"

盲眼女子听南山又骂她丑八怪，正要发作，待听她说出光波翼的名字，不禁哈哈大笑道："光波翼！你哥哥？哈哈哈哈！原来是光波翼的小情人落在我们手里了。"

南山气得骂道："丑八怪，你嘴巴干净点！什么小情人？"

盲眼女子笑道："光波翼算什么天下最厉害的忍者，你这没见识的小贱人，当真是情人眼里出西施。"

那木腿汉子插嘴问道："二姐，光波翼的老婆如何会御鹤术？"

南山听这男子说话更可气，竟干脆将情人换成了老婆，不禁大怒道："你这死瘸子，嘴巴比粪坑还臭！"

那男女二人也不理睬南山，盲女自顾说道："光波翼与鹤彩云那贱人勾搭成奸，自然是鹤彩云那贱人将御鹤术传授与他，他又传给了这个小贱人。"

南山在旁越听越气，骂道："你们两个大混蛋，大蠢货！胡言乱语些什么？你们究竟是哪个茅坑里爬出来的腌臜鬼，满嘴都是臭不可闻的屁话！"

盲女听南山骂得厉害，不禁恼道："光波翼放走鹤彩云，自然也是咱们的大仇人。三弟，你先去把这小贱人的眼珠子给我挖出来，咱们再拿她做诱饵，捉住光波翼，活剥了他的皮！这小贱人既然住在这里，想必光波翼与那些御鹤族的烂鹤也不会离得太远。"

木腿汉子答应一声便要上前，南山心中大骇，忙摸出星镖与空无常，叫道："你敢过来，我便让你尝尝姑奶奶的厉害！"

木腿汉子嘿嘿淫笑道："好啊，小贱人，我先让你尝尝漆三爷的厉害。你若伺候得三爷舒服，我便求二姐放你一马，留下你的一对招子。"

南山见他如此，更是又怒又怕，甩手便将星镖尽数射出。此时她的暗器功夫已大胜从前，星镖射出已然又快又准，七枚星镖同时向木腿汉子身上各大要害处射去。

谁知那木腿汉子毫不惊慌，将手中长枪上下一抖，那七枚星镖竟尽数被打落在地。

南山此时方知对手厉害。如今石琅玕躺在脚下，生死未知，更无从保护自己，木腿汉子若想拿住自己只怕是易如反掌，万一落入他手中，后果不堪设想。

念及于此，南山右手腕一翻，倒握空无常，对准自己喉咙，叫道："你敢过来，我便自尽！"

木腿汉子道："小贱人，别白白糟蹋了这模样，你的死期还没到呢！"话音未落，身子倏然前蹿，手中长枪径指南山右手腕。

南山心中尚在犹豫，不得已时是否当真要将空无常刺下，却见长枪眨眼间便已刺到，此时已来不及躲闪，只听"啊呀"一声大叫，那木腿汉子忽然凭空里横飞了出去，直飞出两三丈开外，重重摔在地上。

南山大吃一惊，忽见一个黑袍男子飘落在木腿汉子身前，右手微扬，缠绕在木腿汉子脖颈上的一道黑线立时飞入那男子的宽大袍袖之中。

"黑绳三?"木腿男子面带惊惧。

"黑绳大哥，你来得正好，这两个恶人害死了石大哥和我的两只鹤儿！"话未说完，南山便已哭出声来。

黑绳三回道："你不必担心，你的石大哥没死。"

南山闻言忙俯身细看石琅玕，见他果然胸口微微起伏，呼吸尚在，眼皮似乎还动了一动，这才停止哭泣，心中不禁好生佩服黑绳三的眼力。

黑绳三盯着漆无亮，冷冷问道："漆无亮，你们姐弟二人跑到翠海来做什么?"原来那盲眼女子正是漆无亮的姐姐漆北斗。

漆无亮恨恨说道："我们自寻御鹤族的仇家为兄报仇，不关你的事。"

黑绳三道："那又为何伤害无辜之人?"

漆无亮道:"那个小……女子会御鹤术,自然与御鹤族关系密切,怎说是无辜之人?"

黑绳三道:"休要狡辩,她的御鹤术学自光波翼,想必她已向两位说明了吧?分明是你存心不良,见她落了单,又生得美丽,故而心生歹意。你当我没听见你说的话吗?"

"我……我只是唬她一唬,其实是想捉了她引诱御鹤族的人现身。"漆无亮辩解道。

"休再胡说!"黑绳三斥道,"若非看在你姐弟二人已是目盲肢残的分上,我绝不会轻饶你们。你们马上滚出翠海,永远不许再踏足此地,否则休怪我无情。"

南山远远叫道:"黑绳大哥,你怎可如此便宜这两个坏蛋?"

见黑绳三并未搭话,漆无亮嘴角抽搐了两下,不再言语。漆北斗此时已循声走了过来,说道:"三弟,如今咱们姐弟遭难,瞎眼的瞎眼,断腿的断腿,任谁都敢骑到咱们头上屙屎,这便是世道人心!走,咱们走!"说罢摸索着扶起漆无亮。

漆无亮右手拄着长枪,左手拉着漆北斗,转身离去。

黑绳三转向南山走来,忽然眼前一黑,连一丝光亮也不见。黑绳三心说不好,知那漆氏姐弟必是施展了漆天术。

只听得微微几声星镖破空之声,黑绳三忙向身后放出数道黑绳拦截星镖。因无法视物,黑绳三虽然凭借听力能够判断出星镖的方位,却终究担心有所失误,故而对于每个星镖都至少放出两道黑绳拦阻。

黑暗中只听漆无亮叫道:"身手不赖啊。黑绳三,我看你倒适合做个瞎子,眼睛看不见还能截住我五枚星镖。"

黑绳三转过身道:"我好意放过你姐弟二人,你们两个却不知好歹,反来纠缠。我再警告你二人一次,若不赶快收手,我便不客气了。"

漆北斗叫道:"你侥幸截住几枚星镖,便当真以为能在这漆黑之中胜过我二人吗?黑绳三,我们原本与你无冤无仇,是你自己多管闲事。今日便是你的死期!"那姐弟二人的声音皆是忽左忽右,想必是怕黑绳三循声攻击他二人。

漆北斗话音未落,一道颇为响亮的破空声又至。说这声音响亮,其实不过是寻常人也能够清楚地听见而已,不过对于黑绳三来说已足够响亮,一闻便知是空无常射来。

黑绳三眉头一皱，立时放出数十道黑绳来。

原来，那响声掩盖之下，黑绳三已听出另有数枚星镖伴随着空无常一同射来，更可恨的是，有两枚星镖并非射向自己，根据其方位判断，应是射向自己身体左后方的南山。黑绳三担心南山受伤，故而放出更多道黑绳保护南山。

谁知黑绳与空无常、星镖相碰之际，又有更多更大的响声传来。

这一次，黑绳三已无法将每一枚暗器的方位都听辨得十分确切，只得施放出一道极粗的黑绳，黑绳的一端分成千万道黑线，飞速旋转，在身前形成一面大伞，当作盾牌，抵挡暗器。

黑绳三心道："如此下去，早晚都会被他二人寻到空隙，那时非但保护不了南山，恐怕连自己也会受伤。"当下高声说道："你二人再执迷不悟，我可要出手了。"

漆无亮叫道："你若真有本事对付我二人，早便出手了，还用喋喋不休地在这里撒娇求饶？"

漆北斗也叫道："三弟，不必跟他废话，快杀了他！"话音甫落，"呼"的一声，黑绳三只觉得一股劲风穿过他的黑绳伞盾，刺到自己面前，连忙向一旁纵身闪开。

黑绳三知是漆无亮以长枪攻击自己，听得那漆无亮并未追杀过来，脚步声却是转去了南山那里。

黑绳三气道："好个冥顽不灵的家伙，也怪不得我了。"说罢双手齐扬，只听"啊！啊！"两声大叫，随即便重见了天日。

只见那姐弟二人一个在黑绳三身前，一个在黑绳三身后，都与黑绳三相距不过两丈，此时都已躺倒在地，身上均被十余道黑绳穿透，断了气息。

南山在黑暗中蹲了半晌，此时站起身眯了眯眼睛方适应光亮，忽见漆无亮就横死在自己面前两步远处，不禁惊叫了一声。

黑绳三走到南山面前施礼道："南山姑娘受惊了。"

南山道："黑绳大哥，你快救救石大哥！"

黑绳三忙俯身察看石琅玕的身体，不多时起身说道："这位石兄左肩脱臼，右臂骨折了两处，性命倒是无碍。"

随又说道："脱臼倒好说，在下便可帮其复原，只是这两处骨折伤得很重，骨头似乎已经碎了，在下恐怕无能为力。"

"那便如何是好？"南山急道。

"你可曾受伤？还能驾鹤吗？"黑绳三问道。

南山道："石大哥是为救我才受伤的，我没事。"

黑绳三道："从这里飞去成都不过六百里，你若能驾鹤，可带这位石兄去那里寻一位好郎中医治。"

南山道："可是石大哥如今昏迷不醒，如何能够驾鹤？"

黑绳三道："不妨，我这便为石兄复原左肩，再救醒他便是。"说罢俯身为石琅玕治疗左肩，一边问道："你二人为何来此？"

南山道："哥哥最近一直闭关修炼凤舞术，石大哥知道哥哥心中一直惦念你和那位燕儿姐姐，所以便同我一起来这里替哥哥看望你们两位。"说罢一指远处那两只死鹤，又道："那两只鹤儿背上的包裹是送给你们的一些衣食和银子，不知道摔坏了没有。"

黑绳三道："原来你和石兄是为在下而来，如此在下心中更加过意不去了。"

南山问道："那两个姓漆的恶人为何会在这里？"

黑绳三道："这翠海曾是御鹤族的居地，想必他们是来这里向御鹤族寻仇的。适才恰逢我们外出，那姐弟二人必是探见房舍中有炉火，以为是御鹤族的人住在这里，便埋伏在这附近，想要伏击御鹤族忍者，不想却刚好撞见你与这位石兄乘鹤而来。"

南山点了点头，又道："对了，怎么不见燕儿姐姐？她还好吗？"

黑绳三支吾道："她还好，只是……只是不大愿意见人。"

南山道："这也难怪，发生了这么多事，而且日后……日后还要靠黑绳大哥多呵护她才是。我听哥哥说，燕儿姐姐对黑绳大哥可是一片痴心哩。"

黑绳三笑了笑，不知是苦是甜。

待复原了石琅玕左肩脱臼的关节，黑绳三又以脉气缓缓注入石琅玕心脉之中，不多时，石琅玕便醒转过来。

南山喜道："太好了！"随即施术，召唤来两只灰鹤。

黑绳三则去寻来木板，将石琅玕的断臂固定好，又与南山一起扶着石琅玕骑上鹤背，石琅玕向黑绳三称谢，黑绳三道："石兄为在下而来，是在下照顾不周，让石兄受伤，心中着实惭愧。"

石琅玕道："黑绳兄说哪里话，都是在下无用，给黑绳兄添麻烦了。"

三人互道了珍重，南山便与石琅玕驾鹤南飞。

飞在天上，石琅玕兀自在鹤背上呵呵发笑。

南山问道："你摔傻了吗，自己傻笑什么？"

石琅玕道："当然是笑你。"

"笑我什么？"南山问道。

"你终于肯叫我一声大哥了。"石琅玕回道。

"我什么时候叫你大哥了？"南山反问道。

"你还抵赖，我都听到了，你向黑绳兄告状时，还将我排在了你那两只鹤儿前面，可见你心中还是看重我的。"石琅玕笑道。

南山这才想起，当时自己向黑绳三说"这两个恶人害死了石大哥和我的两只鹤儿"，后来还发现石琅玕的眼皮动了动，原来他那时已经醒了，还听到了自己说话。

南山恼道："既然你已经醒了，为何还要假装昏迷吓我？"

石琅玕道："我只是醒来那么一小会儿而已，后来便又昏过去了。"

南山哼道："我那不过是当着外人的面，礼貌地称呼一句罢了，作不得数。"

石琅玕沉吟道："嗯……当着外人的面，这么说来，我不是外人喽？那你当我是什么人呢？"

南山呸了一口道："真不要脸！我当你是个大傻瓜！"

石琅玕哈哈大笑不止。

南山也不禁扑哧一笑道："说你是傻瓜还不承认，竟然拿自己与那鹤儿相比。"两人越笑越厉害，竟让石琅玕忘了手臂的伤痛。

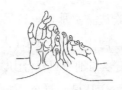

第七十三回

救将军孙遇隐遁
更姓名琴燕归家

二人降落在成都城外僻静之处，南山扶石琅玕从鹤背上下来，石琅玕的手臂被碰到，痛得"哎哟"叫了一声。南山心疼地问道："很痛吧？"

石琅玕笑了笑说道："我虽未能为你粉身，却也算是碎了骨，这回你总该信我是真心对你了吧？"

南山脸一红，说道："你这傻瓜，如何让人信得？"

二人进得城来，四下打听城中的骨伤名医，探得有一位郎中绰号"板三日"，乃是治疗外伤的圣手。据说凡是伤筋断骨的，只要皮肉未损，最多三日，那郎中便可令患者拆去固定伤肢的夹板，令筋骨接续重生，故而人送雅号"板三日"。

南山大喜，忙与石琅玕就近雇了一辆马车，直奔"板三日"的住所而来。

此时天色已将黑，"板三日"早已关门停诊，不过见有伤者登门，仍然热情接待，一边为石琅玕诊伤，一边软语安慰二人，令南山心中大感温暖。

不到半个时辰，板三日已为石琅玕接好了断骨，敷了秘制的膏药，又上好夹板，叮嘱石琅玕暂时不要活动太大，两日后便可将夹板拆除，到时再换一帖药便无大碍了。

南山再三称谢，又厚赠诊金。板三日初时不肯接受太多银钱，见南山再三坚持，知他二人也非拮据之人，便坦然收下，并要留二人用晚饭，南山哪里肯再搅扰他。板三日便为二人介绍附近的客栈，并详细指示了路径，这才亲自送二人出门。

二人依言寻到附近一家洁净客栈，要了素菜，因石琅玕受伤不能饮酒，二人便就着素菜下饭，边吃边称赞那板三日果然是个仁心圣手的名医。

在客栈中住了两日，南山又随石琅玕去板三日那里拆了夹板，换了膏药。石琅玕担心南山憋闷，便要与她飞回五台山去。南山却因石琅玕骨伤尚未痊愈，终究放心不下，坚持要再住几日，有个万一的事端也好及时请板三日医治。石琅玕拗她不过，只得答应，却坚持要带南山去街上走走逛逛，好让她散散心。

信步走在街上，南山道："如今皇帝也在成都，咱们去看看他住的地方如何？"

石琅玕本不愿去看这个热闹，不过见南山脸上现出孩子般兴奋顽皮的样子，便不忍拂她的意，应道："也好，当年玄宗皇帝幸蜀时也曾住过这里，因此成都府一度被称作南京，咱们便去瞧瞧。"

〔按：唐肃宗至德二年（757 年），因蜀郡为唐玄宗幸蜀驻跸之地，故而升为成都府，建号南京，上元元年（760 年）罢京号。〕

二人打听了几番，一路向城心寻来，远远看见一座高楼，石琅玕道："那座楼应当便是大玄楼，过了那座楼就快到了。"

经过大玄楼下，南山正仰头看那楼宇，忽听一阵急促马蹄声传来，石琅玕在身旁说道："南山，小心看路。"

南山忙循声看去，只见迎面飞来一骑，马上一位白面儒生，将那马儿驾御得如鱼在水，灵巧地闪避着行人，口中还不时吆喝道："小心！避让！"

待那马儿奔近，南山高声叫道："孙先生！孙先生！"

马上那人闻声向南山看去，忙将马儿勒住，下马施礼道："哎呀，是南山姑娘！"

南山回礼道："孙先生，如何这般急着赶路？"原来此人正是丹青妙手——孙遇。

孙遇道："姑娘来得正好，光波贤弟在哪里？"

南山道："哥哥没来，我是陪石大哥来这里医治骨伤的。"说罢侧身引见道："这位便是石琅玕石大哥，这位是当今书画大师、皇帝的丹青老师孙遇孙先生。"

孙遇忙施礼道："不敢当。石兄，幸会。"

石琅玕单手回礼道："久仰先生大名，幸会。"

孙遇道："今日不巧，在下身系十万火急之事，不能款待两位了，容日后再请罪。"说罢便要转身上马。

南山拉住孙遇道："先生慢走，有什么事如此着急？莫非先生要寻我哥哥吗？"

孙遇道："姑娘不是说光波贤弟不在这里吗？"

南山问道："有什么事非要找哥哥才行？我们能否帮先生的忙？"

孙遇看了一眼石琅玕，南山忙道："石大哥也是哥哥的好友，他也是一位忍者。"

孙遇闻言眼中一亮，忙道："哦？姑娘为何不早说？"

石琅玕道："先生有何难事，不妨说来听听，看在下能否帮得上忙。"

孙遇道："此处不宜说话，你们随我来。"

孙遇将二人领至附近一家酒楼的雅间，关好门窗，方低声说道："是李将军有难。"

南山问道："可是那位李义南李将军？"

孙遇点头道："正是。"这才将事情的前因后果道将出来。

原来，自从四道忍者会战秦山之后，诸道忍者死伤众多，北道元气大伤，朝廷趁机加紧对黄巢反攻。失去北道相助，黄巢兵势日蹙。其手下大将、大齐同州刺史朱温见大势不保，便于九月十七日率领麾下全部投降朝廷，受封为"同华节度使"，十月又受封为"右金吾大将军、河中行营招讨副使"，僖宗并赐其名为"全忠"，由李义南任钦差前往同州赐封并赏赐礼物。

前日李义南刚刚从同州归来，旋即被打入死牢。孙遇今日面君时方才听说此事，只闻说李义南犯下通寇谋逆大罪，如今已会审定罪，明日便要处死。

孙遇陪僖宗共进午膳，好容易熬过中午，方得辞君，急匆匆跑出来想去寻那成都的信子忍者，请他传信给风长老，求西道忍者出手营救李义南。

听孙遇讲完，石琅玕问道："说那李将军通寇，可有确实凭据？"

孙遇道："详情我也不知，圣上不愿同我多说，不过在下与李将军交往多时，彼此兄弟相称，我二人还曾一同受命为出访诸忍者道的钦差大臣，以在下对他的了解，李将军忠心耿耿，绝不可能叛国通寇！再说，李将军为保圣上西巡，置家人于不顾，以至于妻室家人身陷长安，悉被贼寇所害，他又如何会通寇？"

石琅玕微微点头道："如此说来，是有人存心陷害李将军。"

孙遇道："当务之急，不是追查陷害李将军之人，而是救命要紧。"

石琅玕道："先生所言不差，看来只有先将李将军救出，再作打算。"

孙遇忙问道："石兄可有救人良策？"

石琅玕道："眼下还没有。先生可知李将军被关押在何处？"

孙遇摇头道："不知。不过我自有办法查出来。"

南山问道："先生有何办法？"

孙遇道："我可再次进宫面圣，请皇上让我见李将军一面。"

南山又道："皇上若不让你见呢？"

孙遇道："放心吧，我自有办法劝说皇上答应。只是这后面之事，却要拜托石兄了。"

石琅玕点点头道："在下一定尽力而为。另外既然明日便要问斩，先生也不必再去联络西道忍者了，恐怕也赶不及请他们帮忙了。"

孙遇应道："好，我这就回去见驾。"

石琅玕道："回头我们去府上与先生会面。"

孙遇问道："你们知道我家？"

石琅玕微微一笑，南山抢道："石大哥是识族忍者，他会通心术，不止先生的住处，只怕先生这辈子的经历都被他看光了。"

石琅玕施礼道："请待诏大人恕罪，时间紧迫，在下为了救人，想尽快多了解些情形。不过请先生放心，在下只看了数月之内的事，并未偷窥先生生平。"

孙遇笑道："便是看了也无妨，早知石兄有此本领，倒省去说话的麻烦。"

孙遇施礼向二人告辞而出。

南山问石琅玕道："适才你叫孙先生什么？"

琅玕笑道："待诏大人。"

出了酒楼，孙遇正要上马，忽听身旁有人唤道："孙先生！"

孙遇转身看时，也不禁讶道："是你？"

只见一个年轻女子，披着一件淡青色棉斗篷，里面穿着一身素白的衣裤，素容无妆，面露惊喜，却是曼陀族的忍者曼陀乐。

"你如何在这里？"孙遇问道。

曼陀乐道："说来话长，我是来寻李将军的，正愁没处寻他，可巧遇见先生，可否请先生告知，李将军现住何处？"

孙遇看了看曼陀乐，又问道："你寻他做甚？"

曼陀乐将孙遇引至一旁，看看左右无人，低声道："我知先生是好人，对你说了也无妨。上次秦山忍者会战，奶奶不愿族人再为北道拼命，为了将我带离秦山，被大伯母重伤，回到谷中不久便仙逝了。我大伯母也因身中幻术日久，失心成了疯子。因族人都被奶奶带离秦山，违抗了长老之命，不久前，目长老派人来谷中问罪。为了保护族人，音姐姐便将全部罪责都推在奶奶和我的头上，因奶奶已故，族长大伯母已疯，便只有拿我问罪。好在妙儿妹妹得了消息之后，暗中报信与我，我便逃出了曼陀谷。我本想去寻燕儿姐姐，又不知她在哪里。奶奶临终时对我说，李将军乃是忠义之士，曾经答应过奶奶会尽力帮我，所以上次我与燕儿姐姐身份暴露时，他还为我二人求情，让黑绳三与光波翼放过我们。奶奶说，日后有难时仍可去寻他相助。如今我孤身一人，无着无落，身上的盘缠也用光了，只好来这里寻李将军帮忙。"

孙遇道："原来如此，只是李将军现今自身难保，恐怕帮不了姑娘了。"

曼陀乐诧道："先生此话怎讲？"

孙遇道："李将军被诬陷通敌，明日便要问斩了。"

曼陀乐大惊道："李将军一向忠义，怎会遭人如此陷害？"

孙遇道："我听李将军说过姑娘之事，如今我正在想法营救李将军，不知姑娘可愿与孙某一起？"

曼陀乐道："李将军曾救过我，如今他既然有难，我自然不能袖手旁观。"

孙遇喜道："好，姑娘果然是有情有义之人。看来老天不绝李兄啊！既然如此，请姑娘随我来。"说罢引着曼陀乐重新进了酒楼，介绍与石琅玕二人相识，并说明了经过。石琅玕见新添了一位帮手，十分高兴，说道："如今有曼陀姑娘相助，救出李将军易如反掌。"

夜深人寂，两只灰鹤悄悄降落在牢房顶上，石琅玕下了鹤背，蹲伏在屋顶四下观察，南山径自驾鹤离去，不久又带着曼陀乐来到屋顶。

石琅玕与曼陀乐寻个无人之处跳下屋顶，偷偷摸到牢门附近，曼陀乐双手结印，口中"咿"的一声，牢门口两个守卫立时倒地昏睡，不知做何美梦去了。

只见石琅玕与曼陀乐溜进牢房，不知曼陀乐又以幻术迷倒了多少守卫，大约过了一盏茶的工夫，二人搀扶着李义南走出牢门。

南山忙驾鹤降落到地面。因李义南受了杖刑，无法着座，石琅玕与曼陀乐便扶着李义南趴伏在鹤背上，南山御着两鹤飞空而去。

石琅玕引着曼陀乐跃上屋顶，一路七纵八跃地出了那牢院。回到孙遇家中时，李义南已换好了干净衣裤，见二人回来，忙施礼道谢。

石琅玕忙扶住李义南道："大家都是兄弟，李将军何必客气？"

曼陀乐问道："你的伤不要紧吧？"

李义南皱眉道："这点伤倒不算什么。"

曼陀乐微笑道："我早说过小皇帝昏庸，如今你总该认清了吧。"

李义南道："朱温那贼设计害我，蒙蔽圣聪，非是圣上之过。"

石琅玕问道："那朱温为何要陷害将军？"

孙遇也问道："是啊，朱温为何要陷害兄长？"

李义南道："贤弟，你还记得我说过当年力敌南诏武士拼死救驾之事吗？"

孙遇道："当然记得。"

李义南道："那四十名武士之中只逃走了一人，你可记得？"

孙遇道："唯独此人是个唐人，四十人中只有他一人使剑，此人心机缜密，且心狠手辣，他是害死了自己的一名同伴才得以脱身的。"

李义南道："当时他虽然蒙着脸，可是他那双眼睛我永远都忘不掉。"

孙遇道："兄长莫非是说那朱温……"

李义南点头道："不错，我奉命去同州宣旨，一见那朱温，我便认出了他的眼睛。想必那厮也认出了我，当时他却假装与我初识，对我盛情款待，又说要为圣上筹备贡礼，要我多留几日，待贡礼办妥后再交我一并带回。谁知那厮却暗中写了一封密奏，诬告我暗通贼寇，详细列明了这两年我向贼寇传递的军情，还说圣上西巡时，我为贼寇留下路标，让贼寇派人追杀圣上，后来幸亏忍者暗中护驾，才令圣上逃过一劫。"

孙遇道："如此说来，这厮确实认出了兄长，他怕兄长道破他的老底，故而来个恶人先告状，想要除掉兄长。"

李义南道："正是！可惜我回来之后，那厮已备齐了一大堆罪状，任由我如何辩解，都无人肯信。我想要再见圣上一面也不能够，便糊里糊涂地被判了死罪。"

曼陀乐道："小皇帝宁肯相信一个受招安的叛贼首领，也不相信自己的功臣，你还说他不昏庸？"

石琅玕道："那朱全忠倒是个厉害角色，如今朝廷正值用人之际，其实即便是将军揭了他的老底，朝廷也未必会把他怎么样，他却不愿冒险留下将军这个心腹之患，我看此人日后必非安分之人。”

南山一直听众人说话，此时插道：“你们说完了没有，再不走天可要亮了。”

石琅玕忙道：“对对对，赶紧让南山送将军出城吧。”

曼陀乐问道：“你们要送他去哪里？”

石琅玕道：“先去北面百余里外的白鹿山中，待我去与他二人会合后再作打算。若非李将军身上有伤，便径飞去五台山最好。”

曼陀乐道：“我倒有个主意，既然燕儿姐姐与黑绳三正在翠海，距此不过六百余里，何不将李将军送到那里去养伤？最是安稳不过。”

李义南忙道：“我如何好去麻烦他二人照顾？”

曼陀乐道：“不必麻烦他二人，我也正要去寻燕儿姐姐，我来照顾你便是。”

李义南忙又说道：“这如何使得？怎敢烦劳乐儿姑娘？”

曼陀乐笑道：“我倒不觉麻烦，只要你不讨厌我就好。”

李义南道：“在下喜……岂敢讨厌姑娘！”竟满脸通红。

曼陀乐心知李义南改口未说出的话，顿时想起李义南当年在幻境中与自己缠绵，也不禁脸热，转对南山说道：“如此最好，那就烦请南山姑娘将他送到翠海去等我。”

南山点点头，又看了看石琅玕，石琅玕忙道：“你们先走，我与乐儿姑娘随后赶去。”

南山道：“其实你们不必赶来，等我将李将军送到，再回来接乐儿姐姐便是。”

曼陀乐道：“何必如此麻烦，我二人有手有脚，又不曾受伤，自己赶去便是。否则的话，你还要往返两次，接了我还要接石大哥。”

石琅玕也点头应和。

南山便将石琅玕叫到旁屋，低声道：“你可要快些赶路，最好一日便到。”

石琅玕道：“我们又没有鹤儿可乘，如何赶得到？这又不是什么紧急之事，何必如此心急？”

南山道：“那……反正你要尽快。”说罢瞟了一眼堂屋的曼陀乐。

石琅玕呵呵笑道：“我知道了，你见我与曼陀姑娘同行，心中吃醋了是不是?"

南山捶了石琅玕一拳道:"少臭美了,谁稀罕你这块臭石头?"

石琅玕道:"你就不怕我这块臭石头被人抢走?"

南山气道:"那便最好,免得整日在这里惹人讨厌!"说罢转身要走,被石琅玕一把拉住道:"好好好,我遵命就是,一定尽快赶到,请姑娘息怒。"

送走南山与李义南,孙遇等人回到房中,孙遇对石琅玕说道:"石兄,待你回去清凉斋后,孙某想请石兄给光波贤弟带个话儿。"

石琅玕道:"先生请讲。"

孙遇道:"石兄便对他说,广明元年正月初八那日,光波贤弟离开长安之前,被我领至家中,我曾给他看过一幅图画,那只是第一幅图,如今这三幅图画均已完成,都在圣上手中。"

琅玕见孙遇停下,便问道:"就只这些吗?"

孙遇想了想,又道:"日后光波贤弟或是两位,若有机缘再见到我夫人,请转告她,不必挂念孙遇,也不必来寻我,请她好自珍重。她也是个有宿根的人,也该看破放下了。"

长安失陷后,曼陀乐随着光波翼与目思琴在紫阁寺见过孙夫人,对她印象颇佳,此时插口道:"先生这话是何意?"

孙遇道:"姑娘不必多问。"

石琅玕道:"先生请放心,在下一定将话带到。"

天色刚亮,石琅玕与曼陀乐囫囵吃了些茶点,便辞别孙遇而去。

二人走后,孙遇独自静坐半晌,便起身收拾了衣物细软,带足银钱,跨上马奔出城去。

石琅玕与南山回到清凉斋,已是腊月初五,光波翼与蓂荚二人仍在闭关修法。

腊八一早,石琅玕又到清凉斋来寻南山,进门便见南山与蓂荚、光波翼一起有说有笑。

石琅玕笑道:"原来归凤兄已出关了,你们在说什么,如此高兴?"

南山道:"姐姐说,当年她送哥哥表字'归凤',不想却应了为哥哥传法之事,看来这都是天意。"

石琅玕问道:"怎么,莫非归凤兄已修成凤舞术了不成?"

光波翼忙施礼道："琅玕兄快请坐，凤舞术岂是朝夕便能修成的？小弟略做休整，年后还要再入关。"

石琅玕落座后问道："南山可曾将翠海、成都之事说与两位了？"

南山忙道："哥哥、姐姐刚刚出来见人，我还没来得及说呢。"

光波翼问道："什么事？"

石琅玕微笑道："今日是腊八，我一个人在家吃腊八粥无趣，特来讨你们的粥吃，咱们何不边吃边说。"

南山道："一早就熬好了，只等你来吃呢。"

蓂荚与光波翼同时笑望了一眼南山，南山自觉失言，忙改口道："我是说我为哥哥姐姐熬好了粥，就知道你要来讨便宜吃。"

石琅玕忙笑着起身施礼道："多谢姑娘给在下也带了份。"

四人说说笑笑，落座吃饭。石琅玕与南山二人你一言我一语地将前几日去翠海与成都之事详细叙说了一番。

待二人说完，蓂荚与光波翼同时放下手中的勺子，二人对视了一眼，光波翼说道："恐怕孙先生有难，看来我须立即赶去成都看看。"

石琅玕闻言叫道："哎哟，我如何忽略了这一节？"

南山忙问道："孙先生为何有难？你忽略了什么？"

石琅玕道："咱们营救李将军之前，孙先生特意去了皇上那里，请求见李将军一面。如今咱们将李将军救走，皇上势必会怀疑到孙先生头上。"

南山道："无凭无据，皇上为何会怀疑孙先生？"

石琅玕道："救出李将军的手段，皇上自然会猜到乃忍者所为，除了孙先生，谁又能邀到忍者去救人？况且孙先生中午刚刚辞别皇上，下午又去见驾，只为了见李将军一面，皇上如何会不怀疑他？"

光波翼道："我这便出发。"

石琅玕道："且慢，孙先生还有话要我带给归凤兄。"随即将孙遇交代的话重复了一遍。

光波翼点头道："如此说来，或许孙先生已无危险了。"

石琅玕道："归凤兄此话怎讲？"

光波翼道："我还是要去看看才放心得下，咱们回头再叙。"

蓂荚忙包了些金银，让光波翼系在身上。光波翼随即出门，施展鹤变术，化作一只白鹤，倏然飞远。

依照石琅玕的描述，光波翼寻到孙遇家中，见其家门已贴了官封，便向守在附近的官兵打听，方知孙遇已不知去向，朝廷正张榜缉拿。

光波翼这才放下心来，径飞往户县紫阁寺去。

孙遇夫人尚在寺中寄居，见光波翼到来大喜，忙询问孙遇近况如何。光波翼便将孙遇的话转述一番，那孙夫人听罢呆立半晌，忽哂然一笑，说道："好，好，好！瓜熟蒂落矣！"不久便落发为尼，后来移驻一座无名小庵，一生念佛不辍，寿七十而终，批裟裰端坐念佛而逝。

却说那孙遇究竟去了何处？

原来孙遇见驾那日，乃是被僖宗赐封为翰林待诏。僖宗赏赐给孙遇许多礼物，又赐宴与之共进午膳。

席间，僖宗似乎不经意提起李义南通寇谋反之事，并询问孙遇看法，孙遇暗吃一惊，心知僖宗是在试探自己，故而便顺着僖宗之意，说了些"李义南不该忘恩负义，辜负圣恩"等话。僖宗大喜，大赞孙遇识体明义，德才兼备，忠心报君。

待救出李义南，孙遇已然想到自己或因李义南之事受到牵连，故而托石琅玕带话，已是吩咐了后事。送走石琅玕诸人以后，孙遇静坐半晌，心中想起老院工冯远山为自己卜的那一卦，劝自己放弃名利，方可平安。那卦中又说"东北丧朋"，让自己向东北方去，虽然会与故人隔绝，却会得君子之报。妙契禅师也曾送自己《鹦鹉》一诗，劝自己莫要被富贵的牢笼关锁，诗中有"不如鸿与鹤，飘飚入云飞"之句，分明是劝自己遁隐之意。妙契禅师又送自己《寒山道》一诗，中有"君心若似我，还得到其中"句，那时在冯远海的船上幡然醒悟，又经数年历练，如今自心已似禅师之心，想必再见禅师的时机也已成熟了吧。

思量清楚，孙遇便收拾了行装出城，一路向东北行去，想去再觅那无心禅寺，从此追随妙契禅师，一心修道，再不问世事。谁知刚入剑州境内，却被一位年轻僧人拦住。孙遇下马，大吃一惊，见那僧人不是别个，正是妙契禅师的侍者——沙弥悟真。

悟真施礼道："师父命我在此恭候师兄久矣。"

孙遇大喜，忙回礼问道："师父现在何处？"

悟真道："师父在五台山金刚洞。"随即引领孙遇而去。

回到清凉斋，光波翼向众人说了情形，石琅玕道：“孙先生非是凡人，我以通心术观察他时便已知晓，想必他是隐入山林去了。”

光波翼点点头道：“可惜不知日后能否再见到他。”

南山道：“如今天下这么乱，归隐倒是好事哩。”

石琅玕道：“秦山会战之后，诸道折损极大，不过东、西两道的长老尚在，坚地长老却已过世，南道众多高手也在大战中殉身，如今只有烟五耕在率众。归凤兄可否想过要回幽兰谷去，重整瞻部道旗鼓？”

光波翼道：“光波翼何德何能，如何能够担起如此大任？”

石琅玕道：“归凤兄此言差矣，坚地长老已将全部忍术悉数传与归凤兄，如今归凤兄又得了凤舞术的传承，将来忍术修为必无人可望项背，非但南瞻部道有待归凤兄整饬，连同北俱卢道也待归凤兄收复啊。”

南山插道：“如今哥哥只想着复仇，哪有心思理会那些个？”

赏荚道：“如今目焱已修成了目离术，复仇也不能急于一时。”

光波翼点头道：“当务之急，还是先将凤舞术修成，其他都是后话。”

石琅玕：“我听说朝廷最近正在加紧调兵，年后可能便要大举反攻了，到时只怕还要征召三道忍者协助。”

光波翼淡然一笑，问道：“琅玕兄，你觉得四道忍者彼此残杀一番，可有意义？”

石琅玕道：“朝廷命三道忍者攻打秦山，便是为了斩断黄巢的臂膀，如今其目的已达到了。”

光波翼又问：“那琅玕兄认为最终是朝廷打胜了好，还是黄巢打胜了好？”

石琅玕也笑了笑，回道：“老天知晓。”

光波翼道：“琅玕兄的祖上退隐于市，实乃明智之举啊。”

石琅玕道：“可惜不是每个人都能像归凤兄这般想，我看那风长老也与坚地长老一般，是个忠心报国之人。”

南山插口道：“人们也当真奇怪，各自好生过活也便罢了，何必非要弄出个‘国’来？还要争得你死我活地要做这一国之君。”

石琅玕笑道：“说得好！若人人身边都有一位南山这般神仙似的人物，便是给他一国之君，也无人肯换了。”

“又来胡说！”南山“啪”地打了石琅玕肩头一巴掌，说道，“晚上咱们一起吃酒。"

上弦初十夜，半月照半山。

李义南举杯说道："这一杯，感谢黑绳兄弟与燕儿姑娘收留照顾在下。"

黑绳三也举杯道："兄长说哪里话？既是朋友，便理当相互照应。再说我与燕儿并未做什么，这些天全仗乐儿姑娘照料兄长，这杯酒应当敬乐儿姑娘才是。"

目思琴也和道："是啊，李将军蒙难，我与三哥并不知晓，全仗乐儿之力才将将军救出，这杯酒理应敬乐儿。"

李义南憨笑道："是啊，乐儿不但是我的救命恩人，还如此尽心照顾我，李某心中着实感激不尽，岂是一杯酒便能谢过？"

曼陀乐道："瞧你们几个说的，既然大家彼此认作朋友，何必计较谁帮过谁，谁欠过谁的？上次我和燕儿姐姐在林中被黑绳大哥捉住，他还要绑我们去杀头呢，难道我还要向他报仇不成？"

黑绳三笑道："你这可是诬陷好人，我从未说过要杀你们的头，再说，后来我不是将你们放了吗？"

曼陀乐也笑道："我是沾了燕儿姐姐的光，否则的话，只怕你早把我绑去送给那个小皇帝了。"

李义南道："这可是错怪黑绳兄弟了，别看他外表冷漠，他这颗心可是软得很哪。"

曼陀乐问道："我倒想问问将军，假如当年你不曾答应过奶奶保全我，你还会在林中放过我吗？"

李义南脸一红，结舌道："当……当然。"

曼陀乐诘道："你脸红什么？莫非是在骗我？"

李义南忙道："在下绝对没骗姑娘。"

目思琴见李义南窘态毕露，忙微笑打圆场道："既然乐儿说得如此在理，咱们便共饮此杯，互敬互重。"

众人齐声道好。

放下酒杯，黑绳三问道："兄长日后有何打算？"

李义南道："等过了年，我想回老家青州去。"

黑绳三又问道："青州还有兄长牵挂之人吗？"

李义南摇摇头道："李某早已是孑然一身了。"

黑绳三道："小弟是想，兄长若没什么牵挂，何不留在这翠海，咱们几人也好成个伴儿，免得大家各自寂寞。"

李义南道："我现在是朝廷通缉的要犯，只怕会给你们惹来麻烦。"

黑绳三道："兄长此言差矣。咱们这四人之中，一个是朝廷要犯，一个是西道叛徒，另外两个是北道的叛徒，岂不正好凑在一处？"

曼陀乐笑道："黑绳大哥说得不错，还当真是如此。"

黑绳三又道："这翠海人迹罕至，别说朝廷，便是四道忍者也不易前来，纵然有人来了，翠海之大，易藏难寻，也比外面安稳得多，最是个隐居的好地方。再者，乐儿姑娘原本便是投奔兄长而来，兄长何必再觅他处？"

曼陀乐道："我可是投奔燕儿姐姐来的。"

李义南道："不错，我李义南如今自身难周，如何照顾得乐儿姑娘？"

曼陀乐道："我去成都寻你，可不是因为你是有权有势的大将军，而是因为你为人忠厚义气，你如此说，岂不失了丈夫气概？"

李义南拱手道："姑娘教训得是，既然如此，李某甘愿留下，为姑娘劈柴担水，效犬马之劳。"

曼陀乐脸一红，道："我可承受不起。"

黑绳三哈哈大笑，举杯道："好，这一杯就敬兄长与乐儿姑娘，算是为两位正式接风，留在翠海。"

酒过三巡，李义南道："好久未听到燕儿姑娘的琴声了，这心中还着实想念。"

目思琴道："这有何难，燕儿这便弹奏一曲，为大家助兴。"

众人抚掌叫好。

目思琴取出那面乐神琴道："我与三哥来得匆忙，身边只带了这面小琴，还望见谅。"

李义南从未见过乐神琴，大感惊奇，不知这小小的铜琴是否也能奏出乐曲来。

目思琴指尖掠过，悠扬琴声飘然而起，时远时近，忽梦忽醒，时而如呢喃扰耳，时而如清风拂面，熏熏然醉人，陶陶然忘物，一曲终时，不知许久。

曼陀乐首先喝彩，随即问道："我听姐姐弹奏过许多曲子，此曲却是头一次听到，真美！不知这曲子唤作什么名字？"

目思琴道："此曲唤作《离燕归》，也正是燕儿名字的出处。"

众人闻言都注目侧耳，等待下文。

目思琴续道："记得小时候我问兰姨，为何我的乳名唤作燕儿？兰姨说，南飞的燕子无论离开家乡多远，即使远隔千山万水，也总有一天会回到故乡来，会找到自己的家。后来兰姨便教会了我这个曲子，告诉我，这便是我的名字。"说罢竟流下两滴泪来。

曼陀乐道："有时候离去便是归来，归来反成离去。如今燕儿姐姐与黑绳大哥厮守在翠海，正是离燕归来。"

李义南道："乐儿姑娘这话虽然说得像个和尚，却很有道理。"

曼陀乐抿嘴一笑，黑绳三也自点头。

目思琴拭去眼泪，微笑道："燕儿在这世上漂泊了二十余年，一直觉得自己孤苦伶仃，无依无靠。我与三哥来到翠海之后，却觉得这罕见人烟之地才是自己的家。自今而后，我便更名作'琴燕儿'，再也不是目思琴了。"

李义南起身举杯道："好！咱们就敬琴燕儿一杯，祝贺离燕归家！"

第七十四回

涅槃谷蓂荚斗智
金刚洞归凤悟心

中和三年（883 年）春，唐廷合河中、易定、忠武诸军及李克用之兵，于梁田陂大败尚让所率十五万大军，俘斩数万人，伏尸三十里。

其后，黄巢兵数败，粮草濒绝，不久又兵败于零口。

正当时，西道七手族忍者工倪已奉命造成十只木鸢，原为攻城之用。西道长老风子婴遂命西道忍者，与李克用的部将薛志勤、康君立等人，每夜乘坐木鸢，飞入长安城中，焚毁粮草、房屋，斩杀守军，令大齐军心动摇，惊慌不已。

三月二十三日，朝廷任命河中行营招讨副使朱全忠为宣武节度使，只待收复长安之后便可到任。

三月二十七日，李克用率军收复华州，大齐亲王黄揆弃城而逃。

夜幕降临，山镇的初夏尚有些凉意，南山抓了件翠绿的缎面斗篷披在身上，跑到厅中，见蓂荚正为光波翼斟酒，便嚷道："我也要吃酒。"

蓂荚笑着为她也斟了一杯酒，说道："你那三只鹤儿驾御得如何了？"

南山嘻嘻笑道："还好，总还算听话。姐姐，我好饿，咱们快开饭吧。"

蓂荚道："你不等石公子了？"

南山道："谁让他慢吞吞的，天都黑了还不来。"

"我这不是来了吗！"石琅玕边说边笑着从外面走进来。

"哼！说曹操，曹操就到了。"南山嘟囔道。

"哎呀，今晚怎么做了这么多好吃的呀？"石琅玕径自坐在南山身边，扫视着桌上的酒菜。

"喂，你还当真不见外呀。"南山拿筷子敲了敲石琅玕的脑袋道。

"这里又没外人，我跟谁见外啊？"石琅玕笑道。

光波翼笑道："来，琅玕兄，我先敬你一杯。"

石琅玕忙举杯回敬，大家吃了一杯酒，石琅玕道："归凤兄，你可听说朝廷就要收复长安了？"

光波翼点头道："明日一早我便启程。"

石琅玕讶道："归凤兄也想去助一臂之力？"

光波翼道："早上我去见了风长老的信子，风长老传话说，黄巢近日连败，必然向目焱求助，再过几日朝廷便要全力进攻长安，如果目焱此时插手进来，双方胜负仍然难料。"

石琅玕道："自从三道忍者围攻秦山之后，目焱一直隐没不出，想必是在养精蓄锐，他会在这个时候出山吗？"

光波翼道："这也难说。我让信子转告风长老，明日我便去秦山，会一会目焱。"

石琅玕道："你要去秦山？"

南山也同时叫道："哥哥又要去秦山？"

石琅玕道："我想，风长老只是想邀归凤兄去长安相助朝廷破敌而已，并非要归凤兄去寻目焱吧？"

莫荬插道："是归凤哥自己要去秦山的。"又伸手抚着光波翼的手背道："归凤哥，你的凤舞术初成模样，恐怕还不是目焱的对手，不能晚些再去寻他报仇吗？"

光波翼道："时机使然，既然事情赶到这一步，我便去会他一会。"又反抓过莫荬的手，握在手心说道："放心吧，我会活着回来的。"

在秦山上空盘旋了一圈，光波翼最终还是降落在罗刹谷，海棠山庄前。

该去哪里寻找目焱，光波翼尚无主意，打算先到山庄看看再说。

海棠山庄已遭焚毁，只剩下残垣断瓦。自己的父母曾在这里居住过，杀父仇人也曾住在这里，兴旺一时的北俱卢道忍者听命于此二十年，如今却成了一片废墟，真是世事无常啊！光波翼边走边暗自感叹。

踏过山庄的大门槛，光波翼忽然立住脚，山庄内分明有动静！声音虽然不大，光波翼却已听得清清楚楚。

"莫非目焱在此？"光波翼正打算施展天目术观察，却见一人已从西院的断墙后走了出来。

"花粉？"

"是你？"花粉与光波翼几乎同时说道。

"药师兄果然医好了你。"光波翼道。

"我的命是药师哥哥拿自己的命换回来的。"花粉道。

"药师兄怎样了？"光波翼忙问道。

"多谢挂念，药师哥哥现在很好。"花粉回道。

光波翼松了口气，却觉花粉这话说得十分生分，令人倍感疏远，又问道："你回来寻你师父吗？"

花粉道："我要弄清事情真相。"

光波翼道："看来药师兄已经告诉你了。"

见花粉无语，光波翼又道："可惜目焱不在这里，秦山之大，不知该去哪里寻他出来。"

花粉道："若有他的信符就好了。"

光波翼道："那信符只能向他报信，让他来寻你，他若不来，你也无法寻见他。"

花粉却道："外人自然不知这信符的用处。"

光波翼闻言眼前一亮，说道："我倒有一枚信符，不知有何用处？"

花粉诧道："你怎会有他的信符？"

光波翼道："当年我初来山庄时，他给过我两枚信符，去年会战时用掉了一枚，如今还剩得一枚。"

花粉伸手道："拿来。"

光波翼从怀中取出信符交与花粉。

花粉将那信符折叠了几次，折成一个三角箭头形状，又将尾部带有两个咒字的部分撕下，随即取出火石，将那信符焚化。

花粉将撕下的部分轻轻向空中一抛，只见那纸片便好似一只蝴蝶般向远处飞去。

花粉忙跟了上去，光波翼也紧随其后。

二人一路追着那纸片，光波翼说道："没想到这信符还有如此妙用。"

花粉道："不过如此一来，他也知道有人要来寻他了。"

那纸片悠悠地飞行，遇到树木山石还能自行绕避，换作常人，只怕早已追跟不上，对光波翼来说，却实在嫌它飞得太慢。

花粉边走边对光波翼说道："你还记得那位给我们算命的道长吗？"

光波翼道："你是说那位很可能是左慈的道长？"

花粉"嗯"了一声，又道："或许那位道长算得真是很准，当时他看出你是个假冒的皇帝，后来的事情也已应验了一些。"

"什么事？"光波翼问道。

花粉道："我见到河洛邑的邑长范巨阳了，从他口中得知，去年九月，那个赵易才已经死在一次大战中了。"

光波翼点头道："不错，那位道长说他有断舌之灾，日后更有杀身之祸，这些都已应验了。还有什么事也已应验了？"

"嗯……"花粉欲说还休，光波翼忽然明白过来，那位道长曾对花粉说："早春瞥见一点红，却是鹤顶飞云中，遥望天际正凄凄，茫茫海中有相依。"又对她说："姻缘前定，切莫强求，奈何桥后，恩人白头。"花粉一度对自己痴情到舍生忘死的地步，而今，到鬼门关走过一遭，又被药师信救活的她却与自己颇为疏远，而言下似乎已与药师信十分亲密，看来这谶语正是应验在药师信身上。想来那云中的鹤顶便是指自己，白头偕老的恩人便是说的药师信，却不知"茫茫海中有相依"所指为何。

一路上二人少话，直走了近一个时辰，走出四五十里山路，方来到一座山坡上，过了坡顶，纸片径自飞入下坡山沟里的一片草丛之中不见了。

"原来在这里。"花粉说道。

"你知道这里？"光波翼问道。

花粉点了点头道："这里唤作涅槃谷，我从前来过一次。"

"涅槃谷？"光波翼心中生起一丝不祥预感。

光波翼见山坡后面又是一座高山，高山与坡地之间是一条沟谷。走近那草丛却发现草丛乃是长在坡沟中一块突出的小坡顶上。那坡顶大概有两丈来长、一丈余宽，小坡顶往下便是颇为陡峭的沟谷了。

光波翼与花粉沿着山坡往下走，待走到与那小山坡的腰部平行时回头再看，竟有一扇不足一人高的柴门悬在那小陡坡上，四周又有茂密野草遮挡，当真是十分隐蔽。

二人对视了一眼，光波翼正欲开口，忽听"吱嘎"一声，柴门打开，目焱正背手站在门口。

花粉张了张口，却未说出话来，目焱淡然说道："原来你还活着，为何还要回来？"

花粉道："我想听你亲口说出真相。"

目焱轻笑一声道："也好。当年你父亲便是光波勇身边的信子忍者，名叫隐廉，他奉光波勇之命召唤我与淳海二人，陪同光波勇南下，南下途中我杀了光波勇，回来之后又杀了淳海，后来为了灭口又不得不杀了你一家四口，只留下你一人，收养在身边，做了我的弟子。"

花粉此时浑身发抖，颤声问道："当初你为何不连我一起杀了？"

目焱道："看见你的时候，我忽然想起自己的孩儿，从她降生我便没有见过她。"说罢看了看光波翼，又道："真相，你已经知晓，你走吧，以后不要再回秦山来了。"

花粉强抑愤懑道："你说得如此轻描淡写，你就没想过我要为父母全家报仇吗？"

目焱道："以你的忍术，这辈子都不可能向我报仇。咱们师徒相处近二十年，你一直都很乖巧，也很讨我喜欢。如果不是那个多事的识族忍者道破秘密，咱们做一辈子师徒岂不很好？"

花粉冷笑一声道："你如此滥杀无辜，心里就没有一点愧疚吗？"

目焱道："我目焱被人愚弄了这么多年，到头来无妻无子，人、情两空，谁又曾对我愧疚？老天会感到愧疚吗？"神情竟是十分落寞沮丧。

花粉颤抖的手臂忽然被抓住，扭头见光波翼紧盯着目焱，说道："花粉，你不必与他多说，多行不义，老天也不会放过他。我今日便会与他来个了断，你先走吧，莫要因一时冲动，白白害了自己性命。"

花粉深深吸了口气，说道："我这条命是药师哥哥给的，我不会轻易糟蹋，我答应过药师哥哥。既然我没本事报仇，自然也不会轻生冒死。光波大哥，你自己小心。"说罢扭头便跑开了去。

光波翼瞥了一眼花粉的背影，只听目焱呵呵笑道："这小丫头，终于肯放开你了，我倒想见见那个药师信，不知是个何样人物。"

光波翼无心理会目焱的闲话，见他显出一副满不在意的神情，便说道："我知道你已经修成了目离术，不过只要我在你十步之外，你便无法施展目离术。"

目焱微笑道："你知道的还不少，看来那位百典姑娘已经跟你详细介绍过目离术了。"

光波翼问道："你怎么知道百典姑娘？"

目焱道："你带着她们姐妹二人在幽兰谷居住了那么久，如何能瞒过我？不过上次那个叫南山的姑娘来秦山寻你时，我尚不知晓她们的底细，否则……"目焱笑了笑，又叹口气道："如果你真是我的棠儿该有多好。"

光波翼斥道："何必再说这些无耻鬼话！今日我便是你的债主！"

目焱笑道："十步之外，我虽奈何不得你，你却也杀不了我。"

光波翼冷笑道："那却未必。"说罢双手当胸结印。

目焱眉头微蹙，只见光波翼胸口放出一道光芒，倏然便消失得无影无踪。

忽然"咚"的一声，光波翼摔在目焱面前几步远处的山坡上，面色发白，浑身大汗淋漓，不停地向山坡下滚落下去，目焱飞身赶上，"嗖"地射出一柄空无常，插入光波翼腹中。

光波翼大叫一声，鲜血溅洒在山坡之上。

"你……"光波翼滚落沟底，浑身虚脱，看着眼前的目焱，话也说不出口。

"你居然修成了凤舞术。"目焱审视着光波翼，又问道，"未经灌顶，你如何习得此术？"

光波翼喘着粗气，目焱又自言自语道："我明白了，一定是光波勇早已为你灌顶，没想到他还有这一手。"

见光波翼愤怒地盯着自己，目焱又微微笑道："你的确是个资质不俗的孩子，可惜还欠了些火候，难为我刻意历练你那么久，终究还是没有胜过我这个师父。既然你敢来寻我，我便不得不防。"

原来目焱早已安排遮蜀天埋伏在自己屋后数十步之外，计算好距离，施展禁术至于目焱门前五六步远处。这样，即使光波翼施展了天目术，也看不到他屋内有任何异样。以目焱的忍术修为，只要对手在他五步之内不能施展忍术，便无论如何也伤不了他的性命。

光波翼初步修成凤舞术，损耗大而功力弱，施术后只能移动数十步远，却要拼上全身力气。光波翼本以为只要施展凤舞术一次，一击便可取了目焱性命，没想到刚刚进入禁术范围，全身脉气顿散，便好似被人推下万丈深渊，又像是飞箭射在铜墙铁壁上，或是快马踏在绊马索上，立时从近乎光速的移动中现出原形，并且浑身虚脱，毫无招架之力。

破了光波翼的凤舞术，亦令目焱大感意外。本来他的目离术已成，任何靠近他十步之内的人，只需他在刹那间瞥上一眼，便可立刻结果对手的性命，然而由于他的谨慎多谋竟然意外救了自己一命。

目焱对着光波翼的脸庞仔细看了又看，说道："若是换作旁人，我也不会动用遮族忍者。我本不想杀你，每次看见你的容貌，我便会想起你的母亲。"

目焱已经二十年未曾用过空无常，这一次以空无常伤了光波翼，的确是不想害他性命，而只想令他无法反抗而已。这些年来，目焱一直以为光波翼便是自己的亲生儿子，如今虽然真相大白，心中对光波翼的那份慈爱之情却无法一时尽去，竟使得这位一向不知何为心慈手软之人有些犹豫了。

看着满头大汗的光波翼，目焱又道："可惜，你现在学成了凤舞术，我留你不得。"随即苦笑一声接道："人生便是如此，得到的未必便好，失去的也未必不好，那位百典姑娘教会你凤舞术，却也因此害了你的性命。"

话音未落，目焱忽然纵身跃起，向一旁蹿开一丈多远，身手极为迅捷，完全不在坚地、风子婴等顶尖高手之下。目焱甫一跃起，十余支一掌长的飞弩纷纷射到他适才立身之处及四周。

目焱眉头微蹙，说道："花粉，我本想给你一条生路，你却用毒箭射我。"声音虽不算大，却传出很远。

原来那十余支飞弩乃是以箭毒木制成，正是花粉藏在山坡高处伺机射出。

"你杀害她全家，连古稀老人也不放过，难道她不该射你吗？"忽然有人在花粉身旁说道。

花粉也吃了一惊，扭头见是石琅玕，不知他何时悄然来到自己身边。

目焱眼力极锐，此时已远远看清了石琅玕与花粉二人，听石琅玕如此说，不知此人何以知晓得如此详细，当即问道："足下可即是那位识族忍者？"

石琅玕回道："正是在下。"

目焱笑道："我正想着如何去寻你，你却自己来了。"

石琅玕道："我知道你心中恨我道破了你的秘密，不过别人忌惮你的目离术，我却不怕。"

目焱冷笑道："通心术，我也有过耳闻。既然目离术不能用于对付足下，我倒想试试其他忍术。"

　　"慢着！"一声娇喝令目焱吃了一惊，一位年轻女子忽然现在光波翼身旁，目焱竟毫无觉察她的到来，又见那女子生得美如天仙，目焱不禁为之一怔，随即问道："你是百典姑娘？"

　　"都说目长老聪明绝顶，今日一见果然名不虚传。"蓂荚回道。

　　"嗯，难怪翼儿对你如此着迷，果然是位绝色女子。"目焱也回赞道。

　　"你不是要杀他吗？为何还要叫他翼儿？"蓂荚问道。

　　目焱回道："若非你传授他凤舞术，我也不会想要害他性命。"

　　蓂荚微微一笑道："如此说来，倒是我害了归凤哥。那不如这样，请目长老放了归凤哥，我留下来任由长老处置如何？"

　　目焱再次上下打量了蓂荚一番，说道："百典姑娘若能留在我身边，可是会帮上很大的忙。若要放过光波翼，倒也可以，不过先要废掉他的忍术才行。"

　　"不行！"蓂荚急忙说道。

　　目焱又向花粉藏身之处瞥了一眼道："百典姑娘来此纠缠，已经放走了花粉与那识族忍者，没有资格再与老夫讨价还价了。"

　　蓂荚道："你若不答应，我便不会帮你。"

　　目焱笑道："你当老夫是不懂事的娃娃吗？我若放过他，便是纵虎归山，待他养好伤，必来寻我报仇。老夫的目离术虽然了得，光波家的凤舞术却也不可小觑。不过你也不必太担心，老夫的目离术已修习得运用自如，我会拿捏好分寸，不会让这小子受太多痛苦，刹那间便可废掉他的忍术。"

　　"你的目离术当真已练得如此纯熟了吗？"蓂荚问道。

　　"怎么，你怀疑老夫的忍术修为？"目焱反问道。

　　蓂荚微微笑道："既然如此，请先在小女子身上试一试，我才放心。"

　　目焱板起面孔道："开什么玩笑？莫非你不想活了？"

　　蓂荚道："目长老不是说可以刹那间废掉人的忍术又不至于太痛苦吗？就请长老先废掉我的忍术看看。"

　　目焱道："谁不知道百典族人不许修炼任何忍术。"

　　蓂荚道："难道目长老忘了？我百典家有一独门遁术，否则我如何会来到这里却不被目长老发现？"

　　目焱想起适才蓂荚无声无息地忽然出现在自己身旁，不禁微微点了点头。

　　蓂荚又道："目长老废掉我的遁术，我留下之后，也就无法从您身边逃走了。"

目焱笑道:"好,既然你如此要求,我便满足你的心愿。"说罢眉头微蹙,双眼紧盯蓂荚,眼中倏然放出红光来。

蓂荚与目焱对视,毫无怯意。片刻之后,目焱见蓂荚无任何反应,不禁面露疑惑,随即又盯视蓂荚片刻,仍是如此,目焱颇有些惊慌,不知为何会如此。

蓂荚开口道:"目长老的目离术施展完了吗?"

目焱眯起双眼问道:"姑娘使了什么手段破了老夫的目离术?"

蓂荚故作讶异道:"我哪里有什么手段?难道目长老的目离术失灵了不成?"

目焱哼道:"怎么可能?"

蓂荚问道:"目长老自从练成目离术之后可曾施展过?"

目焱道:"自然施展过。"

蓂荚又问:"施展过几次。"

目焱道:"两次。"

蓂荚又问:"都是什么人?"

目焱道:"一个武夫,一个不相干的路人。"

蓂荚道:"原来目长老并不曾在忍者身上施展过此术,更不曾以目离术废掉过人家的忍术。"

目焱问道:"那又如何?"

蓂荚道:"我自幼便听父亲说目离术的法本曾有遗失缺漏,不知目长老现在手上的法本可是全本?"

目焱皱眉道:"自然应是全本。"

蓂荚微微笑道:"如此看来,目长老自己也不甚肯定。长老的法本中可有大悲观修部分?"

目焱摇头道:"我从未听说。"

蓂荚道:"那便是了。看来目长老手中的法本也是有缺遗的本子,并非善本。"

目焱狐疑道:"你撒谎!"

蓂荚道:"目长老不是刚刚在我身上试过了吗?"

目焱道:"你极力要求我对你施展目离术,不知用了什么法子破了我的忍术,现在又说我的法本有缺漏,想必便是要诱使我上当吧?"

蓂荚笑道:"目长老果真是聪明绝顶之人,我确是用了个法子破了你的目离术，不过你的法本有缺倒是真的。"

目焱追问道："此话怎讲？"

蓂荬道："正是因为目长老修炼的法本有缺，目离术修成之后便不完美，可用一句真言破之。"

"哪一句真言？"目焱又问。

"这个暂且不能告诉你。"蓂荬又道，"我之前便猜想目长老手上的法本有缺，故而才斗胆敢请目长老在我身上施展目离术。如今我是否又有资格同目长老讨价还价了呢？"

目焱看了看躺在地上的光波翼，见他面色已变得惨白，蓂荬此时忙俯身向他口中塞进红、黑两颗药丸，随即又站起身来，说道："目长老可要想一想，眼下是要废掉他的忍术要紧，还是修成完整的目离术要紧？"

目焱沉吟片刻，忽然笑道："哈哈哈，好，我便将你们两个都留下，待我修成目离术之后再放光波翼。"

"不行！"蓂荬驳道。

"不必多说。"目焱边说，边向蓂荬与光波翼走来。

"目焱，休得无礼！"空中忽然传来女声，声音似乎不大，却又响彻耳边，不远不近，亦不知从何方向而来。

目焱一惊，正暗施天目术想要察看说话之人何在，又传来一声"去"！目焱只觉得一股无形力量扑面而来，身体顿时被推起，向后飞出数丈之遥，落地之后仍觉那力量挡在自己身前。却见一位浑身素白的中年女子飞落在光波翼身边，将光波翼抱在怀中，飞奔而去，转眼便消失得无影无踪。

目焱身前的那股无形大力这才消失，未及他赶回，只见蓂荬望了他一眼，也蓦然消失，适才她所立之处已变得空空荡荡。

"海音慧？原来她还活着！"目焱不敢相信自己的眼睛，而且她的忍术如何到了这般境界？！

且说花粉被石琅玕带到安全之地，正为蓂荬与光波翼担心，忽见蓂荬出现在眼前。花粉大为惊讶。

石琅玕忙上前问道："归凤兄如何？"

蓂荬回道："归凤哥被救走了。"

"谁救的？"石琅玕又追问道。

蓂荚略一犹豫，说道："好像是海音慧。"

　　花粉听说光波翼遇救，大为放心，却不大关心海音慧之事，而是细细打量着蓂荚，问道："你……你如何从目焱手中逃脱的？"

　　蓂荚微微笑道："没有人能捉住百典家的人。"

　　石琅玕插话道："百典族的遁术天下无敌，目焱怎么可能捉得住她。"随即问蓂荚道："你领教过他的目离术了？"

　　蓂荚点点头。

　　花粉更为惊讶道："目焱对你施展了目离术？那你……"

　　蓂荚笑了笑，并不答话。

　　花粉哪里知道，目离术与通心术一样，均要深入对手的阿赖耶识方可产生作用，而百典族忍者却可阻断任何忍术窥探自己的阿赖耶识，目离术自然无法对其构成威胁。蓂荚诱使目焱对自己施展目离术，正是为了骗他上当，令他以为自己的目离术法本有缺，从而愿意放过光波翼来换取完整的法本。蓂荚所说的法本中应有大悲观修部分的话，也不过是欺骗目焱而已，却也有隐劝目焱莫要忘记忍法修炼当以慈悲为本之意。

　　花粉见蓂荚貌胜天仙，微笑时更是真真的羞花闭月，连身为女子的自己也难免为之倾倒，又见她聪明果断，处变不惊，不禁叹道："没想到天下竟有这样的女子！难怪，难怪。"又喃喃道："也只有姑娘这般人物才配得上光波大哥吧。"竟像是自言自语。

　　花粉正出神，忽听有人叫道："姐姐！"抬头见南山驾着灰鹤飞落在面前。

　　南山对花粉微微点了点头，算是打了招呼，花粉也对她笑了笑。

　　南山说道："姐姐，海音慧阿姨没死！我见哥哥被她抱走了，而且她走得极快，我的鹤儿也赶不上她！"

　　原来蓂荚早已安排南山驾鹤守候在山坡后面，待自己与目焱周旋之后，伺机让南山驾鹤将光波翼救走，谁知目焱终究老辣，不肯轻易放过光波翼，未及蓂荚再将目焱拖住，海音慧便及时出现，救走了光波翼。南山在山坡后见海音慧抱着光波翼飞奔而去，连忙驾鹤追赶，谁知竟无法赶上，眼看着海音慧消失在远方，只好飞回来向蓂荚报告。

　　蓂荚点了点头，道："她非但没死，而且忍术已十分了得，轻易便以狮子奋迅术将目焱震飞，依我看，她若想除掉目焱也非难事。"

　　"她怎么会变得如此了得？"南山讶问道。

光波翼睁眼醒来，见自己躺在一间陌生房内，房间不大，极为整洁简朴，又有一股幽幽清香，极是好闻，环顾四周，却不见有香炉、香烟，似乎这香味本就弥漫在空气中。

光波翼坐起身，似乎未觉腹部疼痛，掀开衣裳看了看，隐隐还能看出腹部有一道细小的疤痕，却已十分不明显。

光波翼正自纳闷，房门被轻轻推开，海音慧走了进来。

光波翼忙从榻上跳下来，叫道："海音阿姨，真的是你！"光波翼被海音慧救走时因失血伤重，已有些神志不清，隐约觉得似乎是海音慧将自己抱起，却不知是真是幻。

海音慧微笑道："翼儿，你感觉好些吗？"

光波翼点头道："连伤口也几乎不见了，我昏睡了多久了？"

海音慧笑而不答。

光波翼又问道："海音阿姨，我还以为您在秦山中已经……这究竟是怎么回事？"

海音慧道："多亏师父救了我。"

"师父？"光波翼不解。

海音慧笑了笑，又道："你还记得孙先生曾说过，他在无心禅寺巧遇妙契禅师的事吗？"

光波翼点点头。

海音慧又道："你知那妙契禅师是谁？"

光波翼一怔，等待海音慧说出下文。

海音慧续道："身兼百部法，心无一点尘。"

"阿尊者？！"光波翼大为吃惊，海音慧所说这两句偈子，正是在忍者中流传已久，颂扬阿尊者的诗偈。只是万万没想到，阿尊者竟然尚在人世！

海音慧又道："翼儿，你真是个有善根的孩子，尊者说你与他有缘，特命我去接你回来的。"

"这是哪里？"光波翼问道。

"这里是五台山金刚洞。"海音慧答道。

"五台山？"光波翼没想到自己已回到五台山，却从不知道山中有什么金刚洞。

光波翼又问道："阿尊者既然救了您，如今又救了我，当初为何不出面阻止秦山大战？为何不将四道忍者都解救出来？"

海音慧道："万法皆有缘起，各人自有一本账，所谓定业难转，尊者固然神通广大，也无法强转诸道忍者的恶业。只是因为你我二人与尊者有特殊缘分，故而才得尊者救护，另外也是咱娘俩命不该绝。不过你也不必太难过，尊者已同诸多大德一起，为在秦山中死去的所有人举行了大超度法会，如今他们都已得到了救度。"

光波翼又问道："诸多大德？莫非这金刚洞中还住着其他人？"

海音慧道："当然，单是跟随在尊者座下的就有五百人。"

"五百？"光波翼以为自己听错了。

海音慧点点头，又道："我也不知这洞内究竟有多少人，不过孙遇孙先生也在这里。"

"孙先生？"光波翼又是大吃一惊，"他在哪里？"

海音慧道："孙先生正在闭关中，要三年以后才能出关。"

光波翼此时只觉得身在梦中一般，又问道："海音阿姨，我能见见尊者吗？"

海音慧道："尊者正在为众说法，稍后我便带你去拜见他老人家。"

光波翼"嗯"了一声，忽又问道："海音阿姨，您既然能将我从目焱手中救出，想必您一定已经修成了龙女献珠之术吧？"

海音慧微笑道："龙女献珠虽然号称海音族第一忍术，其实却非常人所想，是一项应敌的本领，而是一门纯粹的心法。"

"心法？"光波翼更觉好奇。

海音慧又道："宝珠原是一个譬喻，比作我们的自心，也即是人人本具的佛性。此心清净，虽现烦恼而不曾染污；此心光明，照了一切而无动摇；此心圆满，具足一切功德而不假外求。一切有情，动作行止、流转生死皆由此心，乃至破除无明、断惑成佛亦不外此心。此心在凡不减，在圣不增，在迷不垢，在悟不净，生时不来，死时不去，不断不常，无生无灭。三界万有之中最尊最贵，无过此心，故名为宝。不过凡夫因妄想执着而蒙蔽心性，无法证知此心，便如宝珠久被藏匿，一旦开达明澈，破妄显真，了悟此心即佛，心、佛、众生三无差别，则如宝珠重现。而此宝珠亦非外得，本自有之，如今重归其主而已，此心珠之主即佛也。故而龙女献珠，实乃发明其心也。"

光波翼合十道："不想海音阿姨有如此证悟，请受光波翼礼拜。"说罢便要叩首礼拜，被海音慧拉住，道："翼儿不必如此，迷则长劫，悟则刹那，成道亦不论早晚，只要你一心向道，自有解脱之日，那时便与我不异。"

二人正说话，听得外面传来几声悦耳的磬响，海音慧道："咱们可以去拜见尊者了。"

海音慧引着光波翼出了房门，乃是一条廊子，廊子中排着数十个房间，穿过这条廊子，来到一处极大的洞内。光波翼惊讶看到那洞内又高又广，只怕有两三顷地之阔，二三十丈高，而且洞内虽不露顶，却是光明如昼，亦不见有灯烛照耀，不知那光明从何处发出。洞内有僧俗男女数千人走动，细看之下，人人庄严清净，举止不俗。

二人转入一个门口，又是一处洞厅，虽不及前面那洞宽广，也足有一两亩地大小，从此洞厅穿过，进入一条长廊，来到长廊尽头处门口，不及敲门，房门从内打开，一位年轻僧人出来合十道："师父请你们进来。"

海音慧也合十道："多谢悟真师兄。"

光波翼随海音慧进屋，见屋内榻上端坐一僧，年纪大约四十岁，相貌端严饱满，面色红润光亮，不由得又是一惊。因为之前光波翼早听孙遇描述过，妙契禅师乃是一位相貌古怪的老僧，有如画中的阿罗汉一般，今日一见，如何却变得如此端庄美好？

阿尊者座侧站着一位六十多岁的出家人，正在躬身倾听阿尊者说法，只听阿尊者说道："阿弥陀佛的'阿'字，本身即是一句真言，此'阿'字真言，乃十方佛心，诸佛法身同所加持。从'阿'字生出一切陀罗尼，从一切陀罗尼生出一切佛。毗卢遮那即以此'阿'字名为密藏。'阿'字一法功德，诸经广赞，闻名触耳，诸罪冰消，唱声见字，万德云集，浅观但信，直游净土，深修圆智，现证佛道。故知此字极为要紧，务必读音准确。正确读音即是'啊'。因'阿弥陀'乃梵语'阿弥达'之译音。如今有人因方言口音，将阿误读成'窝'或'婀'，实乃大错！你出去之后，一定广宣此法，改误正讹，务使大众将这句佛号念对！"

座侧僧人合十称是，阿尊者便打发他出门去了。

（按：阿弥陀佛，梵语国际音标为 Amitabha，意为无量光佛、无量寿佛。有关阿弥陀佛之正确读音，考其梵语原音则立辨矣。）

海音慧碰了碰发呆的光波翼，道："翼儿，还不拜见尊者？"

光波翼这才如梦初醒，忙俯身叩拜了几次。

阿尊者笑眯眯地问道："你的伤都好了吗？"

光波翼忙回道："都好了，弟子多谢尊者救命之恩。"

"救你的人是她，不是我。"阿尊者笑着用手指了指海音慧。

光波翼只觉得战战栗栗，一时不知如何回答，只好低首合十而立。

阿尊者又笑了笑，道："你跟我说说，这一次你没能杀得了目焱，心中有何感想？"

光波翼回禀道："弟子被目焱刺伤时，心中万念俱灰，想到自己不能为父亲报仇，却就要这样死去了，实有不甘。后来目焱对我说了些话，我忽然动了一念，如果当年没有琴馨梅姐妹参与进来，没有发生那样误会，目焱便不会毒害我父亲。抑或我若当真是目焱的儿子，那也不会有今日与他厮杀之事了。我倒不是怕死，只是想到这些，忽然觉得人生便如一场戏，戏文好时，我们便要笑一笑，戏文不好时，我们便要哭一哭，甚至还要为了这戏中之事拼得你死我活，自己丝毫做不得主，这岂不十分可悲、可笑？"

说到这里，光波翼看了一眼阿尊者，见他仍笑眯眯地看着自己，便又接道："后来弟子又想，无论我为父亲报仇与否，都不能让父亲活过来，虽说是为了父亲而杀目焱，其实却是为了泄我自己的心头之恨罢了。而我心中这仇恨是因为目焱杀了我父亲，若目焱成了我的父亲，我这仇恨便要转成敬爱，目焱没有变，我也没有变，心中的爱恨却在变。当年我怀疑义父是我的仇人时，心中也是这般变来变去。可见这爱恨本就没有定数，都是随着外境转变罢了。这些年我一心想要查明父亲遇害真相，如今却忽然发现，这真相不过就像一纸戏文，而我就是那戏子，那戏文让我恨目焱我便恨目焱，戏文让我爱目焱我便爱目焱。今日我若杀了目焱，或是目焱杀了我，结果又有何不同？"

阿尊者微微点点头，问道："那日后你还想要报仇吗？"

光波翼沉默了片刻，回道："我也不知道，请尊者为弟子指点迷津。"

阿尊者又笑了笑，说道："你不是说从前自己丝毫做不得主吗？如今何不自己做主？"

见光波翼无语，阿尊者又道："这样吧，我来替你报仇如何？"

光波翼惊讶地望着阿尊者，问道："尊者要如何替弟子报仇？"

阿尊者道："你把仇拿来给我，我替你报。"

光波翼怔了怔，回道："弟子无处觅出这仇恨来，拿不出来。"

阿尊者忽然正色道：“如此，我已替你报了大仇！”

光波翼闻言，如闻霹雳，豁然大悟，一时泪如雨下，拜倒在地，说道：“心生爱恨生，心灭爱恨灭。行到无心处，爱恨俱打却。”

（按：上述光波翼开悟偈乃作者虚撰。）

阿尊者笑道：“善哉！如是，如是！”

海音慧也在旁抚掌而笑。

阿尊者从身旁案上取来一册子，递给光波翼道：“如今你已悟心法，明日一早我便传授你凤舞术。”

光波翼心中疑道：“我已接受过凤舞术传授，而且也已初有所成，尊者不会不知，为何还要再传我凤舞术？”

阿尊者又笑道：“不用多想，你先回去歇息，明日一早我为你灌顶传法。”

次日一早，阿尊者即为光波翼灌顶传法，此后接连三日为光波翼讲法，夜间光波翼便依法修行，乃知阿尊者所传之法大不相同。

连续修法十余日，光波翼进步神速，其间向阿尊者汇报了三次修法觉受，皆蒙阿尊者认可。

这日早起，阿尊者命海音慧将光波翼带来，说道：“如今凤舞术你已修习纯熟，还有什么疑问吗？”

光波翼回道：“没有。”

阿尊者点头道：“很好，既然如此，你今日便归家去吧。”

光波翼忙跪下叩首道：“弟子蒙尊者大恩，无以为报，情愿留在尊者身边侍奉。”

阿尊者道：“精进修法，善自护持菩提心，便是最好的报恩。外面还有许多事情等你去做，你在此地因缘已了，尽管去吧。”

光波翼还想再求，见海音慧也对他微微摇了摇头，只得作罢，便恭恭敬敬对尊者礼拜了十余拜，这才流泪告退而出。

海音慧直接将光波翼送出山洞，光波翼见外面洞口上方果有“金刚洞”三个大字。

光波翼依依不舍地拜别了海音慧，走出几步之后再回头看时，那山洞已然不见。光波翼忙回来细看，眼前只不过是草繁树茂的野山峻岭而已，哪里有什么山洞。

第七十五回

野狐出山葬荒冢
泥牛入海无消息

话说目焱被海音慧一声狮吼震飞，心中老大疑惑，一时摸不清如今三道忍者的底细，却也不敢轻举妄动。

朝廷这边，李克用与忠武军将领庞从、河中军将领白志迁等引兵先进，与黄巢大军战于渭南，风子婴率三道忍者助战，一日三战，皆大胜。义成、义武等诸军继之，黄巢兵败而逃。

四月五日，李克用等率军自光泰门杀入京师，黄巢力战不胜，焚烧宫室遁去，其手下死伤及投降者甚多。然而官军残暴劫掠焚烧，无异于贼寇，长安城内被抢掠一空，府寺民居烧毁者达十之六七。黄巢自蓝田逃入商山，有意遗留许多珍宝在路上，追赶而来的官军争相抢夺，无心急追黄巢，致令黄巢大军得以逃脱。

不久，黄巢手下大将孟楷攻克蔡州，五月转攻陈州。陈州刺史赵犨早有准备，设计大败孟楷，并将之生擒，而后斩杀。黄巢大怒，六月间，与秦宗权合兵围攻陈州，然赵犨率众坚守力敌，黄巢便扎营于陈州城北，建立宫室百司，打算持久围困之。当时民间已无积粮，黄巢军中粮饷无济，便四处捕捉百姓，将活人碓磨后并骨食之，给粮之处号曰"舂磨寨"。《资治通鉴》载：（黄巢）纵兵四掠，自河南、许、汝、唐、邓、孟、郑、汴、曹、濮、徐、兖等数十州，咸被其毒。

黄巢久攻陈州不下，屡次求助目焱无果，其外甥林言谏道："陛下，自去岁秦山遭围攻之后，目焱便一直龟缩不出，臣以为陛下不可再对这些忍者心存希冀。如今赵犨老贼虽然顽固抵抗我天兵，臣保举一人，必可助我大齐拿下陈州。"

黄巢闻言忙问道："你快说，谁可助我？"

林言道："此人虽非忍者，依臣之见，其本领却不在忍者之下，陛下何以忘记此人？"

黄巢皱了皱眉，说道："幽狐？"

林言道："正是此人。那幽狐非但会隐身遁形，又能窥探、迷惑他人心智，若能请他出马，定可让赵犨老贼乖乖交出陈州城。"

黄巢道："爱卿所言不错。只是自从朕登基之后，那幽狐嫌弃封赏微薄，早已隐遁山林了，如今却到哪里寻他？失去这位高人，朕也颇为后悔。"

林言道："按说当初陛下给他的封赏并非微薄，只是此人野心忒大，犹不知足而已。自从他走后，臣便一直留意他的行踪，知他并未当真隐遁，恐怕只是等待时机再建功业罢了。"

"哦？"黄巢眼前一亮，忙问道，"他现在何处？"随又说道："朕只怕即便是寻到他，他也未必肯出面相助。"

林言道："人皆有所求，只要陛下满了他的心愿，不怕他不出山。"

黄巢道："如今咱们已离开长安，以目下情形，朕即便是封他做个大官，他也未必再看重。"

林言道："官自然还是要封，不过仅仅封官还不够。臣早已知他心中所好，若能遂他心愿，他必会答应出山。"

"他有何心愿？"黄巢忙问道。

林言跪下叩首道："此乃死罪，臣绝不敢说出口。"

黄巢皱眉看了看林言，道："恕你无罪。"

夜色渐深，林言亲自搀扶半醉的幽狐，送至一殿门前，笑道："春宵一刻值千金，请大人早些安歇。"说罢告辞而退。

幽狐甫一进门，柳莺莺早笑吟吟地迎上前来，施礼问候道："妾身见过大人。"声音娇柔、姿态妖媚，幽狐一时怔了怔，搂住莺莺笑道："好，呵呵，来，来。"

莺莺扶着幽狐坐到榻上，本想去为他斟茶，却被幽狐一把抱在怀中，疯狂地亲吻她雪白的脖颈。

莺莺顺从地任由幽狐亲吻，双眼微合，口中发出轻微的喘息声。

幽狐欲心更盛，将莺莺放倒在榻上，扯开莺莺的衣裙，扑到莺莺身上。

缠绵到极处，幽狐抱紧莺莺喃喃叫道："华娘，华娘……"

莺莺双手抚摸着瘫软在自己身上的幽狐，轻声问道："大人，刚才您唤的是谁？谁是华娘？"

幽狐此时已清醒了许多，笑了笑说道："没什么，我的娇儿。"

莺莺却娇滴滴问道："大人，我一直想知道华娘是什么人，莫非您认识她？"

幽狐一怔，从莺莺身上爬起来问道："你如何知道华娘？"

莺莺也坐起身回道："妾身藏有半卷书轴，落款处便有华娘字样。"

"书轴？在哪里？"幽狐讶道。

莺莺从榻上下来，胡乱披上一件衣衫，从一小箱中取出一卷书轴，拿到幽狐面前展开来，只见上书"月寒山色共苍苍"与"离梦杳如关路长"两句，落款处乃是"初一日，华娘与尤郎别"，果然只是被撕开的下半条字幅。

幽狐一见大惊，忙问道："你从何处得来？"

莺莺道："妾身也不知道，好像从来就有，却怎么也想不起是从哪里得来的，不过华娘这名字似乎很耳熟，我总觉得自己认识她。"

幽狐知她是因为自己的法术而失忆，不过自己对她施展法术之后的事情，她都该记得，可见此书轴必是她从前便有之物。

原来当年澧州城破时，柳莺莺藏身在密室中，身上唯独携带了这卷书轴，后来她被黄巢手下搜出，将她捉来献与黄巢，那书轴也被一并带来。

幽狐忙拉住柳莺莺的双手道："莺莺，看着我的眼睛。"

半晌，莺莺仿佛从梦中惊醒一般，失声叫了一声，幽狐森然说道："莺莺，你快回想回想你儿时之事，想想你的小时候。"

莺莺惊慌失措道："你，你是什么人？你要做什么？"

幽狐大声命令道："快想！华娘到底是你什么人？"

"她是我娘！"莺莺吓得失口说道。

"你娘？！"幽狐脸色霎时变得极为难看，又问道，"你爹爹是谁？"

莺莺见状更怕，战战兢兢回道："我不知道，我生下来便没有爹爹。"

"你……"幽狐勉强控制住情绪，又问道，"你是哪年哪月出生？你娘现在何处？"

莺莺回道："我是辛巳年五月出生，我娘在我六岁时就病死了。"

"辛巳年五月……不可能，不可能……"幽狐喃喃自语道。

"听我娘说，我爹爹姓尤。"莺莺犹疑地盯着幽狐说道。

见幽狐脸上的表情怪异之极，莺莺又正色问道："你究竟是谁？"

"看着我！"幽狐忽然大吼道，两手紧紧捧过莺莺的脸，与她瞪目而视。

……

柳莺莺再次醒来时，见黄巢站在榻旁，正皱眉看着她。莺莺吓得腾地坐起身，惊问道："你是谁？"又四处看了看，问道："这是什么地方？"

黄巢盯着莺莺问道："你不认识我了？"

见莺莺愕然望着自己，黄巢板着脸转身问道："查到他的下落了吗？"

林言回道："臣手下正在全力追查，据宫门护卫说，幽狐当时赤着脚，衣衫不整，好像疯疯癫癫的样子。"

黄巢出了口粗气，自言自语道："为何会如此？"

林言道："莫非是三道忍者暗中作祟？"

黄巢不由得点了点头，他们却哪里知道这其中的缘由。

原来幽狐原本姓尤，名仁，乃一饱学之士，素有抱负，可惜一直怀才不遇，心中常忿忿然。二十三年前，即大中十四年，庚辰年初夏，尤仁结识了蜀中名妓华娘，二人一见钟情，很快便缠绵一处。华娘亦有才华，最喜女校书薛涛之诗，因此常书之以赠尤仁，尤仁亦以此回赠华娘。

相处数月，二人感情益笃，华娘早已谢绝他客，专意尤仁，尤仁亦有心筹资为华娘赎身，纳之为妻。然而夏秋之际，尤仁京中好友来信，说新皇登基，时局未稳，眼下正是扬名显身的大好时机，并劝其进京，愿引荐他做相府幕僚，日后必可发达无量。尤仁见信动心，便试探华娘之意，华娘自是不舍，常常委婉劝留之。其间尤仁虽有犹豫，然功名诱惑实大，尤仁思之再三，最终仍决定应邀入京。

十月初一，华娘为尤仁送别，当场手书薛涛《送友人》一诗，并将字幅一撕两半，与尤仁各存一半，以为日后重逢之信物。尤仁许诺，显达之日必来迎娶华娘。然华娘心中却已认定，尤郎此去，再无返日。

尤仁踌躇满志赴京，不知此时华娘已有身孕一月余。到京后，尤仁如愿做了幕僚，却并未得到重用，每日只是抄写文书而已，久之，益觉无出头之日。愤懑的尤仁此时心中后悔不该来此，却又觉无颜回去再见华娘，便弃职南下，欲往别处谋取出身，另图功名。谁知路上偶遇一"仙人"，与尤仁相谈甚欢，并劝说尤仁拜在自己门下。尤仁从此随"仙人"进山修炼，并更名为幽狐。

幽狐跟随"仙师"学了许多法术，出山之后身形相貌大变，性情亦大不同，愤世之情益重，名利之心亦更盛，却将仁义道德全部抛却，祸害了许多无辜百姓，做了许多伤天害理之事。他也曾去寻过华娘，不过那时华娘早已病逝，时过境迁、人物变换，哪里还能够寻见？后来因目焱四处笼络各色人才为自己效力，看中幽狐极具诡辩之才，又擅长妖术，便将其招至麾下，委以重用。

幽狐以邪术迷惑、糟蹋过许多美貌女子，心中却始终无法忘记华娘，华娘才是他唯一真爱过的女人。自从初见柳莺莺，幽狐便觉她相貌颇似华娘，尤其是她的眉眼，简直与华娘无异，故而便勾起了他心中爱恋之意。林言正是早已看出他对莺莺有意，故而此番才劝说黄巢舍弃美人，让莺莺服侍幽狐，以令幽狐愿为黄巢效力。谁想云雨过后，幽狐无意中得知莺莺竟是自己的亲生女儿，心中一时迷乱不已，震惊、羞愧、悔恨、愤怒诸多情绪同时涌上心头。眼看莺莺已对自己的身份有所怀疑，幽狐在匆忙施法抹去莺莺记忆时，由于心神不定而致神志大乱，竟失心发狂而奔，后被林言手下发现时，已完全疯癫，衣不蔽体，最终冻死在郊野荒冢之中，成了野狐的口中餐食。

只可怜那柳莺莺，再次被幽狐施法后，时而记起从前的支离片段，时而又全然不记得自己是谁，又常常从梦中惊醒，不知自身所处是梦是真。

后黄巢被剿，中和四年七月，僖宗在成都大玄楼举行受俘仪式。武宁节度使时溥献上黄巢首级，另有黄巢姬妾二三十人，柳莺莺亦在其中。

当时僖宗问道："尔等皆是勋贵子女，世受国恩，为何从贼？"众女不敢回答，只有柳莺莺对曰："贼寇凶狂，国家虽以百万之众，而失守都城，天子尚且避难于巴、蜀之地。如今陛下却责问一弱小女子为何不能避贼，如此则置公卿将帅于何地！"问得僖宗哑口无言，遂命将众女斩首于市。

临刑前，监斩官可怜这些女子，送上烈酒，让她们喝醉后再行刑，这些女子边哭边喝，不久即在醉卧中受死。独柳莺莺一人不哭亦不醉，从容就死，临终时，嘴角竟有一丝笑意。

（按：上述僖宗于大玄楼受俘、责斩众女之事可参见《资治通鉴》之【唐纪七十二】。）

话说光波翼回到清凉斋，阖府上下无不欢欣，莫荬与南山二人更是喜极而泣，蓂荬抱住光波翼久久说不出话来。

大家心绪稍平，蓂荬才问道："归凤哥，这一年多来你去了哪里？"

光波翼闻言大吃一惊，反问道："一年？你说我离开了一年多？"

南山插道："是啊！这一年多来我们到处寻你也寻不到，姐姐和我都快急死了。姐姐说她能感知到，天下唯一的凤舞术修炼者就在五台山中，可是无论如何我们都寻不到你。哥哥，你究竟去了哪里？"南山只知蓂荬能感知到修炼某种忍术的忍者，却不知她这本领唤作"寂感术"。

见光波翼神情有异，蓂荬问道："归凤哥，你是不是遇到什么特别之事了？"

光波翼微微点了点头，道："不可思议。"

……

看过光波翼腹部的微细伤痕，蓂荬帮光波翼整理好衣衫，说道："没想到阿尊者竟然还在世，更没想到孙先生和海音阿姨居然也在尊者那里。"

二人并肩坐在榻上，光波翼从怀中取出法本道："这是尊者赐我的凤舞术法本，特别开许你将其记下，流传未来有缘之人。"

蓂荬问道："这法本与从前的凤舞术法本有何不同？"

光波翼道："严格说来，从前法本所载只当唤作'追光术'，并非真正的凤舞术。因修炼者执着身体、脉气、光等物为实有故，不但需要消耗极大脉气，会折损修法者寿命，而且无法真正达到光的速度，故名追光术。追光术的化光也只是一种貌似化光而已。"

蓂荬闻言眼前一亮，她原本一直担心光波翼修炼追光术会折损寿命，如今听光波翼如此说，立时便在心中燃起了希望。

光波翼又道："若能了达诸法性空之理，再依法本中方便之法修持，方可达到大光明之境。非但不必担心短命之过患，更可修成寿命自在之身。至于化光之速度，又岂是寻常光明所能及，只可说为不可思议。因这凤舞术修炼之根基总须死尽凡心妄想，所谓大死之后方有大活，便如凤凰涅槃后重生，方可脱凡鸟之胎而成圣禽，翩翩起舞、自在游戏，故名之为'凤舞术'。"

蓂荬道："这岂不已是极高深之佛法？"

光波翼道："各部忍法修炼至深处，皆应入道，而为大光明与大安乐之高深佛法，故而忍者皆当发起大悲心与菩提心，如此则忍术益深，佛果可期。否则的话，若只重术轻心，忍术也只能沦为寻常怪异搏斗之术，只怕弊多利少，倒不若不修。"

莫莱道："阿尊者所言极是，只可惜当今忍者中能有如此见地者稀少。"

光波翼道："我听尊者说，却后几百年，忍术将在东方兴起，那时修习忍术者便更加不明忍法真义了，多有人依之造恶。当此真义在行者心中消失殆尽之时，即是忍法传承彻底中断之日。"

见莫莱面露忧色，光波翼又道："到那时，所有忍法的秘密将封藏在百典族后人的心意里。"

莫莱问道："那这些忍法何时才能重见天日呢？"

光波翼摇摇头道："尊者并未言明。"

二人正说话，南山敲门进来，说道："酒菜已经摆好了，琅玕哥哥见了我的鹤儿也该快到了，咱们准备吃饭吧。"

光波翼听南山叫石琅玕作哥哥，不禁微微一怔，随即笑了笑。南山见状不禁脸红，有些窘道："哥哥，我……"

光波翼忙岔道："怎么，南山已经学会遥控鹤儿了吗？"

莫莱接口道："不止呢，如今南山不但召来了白鹤，还能够同时驾御五六只鹤儿呢。"

南山道："好的时候能御七八只呢！"

光波翼笑道："当真进步不小啊！走，我得好好敬南山几杯酒。"

来到厅中就座，光波翼见桌上有剥好的粽子，遂问道："今日不是五月十三了吗？怎么还有粽子吃？"

莫莱道："这是南山新用荷叶包的粽子，因你未赶上端阳节，故而特意包给你吃的。"

光波翼道："原来粽子还能用荷叶来包。"

莫莱道："南山的巧手，有什么是她做不出来的？"

南山笑道："我的手哪有姐姐巧？我不过是会做几样吃的罢了。"说罢为光波翼斟了杯酒，道："这是雄黄酒，我们只当今日是端阳节，哥哥不在，我们过什么节日也没兴趣。"

"归凤兄真是让人羡慕啊！"石琅玕忽然出现在门口说道。

"琅玕兄来得正好！"光波翼忙起身相迎。

南山说道："你怎么能跟哥哥比？羡慕也是枉然。"

石琅玕笑回道："我哪敢比？只要不被你赶出门，我已经知足了。"

南山道："你别高兴得太早，没准哪天就赶你出门。"

光波翼笑道："我与南山是兄妹之情，自然无法与琅玕兄相比。"

石琅玕哈哈大笑，南山窘得脸色大红，拉住蒐荚的手撒娇道："姐姐，你看哥哥胡说，你也不管一管。"

大家说笑着入座，石琅玕问道："归凤兄，你这一年躲到何处去了？"

光波翼道："说来话长。"

南山抢道："待会儿再让哥哥慢慢说与你听。琅玕哥哥，你怎么来得这么迟？没见到我的鹤儿吗？"

石琅玕道："我适才去取了信，刚刚赶回来。"

"有何消息？"南山追问道。

石琅玕道："前几日宣武节度使朱全忠在汴州城南大败尚让军，李克用在王满渡大破黄巢军，黄巢大势已去，看来寇乱不日将平。"

"哦？那各道忍者情形如何？"光波翼问道。

石琅玕道："自去岁黄巢围困陈州以来，风长老与川长老一直率领三道忍者暗助朝廷剿贼。起初目焱并未过多插手，似乎在观望局势。后来他又派出人手与三道忍者相抗，助黄巢围困陈州三百余日，双方各有不少折损。前几日这两场大战，想必各道忍者也是伤亡不小。"

光波翼道："按说目焱此人一向行事缜密，从不做无把握之事，难道他看不出黄巢败局已定了吗？"

石琅玕道："依他目前行事来看，似乎目焱并不关心孰胜孰败。"

光波翼皱眉沉思片刻，道："莫非他想借助黄巢的残余之势尽量削弱三道忍者的力量？不过如此做法也只能两败俱伤而已，其目的何在？"

石琅玕摇了摇头。

南山道："哥哥，你不要再去寻目焱报仇了好不好？姐姐和我真怕你……"

光波翼笑了笑，说道："放心吧，上次的情形不会再发生了。"

石琅玕道："说起报仇，我还有件事要告诉归凤兄。"

光波翼忙道："琅玕兄请讲。"

石琅玕道："目焱毒害令尊之事，其实有一个人一直都知晓，而且目焱杀害淳海与花粉的父亲隐廉灭口，此人也都做了重要帮凶。乃至后来妖道幽狐设计让蓥莱姑娘误解归凤兄，令你二人离别一年有余，也有此人参与。"

南山抢问道："这人究竟是谁？竟然如此可恶！你怎么没早告诉我？"

……

中和四年（884 年）六月十五日，身边残兵无几的黄巢在莱芜（今山东）又为唐廷追兵所败，所余亲故数人随他退至狼虎谷（今山东莱芜西南）。

十七日清晨，东方初白，睡了没多久的黄巢忽然大叫一声，惊坐起身。守在他身边的妻子忙扶住他叫了声"陛下"，又问道："陛下是不是做噩梦了？"一边用袖口为黄巢拭去额头的汗珠。

黄巢呆了呆，说道："我梦见成千上万的冤魂，一直追着我不放，我骑着马拼命跑，跑到一条极宽的大河岸边，河水漆黑如墨，岸边正好有一只小舟，我急忙弃马登舟，让那船家渡我过河。到了河心，那船家回过身来，他竟然没有头脸，也没有身体，只是一身空空的衣衫戴着一顶斗笠！我正惊讶，那船家忽然开口说道：'你还我身子来！'我问他身子哪里去了，他说：'被你的春磨寨磨成泥，让人吃掉了。'我便拔剑砍他，那厮被我一剑劈散了。谁知忽然从水里伸出来无数的手臂，都是血淋淋的，抓住我的双腿，一把将我拖进河中去了。"

他妻子说道："不过是个噩梦罢了，陛下不必介意。陛下不是从不相信这些的吗？"

黄巢又愣了半晌，忽听有人叫道："陛下。"抬眼见林言不知何时来到自己面前。

黄巢问道："何事？"

林言看了看黄巢，又看了看他妻子，说道："请陛下随我来。"

……

是日，林言杀黄巢兄弟、妻子，投降唐军。林言不久也被唐军所杀。七月，时溥遣使献黄巢及家人首级于成都行在所。

长安城今非昔比，光波翼来到曲池畔，但见景物隐约依旧，气象却已大不相同，六月的天空弥漫着一股败腐之气，从水面飘来的空气也已不再新鲜。

冯记茶铺仍在，光波翼打量了一会儿挂在门首的茶旗，这才踏入门去。

谷逢道见到光波翼颇为吃惊，忙将他请入后院小屋中说话。

谷逢道向光波翼施礼问候，光波翼并未回礼，径直说道："我来是想请谷先生给目焱捎个口讯。"

谷逢道似乎没听明白，诧问道："光波兄弟说什么？"

光波翼道："你告诉目焱，我要见他。"

谷逢道眼中闪过一丝惊恐，说道："光波兄弟不是在说笑吧？在下如何能够传话给他？"

光波翼轻笑一声道："谷先生，何必再惺惺作态？你这双面细作已经做了二十多年，是不是很辛苦啊？"

谷逢道故意作色道："光波兄弟何出此言？"

光波翼道："当年先父遇害之后，风长老约淳海出来询问实情，可惜被目焱知晓，便将之杀害灭口。还有后来信子隐廉全家遇害，这些血债都该算上谷先生一份吧。"

见谷逢道满脸惊慌、讶异之色，光波翼又道："当年你为了向目焱表示忠心，不惜出卖了这许多性命。同时你又尽心尽力为瞻部道做事，让南、北两道都对你不疑。你脚下这两只船，的确踏得不易呀。"

谷逢道面色苍白，汗如雨下，颤声说道："你如何知晓这些？"

光波翼道："有一位姓石的朋友，为了寻找在下，曾探访各地的信子，一个多月以前他来长安寻过你，从你这里知晓了一切。"

谷逢道侧目想了想，说道："我怎么不记得有此事？"

光波翼笑了笑，说道："他姓石，是一位识族忍者。"

谷逢道这才想起，一个多月前确有一位客商打扮的倜傥公子，曾到他店中吃茶，点名要见掌柜的，待自己出来与他相见，他却只是眯着眼睛看了自己一会儿，随便寒暄两句便走了，当时还觉得此人奇怪，没想到他竟是一位识族忍者，以通心术窥探了自己的天大秘密！

"谷先生，你还有何话说？"光波翼的问话让谷逢道回过神来。

谷逢道连忙回道："当初是目焱主动寻到我，逼我与他同流，我也是迫不得已！"

"迫不得已？"光波翼笑道，"我将纪家姊妹托你照料，你却勾结妖道幽狐，设计欺骗离间我们，可有此事？"

谷逢道下意识地后退了半步，道："在下只是奉命行事而已。"

光波翼哼了一声，道："隐廉的后人尚在，轮不到我来向你寻仇。你只需告诉目焱，三日后一早，我在试情崖顶等他。如果见不到他，我也不想再见到你了。"说罢拂袖出门而去，只留下谷逢道兀自惴惴。

三日后

试情崖顶凉风习习，风中携着阵阵血腥味。

光波翼看了看谷逢道的尸首，见他面目扭曲恐怖，两手中残存着被血染红的衣服碎片，指尖鲜红，胸口处被抓得血肉模糊，显然是他自己撕抓的，死前不知经历了怎样的痛苦。光波翼叹道："原来这就是你的目离术，你为何杀他？"

目焱道："你们已经知晓了他的秘密，如今他对我、对你们都是个多余之人。我想你们早晚也不会放过他，与其让他活在恐惧之中，倒不如死了干净。"

光波翼嗤鼻道："我们也已知晓了你的秘密，你是不是也活在恐惧之中？是不是也成了多余之人？"

目焱并不理会光波翼的问话，而是淡然说道："翼儿，这一年多你去了哪里？"仍像是一位慈爱长者在关心自己的孩子。

光波翼道："我在等你。"

"等我？"目焱似笑非笑地看着光波翼。

光波翼又道："炳德，你知错了吗？"

目焱一怔，恍然间，好似光波勇站在自己的面前询问自己。

目焱回过神来，哼笑了一声道："你长大了。"

光波翼道："黄巢的首级应该已送到成都了。"

目焱点了点头。

光波翼又道："你早知有此结果，不久前却还在帮他与朝廷对抗，为何？"

目焱微笑道："我不是在帮他。我早说过，黄巢竖子不足以成大事。我不过是让他发挥些余力罢了。"

目焱狡黠地对光波翼笑了笑，又道："你要扶植一股力量，就要削弱他周围的力量。"

光波翼道："原来你帮助黄巢垂死挣扎，是为了进一步搅乱时局，好让一股新力趁机崛起。"

目焱道："你真是个聪明孩子，若得善加调教，前途不可估量，只可惜……"

光波翼问道："你扶植的这股新力量又是谁？"

目焱道："此人与黄巢不可同日而语，是个做大事的人，不过羽翼尚未丰满，还需假以时日。"

光波翼知他必不肯说出那人名字，便不再问。

目焱又道："咱们闲话说完了，我想知道，你今日为何还敢来见我？"

光波翼道："那位遮先生已经准备好了吗？"

目焱道："不是一位，是两位。他们一直都在施展禁术，怎么，你没察觉到吗？"

光波翼故作惊讶道："哦？是吗？我怎么不知道？"说罢忽然从目焱眼前消失，片刻间又出现在目焱面前，将不省人事的遮楚天与遮蜀大兄弟俩丢在地上。

目焱大惊失色。

光波翼道："别担心，我只是废了他们的忍术。"

刹那间，目焱两眼瞳孔已变成血红，瞪向光波翼，却见光波翼若无其事，笑吟吟地看着自己，目焱不由得一阵心慌，愣在那里，竟不知所措。

"为什么？"饶是目焱久经风浪，阅历无数，此时嗓音却有些嘶哑，"你是人是鬼？"

原来目焱在对光波翼施展目离术时，竟无从进入光波翼的阿赖耶识，或者说根本无从寻伺到他的阿赖耶识。目离术乃是通过将对手阿赖耶识中的负面情绪与记忆激化、放大到极致，而令对手瞬间崩溃而死。目焱施术后，却有如泥牛入海，了无消息，根本寻不见光波翼的阿赖耶识，加之遮族兄弟的禁术也对光波翼丝毫不起作用，以至于他觉得光波翼并不是个真真实实的人。而且即使对手是个鬼，也能探寻到他的阿赖耶识，除非站在自己面前的是个幻影。但是光波翼又能施展凤舞术，瞬间便废掉遮族兄弟的忍术，又不像是自己的幻觉，以他的忍术修为，当今也无人能以幻术迷惑住自己，故而才有此问。

光波翼笑了笑，说道："可怜你精修忍法数十年，枉称一代高手，竟不知有此事吗？"

"什么事？"目焱大为疑惑。

光波翼道："你的目离术若要深入对手的阿赖耶识，就必须先要寻伺到对手的念头，这个念头便是你的入口。然而对手若是无念，你又能奈何？"

"无念？"目焱蹙眉盯着光波翼道，"你分明在与我对答之中，又怎会是无念？"

光波翼道："常人听说无念，便以为是一念不生，心如死灰，那又与木石一般的蠢物何别？所谓无念者，乃是无邪念，并非没有正念。"

"一派胡言！"目焱反驳道，"管你是正念、邪念，就算你心中念着仁义礼智信，我的目离术也必定会察觉到你的阿赖耶识。"

光波翼笑道："你说的那些并非是正念。正邪之分不在善恶道德，善恶俱是分别，但凡有取舍分别、有执着之念即是邪念，若于念头上无取无舍，不分别、不执着，便是正念。正所谓即念而无念。若达此理，邪念、烦恼俱成正念，如木柴入火，皆化为火。若不达此理，则正念亦成邪念，虽然心中常念仁义，仁义也只成为烦恼系缚。"

目焱愣了片刻，忽然说道："小子，你敢骗我！"倏然蹿出，向光波翼攻去。

二人相距不过几步远，目焱遽然出手，身法又极快，换作旁人，只怕连眨眼的工夫都没有。待目焱攻到时，面前却哪里还有光波翼的身影？

目焱还来不及吃惊，忽然大叫一声，瘫倒在地，全身挛缩战抖。

光波翼出现在目焱身旁，目焱挣扎着说道："你快杀了我……为你爹报仇。"

光波翼淡然说道："失去了忍术，你已无法再号令北道忍者，你的种种宏图大计也无法再实现，现在总该可以把心收回来，认真思维忍法的真义了。"

光波翼看了看蜷缩在地上的目焱，又道："你现在所受之苦，远不及中了你目离术之人所受的痛苦，再过半个时辰，你的身体就会平复了。"顿了顿，又道："天目术法本中有四句偈：当知法性空，非是见所见，见诸相非相，是名真实见。这才是忍法中最珍贵的。天眼易失，法眼不坏，目长老聪明盖世，何不于此深深着眼？"

目焱眉目扭曲，恨恨说道："既然善恶都是空，那我杀你父亲又有什么错？你……你为何还要寻我报仇？"

光波翼道："诸法性空，是说世间一切万法皆由因缘和合而生，缘聚则生，缘散则灭，无有自性，实无生灭，即'有'而其性空，即'空'而不碍有，故而说为'空性'。亦如《心经》所说：'色不异空，空不异色，色即是空，空即是色。'却不是你说的顽空断灭，虽然口中说空，心中实在是有。自心中若未能断除分别执着，则善恶、苦乐历然分明。须知善有善报，恶有恶报，三世因果，丝毫不爽。造恶能障蔽平等觉性、自心光明，为善则能趋近菩提圣果，故而因果取舍务须十分谨慎。佛说：'诸恶莫作，众善奉行，自净其意，是诸佛教。'如今你虽然忍术尽失，却仍可做一名真正的忍者，希望你能好自为之。"说罢倏然化作一只白鹤，飞入天际去了。

目焱强忍着发自全身百脉的剧痛，爬到崖畔，望着深深的崖底，似乎已经感到了浑身碎裂之痛。

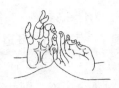

第七十六回
东洋水远大仇报
西方路直法眼明

　　深秋的阳光明亮却不炽热，南山与石琅玕正在后园观看南山豢养的两只白鹤起舞，南山问道："琅玕哥，这次朝廷要重新分封四道忍者，你会出面接受朝廷的分封吗？"

　　石琅玕道："当然不会。而且我与归凤兄的看法一致，恐怕此事并非如此简单。"

　　南山又问道："有什么不简单？"

　　石琅玕道："这道圣旨本身便有些蹊跷，所有色忍以上忍者必须全部集合到一个绝地深谷之中，只怕所为不善。"

　　南山道："你是说皇帝想要对忍者不利？可是他应该知道三道忍者一向对他忠心耿耿，若非三道忍者暗中助力，朝廷怎能打败那些贼寇？何况如今北道忍者也已归顺朝廷，小皇帝没理由想要加害诸道忍者呀。"

　　石琅玕道："三道忍者忠心效力朝廷不假，可是若没有北道忍者相助，黄巢也不会张狂到如此地步。再说，圣旨虽名为皇帝之旨，还不知是谁的意图呢。"

　　二人正说着话，忽见天边飞来一只白鹤，径直落入前面院中去了。

　　南山说道："是哥哥回来了，咱们瞧瞧去。"说罢拉着石琅玕便走。

　　二人进了堂屋门，见光波翼正与萝莱说话，南山叫道："哥哥，你回来了。"

　　光波翼应道："你们来得正好，我马上要去见风长老，你们也快收拾一下，明日便启程去杭州。"

南山讶道："去杭州？为什么？"

光波翼与石琅玕对视了一眼，石琅玕道："归凤兄果然有先见之明。"

南山急道："你们两个打什么哑谜？什么先见之明？"

光波翼道："我去探过那个山谷，朝廷集结了许多兵马在那里，名义上虽为护驾，只怕另有所谋。"

莫莱插道："归凤哥正是要去劝说风长老，不让诸道忍者奉旨入山。"

南山道："难道小皇帝真想加害忍者不成？可风长老一向是个老愚忠，他如何肯听哥哥的劝？"

莫莱道："南山，不得无礼。"

光波翼道："你还记得你们与孙先生临别时，孙先生托琅玕兄转告我的话吗？"

南山尚未想起来，石琅玕接话道："孙先生说，广明元年正月初八那日，归凤兄离开长安之前，孙先生曾给归凤兄看过一幅图画，但那只是第一幅图，如今这三幅图画均已完成，都在圣上手中。"

光波翼点头道："不错，你们可知那三幅图画所画何物吗？"

南山好奇问道："是什么？"

光波翼道："孙先生本是一位闲逸之士，非官非宦，却被点为钦差，出访各忍者道，所为何也？"

南山摇了摇头。

光波翼又道："他们看重的正是孙先生的丹青妙术，还有他的过目不忘之能。命孙先生出访各道，实为让他绘出四忍者道之详细地形图来。"

南山讶道："如此说来，小皇帝早就想要对付各道忍者了？"

光波翼道："当时皇帝年幼，这恐怕多半是田令孜的主意。田令孜城府极深，我看他早已对忍者多心了。"

南山道："这么说，这次下旨重新分封四道，也是田令孜的主意喽？"

光波翼道："未必尽然。那山谷在陕州境内，守在山谷四周的都是朱全忠的部队，或许此事与他也有干系。"

石琅玕道："朱全忠自从归降朝廷之后，一路平步青云，追剿黄巢时立功最大，如今非但是实力最强的节度使，还被封作同平章事，此人绝非等闲之辈。"

南山道："陷害李将军的不正是此人吗？当年带领南诏武士劫持先皇的也是他。这人一定不是好人，小皇帝居然还重用他。"南山扭头见光波翼蹙眉深思，又问道："哥哥，你在想什么？"

原来光波翼听石琅玕说起朱全忠之事，忽然想到目焱说的那股新生力量，还说那人与黄巢不可同日而语，乃是真正做大事之人，不禁又想起当年会稽城那一战，也正是因为这个朱全忠——当时名为朱温，黄巢大军才得以全身而退。

听得南山相叫，光波翼忙回过神来说道："我忽然想起当年一位道长送我的谶语，他说我'逢凶化吉历惊险，木龙吟时隐南山'。今年岁在甲辰，正是木龙年，只怕是要应了这句谶语。"

南山忙说道："前一句倒是应验了，这'木龙吟时隐南山'却是何意？是说我吗？"

光波翼笑道："你也有份，不过这南山恐怕是指杭州西湖畔的南屏山。"

"南屏山？那里不是有我们纪家的别墅吗？"南山怪道。

光波翼点头道："新宅未建好之前，只好先到那里住一段日子。"

"什么新宅？"南山又问道。

石琅玕接道："三个多月前，归凤兄便在余杭径山脚下置买了一块儿地，打算建一座宅院，让咱们都搬去那里。另外，西湖畔南屏山的宅院有些损毁，如今已修葺得差不多了，刚好可以住进去，所以适才我说归凤兄有先见之明。"

南山问道："咱们为什么要搬走？"

光波翼道："如今这清凉斋已不再是个秘密所在，忍者中很多人都已知晓此处，难保朝廷不会知道。不但我们要搬走，所有忍者都要搬家。"

南山诘道："为什么？就算朝廷要和咱们翻脸，难道咱们还怕他不成？只需哥哥一人，便能杀光那个小皇帝和他手下所有大臣，咱们为何要躲出去？"

蕶茇道："傻丫头，难道归凤哥当真能去将他们都杀了不成？如果朝廷对忍者起了芥蒂之心，咱们既不能将他们杀掉，也不想被他们不断追杀骚扰，就只有避开而已。"

南山又问道："那西湖南屏山的宅子就不会被人寻到吗？"

光波翼道："径山的新宅尚未建好之前只好先住那里，毕竟知道那宅院的人不多，短期内应该不会出什么差错。再说，这清凉斋和南屏山的宅子我们都不会荒废掉，时常换换住处，也未尝不是好事。径山那边，就要请琅玕兄多费心了。"

石琅玕道："归凤兄放心，我再多雇些匠人，年底前一定住进去。"

南山捶了石琅玕一拳道："哼，原来前几次你都是偷偷去盖房子、修房子，还骗我说东说西的，你这个臭石头！"

石琅玕嘻嘻笑道："归凤兄是想给你们一个惊喜，可怪不得我。纵然没有这场变故，你难道不想回江南去吗？"

光波翼看着二人笑了笑，对蓂荚说道："蓂荚，你去把药师兄送我的那瓶药粉和那两个蜡丸拿来，我这就动身。"

蓂荚点了点头，却看着光波翼，并不急着去取药。光波翼微微笑道："放心吧，我会小心照顾好自己的。"

……

送走了光波翼，蓂荚几人便开始打点行装，因为要带着小萝与纪祥，还有石琅玕的雪螭马，大家便只有乘马车赶路。

一路风尘仆仆，总算赶到杭州城外西湖南岸的南屏山慧日峰脚下，却见那纪宅的大门与院墙都已粉饰一新，果然是新近修葺的。

曾叔听见叩门声迎将出来，见到阔别数载的蓂荚等人喜出望外。蓂荚却暗自感慨曾叔年岁已老，眼见腿脚不如几年前那般爽健了。

进到房内，但见到处陈设着双喜摆件，并蒂莲的插瓶、鸳鸯戏水的桌布、凤求凰的门帘，四壁也张挂着大红的纱幔，结着大红的牡丹花结。

南山惊讶地看了看石琅玕，石琅玕笑道："原本便说要给你们惊喜。归凤兄早同我商量好了，十月十八咱们双喜同门，不知两位姑娘意下如何？"

南山张着小嘴怔了怔，挥臂捶了石琅玕一拳，然后转身扑到蓂荚怀中，抱住蓂荚，竟嘤嘤地哭了起来。

石琅玕却笑呵呵地上前对蓂荚施了一礼，道："在下石璞，字琅玕，愿娶南山姑娘为妻，特向蓂荚姐姐提亲。"

蓂荚也羞红了两颊，此时低头看了看南山，轻声叫道："好妹妹。"

南山忽然扑哧笑了一声道："全凭姐姐做主，叫我做甚？"仍伏在蓂荚怀中不肯出来。

蓂荚道："我不答应。"

南山闻言立时放开蓂荚，问道："为什么？"

蓂荚笑道："你不是说全凭我做主吗？为何却急成这样？"

南山红了脸，道："谁急了？我又不想嫁他。"

蓂荚又对石琅玕笑说道："我就只有这一个妹妹，也是我唯一的亲人，连一件像样的聘礼都没见到，怎能随随便便就把她嫁给你？"

　　石琅玕忙从怀中取出一个小锦盒道："聘礼自然有，而且应有尽有。不过一般的俗物也不稀罕，只有这一件才配得上南山姑娘。"

　　蓂荚闻言忙将锦盒接过来，转身放在案上轻轻打开，南山也早已好奇地凑过来观看。

　　锦盒轻启，一只银白色指环现在眼前。

　　南山拿起指环细细把摩了一番，见指环上有三个梵文字母，并无其他特别之处，便说道："这有什么稀罕？不过是只银指环罢了。"

　　石琅玕道："这可不是寻常的指环，也并非白银打造成的。这个指环叫作噶玛指环，不知其何所从来，也不知由何物所成，却有奇特妙用。"

　　南山道："不知何所从来，你又如何得来？"

　　石琅玕道："这是先父从一位胡人手中买来的，只是那胡人也说不清这指环的来历。"

　　南山又问道："却有何妙用？"

　　石琅玕道："将这指环戴在指上，但凡欲为大事，先念一句咒语，然后在心中默想所欲作为之事三遍，同时用手指轻轻抚摸指环，指环若显黑色，则所为之事必不可做，做之有害。若指环显红色，则尽可为之，为之有益。"

　　"若仍是原来本色呢？"南山追问道。

　　石琅玕笑道："若不变色，那便说明所欲之事非善非恶，做之亦无甚意义，何必再做？"

　　南山点点头道："还有些意趣。"

　　石琅玕道："还不止呢。这噶玛指环还可加速业果成熟，也即是说，无论为善为恶，只要戴着这指环，都可令善恶业报尽快成熟，现世现报，甚或转眼即报。"

　　南山笑道："哪有人带着它，要恶报尽快到来的？"

　　石琅玕道："恶报早到也未必是坏事，早报早干净，还有警醒人去恶行善之功。不过有些人即使造了恶业，也未必自知，世上以恶为善之人随处都是。"

　　蓂荚此时插道："石大哥说得是，世人不信因果，颠倒善恶之事的确不在少数。看来这噶玛指环果真是件稀世之宝。"

　　南山嘻嘻笑道："倒也有趣，只不知是真是假，我便戴上它试试看。"说罢便要戴上，被石琅玕一把拉住，道："且慢！这指环的摘戴、使用都有咒语，若是随便戴上，想要摘下来便不容易了。稍后我将咒语教你，待你记熟了再戴不迟。"

蓂荚道："好，既然石大哥拿此等宝贝来做聘礼，我只有答应将南山嫁给你了。"

石琅玕忙笑着施礼称谢，南山却拉住蓂荚道："姐姐这是什么话，难道我就只值这一枚小小的指环吗？"

蓂荚笑道："莫说这一枚指环，纵是拿这大唐江山来，也换不走我的好妹妹。只不过，石大哥真心爱你、疼你，妹妹嫁给他，一定会得到幸福，姐姐也就放心了。"

石琅玕又施一礼道："多谢蓂荚姑娘信任。在下一定不负所托，尽我所能，让南山幸福一生。"

南山瞪了石琅玕一眼道："油嘴滑舌。"心里却倍感甜蜜。

石琅玕又道："等咱们安顿好，我还要再去置办两套婚礼服。上次在苏州为蓂荚姑娘与归凤兄采买的婚礼服尚在，若蓂荚姑娘不喜欢，我便一道买新的来。"

蓂荚道："那两套我很喜欢，不必再买新的。"

南山道："你要去哪里买？我也同你一起去。"

石琅玕笑道："怎么，新娘子要亲自去采买礼服吗？"

南山又瞪了石琅玕一眼，蓂荚笑道："你们一同去吧。"说罢下意识地向门外瞥了一眼。

南山最懂蓂荚心思，忙说道："姐姐不必担心，哥哥不会有事的。如今哥哥的忍术独步天下，没有人能够打得过他。"

蓂荚微微笑道："我倒不是担心这个。"

南山又道："哥哥既然跟琅玕哥定好了喜日，他很快就会回来的。"

蓂荚轻轻点头，"嗯"了一声。

家中安置妥当，次日早起，南山便驾鹤带着琅玕飞往苏州而去。

不多时，二人在城外降落，携手而行。

石琅玕道："你不是一直想知道我祈求准提菩萨所为何事吗？"

南山问道："怎么，你愿意告诉我了？"

石琅玕道：“你可记得，当初你问我时，我说过什么？”

南山道：“你说待你所求之事应验时再告诉我。”

石琅玕笑道：“正是。”

南山怪道：“到底是什么事？”

石琅玕含情脉脉地望着南山道：“你说呢？”

南山这才明白原来石琅玕所求者便是娶自己为妻，不禁红了脸，羞道：“谁说应验了？说不定明日我便反悔了。”

石琅玕摇头道：“你是菩萨赐予我的，你跑不掉的。”说罢将南山拉过来，抱在怀中，二人愈拥愈紧……

话说光波翼见了风子婴，与之长谈彻夜，晓明厉害。而风子婴也正好得了回报，朱全忠调集了三千弓箭手正发往陕州。最后，风子婴终于答应抗旨，拒绝分封，率众归隐。并当即吩咐人手，令西道全道上下尽快收拾行装，准备上路。

光波翼又驾鹤带着风子婴飞往胜神岛，面见川洋长老，与其共商归隐之事。

到了川洋长老家中，川清泉与沐如雪也出来与风子婴和光波翼见礼，沐如雪怀中还抱着一个婴儿。光波翼方知，秦山会战归来不久，沐如雪便嫁给川清泉，如今已生下一子。

大家无暇叙话家常，直说大事。近年混战，川长老等人也早已对朝廷灰心，听说要归隐，可谓一拍即合。只是率领诸道忍者如此之众，归隐于何地，一时拿不定主意。

光波翼道：“我倒有个提议，不知两位长老意下如何？”

风、川二人忙问有何提议。

光波翼道：“咱们各道所居之地，乃是当年忍者祖上为避武宗之难而千挑万选出来的，如今却均已被朝廷知晓。九州虽大，莫非王土，如今再想觅得更加隐蔽之处，只怕不易。依晚辈之见，倒不如离开大唐疆土，远到异国他邦去。”

“异国他邦？”众人均面面相觑。

风子婴道：“翼儿，你心中可有明确地方？”

光波翼道：“我看日本国便是合适之选。”

"日本国……"川洋沉吟道。

光波翼又道："日本国也算与忍者有些渊源，传说当年贤尊者便到过日本。"

"哦？"风子婴等人并未听说过贤尊者驾鹤救贵妃之事，故而光波翼也未言明。

光波翼接道："我也曾驾鹤到过那里，还寻到过一些秀美清幽之地，若两位长老愿意去，我可请御鹤族忍者先去探好路径，在日本国海岸接应大家。"

风子婴问道："怎么，你还与御鹤族忍者有联络吗？"

光波翼道："实不相瞒，当年御鹤族忍者与北道反目，是我帮助他们逃走，并指给他们藏身之所。"

风子婴点头道："如此也好，川长老，你看呢？"

川洋道："好，就这么说定了，咱们就去日本。"

大家很快议定，由川长老率领东道忍者准备出海船只，风子婴与光波翼共同飞往南北二道，调集众人，同到东海岸边会合登船。

当下，风子婴传令回西道，让风巽率众向东海出发，自己则与光波翼先去幽兰谷。

四道忍者众多，加之皆有妇孺老幼，举家迁移，谈何容易？一路上又不能暴露行迹，各道中只有极少数几名带队者知晓目的地，却也只知到东海岸边而已。

上下忙碌半月余，总算会齐了诸道人马，分批登船出海，头船便由冯远海掌舵。

御鹤族忍者也早已往返了十余次，接走了一大批忍者，先去日本开拓家园，准备迎接四道忍者到来。

光波翼正在岸边为众人送别，忽见药师信与花粉双双走来，光波翼忙迎上问候。

光波翼见花粉始终拉着药师信的手，说道："药师兄，花粉是我妹子，可我没有尽到兄长之责，没有照顾好她。她的命是药师兄救回来的，日后还请药师兄好好待她。"

药师信道："贤弟放心，我会尽力的。"

花粉听光波翼说了这些话，此时方开口道："哥哥，你也要多保重。"眼中竟有些湿润。

药师信见状说道："你们兄妹两个说会儿话，我先送行李上船。"

见药师信上了船，光波翼微笑道："这世上没有比药师兄更好的人了，妹子是有福之人。"

花粉点点头，问道："哥哥日后会来看我们吗？"

光波翼道："当然会。茫茫海中有相依，看来那位道长的谶语都应验了。"

花粉笑了笑，又道："哥哥回去替我向南山姑娘与蓂荚姑娘问好。"

光波翼从怀中取出一个小锦盒递给花粉道："我答应过要送一个玉坠子给你，好容易才寻到这个，也是我对你和药师兄的祝福。"

花粉将锦盒打开，见里面是一对翡翠雕成的人偶，一个老翁与一个老妪笑呵呵地抱在一起，通体碧绿晶莹，唯独两个人的头发处恰好是纯白色的玉质。

花粉扑哧一笑，道："好可爱，谢谢哥哥。"

光波翼道："祝愿你们白头偕老。"

花粉轻轻点头道："从前，我只知道爱一个人是如此痛苦，如今我才知道，被一个人深深爱着是如此幸福。"

大船一艘艘离岸，风长老最后登船，光波翼将一个沉甸甸的包裹交到风子婴手中道："长老，这是给茂娃和蓝儿的，这两个孩子就拜托您老了。"

风子婴道："你放心吧，我风家人都会把他们当作自己的孩子看待，我也把他们当成自己的亲孙子，将来我会亲自教授他们两个忍术。"

光波翼忙深施一礼道："我代姐姐、姐夫多谢长老大恩。"

风子婴扶起光波翼道："何必见外。翼儿，你当真不随我们一同走吗？"

光波翼道："一来，我还要去面见皇上；二来，难保中土尚有遗存之忍者、高人，万一将来起了风浪，我留下也好对其有个约束。"

风子婴点点头道："也好，只是将来少人照应，你自己要好自珍重。"

光波翼道："长老放心，我已觅好了退路，人少好藏身。再说，黑绳兄与李将军还在，我们彼此也会互相照应。"

风子婴道："日后你若见到黑绳三，替我骂他两句，就说这小子忘恩负义，有了媳妇便不念旧情了。"

光波翼笑道："我知道长老心中惦记他，何必说违心话？"

风子婴哈哈笑道："好，那你告诉他，有空到日本来看我们。"

光波翼道："好，我一定把话带到。"

望着船队悠悠远去，光波翼心中念道："阿尊者预言未来忍法将兴于东方，原来如此。只可惜……"

飞往成都的路上，光波翼忽然觉得这天地有些空荡荡的，既有些失落，又有些轻松，更像是从梦中醒来一般。

到了成都僖宗行在所，光波翼自称密使独孤翼，请求见驾。

等候了半晌，有人引着光波翼，七转八转地进了一间屋子。只见屋中立着一人，呵呵笑道："哎呀，独孤将军，好久不见哪！"正是大宦官田令孜。

光波翼忙回礼问候。

寒暄过后，光波翼不见僖宗在房内，却见田令孜身后站着一名少年，大约十七八岁模样，清秀俊美，看着十分面善，一时却想不起在哪里见过。

田令孜见光波翼盯着少年看，遂笑道："我来为你二人引见引见，这位是圣上的爱臣独孤翼将军，这位是朱全忠朱大人的义子朱友文将军。"

光波翼与朱友文互施一礼，光波翼问道："田大人，不知圣上何在?"

田令孜道："圣上近来龙体欠安，凡事只好由咱家代为传禀。将军一别数载，音讯全无，不知都去了哪里，如今又为何忽然现身哪?"

光波翼心知僖宗必是心虚，不敢出来见自己，对田令孜笑道："在下是来启禀圣上，各道人马，血战数载，如今失地已复，贼寇伏诛，众人不敢居功受封，都已解甲归田，退隐山林去了。"

田令孜微微一怔，问道："将军说各道人马都已归隐山林了?"

光波翼道："正是。"

田令孜讪笑了一声，似乎不经意般回看了一眼朱友文。

光波翼忽然察觉到有人施展了禁术，此时蓦然想起，眼前这个朱友文，不正是当年自己在建州城潜入黄巢帅府时遇见的那个童蒙忍者吗? 还记得当时旋荣叫他"康勤"，似乎是遮楚天的弟子，不知何时竟做了朱全忠的义子。

（按：《旧五代史》《梁书卷十二·宗室列传》讲：博王友文，本姓康，名勤，太祖养以为子，受禅后封为王。为东京留守，嗜酒，颇怠于为政。友珪弑逆，并杀友文。末帝即位，尽复官爵。）

光波翼问朱友文道："在下一直觉得朱将军面善，刚刚记起，在下与朱将军在建州曾有一面之缘。不知遮楚天遮先生与朱将军有何渊源？"

朱友文微微笑道："独孤将军好记性，实不相瞒，遮先生乃在下恩师。"

光波翼拱手道："朱将军果然是同道中人，失敬。"

朱友文也拱了拱手，道："既然话已说明，在下请问独孤将军，近来可曾见过家师？"

光波翼闻言心道："原来他并不知晓遮楚天被自己废掉忍术之事。"遂问道："怎么？朱将军近来与遮先生没有联络过吗？"

朱友文道："在下军务缠身，已有半年未见恩师之面了。"

光波翼道："在下也有一段日子没见过他了，或许他已随四道忍者离开了。"

朱友文点了点头。

田令孜见光波翼与朱友文已互相挑明了身份，便不再遮掩，说道："圣上感念各道忍者忠心护主，本想封赐众人爵禄，同时从中选拔俊秀，入朝为官，以为效君报国、荣宗耀祖。不想竟……如此岂不辜负了圣上美意？"

光波翼道："我辈忍者自祖上始，便只为报国，不为荣宗耀祖。如今寇乱既平，又有田大人、朱大人这般忠勇之臣在圣上身边，我等自可安心退隐了。"随即瞟了一眼朱友文，朱友文颇有些不自在。

田令孜呵呵一笑，道："既然如此，不知诸位日后有何打算？"

光波翼道："各道忍者均已离开大唐疆土，请田大人转告圣上，不必再挂念我等。"

田令孜"哦"了一声，又问道："他们去了哪里？"

光波翼笑了笑，说道："远隔重洋之外，不会再回来了。"

田令孜点了点头道："真是可惜啊。"

光波翼道："请田大人转达诸道忍者对圣上的问候，在下这便告退了。"

田令孜忙道："独孤将军不必急着走，这里有圣上御赐的美酒，还有其他赏赐，将军无论如何也要领了圣恩再走不迟。"说罢回头叫道："来呀。"

只见一名小宫监端着一个托盘从后面走出来，托盘上承着一只纯金酒壶和一只纯金酒杯。

田令孜亲自端起酒壶斟满一杯酒，端起酒杯道："将军，请。"

光波翼施礼道："臣恭谢圣恩。"接过酒杯又道："在下岂敢独享圣上所赐，这第一杯酒理应先敬田大人。"说罢举杯齐眉，敬到田令孜面前。

田令孜忙道："这是圣上赐予将军的，咱家怎敢僭受？将军不必谦让，快请满饮此杯。"

光波翼微微一笑，道："如此，告罪了。"说罢举杯一饮而尽。

田令孜道："好，请再饮。"说罢又斟满一杯。

光波翼亦不再推辞，如此连饮了三杯御酒。

放下酒杯，光波翼忽然脸色一变，双手捂住腹部叫道："田大人，这酒……这酒……"

田令孜呵呵笑道："不愧是独孤将军，常人只饮一杯便倒，将军居然连吃了三杯。"

光波翼额头涔涔汗出，弓着身子，有气无力地问道："为什么……要害我？"

田令孜道："将军请放心，现在还有救，只要将军肯说出实情，咱家便将解药给你。"

光波翼问道："什么实情？"

田令孜道："如今西、南二道的确已空无一人，那些忍者究竟去了哪里？"

光波翼苦笑道："原来你们已经派人去……打探过了。我已经说过，四道忍者都已……都已离开大唐，远渡重洋去了……"光波翼已站立不稳，"扑通"一声倒在地上，昏死过去。

田令孜走近看了看光波翼，回头对朱友文道："不会有问题吧？"

朱友文道："大人放心，在下已施展了禁术，他无法施展任何忍术，不会有诈。"又上前探了探光波翼的颈部脉搏，说道："不会有错。"

田令孜点头道："好，看来他说的是实话。既然如此，你去把他料理干净，千万不可出差错。"

朱友文答应一声，招呼旁边那小宫监取来一块长布，将光波翼用布裹住，扛在肩头，与那宫监一同来到后园僻静无人之处，二人一起掘了个大坑。

朱友文打开长布，见光波翼面色已呈青紫，便拔出一柄匕首在他颈上深深刺了一刀，随后将光波翼扔到坑中，吓得那名小宫监扭过头不敢观视。

忽然那小宫监"呜"了一声，原来就在他扭头之际，朱友文已捂住他的嘴，一刀捅进他的心口，随即将小宫监的尸首也投入坑中，一并埋了。

料理妥当，朱友文回禀了田令孜，不久便携了田令孜的书信回开封去向朱全忠复命了。此后朱全忠一直将朱友文带在身边，待之胜亲生。旁人不知，一向谨慎多谋的朱全忠，是在身边留了个护身符。

次年——光启元年（885年）正月二十三日，唐僖宗从成都启程还归京师长安。不久又因田令孜之故遭受动乱，再次被田令孜挟持西逃。光启四年（888年）二月，僖宗重回长安，三月六日，病重而死，时年二十七岁。

后人谓僖宗因频遭变故，颠沛流离而致病。不知其中另有一原因，却是当年自从"陆燕儿"离开之后，僖宗常常夜不能寐，相思成病，回长安后更是流连于曾与陆燕儿夜夜"缠绵"之所——灵符应圣院，而那夜夜之缠绵乃是由曼陀乐的幻术所成，耗精伤神，久则成虚。最后僖宗死于武德殿，也有记载说僖宗乃是死于灵符应圣院，为避世嫌，假称死于武德殿。

僖宗死后，曾被田令孜鞭打的寿王李杰即位，为唐昭宗。田令孜不容于朝廷，逃归成都其兄陈敬瑄处。大顺二年（891年），王建攻入成都，囚田令孜、陈敬瑄，两年后杀之。

自从弃黄巢而降唐之后，朱全忠凭借过人之谋略，不断壮大势力，后杀昭宗，借皇后之命，立十三岁的李柷为昭宣帝。天祐四年（907年）四月，废唐昭宣帝而自称为帝，改名为朱晃，都开封（后曾一度迁都洛阳），建国号"梁"，史称后梁，改元"开平"。朱晃即为后梁太祖。中国从此进入五代十国时期。

光启元年（885年）三月，江南已是柳绿花繁，明州余杭寺中走出两位神仙般的女子，惹得来往游人不时打量她二人，正是蓂荚与南山姐妹。二人站在寺门前，边看风景边说着话。

只听南山说道："难道悟明自心的忍者便不会被禁术所制了吗？"

蓂荚道："这个自然，所谓悟心即是证悟实相，便不再为幻相所转，忍术是幻，禁术也是幻，若能了达实相，自然可于幻中而得自在。"

南山又问道："禁术原是为了制约忍者，若禁术无效，又如何制约？"

蓂荚道："制约是为防止滥用，若能证悟实相、了达自心之人，所思所行自然合于正道，又怎会滥用忍术？何必再制约他？"

南山点了点头道："原来如此。那哥哥既然能从遮族忍者手中遁走，是不是说明他已证悟了实相、了达了自心？"

蓂荚笑道："我哪里知道，你去问他好了。不过归凤哥自己说是凭借验毒粉与避毒丸才免遭毒手的。"

南山道：“哥哥骗人！那药丸只能避毒，怎能让他脱身？我便问他，他也自然不肯承认，我只好来问你这位菩萨姐姐。”

蒉荬道：“我哪里是什么菩萨。”

南山道：“在五台山时大家都是叫你菩萨姑娘的，不过如今的确不该再这样叫你了。”

蒉荬看了一眼南山，南山又道：“如今你已成了人家的娘子，自然不是姑娘了。”说罢咯咯大笑。

蒉荬笑骂道：“好个臭丫头，你自己还不是一样，却敢来消遣我。”

南山道：“不一样，不一样。”说罢指了指蒉荬的肚子，又咯咯大笑起来。

蒉荬故作生气道：“你这丫头，越学越坏，不理你了！”说罢扭过头去。

南山忙拉住蒉荬的胳膊道：“好姐姐，别生气，气坏了自己不打紧，可别气着我的小外甥。”说罢转身便笑着跑下台阶去了。

“什么事这么好笑？”光波翼与石琅玕正好也从寺门里出来，边走边问道。

“石大哥，你把这丫头惯得越来越不像话了，还不好好管教管教她！”蒉荬向石琅玕告状道。

未及石琅玕接话，光波翼笑道：“琅玕兄哪里管得了她？我看是南山管教琅玕兄还差不多。”

石琅玕也道：“正是。”说罢几人一起哈哈大笑。

三人边说笑边走，下了一段台阶，见南山正站在那里专注地向下观望，石琅玕叫了南山一声，南山闻声回头对三人叫道：“你们快来看！”

三人不知发生了何事，都走到南山身边随她一同看去，只见下面山门外围着一群人，人群中一位僧人跪在地上向一农人打扮的后生叩头不止，围观的人群在七嘴八舌地对那后生说着什么，那后生似乎是无奈地摇了摇头，右手平伸，三人这才看见原来那后生手中拎着一只野兔，想必是刚刚在山中捕到的。

那僧人连忙双手捧过野兔，抱在怀中，又向那后生叩首一拜，方才起身。那后生随即转身离去，人群也纷纷散去。

只见那僧人抚摸着野兔，将它抱到山门旁，对野兔说了一阵话。光波翼耳音极灵，听到那僧人原来在为野兔传授“三皈依”，只听那僧人说道：“皈依佛，归依法，皈依僧。”连说了三遍，又为野兔念了数十句“南无阿弥陀佛”，末后说道：“你去吧，愿你早日得到善妙人身，具足善根福慧，精进修持正法，速出轮回，成佛度生。”说罢将野兔放在地上，那野兔竟似明白人事一般，转回身来望着那僧人片刻，又在僧人脚下转悠了两番，最后面对僧人匍匐在地上，好像在向僧人行礼，随后便转身奔窜而去，很快便消失在草木之间。

那僧人眼望着野兔没了踪影，这才转过身，缓步向山上走来。

南山低声对三人叫道："你们快看那和尚！"

此时那僧人越走越近，只见他五十多岁年纪，穿一袭打满补丁的破旧僧袍，满头满脸尽是脓疮，额头上破了一块儿，血红殷殷，自然是适才向那后生磕头所致。

僧人走过四人身旁，与四人对视了一眼，一脸从容淡定，且面含微笑，似乎尚在为能救得那野兔一命而自高兴，眼神中自然透出一股慈悲与喜悦。

待那僧人走进寺门，南山低声讶叫道："哥哥，那不是目焱吗！"

光波翼淡然一笑道："今晚咱们须好生庆贺一番。"

南山问道："庆贺什么？"

光波翼笑道："庆贺我的仇人已死，大仇得报。"

南山怪道："那目焱不是好端端地还活着吗？哥哥如何却说仇人已死，大仇已报？"

光波翼道："此目焱非彼目焱，害死我父亲与义父者，乃是目焱的嗔恨毒害之心，如今嗔恨已转为慈悲，毒害已化作忍善，岂不是我的仇人已死，大仇已报？"

石琅玕抚掌道："说得好！"蓂荚亦微笑点头。

南山又回首望了一眼寺门，皱了皱眉，说道："哥哥说话越来越像个老禅师，仔细姐姐将来也生个禅师出来。"

蓂荚笑道："那有什么不好，只怕求之不得呢。"

南山若有所思道："禅师也好，禅师都是聪明绝顶之人。哥哥不是要隐名改姓吗？我看便改换一个天下最聪明的姓氏。"

光波翼却道："聪明之士学道难，还是愚鲁些好。"

南山调侃道："难不成哥哥想要姓鲁？"

光波翼略微沉吟道："嗯，也好，今后我便姓鲁。"

南山问道："哥哥不是说笑吧？"

光波翼道："不说笑。"

南山笑道："好，鲁禅师，你不是说要把阿尊者终生修持之法告诉给我们吗？何不趁今日大家兴致正好时说出来？"

光波翼道："好，咱们边走边说。"

莫荚道："咱们走西边那条直路回家吧。"

光波翼应道："此路快捷，正合我意。"

四人西行下山，光波翼道："阿尊者一生不离《金刚经》与《无量寿经》，每日念佛数万声，尊者即是凭借此一念佛法门成道。"

南山怪道："念佛法门并不稀奇，哥哥为何不早说出来？"

光波翼道："看似平常之法，实不平常，一句佛号即是佛法全部大义，即是诸佛清净智慧、无为法身，念此一句'阿弥陀佛'即是全性起修、全修在性之法，即是从果起修、即修即果之法，即是深妙之禅，即是诸佛之密。念佛时即是见佛时，见佛时即是成佛时，绝待圆融，超情离见。此事唯佛能知，唯佛与佛乃能究竟。如此最胜极妙之法，却被常人看浅了。"

大家均听得入神，南山又问："阿尊者念佛也求往生极乐净土吗？"

光波翼道："自然是求生净土。当知净土非在心外，全是圆满佛德所显，全土即是自心，全心即是净土。禅家所悟者亦不外乎此。不过参禅须是上根利智，净土一法却是三根普被，上至文殊、普贤、观音、势至，下及愚夫愚妇，无论何人均可借由一句佛号而生净土，亦可借由一句佛号而悟心，纵然此生不悟，往生至净土亦必然开悟，不但开悟，极乐世界的菩萨都是一生补处，都可一生成佛，是以像文殊、普贤这样的大菩萨也要求生极乐净土。经中之王《大方广佛华严经》道尽佛法玄妙，一切功德尽摄于'普贤十大愿王'，普贤十大愿王最终导归于极乐，普贤菩萨发愿：'愿我临欲命终时，尽除一切诸障碍，面见彼佛阿弥陀，即得往生安乐刹。'故知此净土法门乃诸佛心要，于众生利益独大。经中亦说，当来一切含灵，皆依此法而得度脱。"

南山点头道："原来我每日所修，竟是如此殊胜之法，何其幸哉！"

光波翼笑道："恭喜恭喜！"

南山不禁肃然起敬，双手合十道："愿以此功德，庄严佛净土，上报四重恩，下济三途苦。若有见闻者，悉发菩提心，尽此一报身，同生极乐国！"

篇外

　　光启元年（885 年），一个姓鲁的男孩儿降生在余杭，天资聪颖异常，七岁出家，法号文益，跟随明州（今宁波）余杭寺希觉律师学法，从禅宗大德罗汉桂琛处悟心。文益禅师圆寂于后周显德五年（958 年）七月，谥大法眼禅师，即法眼宗祖师，有《宗门十规论》传世。

　　后周显德元年（954 年），南屏山慧日峰下的那套宅院被主人施出，由吴越忠懿王钱弘俶出资建成一座寺院——净慈寺，后成著名丛林。

（全书完）